MICHAELA BECK

Das Laute im Leisen

Weitere Titel der Autorin:

Das Licht zwischen den Schatten

MICHAELA BECK

DAS LAUTE IM LEISEN

ROMAN

Lübbe

NACHHALTIG
PRODUZIERT

Die Bastei Lübbe AG verfolgt eine nachhaltige Buchproduktion. Wir verwenden Papiere aus nachhaltiger Forstwirtschaft und verzichten darauf, Bücher einzeln in Folie zu verpacken. Wir stellen unsere Bücher in Deutschland und Europa (EU) her und arbeiten mit den Druckereien kontinuierlich an einer positiven Ökobilanz.

FSC
www.fsc.org
MIX
Papier | Fördert gute Waldnutzung
FSC® C014496

Originalausgabe

Textredaktion: Anna Hahn, Trier
Umschlaggestaltung: Massimo Peter-Bille
Umschlagmotiv: © Rebecca Bernau, Grünwald
Satz: GGP Media GmbH, Pößneck
Gesetzt aus der Adobe Garamond
Druck und Verarbeitung: GGP Media GmbH, Pößneck

Printed in Germany
ISBN 978-3-7577-0056-0

2 4 5 3 1

Sie finden uns im Internet unter luebbe.de
Bitte beachten Sie auch: lesejury.de

Für alle, die uns für immer fehlen.
Und für Gudrun († 1995)

PROLOG

Sie hatte vor nichts Angst, schon gar nicht vorm Fallen, sie war wie diese Indianer, die die Wolkenkratzer von Manhattan bauten. In größter Höhe absolut schwindelfrei. Wolkenkratzer hätte sie auch gern gebaut, wenigstens die Möglichkeit dazu gehabt, aber sie lebte in der DDR, also war ihre Fähigkeit nutzlos. Hier wurden keine Wolkenkratzer gebaut, auch nicht geplant. Nur PH 16. Punkthochhäuser mit sechzehn Stockwerken. An deren Fassade hangelte sie sich in ihrem praktischen Jahr entlang und schloss die Fugen zwischen den Platten mit in Teer getränkten Tauen. Niemand aus ihrer Brigade wollte diese Arbeit ohne Absicherung, ohne Krahn und Hebebühne machen, keiner der harten Kerle. Sie aber saß zwanzig Meter über der Erde auf zwei vernagelten Brettern, gehalten und bewegt von einem simplen Flaschenzug. Sie schien keinerlei Angst zu haben, abstürzen zu können. Viele glaubten ihr das später nicht, hielten es für Angeberei, aber dann turnte sie auf der Attika eines Elfgeschossers herum, übte selbstvergessen Ballettschritte – und allen stockte der Atem.

1. ENTTÄUSCHUNG

Weimaor, Weimaor! Alles naushuppe!«, rief die Bahnsteigwärterin, doch ebenso wie Renée kämpften auch andere Fahrgäste mit den schweren Waggontüren. Ein korpulenter Mann hinter ihr schubste sie ungeduldig von der Tür weg. Er stemmte sofort sein ganzes Gewicht in den Hebel, bis die Tür tatsächlich aufflog und ihn gleich mit sich riss. Fast wäre er auf dem Bahnsteig der Länge nach hingeschlagen, konnte sich aber im letzten Moment abfangen und auf den Füßen landen. Auf denen eilte er erstaunlich flink davon, nicht ohne Renée noch einen wütenden Blick über die Schulter zuzuwerfen, als gäbe er ihr die Schuld an seinem Beinahe-Unfall.

Renée klemmte sich ihr A1-Reißbrett unter den Arm, hängte sich ihre schicke neue Zeichenrolle um, das Abschiedsgeschenk von Lilo, schulterte die überaus peinliche Reisetasche aus leuchtend orangerotem, furchtbar nach Plaste stinkendem Kunstleder – das Abschiedsgeschenk ihrer Eltern – und stieg die drei Stufen hinunter auf den Bahnsteig.

Da war sie also! Die junge, aufstrebende Architekturstudentin, die in fünf Jahren mit Bestnoten ihr Diplom in den Händen halten und Häuser, Brücken, sogar Paläste entwerfen würde. Sie brannte darauf, mit dem Studium beginnen zu können und ihre neuen Kommilitonen kennenzulernen, die sicher ganz anders wären als die langweiligen Mädchen und immer noch pubertierenden Jungs ihrer Abiturklasse. Überwunden die Lernbrigade, der Schulhengst, Miss Mundgeruch und das Mauerblümchen! Jetzt würde sie nur noch Menschen treffen, die sich wie sie für Bücher, das Theater und die Kunst interessierten und vielleicht sogar dieselbe Musik hörten.

»Ruhig, Brauner!«, hörte sie ihre Oma in Gedanken sagen, und deshalb atmete Renée erst einmal tief durch und versuchte sich auf dem Bahnsteig zu orientieren. In ihrem Rücken hob die Bahnsteigwärterin die Kelle, blies in die Trillerpfeife zur Abfahrt, und der Zug setzte sich in Bewegung, begann langsam aus dem Bahnhof zu rollen, einem neuen Ziel entgegen, erst Erfurt und dann Eisenach.

Der Verbindungsgang zwischen Treppe und Bahnhofshalle war dunkel, feucht, und es stank stechend nach frischem Urin. Widerlich. Einer der auf den nächsten Zug wartenden Männer, die sie aus dem Dunkeln heraus mürrisch anstarrten, musste sich kurz zuvor erleichtert haben. Angeekelt verzog Renée das Gesicht, ließ die Männer im Tunnel rasch hinter sich und schritt schwungvoll durch die verrußte Bahnhofshalle. Die war so hoch, dass unter ihrem Dach mehrere Tauben mühelos ihre Runden ziehen konnten, unbemerkt von den Reisenden auf den Bänken und den Warteschlangen an den Schaltern. Ihr hingegen fielen sie auf, weil eine von ihnen sich ausgerechnet Renée auserwählte und sie mit ungewolltem Glück bekleckerte. Renée deutete es als gutes Omen. Überhaupt war sie nur dann abergläubisch, wenn es auch eine positive Deutung gab. Negative Auslegungen tat sie hingegen kategorisch als Humbug ab.

Renée wischte sich also die Fäkalie mit fast triumphierendem Ekel von der Schulter – was für ein Beginn! – und schaute sich noch einmal um.

Sie hatte sich vorgenommen, sich alles, wirklich alles, was an ihrem ersten Tag geschah, genau einzuprägen, um sich später daran erinnern zu können, wie ihr neues Leben, ihr Erwachsenenleben, einst begonnen hatte. Auch wenn sie schon fast zwanzig war und bereits ein Jahr auf dem Bau, auf der Großbaustelle Berlin-Marzahn, gearbeitet hatte, war sie doch nach dem Abitur bei den Eltern wohnen geblieben und wurde von ihnen, trotz ihrer Volljährigkeit, weiterhin wie ein Kind behandelt. Aber ab dem heutigen Tag würden die Eltern nicht mehr über sie bestimmen können. Ab heute war sie auf sich gestellt und erwachsen!

Von außen entsprach das Bahnhofsgebäude nicht ganz ihren Vorstellungen von einem Kleinstadtbahnhof. Es war dafür zu groß, doch aus welcher Stilepoche es genau stammte, konnte Renée nicht sagen. Vielleicht aus dem Klassizismus? Die klare Gliederung der zweiflügligen Anlage mit dem prominenten Mittelbau, der die beiden Seitenflügel überragte, sprach dafür. Oder war das eher Neoklassizismus?

Seit sie die Zusage für den Studienplatz hatte, fragte sie sich bei fast jedem Gebäude, in welcher Epoche es gebaut worden war, denn immer, wenn sie jemandem von ihrer Zulassung erzählte, wurde sie sofort auf ihr architektonisches Wissen oder besser Vorwissen geprüft, das naturgemäß aber kaum vorhanden war, schließlich hatte sie ja noch nicht studiert.

Dennoch verunsicherten Renée solche Situationen. Hatte sie es überhaupt verdient, einen der wenigen begehrten Studienplätze für das Fach Architektur zu besetzen? In der gesamten DDR gab es pro Jahr nur einhundertzwanzig davon.

Doch! Doch, das hatte sie, redete sie sich dann immer wieder ein. Sie hatte diesen Studienplatz verdient. Sie hatte dafür sogar gekämpft. Und das gegen alle Widerstände!

Das Informationsblatt in den Studienunterlagen empfahl ihr, vom Bahnhof zu Fuß zum Jakobsplan Nr. 1 zu gehen. Dort sollte sie sich als Erstes melden, um einen Wohnheimplatz zugewiesen zu bekommen. Die Straßennamen auf der beiliegenden Wegskizze waren ihr nicht unbekannt, aber sie fand kein Straßenschild.

»Entschuldigen Sie, ist das hier die Leninstraße?«, sprach sie eine Passantin an.

»Wo wollen Sie denn hin?«

»Jakobsplan?«

Die Frau musterte sie skeptisch, dann aber gab sie Renée bereitwillig Auskunft.

»Gehen Sie geradeaus, bis da unten zur Ruine. Dort laufen Sie rechtsherum, vorbei am Gau-Forum …«

»Hier steht nichts von Gau-Forum.«

»Zeigen Sie mal her.« Die Frau schaute sich die Skizze an. »Ach, das Gau-Forum ist jetzt der Karl-Marx-Platz. Die Friedensstraße heißt aber noch so. Da gehen Sie links, und dann sehen Sie ihn schon, den Langen Jakob.« Sie bedachte Renée mit einem abschätzigen Blick. »Der ist ja nicht zu übersehen.«

Als nach etwa zehn Minuten eine elfgeschossige Neubauscheibe links von ihr auftauchte, vor der die umliegenden Häuser winzig wirkten, verstand sie, warum die Frau sie so angesehen hatte. Das Gebäude war tatsächlich nicht zu übersehen und nahm die eine Seite des *Jakobsplans* ein, wie der mittelalterliche kleine Platz hieß, auf dem höchstens sechs Trabis parken konnten. Davon hatte Lilo offensichtlich nichts gewusst, als sie ihr vom Jakobsplan vorgeschwärmt hatte. Lilo, die Mutter ihres Freundes Robert, hatte selbst vor gut zwanzig Jahren in Weimar studiert und ihr den Jakobsplan als einen wirklich hübschen Platz beschrieben. Doch die alten schiefen Häuschen waren auf einer Seite fort und mit ihnen auch das mittelalterliche Flair, das Renée sich für ihren neuen Wohnort erhofft hatte. Stattdessen stand dort besagter zweigeteilter Elfgeschosser, dessen Eingangsschild ihn als Studentenwohnheim der HAB, der Hochschule für Architektur und Bauwesen, auswies.

Das musste ja noch nichts bedeuten: Hier sollte sie ja nur erfahren, wo sie von nun an wohnen würde. Sicher nicht in dieser Platte mit Zentralheizung und warmem Wasser aus der Wand, in einer Art Studenten-Intensivhaltung, wie es Lilo vielleicht in Anlehnung an die Arbeiter-Intensivhaltung in den Neubauvierteln von Marzahn und Hohenschönhausen nennen würde. Lilo hatte ja gut lachen. Sie lebte in einer tollen, großen Altbauwohnung in Prenzlauer Berg, während Renée mit ihren Eltern und ihrem Bruder die letzten zwei Jahre bereits genau in so einer überheizten Scheibe gewohnt hatte, weil die kleine Zweiraumwohnung in Prenzlauer Berg für vier Erwachsene, ihr Bruder war auch schon siebzehn, mit dem Einzug des Stiefvaters zu eng geworden war.

Und nicht nur deshalb hatte Renée zum Studium nach Weimar, in die Kleinstadt, gewollt. Aufgewachsen in der Schönhauser Allee, mit einer U-Bahn vor dem Fenster und einer vierspurigen Straße mit Straßenbahnen und der S-Bahn ganz in der Nähe, hatte Renée für ihren Geschmack bereits genug Großstadtleben gehabt. Sie sehnte sich vielmehr nach einer Kleinstadt, wie sie sie aus ihren Kinderbüchern kannte, und Lilo hatte ihr Weimar genau so beschrieben. Mit windschiefen, schmalen Fachwerkhäusern, die sich entlang krummer, enger Gassen aneinanderschmiegten und gegenseitig vorm Umfallen zu stützen schienen. Mit kleinen, sich plötzlich öffnenden Plätzen dazwischen, auf denen mal eine Statue und mal ein Brunnen stand, dessen Plätschern von den Wänden widerhallte und Lilo damals in ihren ersten Nächten kaum schlafen ließ. Doch das war mehr als zwanzig Jahre her, und nun stand da diese weiße Wand.

Als Renée das geräumige Vestibül des *Langen Jakobs* betrat, fühlte sie sich sofort an Roberts Erzählungen über die *Asche* erinnert, wie die meisten die Nationale Volksarmee abfällig nannten. Zwei Studentenschlangen mäanderten durch das geräumige Foyer auf einen erhöhten Glaskasten zu, von dem ein Mann übellaunig auf sie herabschaute. Das weithin sichtbare Namensschild auf seiner Brust wies ihn als Leiter des Wohnheims aus. Er war ein großer, schwerer Mann von jugendlichem Aussehen und mit noch vollem Haar, obwohl er bestimmt schon die vierzig überschritten hatte. Auf den ersten Blick konnte sich Renée leicht vorstellen, dass er bei den jungen Studentinnen noch gut ankam, aber als sie seine ersten Worte, die einem hysterischen Bellen glichen, vernahm, verwarf sie diesen Gedanken. Der Mann leitete dieses Wohnheim offensichtlich nicht wegen der Nähe zu den jungen Studentinnen, sondern weil er hier völlig unkontrolliert seine Gelüste nach Macht und Dominanz stillen konnte. Die unzähligen in ungelenker Handschrift geschriebenen Zettel, die links und rechts von seinem Guckfenster an den Scheiben klebten, enthielten ausnahmslos Befehle in fehlerhafter Grammatik und Rechtschreibung, darunter Drohungen, die beschrieben, was demjenigen blühen würde, der diese Befehle – Pfeile gaben die Richtung an, welche gemeint waren – nicht befolgte. Sie waren zusätzlich von so vielen Unterstreichungen und Ausrufezeichen flankiert, dass Renée sie im ersten Moment für Ironie hielt. Auch diesen Gedanken verwarf sie sofort, als der Heimleiter im schrillen Ton eines Zimmerspießes zusätzliche Anweisungen brüllte und – vor unbeherrschter Wut dunkelrot angelaufen – sich darüber aufregte, dass die neu hinzugekommenen Studenten nicht das taten, was er ihnen seit dem Vormittag bereits an die einhundert Mal erklärt hätte.

»Ihr Idioten begreift das einfach nicht, was?«, schrie er ein hübsches Mädchen vor seinem Glaskasten an. »Aber studieren wollen!«, höhnte er und wies sie mit ausgestrecktem Arm und Zeigefinger – wie einst Lenin seinen revolutionären Massen den Weg in den Kommunismus – den Weg zurück ans Ende der anderen Schlange.

»Ich war heute Vormittag noch gar nicht hier«, erwiderte das Mädchen selbstbewusst und blieb einfach stehen. »Wie soll ich da wissen, was Sie gesagt haben?«

»Dann erkundige dich gefälligst«, bellte der Wohnheimleiter zurück, »ihr quatscht doch sonst auch pausenlos.« Er zeigte erneut mit ausgestrecktem Arm auf die andere Schlange, an der sich Renée gerade angestellt hatte.

»Was meint er denn?«, wollte sie von dem Mädchen wissen, als es sich schließlich hinter ihr einreihte.

»Dass das da drüben die Schlange für die Bauingenieure und Baustoffverfahrenstechniker ist und die hier für die Architekten, Städtebauer und Gebietsplaner«, flüsterte das Mädchen so leise, dass Renée es kaum verstehen konnte.

»Ist doch egal, wenn er da vorn sowieso allein ist«, sagte Renée und schöpfte Hoffnung. Vielleicht war ihre Schlange für die, die hier nicht wohnen mussten.

»Ruhe!«, schrie der Heimleiter vorn in seiner Kanzel, und nicht nur Renée und das hübsche Mädchen, sondern auch ein paar ältere Studenten, die gerade plaudernd das Foyer betraten, verstummten auf der Stelle. Mit gesenktem Blick schlängelten sie sich an ihnen und dem Glaskasten vorbei zu den Fahrstühlen. Nur nicht seine Aufmerksamkeit erregen, schienen sie zu hoffen und mussten sich gleich doppelt gedemütigt fühlen. Einerseits durch den Heimleiter und andererseits durch die erstaunten Blicke der neuen Studenten, die sie so duckmäuserisch erlebten.

Renée hatte in der richtigen Schlange gestanden und war vom Heimleiter anstandslos, ohne seinen Zorn zu erregen, mit drei Zetteln voll weiterer Ermahnungen, der Hausordnung, einem Zimmer- und einem Briefkastenschlüssel sowie einem Packen verwaschener, labbriger Bettwäsche ausgestattet worden. Sie würde also doch hier wohnen. Was für eine Enttäuschung! Sie hatte sich vorgestellt, in einem alten schiefen

Fachwerkhaus mit knarrenden Dielen und Treppen und winzigen, mit Holzläden versehenen Kastenfenstern zu leben, die zwischen den Fensterscheiben gerade mal Platz für ein verkümmertes Stiefmütterchen im Topf bieten würden. Klar, manchmal ging die Fantasie mit ihr durch. Aber sie hatte sich in einem etwas dunklen, romantisch verwinkelten Zimmer gesehen, in dem sogar sie, die nicht besonders groß gewachsen war, den Kopf wegen der zu niedrigen Geschosshöhe und den tief durchlaufenden Deckenbalken würde einziehen müssen. Hier aber, in dieser Hochhausscheibe, in der sie die folgenden fünf Jahre verbringen sollte, müsste sie den Kopf nicht einziehen, allerdings im übertragenen Sinne, wenn sie an den Befehlshaber in der Glaskanzel dachte.

Renée fuhr mit einem der beiden Fahrstühle in den fünften Stock und klopfte in einem fensterlosen Mittelgang an eine Tür mit ihrer Zimmernummer und noch drei weiteren darüber. Sie würde mit drei anderen Studentinnen zusammenwohnen, hatte der Heimleiter ihr erklärt, und alle drei waren schon seit dem Vormittag da. Niemand öffnete, und als sie aufschließen wollte, bemerkte sie, dass die Tür offen war, denn das hier war nur einer der beiden Zugänge zu ihrer zukünftigen Wohneinheit, die in einen u-förmigen Flur um eine Sanitäreinheit mit drei Waschbecken, einer Toilette und einer Dusche führte. Von hier gingen vier weitere Türen ab. Eine hatte ihre Zimmernummer. Wieder klopfte sie und betrat nach einem dreistimmigen »Herein!« den Raum. Das war die nächste Enttäuschung.

Drei Mädchen in ihrem Alter schauten ihr neugierig entgegen, zwei davon trugen diese bunten Nylon-Kittelschürzen, wie sie sich ihre Oma jedes Jahr zu Weihnachten von Renées Mutter wünschte; zwei, eine davon ohne Kittelschürze, hatten eine frische Dauerwelle, die dritte Naturlocken. Sie stellten sich ihr als Susi, Marion und Ulrike vor.

»Und wie heißt du?«

Diese Frage fürchtete Renée stets mehr als die Möglichkeit, für ihr Gegenüber eine Namenlose zu bleiben. Es war jedes Mal aufs Neue eine Überwindung, also nuschelte sie ihren Namen und hoffte, dass die anderen darüber hinweggingen.

»Wie?«

Was hatte sich ihre Mutter nur dabei gedacht, ihr einen solchen Namen zu geben? Ihren Vater konnte Renée von jeder Schuld freisprechen. Er war damals bei der Armee gewesen und hatte weder gewusst, dass seine junge Frau nur einen Jungennamen für die Geburt ihres ersten Kindes parat hatte, noch hatte er geahnt, was aus diesem Namen geworden war, nachdem Renée die Hoffnungen der Mutter auf einen Jungen so bitter enttäuschte. Diese Enttäuschung spielte in einer Anekdote zu ihrer Namensgebung, die Renées Mutter gern auf Familienfesten zum Besten gab, eine deutlich größere Rolle als Renées seltsamer Vorname selbst und wie sie zu ihm gekommen war. An den von ihrer Mutter vorbereiteten Namen für einen Sohn ein weiteres E anzuhängen, »für das, was sie als Mädchen nicht hat«, habe ihr nämlich der Arzt mit etwas anzüglichem Unterton vorgeschlagen, was Renées Mutter ebenso anzüglich auf den vielen Familienfesten nachahmen konnte und gern auch wiederholte, einmal, zweimal, bis es denn auch der letzte Idiot kapierte und das Gelächter endlich alle überkam, sogar Renée, die aus irgendeinem Grund lange Zeit stolz auf diese Anekdote gewesen war. Bis dann eine neue angeheiratete Tante nicht mitlachte, sondern Renée voller Mitleid betrachtete und sagte: »Aber das ist doch schrecklich!«

»Ist das nicht ein Jungenname?«, fragte Ulrike jetzt wie so viele vor ihr, auch die beiden anderen Mädchen blickten irritiert, und Renée erwiderte reflexartig das, was sie schon an die tausend Mal in ihrem kurzen Leben erklärt hatte: »Nein, ein Mädchenname, weil ich mit zwei E geschrieben werde.«

Die drei schauten verständnislos.

»Also mit drei insgesamt.« Diese Information machte es selten besser, verhinderte jedoch weiteres Nachfragen. Die kollektive Rumpelkammer-Erinnerung an Heinz Rühmanns Ausspruch »Pfeiffer mit drei F« füllte still den Raum, was Renée zu nutzen verstand: »Und woher kommt ihr so?«

Alle drei stammten aus der Nähe von Leipzig, aus verschiedenen Kreisstädten, also Kleinstädten, von denen sie noch nie etwas gehört hatte, außer vielleicht dem Geburtsort von Ulrike, da klingelte etwas bei ihr:

»Da kommen die Kekse her«, fiel Renée ein, und Ulrike nickte erfreut. Wurzener Dauerbackwaren waren ein Begriff in der Republik, und vielleicht hatte Ulrike ja Beziehungen und konnte diese feinen schokolierten Waffelblättchen oder gar die Wurzener Gebäckmischung besorgen.

»Ja, hoi, Altenburg ist auch bekannt«, sagte Marion, und eine kleine Pause entstand. »Für Spielkarten«, half sie aus. »Für Skat. Rommé. Doppelkopf. Bridge«, zählte sie nicht ohne Stolz auf, worauf nun alle Susi ansahen: Was zeichnete ihre Heimatstadt aus?

»Und du bist aus Berlin«, stellte Susi stattdessen mit einem Lächeln fest, und Renée nickte vage. Gleich nach ihrem Vornamen hätte sie auch gern ihre Herkunft noch etwas für sich behalten, aber sie berlinerte nun mal, so wie diese Kleinstadtmädchen eben sächselten. Berlin, die Hauptstadt der DDR, kannten sie natürlich, da waren sie mit ihrer Klasse bestimmt zur Jugendweihe gewesen, sicherlich auch auf dem Fernsehturm, doch wahrscheinlich erinnerten sie sich gerade daran, wie sie mit einer Liste ihrer Verwandten durch die Geschäfte gerannt waren, um all das einzukaufen, was es sonst nicht in der Republik gab. Oder warum musterten alle drei sie jetzt so unverhohlen neidisch? Sollte sie ihnen irgendetwas beschaffen, oder entsprach sie nicht dem Bild, das sie von den großmäuligen Berlinerinnen hatten?

»Du schläfst oben«, unterbrach Ulrike Renées Überlegungen, »und das da sind dein Schrank und dein Tisch.«

Fünf Jahre würde sie mit diesen drei Mädchen zusammenwohnen. Fünf lange Jahre zu viert auf zwölf Quadratmetern mit zwei Doppelstockbetten, vier doppeltürigen Schränken, vier quadratischen Sprelacat-Tischen so groß wie ihr A1-Reißbrett. Dazu vier Stühle und vier Regalfächer, die jeweils über den Tischen an der Wand hingen. Damit war das Zimmer voll, übervoll, man konnte sich kaum um die eigene Achse drehen, wie Renée entsetzt realisierte, besonders wenn alle Bewohnerinnen wie jetzt gleichzeitig im Raum herumstanden. Renée überschlug schnell, wie viele Quadratmeter Grundfläche allein durch die nicht beweglichen Möbel wie Betten, Tische, Schränke belegt waren, und kam auf gut neun Quadratmeter, von denen folglich drei zum Stehen und Laufen blieben. Das jedoch nur, wenn die Stühle unter die Tische geschoben wurden. Saßen sie auf ihren Stühlen, war noch weniger Platz.

Erschwerend kam hinzu, dass sie alle vier nicht nur im selben Studienjahr, sondern auch noch in derselben Seminargruppe waren. Das bedeutete, dass sie immer zur selben Zeit Vorlesungen und Seminare hätten, zur selben Zeit würden aufstehen und losgehen müssen, also kurz gesagt auch immer zur selben Zeit in diesem winzigen Zimmer anwesend oder abwesend sein würden. Dagegen war ihr Zimmer in Berlin der pure Luxus, geradezu ein Palast, wenn auch nur neun Quadratmeter groß, so doch ein Zimmer für sie allein, während sich ihre Eltern weiterhin jeden Abend mit der Klappcouch mühten, Tisch und Sessel beiseiteräumten und das Wohnzimmer zum Schlafzimmer umbauten, nur damit sie und ihr Bruder je ein eigenes Zimmer hatten.

Panik stieg in Renée auf. Wie sollte sie das nur aushalten? Wie sollte sie hier überhaupt…

»Keine Angst, am Wochenende fahren wir immer nach Hause«, sagte Susi schelmisch lächelnd. Offensichtlich konnte sie wie Renées Mutter Gedanken lesen.

Marion und Ulrike nickten zustimmend und erklärten, dass Weimar zum Glück nur etwas mehr als eine Bahnstunde von ihrem jeweiligen Zuhause und ihren Verlobten entfernt lag. Sie würden deshalb selbst an jedem zweiten Samstag, an dem sie laut Studienplan bis 13 Uhr Vorlesungen hätten, fürs restliche Wochenende nach Hause fahren.

Die drei waren bereits verlobt? Und kannten schon den Studienplan? Renée erfasste neuerliche Panik. Würden ihre anderen Kommilitonen ebenfalls Kittelschürzen und Dauerwelle tragen und verlobt sein? Renée kannte niemanden sonst in ihrer Altersgruppe, der verlobt war, geschweige denn Kittelschürzen trug. Nicht mal ihre Mutter war noch verlobt gewesen. War auch keine Zeit mehr dazu. Auf dem Hochzeitsfoto ihrer Eltern war deutlich der gewölbte Bauch unterm Spitzenkleid zu erkennen, der der eigentliche Grund für die vorschnelle Vermählung gewesen war. Renée würde jedenfalls niemals heiraten, das war spießig!

Dennoch beruhigte sie die Vorstellung, das Zimmer ein bis zwei Abende pro Woche für sich zu haben. Auf keinen Fall würde sie ständig nach Berlin fahren, schon gar nicht gleich am ersten Wochenende, obwohl sie hier noch niemanden kannte. »Frühestens in sechs Wochen, vielleicht auch noch später«, hatte Renée ihrer Mutter und auch Lilo angekündigt, denn sie wollte das Studentenleben an den Wochenenden in vollen, aber nicht in überfüllten Zügen genießen.

Doch schon an ihrem ersten Abend im Wohnheim fragte sich Renée, ob es nicht ein riesiger Fehler gewesen war, dass sie sich für Weimar entschieden hatte. Denn nicht nur das Wohnheim hatte so gar nichts mit dem Bild gemein, das sie sich zuvor von ihrer Unterkunft gemacht hatte, auch ihre Mitbewohnerinnen und neuen Kommilitoninnen waren kein bisschen anders als die Mädchen aus ihrer Abiturklasse, die sich nur für die neuesten Schlager und wo es was zu kaufen gab interessierten, und denen hatte sie doch entkommen wollen. Diese Mädchen hier unterschieden sich von ihren alten Klassenkameradinnen nur im Dialekt, den Renée zwar nach mehreren Wiederholungen zunehmend besser verstand, der die Dinge jedoch durch eine ungewöhnliche Wortwahl inhaltlich zu verdrehen schien. Schon in den ersten Stunden reizte es sie zu Widerspruch und Korrektur.

»Machen ma ma in die Stadt nei?«, hatte Ulrike gefragt und damit offenbar einen Bummel durch die Stadt vorgeschlagen, obwohl der Lange Jakob mitten in Weimar, also in der Stadt, stand. Da aber Marion sofort mit einem beherzten »Ja, hoi!« zustimmte, das anscheinend dem berlinerischen »Klar, wa!« entsprach, und Susi auch nichts entgegnete, schluckte Renée ihren Einwand herunter und beschloss, zunächst im Erdgeschoss ihre Fachbücher abzuholen und danach die Reisetasche auszupacken.

Als die Tür zehn Minuten später hinter den dreien zuschlug, atmete Renée erst einmal durch und genoss die Leere des Zimmers. Wie oft würde sie in den nächsten Jahren solche Momente des Alleinseins wohl haben? Und würden die Wochenenden überhaupt ausreichen, sich zu erholen? Anstatt sich die offensichtliche Antwort einzugestehen, wagte sie einen Blick aus dem Fenster, das fast die gesamte Breite des Zimmers einnahm.

Die Aussicht auf Weimar, wenn auch nur aus der fünften Etage, war immerhin keine Enttäuschung. Vor ihr lag die von ihr ersehnte Bilderbuchkleinstadt mit krummen Häuserreihen und verwinkelten Straßenzügen, überspannt von buckligen, rot geschuppten Dächern in allen Farbnuancen, dazwischen ein schiefergedeckter Kirchturm, der sich über grünen Baumkronen erhob, die wahrscheinlich ein paar verfallenen Grabsteinen auf dem zur Kirche gehörenden Friedhof Schatten spendeten. Weiter rechts, weit im Hintergrund, das musste der Ettersberg mit dem Glockenturm des KZs Buchenwald sein. Und direkt unter ihr befand sich der winzige Parkplatz, der Jakobsplan, um den sich eng an eng ein paar Häuser duckten. Sie wohnte nun zwar in einer Neubauscheibe, aber sie hatte von hier aus den besten Blick auf die Stadt und musste nicht auf diese hässliche Wohnscheibe selbst schauen wie etwa die Menschen in den Häuschen da unter ihr, deren Aussicht für immer verstellt war. Wer war nur auf die Idee gekommen, mitten in die Altstadt solch einen riesigen Plattenbau zu setzen? Sie würde so etwas jedenfalls nie zulassen, wenn sie erst selbst Architektin wäre und das zu entscheiden hätte.

Beim gemeinsamen Abendbrot auf dem Zimmer erfuhr Renée, dass Susi und Ulrike bereits seit der zehnten Klasse mit ihren jeweiligen Verlobten zusammen waren, und Hois Verlobter – so nannte sie Marion bereits heimlich für sich, weil sie das Wort Hoi ständig benutzte – war sogar eine Buddelkastenliebe. Er war ein Jahr älter als Hoi und bei den Fallschirmspringern, eine der gefürchtetsten Eliteeinheiten der Armee mit hohen Anforderungen an Gesundheit, sportlichem Vermögen und politisch korrekter Überzeugung, die offensichtlich auch schon auf Hoi abgefärbt hatte.

»Ja, hoi, für eine gute Stelle würde ich auch in die Partei eintreten«, meinte sie zwischen zwei Bissen Brot, weil sie Renées ironischen Unterton nach der Gesinnung ihres Verlobten anscheinend nicht herausgehört hatte. Vielleicht zum Glück, denn wie konnte Renée nur annehmen, dass Hoi nicht hinter dem stand, was ihr Verlobter bekanntermaßen verkörperte: eine Kampfmaschine für den Sozialismus. Sie alle starrten Hoi für ihre freimütige Aussage entsetzt an. Doch es verbot sich von selbst, darauf zu antworten, es sei denn, man war klar der gleichen Meinung, und das waren Susi und Ulrike offenbar nicht.

Nachdem Renée ebenso wie die anderen brav ihre Tasse, ihr Besteck und den Teller abgewaschen hatte, zog sie sich zum Rauchen in den Waschtrakt zurück, wo sie aber nicht lange allein blieb. Plötzlich in Schlafanzug und Flatterhemd nahmen Susi, Ulrike und Hoi vor den drei Waschbecken Aufstellung und ließen sich Wasser ein, während Renée erstaunt auf ihre Armbanduhr linste. Hatte sie sich getäuscht …? Nein, es war wirklich erst kurz vor 19 Uhr! Wollten die drei etwa schon ins Bett gehen? Am ersten Abend ihres neuen, aufregenden Studentenlebens? Da konnten sie doch nicht schlafen gehen!

Doch, sie konnten. Aber nicht ohne vorher ausgiebig die Waschlappen für oben und unten zu benutzen, auch *Yvette intim*. Renée saß rauchend auf dem Hocker im Sanitärtrakt und schaute ihnen, Qualm in die Luft blasend, verwundert zu, wie sie Arien in den höchsten Tönen gurgelten und sich unten herum schrubbten, als gäbe es kein Morgen, als säße ihnen der Feind direkt zwischen den Beinen oder etwas, das da auf jeden Fall auszumerzen war. So gereinigt – und vermutlich, ohne einen einzigen erotischen Gedanken an ihre Verlobten zu verschwenden – stiegen sie ins Bett und packten ihr Strickzeug aus, kein neues, sondern eins, an dem sie offenbar schon Wochen werkelten. Dazu dudelte aus Hois mitgebrachtem Kofferradio DT64, der einzige Jugendsender des Landes, und das schon seit Renées Ankunft.

War es möglich, dass die drei ihr bisheriges heimatliches Leben hier einfach nur fortzusetzen gedachten?, fragte sich

Renée erschüttert. Dass sie all ihre Gewohnheiten mit nach Weimar gebracht hatten und nichts davon ändern wollten?

Renée hatte keines der Mädchen dazu überreden können, mit ihr noch »in die Stadt nei zu machen«, auf ein Glas Wein oder – ja auch das schlug sie vor – auf eine Limonade. Deshalb versuchte sie zu lesen, aber die Musik störte den Leserhythmus von *Hundert Jahre Einsamkeit*, dem Roman von Márquez, den ihr Robert zum Abschied geschenkt hatte, und überhaupt nervte Renée die Mucke. Noch nie hatte sie an einem einzigen Tag so viel DDR-Musik gehört wie an diesem. Die drei kannten sämtliche Rockgruppen, politische Liedermacher und besonders die schnulzigen Schlagersänger der DDR und hatten am Nachmittag jedes Mal lustvoll aufgestöhnt, wenn einer ihrer Lieblinge im Radio angekündigt wurde. Renée fand das befremdlich, und sie fühlte sich im Beisein der drei geradezu absonderlich und nicht dazugehörig. Ein paar dieser Lieder kannte sie natürlich auch, manche davon mochte sie sogar. Wenn man in der DDR aufwuchs, kam man ja nicht drum herum, überall in den Kneipen, Betriebsgaststätten, Kulturhäusern und Diskotheken war 60/40 vorgeschrieben: Sechzig Prozent Ostlieder, und nur vierzig Prozent durften maximal aus dem Westen, aus dem nichtsozialistischen Ausland, sein. Dabei hörten Renée und ihre Eltern in Berlin nur RIAS oder SFB, doch hier in Weimar würde man diese Sender wohl kaum empfangen.

Er war jedenfalls unerträglich gewesen, dieser erste Abend ihres neuen, aufregenden Lebens mit diesen drei Kleinstadt-Mädchen auf einem Zimmer! Deshalb zog sich Renée, als Hoi um 20 Uhr ihr Radio und das Licht ausschaltete, in die gemauerte Duschecke des Sanitärtrakts zurück. Zwar maß diese nur achtzig auf achtzig Zentimeter und war mit ihren von Kalk und schwarzem Schimmel überzogenen ehemals orangenen Kacheln nicht gerade einladend, aber dieser winzige, schlecht beleuchtete Raum gab Renée nach einem Abend zu viert auf zwölf Quadratmetern immerhin das Gefühl, für einen Moment für sich zu sein.

Das war natürlich eine Illusion, ein unerfüllbarer Wunsch, denn kaum hatte Renée ihr Buch ausgepackt und sich darin vertieft, wollte ein älteres Mädchen aus einem der Nachbarzimmer des Wohntrakts duschen. Bestimmt hatte es durch die kalten Betonwände hindurch gespürt, dass Renée sich schon am ersten Tag vom Kollektiv entfernen wollte und schleunigst zurückgeholt werden musste. Renée blieb nur, schlafen zu gehen oder zu fliehen. Deshalb war sie dann doch noch »in die Stadt 'nei' gegangen«, war durch die dunklen herbstlichen Gassen gelaufen und hatte sich schließlich todunglücklich an einem Brunnen niedergelassen, über dessen Becken eine bronzene Mutter mit zwei Kleinkindern thronte. Niemals hätte Renée gedacht, dass sie sich schon an ihrem ersten Abend zurück in die *Hupe* sehnen würde, der kleinen Bar am *Alex*, in der sie sich seit der elften Klasse jeden Samstagabend mit ihrer Clique gleich nach der *Muppet-Show* getroffen hatte. Was hatte sie nur getan? Wieso hatte sie unbedingt in Weimar studieren wollen?, fragte sie sich auf den Stufen des Brunnens sitzend. Wieso war sie nicht nach Dresden gegangen, wo sie ebenfalls die Eignungsprüfung bestanden hatte? Das war wenigstens eine Großstadt, zwar auch hinterm Mond, weil ohne jeden Westempfang ein Tal der Ahnungslosen, aber immerhin eine Großstadt. Oder wäre sie doch am besten gleich in Berlin geblieben!

Nein, Berlin war keine Option gewesen. Keine einzige Woche länger hätte sie es mit ihrer Mutter unter einem Dach ausgehalten, das wäre nicht gut gegangen. Klar, Renée hätte sich alternativ irgendwo in Prenzlauer Berg eine leer stehende, heruntergekommene Wohnung suchen und sie besetzen können, so wie es Robert getan hatte, weil er eben auch nicht so gut mit seiner Mutter auskam, was Renée überhaupt nicht verstehen konnte. Sie hätte Lilo sehr gern zur Mutter gehabt.

Auf dem Weg zurück zum Wohnheim musste Renée falsch abgebogen sein, denn plötzlich stand sie auf der Schillerstraße, einem Fußgängerboulevard, wie sie in den letzten Jahren fast in jeder Stadt entstanden waren, um das Einkaufen – in der Mangelwirtschaft – zu einem noch größeren Erlebnis werden zu lassen. Renée geriet trotzdem nicht in Panik. Sie war davon überzeugt, dass sie recht schnell auf die Neubauscheibe treffen, sie zumindest von vielen Punkten in der Stadt aus sehen müsste, denn gerade im Dunkeln würden all ihre Fenster hell erleuchtet sein. Wie immer täuschte sie sich. Obwohl sie sich in ihrem bisherigen Leben schon mehrmals verlaufen hatte, erinnerte sie sich in den Momenten, in denen sie neue Wege beschritt, nie daran, dass sie sich fast immer um 180 Grad in der Richtung täuschte, also das Ziel in genau entgegengesetzter Richtung vermutete. Es war eine Art genetischer Geburtsfehler, ein Webfehler, wie ihre Oma das nannte.

So irrte sie auch an ihrem ersten Abend durch die ihr noch fremde Stadt, bog mal links, mal rechts in irgendwelche verwinkelten Gassen ab, überzeugt davon, dass sie schon nach der nächsten Biegung das Wohnheim über den Dächern am Himmel entdecken würde, so wie in Berlin den Fernsehturm, der ihr oft den Weg nach Hause gezeigt hatte. Doch hier in Weimar war der Himmel schlicht schwarz, dichter Nebel hing über den Straßen und schluckte alles, das Licht, die Geräusche, anscheinend sogar die Bewohner. Da war niemand, den sie nach dem Weg hätte fragen können, die Straßen waren wie leer gefegt. Dabei war es nicht mal 21 Uhr!

Aber plötzlich war da Musik. Schöne Musik. Selbstgemachte Musik, allem Anschein nach sogar Live-Musik.

Denn das, was Renée da über den kleinen Platz in musikalischen Fetzen entgegenwehte, war nicht die Band Jethro Tull, nicht der echte Ian Anderson, der *locomotiv-breath* zum Besten gab, es war nur einer seiner vielen Nachahmer, doch ein sehr guter. Renée kannte das Lied, die Platte, auf dem der Track zu finden war, in- und auswendig, Robert hatte sie von seiner West-Oma vor zwei Jahren zu Weihnachten geschenkt bekommen. Und in den vergangenen Jahren hatte Renée genügend Nachahmer auf Feten, Aula-Festen und Jazz-Sessions gehört und gesehen, am ehesten war ihnen allen das Stehen auf einem Bein gelungen, nicht jedoch das pochende, pulsierende Flötenspiel, dessen Klänge sie nun hörte.

Die Töne kamen aus einem dicken runden, mittelalterlichen Turm, auf dessen Hof sie irgendwie geraten war. Vor ihr ein Kolonnadengang, der den Hof zu einer größeren Straße hin begrenzte, wo gerade ein O-Bus, den gelenkigen Arm an der Oberleitung, nebelgedämpft vorbeischnurrte. Die Tür des Turms, eine ungewöhnlich modern wirkende Stahltür, stand offen, was Renée als Einladung hineinzugehen verstand.

»Halt, halt, halt!«, rief ein Junge mit fusseligem Bärtchen, der neben der Tür auf einem Hocker saß, und zog sie an ihrer Jacke zurück zu sich heran. »Das ist ein Studentenklub, Zutritt erst ab achtzehn.«

Wie sie das hasste! Auch das noch! Zum Glück hatte sie vorsorglich ihren Ausweis eingesteckt, weil sie noch Zigaretten brauchte und es ihr in den Kneipen schon mehrmals passiert war, dass man ihr keine gab. »Zigaretten gibt es schon ab sechzehn«, belehrte sie die Verkäufer dann jedes Mal, aber die antworteten nur »Eben!« und gaben ihr keine.

»Ich hätte dich auf fünfzehn geschätzt«, sagte der Student, nachdem er ihr Geburtsdatum gesehen hatte.

Es war so entwürdigend. Dabei war sie schon neunzehn! »Na, auf dem Foto siehst du jedenfalls älter aus.«

»Da war ich vierzehn, als das gemacht wurde«, erwiderte sie, aber der Typ ließ sie trotzdem nicht durch, sondern verglich weiterhin grinsend ihr Lichtbild mit ihr, dem Original.

»Kann ich nun rein?«

»Und dein Studentenausweis?«

Sie holte tief Luft. Der lag auf dem Bücherstapel im Wohnheim. Warum hatte sie ihn nicht auch eingesteckt?

»Weißt du deine Matrikel?«

»Hä?«

Er rollte genervt die Augen. »Welche Fachrichtung?«

»Architektur?« Kaum ausgesprochen, verfluchte sie sich für das Fragezeichen, doch es schien ihn nicht zu stören.

»Architektur ist Sektion 1«, belehrte er sie, »und wir haben 1979. Also lautet deine Matrikel 1/79/…?«

»C!«, fiel ihr ein, während das Flötenspiel drinnen leiser und leiser wurde und schließlich verstummte.

»C ist dann deine Seminargruppe.«

»Ach so, und ich dachte, die Eins steht für erstes Studienjahr.«

»Quatsch, dann hättest du ja jedes Jahr 'ne neue Matrikel.« Er winkte sie ungeduldig mit der Hand durch, als stünden hinter ihr noch andere, die es zu kontrollieren galt.

»Und ich habe geglaubt, Architekten könnten logisch denken«, murmelte er in ihrem Rücken. Er ist selbst also keiner, dachte Renée. Aber das behielt sie besser für sich. Applaus und vereinzelte bewundernde Rufe und Pfiffe drangen aus der Tiefe des Gebäudes an ihr Ohr. Der Track war leider vorbei.

2. HOFFNUNG

Wenig später schaute Renée von ein paar Stufen herab in einen kreisrunden, ziemlich verqualmten Gewölbekeller, in dem mehrere Leute in lockeren Grüppchen mit gläsernen Bierhumpen herumstanden und sich angeregt unterhielten. Das war also der Studentenklub Kasseturm, Lilo hatte ihr auch von ihm vorgeschwärmt, von den Festen, den Konzerten, den Lesungen, und erzählt, dass sich hier früher vorzugsweise die Architekturstudenten getroffen hatten. Das Gewölbe war aus grob behauenen Quadern gemauert, und unter der Decke hingen alte, verbeulte Emailleschilder mit den bekannten Aufforderungen, die Schuhe sauber abzuputzen, die Hausordnung zu beachten und die Türen geschlossen zu halten. Oder mit den üblichen kategorischen Verboten gegenüber Hausierern, Musikanten und Bettlern. Solche Schilder hatte auch Robert in seiner Bude an den Wänden hängen. Auf nächtlichen Streifzügen heimlich aus den alten Hauseingängen der Mietskasernen in Prenzlauer Berg abgeschraubt und in witzigen Zimmerschmuck umfunktioniert, manchmal auch an Leute verhökert, die sich selbst nicht trauten, sie zu klauen.

Zu ihrer Rechten befand sich ein hoher, langer Tresen. In einer Art Nische, die das meterdicke Mauerwerk des Turms offenbarte, war ein kleines Podium eingebaut, darauf ein verlassenes Schlagzeug, und ein paar Gitarren und Rasseln lagen auch herum. Großartig bewegen würden sich die Musiker auf der kleinen Bühne nicht können. Auf einem Bein stehen schon.

Renée wusste nicht, was sie tun sollte. Sie konnte nicht ewig hier oben auf dem Absatz stehen bleiben und im wahrsten Sinne des Wortes auf die anderen herabschauen. Sie wollte unbedingt da runter, doch sie kannte niemanden und bis zum Ausschank am Tresen erschien es ihr unendlich weit. Sie müsste sich durch all die lässigen Leute schlängeln und darum bitten, sie vorbeizulassen. Bestimmt würde man sie wie einen Fremdkörper anstarren, wenn man sie überhaupt eines Blickes würdigte, feindlich und abweisend. Was will die denn hier?

Vor lauter Aufregung begann sie zu schwitzen. Sie hatte das noch nie gekonnt, unter Beobachtung anderer etwas zu tun, Aufmerksamkeit auf sich zu ziehen. Deshalb war sie beim Sport gescheitert, bei dem sie vor einer Schwimmhalle voller Zuschauer ganz allein einen Sprung hatte vorführen müssen. Und deshalb konnte sie auch nicht vorsingen oder gar Gedichte in der Öffentlichkeit rezitieren. Allein die Vorstellung, auf einer Bühne zu stehen, ließ ihre Haut heiß werden und kribbeln, und sie bekam butterweiche Knie. In der Schule war ihr sogar regelmäßig die Stimme versagt, wenn der Chorleiter sie bei der Probe nur angesehen hatte. Jedes Mal glaubte sie, dass das ein Hinweis war, zu laut oder falsch zu singen, und sie rechnete fest damit, hinterher zu ihm gerufen und rausgeschmissen zu werden.

Irgendwann sah sie endlich eine Chance, unbeobachtet zum Ausschank zu gelangen. Hinter ihr war ein Mädchen aus den Toiletten gekommen und wahnsinnig selbstsicher an ihr vorbei die Treppe hinunter in den Keller gegangen. Sofort richteten sich alle Augen auf sie, folgten ihr zu einem Grüppchen Männer, anscheinend die Musiker, denn einer hatte ein Mundharmonikagestell um den Hals und ein anderer einen Gitarrengurt quer über der Brust hängen. Sollten sie nicht eigentlich diejenigen sein, die von den anderen bewundert und ehrfürchtig angestarrt wurden?

Renée setzte sich in Bewegung, nahm Stufe um Stufe hinab in den Keller, das Herz schlug ihr bis zum Hals. Doch alle Blicke waren weiterhin nur auf eine einzige Person gerichtet, auf das schlanke, brünette Mädchen, das sich zu den Musikern gestellt hatte. Sie war in Renées Alter und hatte, wie Renée jetzt vom Tresen aus sehen konnte, sehr ebenmäßige Züge in einem hübschen ovalen Gesicht, das ganz offensichtlich das Objekt der Begierde aller Anwesenden war, besonders von einem der Musiker. Er kroch fast in das Mädchen hinein, während es ihm aufgeregt etwas zu erklären versuchte, dazu wild mit seinen schönen, schmalen Händen gestikulierte und jedes Mal hell auflachte, wenn der Musiker ihr etwas ins Ohr flüsterte. Dabei warf das Mädchen übermütig den Kopf nach hinten und zeigte eine Reihe gerader, strahlend weißer Zähne und zartes rosa Zahnfleisch, rollte aber gleichzeitig belustigt die Augen, als würde der Musiker kompletten Nonsens von sich geben.

Das Mädchen war der faszinierende Mittelpunkt des Kellers, links und rechts hätten Bomben niedergehen können, keiner hätte es mitbekommen, und alle, einschließlich Renée, schauten gebannt auf dieses Mädchen, das sich so ungezwungen mit den Musikern unterhielt. Renée konnte gar nicht anders, als wieder einmal diesen Neid zu spüren, der sie häufig beim Anblick solch gut aussehender, selbstbewusster Mädchen überkam. Wie mochte es sich wohl anfühlen, so makellos, so anziehend, sich seiner selbst so sicher zu sein und damit die Aufmerksamkeit sämtlicher Männer zu erregen?

Renée wollte jedoch nicht mehr neidisch sein. Schließlich war sie jetzt selbst jemand, der zu beneiden war. Eine Architekturstudentin. Bald schon würde sie Häuser entwerfen und auch bauen. Sie hatte immerhin ihren Traum gegen den großen Widerstand ihrer Lehrer und deren Planzahlen durchgesetzt. Architekten bräuchte der Sozialismus nicht, hatten sie allesamt behauptet, Lehrerinnen oder Offiziere hingegen schon.

Auch ihre Mutter war anfangs von ihrem Berufswunsch nicht begeistert gewesen. Sie hätte es viel lieber gesehen, wenn Renée eine Friseurin geworden wäre, sodass sie nicht jedes Mal erneut um einen Termin »bei diesen hochnäsigen Friseusen« betteln müsste. Nun aber schien sie stolz auf sie zu sein, hatte mit Renées Studienplatz im Friseursalon angegeben, und wenn es Renée genau bedachte, hatte ihre Mutter ihr mit dem ungeliebten Vornamen sogar ein bisschen dabei geholfen.

Renée hatte endlich ein Bier in der Hand. An dem würde sie sich festhalten, bis die Aufregung in ihrem Körper nachließ. Sie suchte sich einen Platz am Rand des Kellers, von dem sie einen guten Überblick hatte, und schaute sich um. Erstaunt betrachtete sie die Schlipse und seidenen Krawatten, die zwischen den verbeulten Emailleschildern von der Decke hingen, und überlegte, was es damit auf sich hatte. Das wäre vielleicht eine Frage, über die sie mit dem Mädchen dort ins Gespräch kommen könnte, wenn die Musiker wieder zu spielen begannen. Doch da sah sie, dass das Mädchen den Musikern auf das Podium folgte und die Querflöte zur Hand nahm. Es blickte sich lächelnd nach dem Schlagzeuger um, nickte ihm zu, offensichtlich das Zeichen für ihn, den Takt einzuzählen. Dann holte es tief Luft, setzte die silberne Flöte an die Lippen und blies, wie Ian Anderson höchstpersönlich, hinein. Nicht nur Renée war sofort verzaubert. My God, sie improvisiert tatsächlich *My God*, dachte Renée. Niemals hätte sie gedacht, dass eine Frau so gut Flöte spielen konnte!

Wahrscheinlich war sie eine Musikstudentin. Ein Junge aus Renées Parallelklasse hatte sich damals an der Musikhochschule Weimar beworben und war nicht angenommen worden, obwohl er in der Schule lange Jahre als Wunderknabe an der Geige galt. Dieses Mädchen hier hatte die Aufnahmeprüfung bestimmt mit Leichtigkeit bestanden und die Aufnahmekommission sofort in ihren Bann gezogen, nicht nur mit ihrem Spiel, sondern mit ihrem ganzen Wesen. Ihr Körper bog sich zu den Flötentönen so leicht und folgerichtig, als bestünde er statt aus Knochen und Muskeln aus einem besonderen Stoff, durch den die Musik wie Wasser hindurchfloss.

Der Applaus war gewaltig. Weitere Zugaben wurden gefordert. So spielten die Musiker mehrmals erneut *locomotiv breath* an, um sich gleich darauf wieder zu verneigen. Aber der Applaus wurde nur stärker und forderte erneute Zugaben, bis das Mädchen einfach ihre Querflöte auseinanderdrehte und die sich darin angesammelte Spucke unter allgemeinem Gelächter und Gegröle demonstrativ in einen leeren Bierhumpen kippte. Der Gewölbekeller hatte sich weiter gut gefüllt, und Renée fragte sich, wieso so viele zu spät zu diesem Konzert gekommen waren. Doch es stellte sich heraus, dass das gar kein Konzert war, sondern nur eine für alle offene Probe, bei der sich jeden Sonntagabend Studenten in anderer Zusammensetzung trafen, um gemeinsam zu musizieren.

»Jeder, der ein Instrument spielen oder singen kann, ist eingeladen«, sagte der Bassist ins Mikrofon und sah zu einem blonden, schlaksigen Typ am Tresen, neben dem ein Geigenkasten lag.

»Nee! Danke, ich verzichte, blamier mich doch nicht freiwillig nach so 'ner professionellen Nummer«, erklärte er abwinkend, und alle johlten auf, während das Mädchen mit ihrem Flötenetui unter erneutem Jubel und Geklatsche vom Podium stieg und sich zum Ausschank begab. Der Junge hinterm Tresen zeigte auf ein paar Humpen frisch gezapften Biers, die bereits auf die Musiker warteten.

Renée versuchte, das Mädchen im Auge zu behalten, sie war wie gefesselt, konnte sich einfach nicht losreißen, aber es war inzwischen so voll, dass ihr die Leute den Blick verstellten. Deshalb drängelte sie sich, nun schon mutiger, zur Treppe durch. Zwei Stufen über dem Boden hatte sie wieder einen guten Überblick auf den Raum und den Tresen, wo das Mädchen gerade mit großer Geste einen halben Liter Bier hinunterstürzte, als hätte sie tagelang nichts getrunken. Und gleich darauf nahm sie ein weiteres Bier in Angriff. Dafür bekam das Mädchen ebenfalls anerkennende Pfiffe, und als würde sie das noch mehr anfeuern, griff sie nach einem dritten Humpen und nahm einen tiefen Zug, trank ihn aber diesmal nicht vollends aus, sondern knallte das halb volle Glas so fest auf den Tresen, dass ein Teil seines Inhalts überschwappte. Anschließend wischte sie sich mit großer Geste, also mit dem Handrücken, den imaginären Schaum von der Oberlippe, als ahmte sie Hans Albers in der *Großen Freiheit* nach, und dann … dann rülpste sie laut.

Einen Moment erstarrten alle irritiert, weil das so gar nicht zu diesem zarten, wirbellosen Wesen, das wie eine Elfe Flöte spielte, zu passen schien. Auch Renée glaubte, es wäre ihr aus Versehen rausgerutscht – wie peinlich, sie selbst würde vor Scham im Erdboden versinken! –, aber das Mädchen lachte nur schallend und leerte schließlich auch den dritten Humpen bis auf den letzten Tropfen.

Renée hatte noch nie ein Mädchen so viel und so schnell Bier trinken sehen – sie selbst hielt sich immer noch an ihrem ersten Glas fest. Gleich beim ersten Schluck hatte sie festgestellt, dass das Weimarer Bier im Gegensatz zum *Berliner Pilsner* fade und dünn wie Plörre schmeckte. Doch das Erstaunlichste war, dass dem Mädchen das Bier, es waren immerhin anderthalb Liter gewesen, überhaupt nichts anzuhaben schien – Renée wäre nach solch einer Menge sturzbetrunken gewesen und hätte nur noch gelallt. Aber das Mädchen sprach sehr ruhig und ernsthaft mit dem Bassisten über ihre Musikvorlieben. Renée konnte das auf ihrem Stehplatz klar und deutlich hören, denn der Schall nahm den Weg über die gewölbte Decke zu ihrem Ohr. Es interessierte sich vorrangig für Jazz, besonders Free-Jazz, sagte es, während der Bassist ihren Körper eingehend taxierte und anscheinend darüber nachdachte, wie er sie in sein Bett bekommen könnte. Und das Mädchen nannte Namen, die Renée nicht unbekannt waren. Gumpert, Sommer, Bauer, Petrowski. Sie hatte alle schon in Free-Jazz-Konzerten gesehen.

Das waren auch Renées Idole. Wegen ihnen war sie in den letzten drei Sommern mit Robert und ihrer Clique nach Peitz getrampt, und erst im Juni war sie mit einer Freundin dort zum ersten Open-Air-Konzert gewesen. War sie dem Mädchen vielleicht auf der großen Wiese vor der Bühne begegnet?

Die anderen Musiker stellten sich nun zu dem Bassisten und bekamen von den Jungs hinterm Tresen weiteres Freibier gereicht. Renée wusste natürlich, dass es eigentlich unschicklich war zu lauschen, aber das Mädchen und die Musiker standen für Renées Ohren nun mal sehr günstig. Deshalb entging ihr auch nicht, wie das Mädchen ihren vierten Bierhumpen anhob und die Musiker fragte, ob sie einen russischen Trinkspruch vortragen dürfe. Die Jungs schauten sich fragend an, zuckten unentschlossen die Schultern und nahmen sich jeder ein volles Glas vom Tresen.

»Dann leg mal los«, sagte der Bassist und hielt ihr bereits seinen Humpen zum Anstoßen hin.

»Nicht so hastig, russische Trinksprüche dauern etwas«, erwiderte sie lächelnd und sah alle der Reihe nach ernst an. »Es war einmal ein kleines Vöglein …«

»Ich dachte, das wird ein Trinkspruch … ich habe Durst!«, nölte der Schlagzeuger, worauf der Bassist ihn mit einem »Pssst!« zurechtwies.

»Also, dieses kleine Vögelein«, fuhr das Mädchen fort, »hatte es eines Tages satt, immer nur im Schwarm zu fliegen. Denn es wollte endlich mal etwas anderes als nur die Schwanzfedern der anderen sehen.«

Die Musiker wechselten Blicke, schienen sich zu fragen, wohin das führen könnte.

»Also entfernte sich das Vöglein heimlich von seinem Schwarm und stieg hoch in die Lüfte und noch höher und höher, sodass es wirklich etwas Neues sehen konnte. Doch in der großen Höhe wurde es immer kälter, sehr kalt sogar, aber das Vöglein wollte trotzdem noch höher. Da erstarrte es plötzlich zu Eis und fiel als dicker Eisklumpen zurück auf die Erde …«

»Das ist kein Trinkspruch, das ist 'ne Parabel, Mann!«

»Frau!«, korrigierte ihn das Mädchen kühl, und Renée musste lachen. Dann sprach das Mädchen weiter. »Dort, auf der Erde, liegt nun das Vögelein, erstarrt zum Eisklumpen, steif vor Kälte und ganz allein. Und es beklagt gar bitterlich sein trauriges Los: ›Hätte ich mich doch nur nicht von meinem Schwarm entfernt …‹«

Mittlerweile war es ringsum still geworden, alle hörten dem Mädchen gebannt zu.

»Da kam eine Kuh vorbei, und das Vöglein bat sie, ihm zu helfen. Doch die Kuh lässt nur, direkt über dem Vöglein, einen dicken, arschwarmen Kuhfladen fallen und geht weiter.«

Grinsen ringsum. Die Leute hingen dem Mädchen förmlich an den Lippen.

»Das Vöglein ist empört, doch es taut auch ein wenig auf, und schon reckt und streckt es die noch steifen Flügel der Sonne entgegen. Leider kann es sich nicht aus dem klebrigen Kuhfladen befreien, um endlich seinem Schwarm wieder hinterherzufliegen. So bittet es schließlich einen vorbeikommenden Fuchs, es aus der Scheiße zu ziehen. Der Fuchs tut wie geheißen, aber kaum hat er das Vöglein befreit, frisst er es in einem Stück.«

Unbehagen breitete sich in den Gesichtern der Umstehenden aus. Das Mädchen lächelte listig, erhob seinen Bierhumpen und mit ihm die Stimme. »So erhebt nun das Glas, und lasst uns darauf trinken, dass der, der auf uns scheißt, uns nicht immer nur Böses will … Und dass der, der uns aus der Scheiße zieht, es nicht immer gut mit uns meint. Sa starowje!«

Alle starrten das Mädchen an. Anstatt mit ihren Humpen anzustoßen, nahmen sie nur stumm einen kräftigen Schluck von ihrem Bier, während das Mädchen grinsend mit einem allgemeinen »Prost!« in den Raum ihr viertes Bier in einem Zug hinunterkippte.

»Tja, Leute, ich muss dann mal los.« Der Bassist war offensichtlich zu dem Schluss gekommen, dass das Mädchen doch nicht zu ihm und in sein Bett zu passen schien, und die anderen trollten sich auch. Das Mädchen stand übermütig – oder verächtlich? – grinsend gegen den Tresen gelehnt. Es ließ seinen Blick kreisen, aber plötzlich schaute keiner mehr zurück, und niemand nahm mehr Notiz von ihr.

Außer Renée. Fieberhaft überlegte sie, ob sie nicht hinuntergehen und das Mädchen auf das Jazz-Fest in Peitz ansprechen sollte. Sie könnte ja einfach so tun, als hätte sie es dort gesehen. »Warst du nicht letztens auf dem Festival in Peitz?«, könnte sie auf dem Weg zum Ausschank, um sich ein frisches Bier zu holen, so ganz nebenbei fragen und bei ihm stehen bleiben. Selbst wenn das Mädchen nicht auf dem Free-Jazz-Fest gewesen war, hätte Renée ihr damit angedeutet, dass sie eine gemeinsame Leidenschaft besäßen, und sie würden eventuell ins Gespräch kommen. Sie hätte eine erste Verbündete gefunden und wäre nicht mehr auf die langweiligen Mädels in ihrem Zimmer angewiesen! Zuvor jedoch musste sie noch ihren halb vollen Bierhumpen loswerden, und deshalb schaute sich Renée nach einem günstigen Platz für ihn um. Sie fand keinen, und das Naheliegendste schien ihr, das Glas auf der Toilette zu leeren.

Doch als Renée von dort zurückkam, war das Mädchen verschwunden. Sie suchte den ganzen Keller nach ihm ab, konnte es aber nirgendwo entdecken. Enttäuscht beschloss sie deshalb, nach Hause zu gehen. Der Jakobsplan sei ganz in der Nähe, versicherte ihr der Fusselbart am Einlass, und so lief sie in die Richtung, die er ihr wies. Sie hatte sich schon ein paar Meter entfernt, da wandte sie sich abrupt um und ging zurück, um ihn zu fragen, ob er das Mädchen mit der Querflöte kannte.

»Ist auch erstes Studienjahr«, sagte er und musterte Renée eingehend.

»An der Musikhochschule?«

»Nee, nicht an der Liszt. Die war auch HAB.«

Das war die Abkürzung für die *Hochschule für Architektur und Bauwesen.* An welcher Sektion sie war, daran erinnerte sich der Fusselbart aber nicht. Trotzdem war es für Renée eine gute Nachricht. Vielleicht studierte das Mädchen ja wie sie Architektur, war vielleicht sogar in ihrer Seminargruppe. Bisher hatte sie doch nur die drei in ihrem Zimmer kennengelernt. Und selbst wenn das Mädchen eine andere Fachrichtung studierte, sie würden Freundinnen werden, davon war Renée auf einmal überzeugt, ohne dass sie einen Grund dafür hätte nennen können. Die Welt – und damit ihr aufregendes neues Studentenleben – sah gleich schon etwas besser aus.

Keine zehn Minuten später war sie im Wohnheim und kletterte im Dunkeln zufrieden in ihr Bett. Ohne Zähne zu putzen. Ohne waschen oben und unten.

Es war ein Flüstern, ein leises Klappern, Geraschel. Tür auf. Licht rein. Tür zu. Wo war sie? Irgendwo fiel eine Tür krachend ins Schloss. Vielleicht zwei, drei Stockwerke höher. Dann noch eine und noch eine. Der Lärm breitete sich wie ein Geschwür aus, fraß sich durch die dünnen Betonwände bis an ihr Ohr und war der Startschuss für eine Folge von Geräuschen, die ab sofort zu ihrem Alltag gehören würden. Tür auf. Tür zu. Geraschel. Klappern. Flüstern.

Es war acht Uhr, und Renée linste mit zusammengekniffenen Augen vom Stockbett herunter, betrachtete den runden Rücken von Hoi, die sich über ihren Kulturbeutel beugte und irgendetwas darin suchte, es fand, schüttelte und sprühte. Grüner Apfel! Es nahm Renée den Atem. Hörte das denn niemals auf? Überall rochen die Mädchen nach *Grünem Apfel*, dank Leuna und DDR-Chemie.

Drüben hinterm Schrank, dessen Rückwand Renées Bett begrenzte und der die Sicht auf den Rest des Zimmers verhinderte, knarrte eine Tür. Das war Ulrike, die den Geräuschen nach ihren Zahnputzbecher im Schrank verstaute. Das unverkennbare Geräusch eines Plastebechers, in dem hohl und dennoch gedämpft die Zahnbürste klapperte. Ferienlagergeräusche. Die waren Renée seit ihrem sechsten Lebensjahr vertraut – seit der Abschlussfahrt ihrer Kindergartengruppe an die Ostsee. Seitdem war sie ihnen jeden Sommer sowie jeden Winter in den Ferienlagern, Jugendherbergen und Trainingslagern immer wieder ausgesetzt gewesen. Geräusche, die zu ihrer Kindheit und Jugend gehörten wie das Zähneputzen, und die sie nun für die folgenden fünf Jahre Tag für Tag begleiten würden, obwohl sie mit neunzehn Jahren endgültig aus dem Ferienlageralter heraus war.

Die Tür ging erneut auf, und herein huschte Susi, die Kleinste von ihnen. Sie schlief ebenfalls oben, in dem Stockbett neben Renée, nur durch einen schmalen Gang getrennt, was Renée das Ins-Bett-Kommen am vorigen Abend erleichtert hatte, denn sie hatte sich einfach nur links und rechts, wie im Sportunterricht am Barren, statt auf die Holme, auf die oberen Betten gestützt und dann ihre Beine links oben in ihr Bett geschwungen – eine Leiter, wie es sie damals bei ihnen zu Hause am Doppelstockbett für ihren Bruder gegeben hatte, fehlte hier.

Laut Studienplan würde Renée heute die anderen Studenten aus ihrer Seminargruppe kennenlernen, doch zuvor sollte es eine Einführungsvorlesung im Oberlichtsaal mit all ihren zukünftigen Professoren geben. Renée war gespannt, ob sie das Mädchen vom Vorabend dort wiedersehen würde, und hielt bereits auf dem zwanzigminütigen Weg zur Hochschule die Augen offen. Es ging einmal quer durch die ganze Stadt. Über den Herderplatz zum Markt, bis zur Schillerstraße, den Frauenplan, dann über den Wielandplatz bis in die Geschwister-Scholl-Straße, wo das Hauptgebäude der HAB stand. Dort, in einem der Atelierräume mit den großen Fenstern, hatte Renée damals den schriftlichen Eignungstest absolviert, der mit allerhand Logik-Fragen, mathematischen Knobeleien und geometrischen Zeichenaufgaben zum räumlichen Verstehen gespickt gewesen war. Erst danach war es zu einem Aufnahmegespräch bei einem Professor und zwei beisitzenden Studentinnen gegangen, wo sie ihre am Morgen abgegebene Zeichenmappe mit ein paar lobenden Worten zurückbekam und die Ernsthaftigkeit ihres Studienwunsches anhand von ziemlich durchsichtigen Fangfragen überprüft wurde.

»Was tun Sie, wenn Sie die Eignungsprüfung nicht bestehen?«

»Ich würde es nächstes Jahr erneut versuchen«, antwortete sie fest und ganz anders als das Mädchen und der Junge zuvor, die mit ihr zusammen im Eignungsgespräch saßen. Beide hatten sehr bescheiden geantwortet, dass sie dann vielleicht nicht für die Architektur geeignet seien und sich für ein anderes Studienfach bewerben würden, was Renée besonders bei dem

Jungen verwunderte, der als Zweites drangekommen war. Hatte er denn nicht bemerkt, wie sich die bis dahin freundlichen Gesichter des Professors und seiner studentischen Beisitzer bei ebendieser Antwort des Mädchens verfinstert hatten?

Der Oberlichtsaal lag im dritten Stock des Hauptgebäudes, war halb so groß wie die Aula ihrer alten Schule in Prenzlauer Berg, hatte aber nur ein einziges großes Sprossenfenster. Mehr gleichmäßiges Licht konnte an der Decke, die eine in Quadrate aufgeteilte Glasfläche war und dem Saal seinen Namen gegeben hatte, hinzugeschaltet werden.

Obwohl Renée den Saal zusammen mit ihren Mitbewohnerinnen als eine der Ersten betrat und die Eingangstür die ganze Zeit im Auge behielt, konnte sie das Mädchen vom Vorabend nicht unter den hereinströmenden Kommilitonen entdecken, die sich auf drei Seminargruppen aufteilten, wie Hoi wusste. A, B und C. Das Mädchen musste also doch an einer der anderen Sektionen der HAB studieren. Renée hoffte auf die Veranstaltung nach der Mittagspause, die für den gesamten Jahrgang angesetzt war, nicht nur für die Architekten, sondern auch für die Städtebauer, Gebietsplaner, Bauingenieure und Baustoffverfahrenstechniker. Dort würden sich ihnen alle Lehrenden vorstellen, bei denen sie sektionsübergreifend Unterricht hätten, auch die Sport- und Russischlehrer und der Hochschularzt.

Die Professoren hatten vorne bereits Platz genommen und unterhielten sich leise. Nur einer von ihnen schien zu schlafen. Er war etwa fünfzig Jahre alt, hielt die Augen geschlossen und saß dabei sehr aufrecht auf seinem Stuhl, so als meditiere er. Ab und zu öffnete er die Augen, starrte dann einen Moment geistesabwesend geradeaus, vielleicht um zu prüfen, ob noch alle da waren, und klappte dann die schwer wirkenden Lider wieder herunter. Pünktlich um 10:15 Uhr wurde die

Saaltür geschlossen, und der Leiter der Sektion Architektur, Professor Bernhard, stellte erst sich und dann, nach einer kurzen Begrüßung der neuen Studenten, alle anderen Professoren vor. Darunter waren die für die Lehrstühle Baukonstruktion, Wohnungs- und Gesellschaftsbau – das war der Schläfer –, Gestaltungs- und Entwurfslehre – der sah mit seinem langen Haar wie ein verkannter Künstler aus –, Produktionsbau, Denkmalpflege – bei ihm hatte Renée das Eignungsgespräch gehabt –, Architekturtheorie – das war der Sektionsleiter selbst – und Gebäudeausbau/Raumgestaltung, besser bekannt als Innenarchitektur – das war *natürlich* die einzige Professorin in der ganzen Riege.

»Frau Professor Stein ist nicht nur die erste Architekturprofessorin der DDR«, stellte Professor Bernhard sie vor, »sie hat auch die noch im Bau befindliche neue Mensa entworfen und das Studentenwohnheim Jakobsplan, das Sie ja alle bereits kennen.«

Ein Raunen, jedoch kein anerkennendes, ging durch die Reihen, als Professor Stein sich erhob und besonders den jungen Frauen unter ihnen Mut zusprach, ihre Chance, die ihr Fachbereich gerade den Frauen biete, nicht verstreichen zu lassen. Sie könnten Großartiges in der Architektur leisten! Indem sie ausschließlich Küchen, Möbel und Geschirr entwerfen?, dachte Renée missmutig. Sie wollte einmal Häuser und Brücken bauen. Doch sie alle klatschten brav, und damit war die Vorstellungsrunde zu Ende.

»Um uns ein bisschen besser kennenzulernen …«, setzte der Sektionsleiter an und rieb sich munter die Hände, als freute er sich bereits auf einen großen Spaß, »… haben wir für Sie eine kleine Aufgabe vorbereitet. Immer fünf Studenten, so wie sie hier gerade in den Reihen sitzen, bekommen jetzt einen Schuhkarton mit den jeweils gleichen Materialien ausgehändigt, daraus bauen Sie eine Brücke. Sie haben dafür eine halbe

Stunde Zeit. Die Brücke mit der größten Spannweite gewinnt.«

Was, verriet Professor Bernhard nicht. Trotzdem sah sich Renée nach ihren Nachbarn um. Würden die wissen, was zu tun wäre? Hätte sie vorher besser noch ein Buch über Brückenbau lesen sollen, oder war das wieder nur so ein Intelligenztest wie bei der Eignungsprüfung?

»Keine Angst, wir werden uns auf die Gruppen verteilen und ab und zu auch Ratschläge geben. Also los!« Professor Bernhard schaute auf seine Uhr, und zwei ältere Studenten gaben Kartons mit den stets gleichen Materialien aus …

Der Preis war ein Mittagessen in der Mensa am Tisch der Professoren im Van-de-Velde-Bau. Niemand beneidete die fünf Gewinner darum, die wie dressierte Hündchen dasaßen und vorgaben, der Unterhaltung der Professoren interessiert zu lauschen, sich währenddessen sichtlich verzweifelt neue, vor allem möglichst kluge Fragen überlegten und an ihrem Essen würgten. Renée hatte eine gute Gruppe erwischt. Sie belegten von den sechzehn Gruppen einen vorderen Platz, waren also nicht zu sehr aufgefallen, weder positiv noch negativ, wie etwa die Gruppe, in der Ulrike gelandet war. Diese hatte die Zeit im Streit um die richtige Herangehensweise vertan und war letzte geworden. In Renées Gruppe waren neben Hoi und Susi zwei weitere Berliner, Steps und Andy, mit denen sie zum Mittagessen denselben langen Kantinentisch ansteuerte, an dem bereits drei andere Mädchen Suppe löffelten.

»Ich bin Heike Kurth«, stellte sich eine von ihnen vor und zeigte dann auf das Mädchen neben sich. »Das ist Heike Kunzendorf!« Dann zeigte sie auf das dritte Mädchen. »Und das Heike Kahn!« Die beiden anderen Mädchen lächelten gequält, als könnten sie sich nicht entscheiden, ob sie das nun witzig oder schrecklich finden sollten.

»Das ist doch ein Witz!«, rief Steps dennoch, aber die sprechende Heike grinste: »Nein, ein Haiku! 5–7–5! Nicht aufgepasst in Deutsch?«

»Du meinst in Japanisch!«, entgegnete Andy und nickte ihr anerkennend zu, während Renée die drei bereits für sich in *die Heikus* umtaufte.

Nach dem Mittagessen schlenderten sie alle gemeinsam zum Hörsaalgebäude um die Ecke in der Marienstraße, ein Altneubau aus den Fünfzigern, in dem die Vorlesung für den ganzen Jahrgang stattfand. Die *Heikus* ließen sich gleich in der ersten Reihe nieder, aber Steps und Andy folgten Renée nach oben in die letzte Reihe des riesigen Hörsaals, in dem knapp fünfhundert Studenten Platz finden würden. Auch wenn die Luft hier oben schlechter war, Renée würde einen guten Überblick über den gesamten Saal haben, auch auf die Eingangstür und damit auf die hereinkommenden Studenten. Doch sie konnte das Flötenmädchen nicht entdecken.

Beim Brückenbauen im Oberlichtsaal waren Steps und Andy, vor lauter Ehrgeiz, einen guten Platz zu belegen, noch einsilbig geblieben, aber nun erzählten sie Renée, dass sie am Vortag mit demselben Zug wie sie aus Berlin angekommen waren.

»Wir haben dich am Bahnhof gesehen und gleich gewusst, dass du auch zum Jakob willst«, sagte Andy, der schmalere, auf jeden Fall hübschere von beiden. Er hatte dunkle, fast schwarzblau schimmernde halblange Haare und einen olivfarbenen Teint, und Renée mochte ihn auf Anhieb.

»Wir dachten, wir könnten uns mit dir ein Taxi teilen«, ergänzte Steps, der dunkelblond war und einen rotblonden Schnauzer trug. Auch ihn fand sie sympathisch. Er erinnerte Renée an *Kapitän Tenkes*, den Helden einer ungarischen Fernsehserie aus ihren Kindertagen.

»Aber du bist ja dermaßen hochnäsig an uns vorbeigestürmt, mit deiner schicken Zeichenrolle, dass wir uns nicht getraut haben, dich anzusprechen.« Andy schüttelte gespielt tadelnd den Kopf, und Renée fühlte sofort wieder diesen wohlbekannten Stich. Warum hielten sie immer alle für eingebildet? Wenn die wüssten!

Das Taxi hätte sie sowieso ablehnen müssen, dafür reichte ihr spärliches Taschengeld nicht aus. Die Jungs hingegen kamen sicher aus gut betuchten Akademikerfamilien, während es in Renées Elternhaus gerade einmal drei Bücher gab: Marx und Engels in einem Band, ein Bildband über Wildtiere, den ihr leiblicher Vater bei seinem Auszug nicht mitgenommen hatte, und *Mann und Frau intim,* allgemein nur bekannt als *der Schnabel,* ein Aufklärungsbuch, das vermutlich in jedem Haushalt der DDR zu finden war. Was die beiden wohl denken würden, wenn sie den Kamin aus Pappmaché sehen würden, der im Wohnzimmer ihrer Eltern stand? Mit grauer Riemchentapete beklebt und selbst gerußten Holzscheiten vor einer rot flackernden Lichterkette?

Zum Glück hatte ihr Lilo damals davon abgeraten, das Wohnzimmer ihrer Eltern mit Schrankwand und Klappcouch zu zeichnen, so wie es für die Eignungsmappe eigentlich gefordert war. Stattdessen lud die schlaue Lilo Renée zu sich in ihr eigenes Wohnzimmer ein und schlug vor, dieses zu zeichnen. Roberts Vater, ihr geschiedener Mann, war ein bekannter Maler, und Lilo arbeitete als Innenarchitektin für Sonderbauten und entwarf Möbel für teure Exquisit-Läden oder konzipierte Ausstellungen im Ausland. Schöne alte Echtholzmöbel aus den Sechzigerjahren standen in ihrem Wohnzimmer, manche davon hatte Lilo selbst entworfen. Das alte Ledersofa war belegt mit kuschligen Schaffellen, die Lilo aus Rumänien und Bulgarien von ihren Dienstreisen mitbrachte, und an den Wänden hingen polnische, international prämierte Plakate, auch Bilder von Roberts Vater sowie einige Zeichnungen ihrer Künstlerfreunde. Und die ganze Wohnung war mit diesen heiß begehrten vietnamesischen Bastmatten ausgelegt, anstatt mit dieser grell gemusterten, sich ewig statisch aufladenden billigen Auslegeware, die ihre Eltern in ihrer Not hatten kaufen müssen, weil es nichts anderes gab, als sie endlich ihre Dreiraum-Neubauwohnung bekamen.

»Hey, mach nicht so'n Gesicht«, rief Steps, »das hat Andy nicht so gemeint. Hätten wir uns sonst heut Morgen zu dir gesetzt?«

»Nein, hättet ihr nicht, Kapitän Tenkes«, erwiderte Renée versöhnlich grinsend und wusste, dass sie einen Treffer gelandet hatte.

»Siehst du«, rief Andy erfreut, während vorne am Pult ein kleines Männlein Aufstellung nahm, »nicht nur ich finde, dass du wie dieser Tenkes aussiehst! Oder?« Er schaute auffordernd zu Susi und Hoi, die zustimmend nickten.

Vorn am Pult legte das Männlein eine Folie auf den Polylux: »... die größte Gefahr besteht allerdings nicht darin, dass Sie am nächsten Morgen die Vorlesungen oder Seminare verschlafen, sondern dass Sie sich beim täglichen Besuch des Studentenklubs langsam und allmählich an das Trinken von Alkohol gewöhnen ...«

»Wer war das noch mal?«, flüsterte Renée Andy zu.

»Der Hochschularzt.«

»... in jedem Jahrgang gibt es am Ende des Studiums ein bis zwei Studenten, manchmal ist auch eine Studentin unter ihnen, die sich über die Jahre des Studiums so sehr an das Trinken gewöhnt haben, dass sie abhängig, ja, sogar alkoholkrank werden. Ich weiß, Sie denken, ich doch nicht!« Der kleine Mann schaute über die Reihen hinweg, fixierte hier einen Studenten, dort einen anderen, und fuhr dann fort: »Ich werde das nicht sein, ich trinke täglich höchstens ein Bier.

Aber nicht die Menge ist entscheidend, sondern das regelmäßige Trinken ist das, was Sie alkoholkrank werden lässt, sodass Sie nicht mehr aufhören können. Glauben Sie nicht, gerade Sie sind davor gefeit … gerade dann sind Sie nämlich am ehesten gefährdet.«

Renée musste unwillkürlich an das Flötenmädchen denken, wie es am vorigen Abend vier halbe Liter Bier in kürzester Zeit vernichtet hatte. War es bereits Alkoholikerin, oder war Renée mehr gefährdet, weil sie noch nie viel vertragen hatte?

Der Doc warnte außerdem noch vor dem allzu lockeren Umgang mit dem anderen Geschlecht, auch wenn es in den Wohnheimen am Wochenende viele einsame Herzen zu trösten gab. Und die, die die Anspielung nicht verstanden, warnte er mit einem Witz von Otto: »Trap, trap, der Trapper. Trip, Trip, der …« Vereinzelte unterdrückte Lacher waren zu hören, und manche vollendeten leise für sich: »Der Indianer!« Der Doc nickte zufrieden, verbeugte sich, als hätte er den Witz selbst erfunden, und seine frisch gebackene Klientel klopfte begeistert auf die Schreibpulte. Doch er hob sofort die Hand und forderte Ruhe ein: »Wer nicht gelacht hat, lässt sich das bitte von denen, die gelacht haben, erklären«, riet er und setzte hinzu: »Aufgeklärt sollten Sie ja bereits sein. Das können wir hier nicht mehr leisten.«

Nochmaliges Grinsen ringsum, aber Susi und Hoi hatten nicht gelacht und gaben Renée einen scheuen, fragenden Blick. Renée ließ sich zu nichts hinreißen, suchte lieber unter den vor ihr sitzenden Hinterköpfen weiter nach den langen braunen Locken des Flötenmädchens, während sich unten am Rednerpult mehrere Sportlehrer vorstellten und für ihre Sportart warben.

»Zum Glück haben wir eine Sportbefreiung«, seufzte Tenkes, und Andy nickte zufrieden.

»Brauchst du auch eine? Mein Vater ist Arzt.« Tenkes zwinkerte ihr aufmunternd zu, aber sie schüttelte den Kopf.

»Nur wenn die auch für ML gilt.«

»Marxismus-Leninismus heißt jetzt WiSo.«

»Hä?«

»Wissenschaftlicher Sozialismus.«

»Ach so!«

»Nee, WiSo!«

Vorn am Rednerpult hatte eine unsympathische Frau Aufstellung genommen und legte schon mal Folien mit den üblichen Phrasen auf den Polylux, die sie alle zur Genüge aus Staatsbürgerkunde kannten. Diese Frau brauchte sich nicht mehr vorzustellen. Das war eindeutig die Tante vom ML-Institut, deren Vortrag musste man eben über sich ergehen lassen.

Genügend Zeit also, jede einzelne Reihe nochmals nach dem Flöte spielenden Mädchen abzusuchen, aber Renée konnte es nicht entdecken. Hatte sich der Fusselbart am Einlass des Kasseturms vielleicht doch geirrt?

Als nächste Veranstaltung war das Treffen mit ihren Seminarleitern geplant. Also marschierte Renée mit den Architekten zurück ins Hauptgebäude, ihr Seminarraum lag im Obergeschoss. Es war tatsächlich das riesige Atelier, in dem sie den Eignungstest geschrieben hatte, das mit dem hohen Sprossenfenster, das sich bis in das Dach hineinzog und auf diese Weise für eine gleichmäßige Ausleuchtung des großen Raums sorgte. Überhaupt war Renée beeindruckt, in solch einem schönen, alten Gebäude studieren zu dürfen. Allein das Foyer mit der *Eva* von Rodin im Auge der oval gewendelten Treppe, die wiederum von vertikalen Fensterbändern erhellt wurde, hatte etwas Erhabenes. Der Krieg schien das Gebäude verschont zu haben, denn nicht nur die Türen waren noch original, auch die Klinken, die kugelförmigen Opalleuchten, der Handlauf des Treppengeländers sowie die Fenster und die Holzdielen schienen noch aus der Zeit ihrer Entstehung zu sein.

Hier, in diesem Raum, hatten womöglich Gropius, Klee, Feininger und wie sie alle hießen einst vor Studenten wie Renée gestanden, und hier sollte sie endlich ihre Seminargruppe kennenlernen und auf den Seminarleiter Dr. Riemer treffen, der laut Plan ein paar organisatorische Dinge mit ihnen besprechen wollte. Deshalb glaubte Renée auch, dass es sich bei dem circa fünfzig Jahre alten Mann, der Anzughose und einen selbst gestrickten weinroten Pullunder über dem unmodernen karierten Herrenhemd trug, um den Seminarleiter Dr. Riemer handelte. Und in dem neben ihm stehenden, ebenso altmodisch gekleideten aschblonden Jüngelchen, das eine schwarz gerahmte Brille mit Gläsern so dick wie die Böden von Weinflaschen auf der Nase trug, vermutete sie seinen kurzsichtigen Assistenten. Insgeheim hatte sich Renée ihre Lehrer und Professoren viel moderner vorgestellt, eher wie Künstler.

»Habt ihr nicht auch gedacht, dass die Profs ein bisschen moderner aussehen?«, wandte sie sich an Tenkes und Andy und deutete zu den beiden hinüber.

»Das sind Holger und Wolfgang«, sagte Andy grinsend, und Tenkes erzählte, dass sie sich mit den beiden ein Zimmer in der Hegelstraße teilten, die zwei also Mitstudenten seien.

»Wie alt sind die denn?«, fragte Renée überrascht und erfuhr, dass Holger, der älter wirkende, genauso alt wie Renée und das Jüngelchen sogar ein Jahr jünger war. Renée wusste, dass sie nicht nach Äußerlichkeiten urteilen durfte, trotzdem hätte sie eher einen altmodischen Seminarleiter mit einem sonderbaren, überspannten Assistenten akzeptiert, statt Kommilitonen, die älter aussahen als ihre Eltern.

Entsprechend überrascht war sie dann doch von ihrem Seminarleiter Dr. Riemer. Er war ein feingliedriger, sportlicher Mann knapp über vierzig, mit stechend grünen Augen, dunklem, vollem Haar und langen manikürten Klavierspielerhänden, die ständig an seinem hübsch gemusterten Seidentuch nestelten, das seinen Drei-Wochen-Ostsee-Teint wunderbar zur Geltung brachte. Dr. Riemer sprach leise, aber sehr artikuliert und fixierte Renée mit seinen grünen Augen zwischendurch mehrmals, als wollte er sie auf irgendetwas überprüfen, während er bekannt gab, was er so mit ihnen vorhatte.

»Als Erstes müssen Sie heute einen FDJ-Sekretär wählen«, sagte er, und noch bevor irgendjemand auf den Gedanken kommen konnte, dass das etwas schwierig werden würde, da sie einander ja erst wenige Stunden kannten, fixierte er abermals Renée, die sofort zu schwitzen begann. Nein, das wollte sie nicht! Doch dann schaute er auf seine Liste und las einen Namen vor.

»Hier!«, erwiderte ein Mädchen, das in der ersten Reihe saß.

»Das ist erst mal nur kommissarisch, aber wichtig für die Immatrikulationsfeier am Freitag«, erklärte Dr. Riemer. »Sie werden da für Ihre Seminargruppe den Fahneneid leisten. Nehmen Sie an, Anette?«

»Wenn die anderen mich akzeptieren.« Anette zuckte hilflos die Schultern und drehte ihnen ihr rundes Gesicht zu, ließ ihren Blick ohne Regung über ihre neuen Kommilitonen schweifen. Selbst wenn sich ihr Innerstes gegen diese »Auszeichnung« sträuben sollte, ließ sie sich nichts anmerken. Ob sich diese Anette fragte, wie Dr. Riemer ausgerechnet auf sie gekommen war? Sie und alle anderen wussten, dass sie den Posten nicht ausschlagen konnte. Auch würde niemand gegen sie stimmen. Alle waren froh, dass dieser Kelch an ihnen vorübergegangen war.

Dr. Riemer bat um das obligatorische Handzeichen, und zwei Minuten später war Anette einstimmig zur FDJ-Sekretärin gewählt. Ähnlich erging es Hoi, die dazu auserkoren worden war, am nächsten Tag und dann jeweils am Monatsende für alle die Stipendien an der Hochschulkasse in Empfang zu nehmen und gegen Quittung zu verteilen. Vielleicht glaubte Riemer, dass Hoi ein paar Tricks ihres Fallschirmjägers draufhatte, oder wieso hatte er ihr diesen Posten übertragen? Er schien allerdings etwas überrascht, dass sich Hoi sehr selbstbewusst einen Begleitschutz und Ersatz im Falle ihres Krankseins ausbat und dafür Susi anstatt irgendeines Jungen vorschlug. Immerhin waren sie 24 Studenten in der Seminargruppe, etwas weniger Mädchen als Jungen, und sechzehn davon erhielten das staatliche Stipendium von zweihundert Mark, was in Summe viel Geld bedeutete, das bei einem Überfall verteidigt werden musste. Ob jedoch die Kleinste von ihnen, Susi, ihr dabei helfen konnte, fand Renée fraglich.

Dr. Riemer, der noch weitere Posten und Pöstchen zu vergeben hatte, zog recht lustlos seine Agenda durch, womit er für alle sichtbar klarstellte, dass er nicht dahinterstand, aber eben ein Lehrer an einer Hochschule war und sich zu fügen hatte. Und immer wieder schaute er währenddessen zu Renée, schien sie mit seinem durchdringenden Blick zu durchbohren, als würde er sie als Nächstes für etwas vorschlagen, oder als hoffte er, sie wäre die, die beim nächsten Namen »Hier!« rufen würde. Es hatte keinerlei Vorstellungsrunde gegeben, nur er selbst hatte am Anfang kurz seinen Namen genannt und erklärt, dass er ihr Ansprechpartner für alle studentischen Belange sei. »Sie finden mein Büro drüben im Van-de-Velde-Bau bei der Denkmalpflege. Aber ich bitte Sie, sich nur im Notfall an mich zu wenden, da meine Zeit begrenzt ist.«

Schließlich ging die angesetzte Dreiviertelstunde vorüber, ohne dass Renée eine Aufgabe übernehmen musste. Ihre anfängliche Freude darüber schlug jedoch schnell in Selbstzweifel um. Hielt Dr. Riemer sie etwa nicht für vertrauenswürdig genug? Denn sie war eine der wenigen, darunter auch Andy, die nicht aufgerufen worden waren. Sogar die stille Ulrike bekam eine Aufgabe und übernahm die Patenschaft von Oktai, einem hübschen Mongolen, der laut Andy der Sohn des Bürgermeisters von Ulan Bator war und noch sehr wenig Deutsch sprach und verstand, obwohl sein Vorname angeblich »Der, der versteht« bedeutete.

»Woher weißt du das?«

»Hat mir mein Vater erzählt. Der kennt Oktais Vater.«

»Warum bist dann nicht du sein Pate?«

Andy bedachte sie mit einem vernichtenden Blick, als wäre diese Vorstellung völlig absurd. »Wozu? Um den Aufpasser zu spielen?« Er schüttelte entschlossen den Kopf.

»Aber findest du es nicht seltsam, dass fast alle irgendeine Aufgabe bekommen haben, nur wir nicht?«

»Wolltest du denn eine?«

»Darum geht es doch nicht.«

»Interpretier da mal nicht so viel rein«, erwiderte Andy. »Vielleicht hebt er sich uns für was Besseres auf.«

»Was denn?«

»Nun frag doch nicht so. Werden wir ja sehen.«

Die erste Woche, die Rote Woche, wie sie von den älteren Studienjahrgängen genannt wurde, war geprägt von weiteren Einführungsvorlesungen der einzelnen Fachbereiche, die einen Überblick darüber gaben, was sie im ersten Semester und darüber hinaus in den nächsten fünf Jahren Studium zu erwarten hatten, was sie am Ende wissen würden und was nicht. Und fast immer wurden Drohungen ausgesprochen, dass sie sich glücklich schätzen könnten, einen der wenigen so begehrten Studienplätze abbekommen zu haben, und dass sie diesen Vorschuss an Vertrauen, den der Arbeiter- und Bauernstaat mit diesem kostenlosen Studium in sie setzte, nur mit fleißigem Lernen, Pünktlichkeit und hervorragender Arbeitsmoral würden zurückzahlen können.

Leider, so fuhren die Professoren und Dozenten dann auch gleich fort, gäbe es besonders in den ersten zwei Semestern immer wieder Kandidaten, die dieses Vertrauen mit Fehlzeiten, ungenügendem Lerneifer und schlechten Noten verspielten, weil sie sich zu lange und zu oft in den Studentenklubs herumtrieben und das vermeintlich angenehmere Studentenleben nicht nur bis zur Neige, sondern darüber hinaus auskosteten. Von diesen Studenten würde man sich unweigerlich am Ende jedes Semesters trennen, niemand werde durchgeschleppt, und dass das der Wahrheit entsprach, könnten sie bei den höheren Studienjahrgängen erfahren, die ausnahmslos davon profitiert hätten, dass diese Faulenzer und Verführer rechtzeitig exmatrikuliert wurden.

»Im letzten Semester mussten sogar drei Studenten gehen. Normalerweise sind es höchstens zwei«, sagte auch Dr. Kühn, der Chef für Erziehung und Ausbildung, und ließ seinen Blick prüfend über die Studenten gleiten.

»Werden Sie das sein?« Er schaute einen Jungen in der ersten Reihe direkt an, der vor Schreck erstarrte. Aber auch die anderen hielten den Atem an. »Ja?«

Der Junge schüttelte langsam den Kopf.

»War das ein Zögern?«

Der Junge gab ein gequältes »Nein!« von sich.

»Dann ist es ja gut.« Der E&A-Chef stieg an der Fensterseite des Hörsaals die Treppe hinauf, sein Blick wanderte nun sorgsam über die oberen Reihen, bis er bei jemandem haltmachte, den Renée schon zweimal abends im Kasseturm gesehen hatte.

»Oder sind Sie das?«

Auch dieser Junge schüttelte den Kopf, etwas schneller und vehementer als der Erste, was der E&A mit einem zufriedenen

Nicken quittierte, ehe er sich wieder auf den Weg hinunter zum Pult machte. Alle in seinem Rücken atmeten auf.

E&A-Chefs waren niemals freundliche Zeitgenossen, auch den an ihrer Schule hatte jeder lieber von hinten als von vorn gesehen, denn sie hatten die Macht, jeden Schüler ohne Vorwarnung aus dem Unterricht in ihr Büro zu zitieren, ohne Angabe von Gründen. Sie waren die graue Eminenz an den Schulen, Hochschulen und Universitäten, denn sie hafteten persönlich dafür, wenn die von den Ministerien vorgegebenen Planzahlen nicht erfüllt wurden. Also wenn sie zu wenige Offiziersbewerber oder zu wenige Mädchen, die Lehrerinnen werden wollten, abrechnen konnten, oder die Zahl der Schüler, die die Schule ohne Abitur oder Studienplatz verließen oder sogar mit den Eltern in den Westen wollten, zu hoch war. Das wurde ihnen persönlich zur Last gelegt, das war ihre ureigene Schuld, denn das hieß, dass sie nicht genügend Einfluss und Druck auf die ihnen anvertrauten Schüler oder Studenten ausgeübt hatten.

Und tatsächlich führte die übermäßige Häufung der vorgetragenen Drohungen in der Roten Woche bei Renée zunehmend zu einem unangenehmen Magengrummeln. Obwohl von klein auf an derlei Wenn-du-nicht-dann-Erziehung gewöhnt, überkam sie plötzlich die Angst, dass sie diejenige sein könnte, die am Ende des Semesters zu den zwei obligatorischen exmatrikulierten Studenten gehören würde, weil es ihr vielleicht fernab der strengen Kontrolle ihrer Mutter nicht gelang, die nötige Ernsthaftigkeit für ihr Studium aufzubringen. Und so erwartete sie unweigerlich, bei jeder einzelnen Stufe, die der E&A-Chef langsam zurück zum Rednerpult hinabstieg, dass er sich noch einmal umdrehen und sie herauspicken würde: *Oder werden Sie das sein, Renée?*

Und irgendwie wurde sie das Gefühl nicht los, dass die Dozenten und Professoren über sie alle genauestens Bescheid wussten und sie trotz fehlender Namensschilder alle namentlich ihren Gesichtern zuordnen konnten. Oder wie ließ es sich sonst erklären, dass Professor Hofmann vom Lehrstuhl Gestaltung behauptete, dass jeder bei ihm etwas werden könne, er nicht auf Namen schaue und sich dann doch den sehr großen, schlaksigen Axel heraussuchte und direkt ansprach: »Selbst Sie, Herr Buchholz!«

Ganz ähnlich die alte Dame, Frau Reinhardt, in Entwurfslehre, die sich anscheinend ziemlich was darauf einbildete, eine ehemalige Schülerin des großen Bauhauslehrers Johannes Itten zu sein, was mehr über ihr Alter aussagte als über ihr Vermögen als Lehrerin. Sie hatte, erzählte sie, von einigen in der Seminargruppe bereits deren Väter und manchmal auch ihre Mütter unterrichtet. Darunter der Stadtarchitekt von Rostock und einige Doktoren an der Bauakademie. Sie fragte sogar direkt nach, woran Andys Eltern gerade arbeiteten, als wäre das ihr persönlicher Verdienst.

»Sie haben sich vor drei Jahren getrennt«, erwiderte Andy ohne eine Spur von Wehmut.

»Hatten sie nicht erst ein Haus gebaut?«

»Ja, Haus fertig, Ehe kaputt! So sagt man doch?«, meinte Andy seelenruhig. Was jedoch bei der alten Dame ein Hüsteln provozierte und sie schnell das nächste Kind ihrer einstigen Schüler ins Auge fassen ließ. Andy beugte sich zu ihr rüber und sagte leise: »Popinjay, ist ihr Vater Millionär oder Senator?«

Im ersten Moment glaubte Renée sich verhört zu haben, doch Andy zwinkerte ihr zu und wiederholte: »Nun, Popinjay, ist ihr Vater Millionär oder Senator?«

»Nein, Sir«, stieg Renée ernst in das Zitat aus dem IKS-Haken von Josef Heller ein. Die Bibel für absurde Dialoge während ihrer Abiturzeit.

»Dann sitzen Sie jetzt ohne Schwimmgürtel bis zum Hals in der Scheiße«, zitierte Andy genauso ernst, und dann grinsten sie beide. Deshalb konnte das Folgende Renée auch nichts mehr anhaben. Denn die alte Dame kannte Renées Eltern natürlich nicht. Die hatten überhaupt nicht studiert, geschweige denn in Weimar.

Aber das besagte doch nichts, oder? Das Bildungsniveau der Herkunft hatte schließlich keinerlei Einfluss darauf, ob jemand zeichnen konnte oder nicht. Aber hier, an dieser Hochschule, hielt man die Herkunft offenbar für eine wichtigere Voraussetzung als ein angeborenes Talent, das sich noch entfalten könnte, das allerdings, wie Renée fand, ebenso unverdient wie eine königliche Herkunft war.

Die Rote Woche endete mit einem zweistündigen Marsch auf den Ettersberg, wo vor dem Mahnmal am Glockenturm die Immatrikulationsfeier stattfand und die nun kommissarische FDJ-Sekretärin Anette in dünner FDJ-Bluse und im Namen ihrer Seminargruppe den Schwur auf den Arbeiter- und Bauernstaat ablegte. Die FDJ-Bluse zu diesem feierlichen Moment zu tragen, war für alle Pflicht, doch Renée und einige andere hatten sie »aus Versehen« am Heimatort vergessen. Was am Ende nicht von Belang war, denn es war zwar ein sonniger, jedoch auch ein sehr kalter Herbsttag, an dem sie in ihren Jacken und Mänteln vor dem Fritz-Cremer-Mahnmal auf dem Ettersberg Aufstellung nahmen und in einer Schweigeminute den Opfern des KZ Buchenwalds gedachten.

Renée hatte sich vorsorglich einen Platz in der Menge gesucht, die ihr einen hervorragenden Schutz gegen den eisigen Wind hier oben bot, und musste an einen ihrer schlechtesten Aufsätze aus der elften Klasse zurückdenken. Sie hatten diese Figurengruppe hier beschreiben und interpretieren sollen, obwohl der Künstler jeden einzelnen Charakter der Gruppe mit einem sprechenden Namen versehen und dadurch jede Interpretationsmöglichkeit vorweggenommen hatte. Keine einzige

Sekunde lang hatte der Künstler an die Abiturienten gedacht, die später seine staatstragende Kunst würden interpretieren müssen. Denn was hätte Renée denn da noch schreiben können, wenn die Figuren *der Rufer, der Zweifler, der Negative, der Stürzende* und *der Schwörende* hießen und die Gruppe dem Widerstandskampf im Lager Buchenwald und der Selbstbefreiung der Häftlinge gewidmet war? Biermanns Kölner Konzert fiel ihr ein, auf dem er seinen Text zu Fritz Cremers Skulptur *Aufsteigender* vorgetragen hatte und dafür sehr viele Lacher und Applaus vom Publikum bekam. Wieso, hatte sich Renée damals gefragt, wieso lachten die Kölner? Verstanden sie überhaupt, wie die Zuschauer im Osten, worum es in dem Text ging und warum sich Biermann über diese Figur so lustig machte?

Abends, bevor es am nächsten Tag für zwei Wochen in die Apfelernte gehen sollte, traf sich ihre Seminargruppe in der Küche auf ihrer Etage. Sie kochten à la frigo, was der Gemeinschaftskühlschrank eben so hergab. Denn gesichert waren die Lebensmittel in den für jeden zugänglichen Etagenküchen nicht. Bunkern war obligatorisch, und so brachte jeder noch etwas aus dem eigenen Schrank mit ein, meist, was ihnen die Familie zum Überleben in der Fremde mitgegeben hatte. So kam Renée das erste Mal in den Genuss von selbst gemachter Leberwurst und hausgemachter Sülze im Glas, die eine der Heikus spendierte. Andy brachte seine Gitarre mit und spielte nach einem üppigen Spaghetti-Mahl mit Würstchen und Tomatensoße die üblichen Lagerfeuer- und Feten-Lieder von *Blowin' in the wind* bis *Warte nicht auf bessere Zeiten*, bei dem außer Renée und Kapitän Tenkes anscheinend niemand wusste, von wem das Lied war, denn alle klatschten hinterher andächtig, vielleicht hatten sie auch noch nie von Wolf Biermann gehört.

Es war ein schöner Abend gewesen, der erste, an dem Renée nicht ihr Schicksal beklagend unter dem Brunnen an der

Rittergasse saß. Und vielleicht hatte dieser Abend auch nur stattfinden können, weil sie das Flöte spielende Mädchen eben nicht wiedergetroffen hatte. Zum ersten Mal dachte Renée nämlich, dass Weimar mit seinem hässlichen Studentenwohnheim und den drei Mädchen auf ihrem viel zu engen Zimmer doch nicht so übel war.

Dennoch, sie musste sich den anderen anpassen, wenn sie in Zukunft nicht allein dastehen wollte. Das war jedoch nicht ganz einfach. Die Heikus waren sich selbst genug. Susi, Ulrike und Hoi würden durch ihre ähnliche Herkunft und die zukünftigen gemeinsamen Heimfahrten an den Wochenenden ebenso ein Kleeblatt bilden, und Katrin, ein stilles, unscheinbares Mädchen aus Dresden, das wie Renée auch oft allein durch die Stadt strich, hatte auf Renées Frage, ob sie mal gemeinsam ins Theater gehen wollten, geantwortet, dass sie dort schon gewesen wäre. Erst hatte Renée geglaubt, Katrin mache einen Witz, aber nein, sie hatte das sehr ernst gemeint. Warum sollte sich auch jemand, der Architektur studierte, für etwas anderes im Theater interessieren als für die Form des Baukörpers, seine Akustik und die Organisation der Fluchtwege?

Renée erwähnte in ihren Briefen an Robert nicht, wie verloren sie sich in Weimar fühlte, auch Lilo schrieb sie darüber kein Wort. Sie hatte einen der begehrtesten Studienplätze des Landes ergattert, jeder beneidete sie darum, unterstellte ihr deswegen sogar gesellschaftliches Streber- und Kriechertum und sowieso Beziehungen ohne Ende. Wie konnte sie sich da beklagen? Sie hatte diesen Studienplatz doch gewollt, in Weimar, möglichst weit weg von den Eltern. Alles entsprach genau ihren Wünschen. Das konnten viele andere Studienanfänger nicht behaupten, die von ihren E&A-Chefs an den Schulen oder gar von den eigenen Eltern von vornherein zu einem anderen Studium überredet, manchmal sogar gezwungen worden waren. Wollte sie ernsthaft darüber klagen, dass ihre Kommilitonen nicht so waren, wie Renée sie sich vorgestellt hatte?

Robert dagegen musste noch bis zum Frühjahr dienen und war seit fast einem Jahr täglich von Leuten umgeben, die ihm nicht nur zuwider waren, sondern ihn auch zu demütigen und kleinzuhalten versuchten. Bis dahin würde Renée auf jeden Fall das Studium durchhalten, und wenn er entlassen werden würde, könnte sie auch die Wochenenden wieder bei ihm in Berlin verbringen. So lange würde sie eben fleißig lernen und versuchen, eine gute Studentin zu sein.

3. ANKOMMEN

Als sie nach zwei Wochen aus der Apfelernte bei Erfurt zurückkamen und am darauffolgenden Montagmorgen wieder im großen Pulk vom Jakobsplan zu Fuß durch Weimars Innenstadt zum Hauptgebäude eilten, kannte Renée bereits den halben Jahrgang der Fachrichtungen Architektur, Städtebau und Gebietsplanung beim Namen, wusste, wer woher kam und wie er oder sie drauf war, gesellig oder introvertiert, fleißig oder faul. Das war ein guter Nebeneffekt der Apfelernte, in der sie für einen mickrigen Stundenlohn täglich von sechs Uhr früh an neun Stunden im Akkord Äpfel hatten pflücken müssen und so dem Arbeiter- und Bauernstaat halfen, die Bevölkerung mit Vitaminen, genauer gesagt mit einer der zwei gehandelten Hauptapfelsorten in der DDR, den *Gelben Köstlichen*, zu versorgen.

Dabei hatten sie mit den Äpfeln Glück gehabt. Die Bauingenieure mussten bei der zur selben Zeit anstehenden Kartoffelernte helfen, hauptsächlich beim Stoppeln, eine schwere, dreckige Arbeit, bei der man auf den Knien mit einem Korb aus Draht übers Feld robbte und im Sand nach den nicht von den Erntemaschinen erfassten Kartoffeln suchte. Das waren sehr viele Kartoffeln und ein nicht zu vernachlässigender Teil der Ernte, der auf diese Weise für die Versorgung der Bevölkerung gerettet werden konnte. Da die Kartoffelernte aber in einem anderen Landstrich stattfand als die Apfelernte, kannte sie die Bauingenieure und Baustoffels noch nicht, weshalb

Renée zur ersten gemeinsamen Vorlesung in Technischer Mechanik noch nicht allen Hinterköpfen im Saal einen Namen zuordnen konnte.

In der ersten Reihe hatten die acht Kubaner Platz genommen, vier Mädchen und vier Jungen, die nun, ganz im Gegensatz zu ihrem Auftreten während der Ernte, ungewöhnlich still waren.

»Hast du es noch nicht gehört?«, fragte Tenkes, als sie sich zwischen ihn und Andy in die letzte Reihe setzte und sich über diese plötzliche Verwandlung wunderte. »Sie haben ein Disziplinarverfahren am Hals. Und wenn das schlecht ausgeht, sagt Jesus, geht's zurück nach Kuba.«

Jesus, das war einer der beiden schwarzen Jungen, hochaufgeschossen und im Gegensatz zu seinem besten Kumpel Toni, der ein überall beliebter Spaßvogel war, eher ein intellektueller Typ und deshalb der Sprecher der kubanischen Gruppe. Während der Ernte hatte es fast jeden Abend eine Fete im Schlafsaal der Kubaner gegeben, und außer Cesar, der entgegen seinem berühmten Vornamen ein kleiner, mickriger Junge mit offenbar spanischen Wurzeln war, konnten alle wahnsinnig gut tanzen und singen. Natürlich hatte Renée Mitleid mit dem kleinen Cesar empfunden, der, egal, welches Mädchen er auch aufforderte, immer wieder einen Korb bekam, bis er irgendwann vor ihr stand und sie ihm auf die Tanzfläche folgte. Er war ein bisschen kleiner als Renée, und anfänglich glaubte sie, dass das der Grund für sein misslauniges Gesicht war und warum er konsequent an ihr vorbeischaute, aber als er immer wieder ihre Füße betrachtete, fragte sie nach.

»Du hast so große Füße«, antwortete Cesar sichtlich angewidert und ließ sie mitten auf der Tanzfläche stehen, als wäre er selbst der schönste Mann des Universums. Renée war zu perplex, um überhaupt reagieren zu können. Dieser kleine hässliche Junge hatte sie mit einem einzigen Satz zu einer von Aschenputtels Stiefschwestern degradiert.

Seitdem hatte sich Renée von den acht Kubanern ferngehalten, auf eine weitere Begegnung dieser Art konnte sie gut verzichten. Doch ihnen mangelte es offensichtlich nicht nur an Respekt und Höflichkeit im Umgang mit Mädchen, sie nahmen es auch mit den strengen Vorgaben bei der Apfelernte nicht so genau, denn sie ignorierten einfach, wie man einen Apfel im Akkord zu pflücken hatte: Von unten greifen, zupacken, drehen und vorsichtig im Eimer ablegen, damit er keine Druckstelle bekam.

Um aber das Wochenziel für den geringen Stundenlohn zu erreichen, hatten die Kubaner an den letzten zwei Tagen die Äpfel wie einst Frau Holles Goldmarie einfach kräftig von den Bäumen geschüttelt und sie dann aufgesammelt. Wahrscheinlich auch aus Wut darüber, dass sie, im Gegensatz zu den deutschen Studenten, ihren miserablen Lohn für die zwei Wochen nicht einmal für sich behalten durften. Sie mussten ihn an die kubanische Partei, die sie schließlich in die DDR delegiert hatte, abgeben. Natürlich bekamen ihre geschüttelten Äpfel schon nach wenigen Stunden Druckstellen, und deshalb hatten sie nun wegen ihres unsozialistischen Verhaltens ein Disziplinarverfahren am Hals. Renée konnte sich vorstellen, wie die Stimmung unter den Kubanern gerade war, und außer mit Cesar hatte sie mit den anderen wirklich Mitleid.

Es war 7:30 Uhr. Die Tür zum Hörsaal wurde endlich geschlossen, und der Dozent für Technische Mechanik trat ans Pult. Es wurde augenblicklich still in den Reihen, doch dann ging noch einmal die Tür auf – und herein huschte das Flötenmädchen! Renée konnte es kaum glauben, auch weil sie wegen der Apfelernte völlig vergessen hatte, dass dieses Mädchen überhaupt existierte. Es nahm vorn bei den Kubanern Platz, und Dr. Büttner warf ihm kurz einen ärgerlichen Blick zu, begann dann aber mit seiner Vorlesung.

Anderthalb Stunden später war sie vorbei, ohne dass Renée viel mitbekommen hatte. Immer wieder hatte sie zu dem Mädchen schauen müssen, das konzentriert an den Lippen des Dozenten hing und wie alle Studenten ringsum die von ihm an die Wand projizierten Schemata abpinselte. Wo hatte sie nur die ganze Zeit gesteckt? Gehörte sie doch zu den Bauingenieuren?

Während sie langsam die Treppe des Hörsaals hinabstieg, konnte Renée nicht anders, als das Mädchen anzustarren, das zwischen den hinausgehenden Studenten jemanden zu suchen schien, denn es wartete geduldig in seiner Reihe und ließ alle vorbei. Seltsamerweise war sich Renée, desto näher sie ihm kam, nicht mehr sicher, ob es sich wirklich um das Mädchen mit der Querflöte handelte. Ja, es sah ihm ziemlich ähnlich, aber gleichzeitig wirkte es wie verwandelt. Das Mädchen, das sie an dem Abend im Studentenklub beobachtet hatte, war eine strahlende Erscheinung gewesen, dieses hier wirkte eher blass und fahl, geradezu fad. Lag das an dem kalten Zwielicht aus grauem Herbsthimmel vor den Fenstern und den bläulich flackernden Neonröhren? Oder war in den vergangenen drei Wochen irgendwas geschehen?

»Gehen wir ins WC?«, hörte Renée Andy in ihrem Rücken fragen.

»Könnte für einen Kaffee reichen«, erwiderte Tenkes nach einem Blick auf seine Armbanduhr, doch Renée schüttelte den Kopf. Sie wollte jetzt nicht ins Wieland-Café, sie wollte wissen, in welchem Fachbereich das Mädchen studierte, das immer noch da unten stand und die treppab strömenden Studenten einen nach dem anderen vorbeiließ. Als Renée endlich in seine Nähe kam, schaute es suchend auch zu ihr hoch, und plötzlich blieb sein Blick an Renée hängen. Es lächelte sie sogar an.

»Entschuldigung, bist du Renée?«

Renée nickte erstaunt. Bevor sie jedoch fragen konnte, woher das Mädchen ihren Namen kannte, fuhr es fort: »Dr. Riemer meinte, du könntest mir alles erklären. Wir sind in derselben Seminargruppe.«

»Ach!«, entfuhr es Renée.

»Ich bin Uta«, stellte sie sich vor, »aber wenn du das nicht willst, komme ich auch so zurecht.«

»Nein, nein! Du bist doch die mit der Querflöte, oder?«

Uta schien kurz zu überlegen, woher Renée das wissen könnte, dann nickte sie zögerlich.

»Wo warst du denn die letzten drei Wochen?«, versuchte Renée das Gespräch in Gang zu halten, als sie gemeinsam den Vorlesungssaal verließen. Andy und Tenkes waren schon vorgegangen.

»Ich war …«, sie machte eine Pause, »krank.« Und das sagte Uta auf eine Weise, dass Renée sich nicht traute, weiter nachzufragen.

»Meine Eltern haben mich damals abgeholt«, fuhr Uta stockend fort, als sie rüber zum Hauptgebäude liefen.

»Deshalb hat sie in der Roten Woche gefehlt. Und bei der Ernte«, erzählte Renée den anderen kurz darauf auf dem Gang vorm Seminarraum, wo sie noch eine rauchten, während Uta sich im Van-de-Velde-Bau beim E&A-Chef anmeldete. Sie stieß erst zu ihnen, als sie alle schon im Seminarraum waren.

»Kann ich mich zu dir setzen?«, fragte Uta sie freundlich, fast schüchtern.

Renée, die wie in der Roten Woche zwischen Andy und Tenkes saß, schaute die beiden fragend an. Andy rollte genervt die Augen und gab Uta einen vernichtenden Blick. Doch dann rückte er bereitwillig einen Platz weiter. Uta lächelte Renée kurz zu, ignorierte Andy hingegen, sodass Renée sich an ihrer Stelle bei ihm bedankte, während Uta Schreibblock und Federmappe auspackte.

Ihre erste studentische Belegarbeit würde ein Atriumhaus für eine vierköpfige Familie sein, sagte Professor Hofmann. Alle Übungen der folgenden Seminare in Entwurfslehre, Perspektive, Freihandzeichnen, Materialkunde, Farbenlehre, Schrift usw. würden sie darauf vorbereiten und dazu befähigen, ihr künstlerisches Potenzial voll auszuschöpfen und ihre zeichnerischen Fähigkeiten stark zu verbessern. »Wenn denn ein gewisses Potenzial vorhanden ist«, ergänzte er und blieb mit seinem Blick wieder kurz am schlaksigen Alex hängen. Die Benotung all dieser Übungen würde in den Atriumhaus-Beleg einfließen, zu dem für jeden Bereich Unteraufgaben zu fertigen waren. Abgabe in vier Wochen.

Das klang machbar, fand Renée und fühlte sich ein bisschen im Vorteil, da sie in ihrem praktischen Jahr auf der Abendschule zusätzlich ihren Facharbeiter für Tiefbau gemacht hatte, zu dem auch das Fach Technisches Zeichnen gehörte. Hoi hatte in derselben Zeit sogar eine Lehre zur technischen Zeichnerin abgeschlossen. Denn wie Renées Stiefvater, hatte Hois Vater aus Angst, die Tochter könnte während des Studiums schwanger werden, durchgesetzt, dass sie in der Abendschule einen Abschluss machte.

»Damit du wenigstens einen Beruf hast, bevor du Mutter wirst, und uns später nicht als Ungelernte und Alleinerziehende auf der Tasche liegst.«

»Dieser Beleg ist nur einer von drei Teilbelegen, die Sie auf den vierwöchigen Hauptentwurf eines Einfamilienreihenhauses am Ende des Semesters vorbereiten sollen. Den müssen Sie dann allein stemmen«, sagte Professor Hofmann. »Das Atriumhaus aber werden Sie zu zweit bearbeiten.«

»Wollen wir beide?«, wandte Renée sich an Uta. Doch anstatt zu- oder abzusagen, schaute Uta sich erst noch einmal seelenruhig im Seminarraum um und hob dann, offenbar wenig erfreut, die Schultern.

»Wenn du meinst.«

»Du kannst dir natürlich auch jemand anderen suchen«, erwiderte Renée.

»Bist du immer so schnell zu verunsichern?«

Renée schluckte und überspielte es mit Berliner Kaltschnäuzigkeit. »Nee, ich hatte nur Mitleid, weil du ja noch niemanden …« Mehr brauchte Renée nicht anzudeuten, um dieses Mal Uta nachdenklich werden zu lassen. Grinsend hielt Renée Uta die Hand hin. »Auf gute Zusammenarbeit?«

»Puh!«, gab Uta gespielt erleichtert von sich und tat so, als würde ihr ein übergroßer Stein vom Herzen fallen, dann schlug sie ein.

Tatsächlich aber fiel Renée ein großer Stein vom Herzen, und sie fühlte sich irgendwie an Roberts Kater erinnert, dessen Zuneigung sie damals so gern erzwungen hätte. Der Kater war ihr immer wieder aus dem Weg gegangen, wenn sie nur seinen Namen rief oder die Hand nach ihm ausstreckte. Bis sie es eines Tages aufgab und ihn links liegen ließ. Von da an begann der Kater ihr plötzlich um die Beine zu streichen, ihr überallhin zu folgen und eifersüchtig zu fauchen, wenn Robert sie nur berührte oder gar küssen wollte. Es war ihr schwergefallen, Desinteresse zu heucheln, nicht das flauschige Fell des Katers zu streicheln oder seinen Bauch zu kraulen, den er ihr vertrauensvoll hinstreckte. Doch anders als durch Nichtbeachtung konnte sie sein Interesse an ihr nicht aufrechterhalten.

In der Mittagspause setzte sich Renée wie gewohnt zu Andy und Tenkes, und Uta suchte sich einen Platz am Nachbartisch bei Susi und Hoi. Die beiden würden ihr am Abend sicher erzählen, worum es in ihrer Unterhaltung gegangen war und ob Uta sie irgendetwas zu Renée gefragt hatte.

So ganz bekam sie diese Uta mit dem Mädchen, das vor gut drei Wochen so brillant Flöte gespielt und diesen russischen

Toast so selbstbewusst vorgetragen hatte, noch immer nicht zusammen. Diese Uta hier wirkte ruhiger, verhaltener, nachdenklicher als die von damals, aber wenn sie lachte, und das tat sie ab und zu nun doch, nachdem Hoi offenbar einen Witz zum Besten gegeben hatte, dann schillerte doch etwas von dem Flötenmädchen des ersten Abends im Kasseturm in ihrem Gesicht durch.

»Renée? … Renée!«

»Ähm, ja?«

»Warum setzt du dich nicht gleich zu deinem Patenkind, wenn du keine Lust hast, mit uns zu reden?«, fragte Andy etwas ungehalten, und auch Tenkes schaute genervt.

»Das stimmt doch gar nicht«, erklärte Renée. »Was gibt's denn?«

»Ich finde diese Uta irgendwie seltsam«, meinte Tenkes.

Renée zuckte die Schultern und drehte möglichst unauffällig den Kopf, um zu hören, was Uta am Nebentisch sagte.

»Und dich auch«, sagte Tenkes kopfschüttelnd, dem ihre Lauschversuche anscheinend nicht entgangen waren. Dann standen beide auf, um ihre Teller wegzubringen.

Nach der ersten Mathevorlesung, an deren Ende jeder einen Packen Arbeitsblätter als Hausaufgabe für die nächste Woche mitbekam, sollte sich die Seminargruppe vor dem Liszt-Haus einfinden, das am Eingang zum Ilmpark stand. Im Studienplan stand nur *Haus am Horn*, und ein paar von ihnen, hauptsächlich die, deren Eltern in Weimar studiert hatten, wussten, worum es dabei ging. Auch Renée. Lilo hatte ihr von dem Haus erzählt, das von Gropius und seinen Schülern 1923 als Musterhaus für modernes Wohnen erbaut worden war. Bereits während Lilos Studienzeit musste es in einem elenden Zustand gewesen sein. Trotzdem freute Renée sich darauf, es endlich selbst zu sehen.

»Dort werden wir den Sektionsleiter treffen, der uns den

Mittelraum, das ehemalige Wohnzimmer des Hauses, zeigt und Ihnen etwas zur Entstehung des Bauhauses erzählen wird«, erklärte ihnen Dr. Riemer, der sie vor dem Liszt-Haus erwartete. Renée hätte ihn gern auf seine Empfehlung für Uta angesprochen. Warum hatte er dabei an sie gedacht? Als sich aber auf dem Weg durch den Ilmpark die Gelegenheit dazu bot, tauchte plötzlich Uta an ihrer Seite auf und Renée unterließ es.

Nach etwa zwanzig Minuten kamen sie in der Straße am Horn an. Dr. Riemer wandte sich einem Grundstück zu, auf dem etwas höher gelegen ein flaches, eingeschossiges, weiß gestrichenes Haus stand, das Renée irgendwie an die vielen selbst aus- und umgebauten Bungalows in den Berliner Schrebergärten erinnerte. Besonders der unsaubere, schwarz gestrichene letzte Bitumenanstrich der Dachhaut, die über den Dachkasten nicht besonders akkurat hinausragte, vermittelte diesen verlotterten Eindruck. Jedenfalls musste Renée unwillkürlich an die tropfende Decke in der Laube ihrer Oma denken, unter der sie immer von Herbst bis Frühjahr jede Menge Eimer und Schüsseln aufgestellt hatten, die sie bei sehr viel Regen alle paar Wochen leeren mussten. Das sollte das berühmte Musterhaus für das zukünftige moderne Wohnen in den Zwanzigerjahren gewesen sein, von dem ihr Lilo so viel vorgeschwärmt hatte?

Nicht ganz mittig ragte aus dem Flachbau ein quadratischer Kubus mit Fenstern empor, der Renée allerdings zu flach für ein zweites Geschoss erschien. Doch was Renée besonders wunderte, war, dass an der Pforte der Name ihres Sektionsleiters Professor Bernhard stand. Wohnte der etwa in dieser schiefen Laube? Er war doch ein Professor, noch dazu für Architektur, konnte er sich da nichts Besseres leisten als diese windschiefe Kate mit den vielen verschiedenen Fenstern? Offensichtlich nicht. Denn nachdem Dr. Riemer die Klingel drückte, trat der Sektionsleiter in Hauslatschen und bequemer Strickjacke aus dem Windfang des Hauses und zeigte nach rechts zur Veranda, auf der anderen Seite des Hauses.

»Da rüber, bitte!«, kommandierte er. »Dort können Sie die Schuhe ausziehen.«

Sie waren vierundzwanzig Studenten, und es dauerte dementsprechend lange, bis sich alle ihrer Schuhe entledigt hatten und einen schmalen Durchgang zum Mittelraum betreten konnten, aber dann war die Überraschung groß. Nicht nur für Renée. Dicht gedrängt standen sie in dem Kubus, einem hohen Mittelraum, der direkt unterhalb der Decke durch zwei Fensterbänder angenehm gleichmäßig erhellt wurde und nun statt dem ursprünglichen Wohnzimmer ein Ausstellungsraum zum Bauhaus war, in dem sich die Lattenstühle von Marcel Breuer, ein großer bunter Teppich mit geometrischem Muster, ein Schachspiel mit stilisierten Steinen und eine einfache hölzerne Wiege in den Primärfarben Gelb, Rot und Blau befanden.

»Die Wiege erinnert mich an den ›Rot-Blauen Stuhl‹ von Gerrit Rietvield«, sagte Andy wie zu sich selbst, woraufhin der Sektionsleiter sichtlich erfreut nickte. Renée hatte keine Ahnung, was für ein Stuhl gemeint war, aber Uta stimmte Andy zu und wandte sich an Professor Bernhard.

»Könnte es sein, dass die Wiege in ihrer Farbgebung die niederländische Künstlergruppe De Stijl zitiert?«

»Hm, Rietvield hat seinen Stuhl neunzehnhundertachtzehn das erste Mal gebaut. Die Farbgebung, wie wir sie heute kennen, ist aber erst neunzehnhundertdreiundzwanzig dazugekommen«, erklärte Professor Bernhard, und es entspann sich im Folgenden zwischen ihm, Andy und Uta eine Diskussion über die verschiedenen Einflüsse anderer Kunstentwicklungen auf das damalige Bauhaus, an der sich weder Renée noch die anderen Studenten beteiligen konnten. Irgendwann hörte Renée auch nicht mehr zu und schaute sich lieber den originalen Grundriss des Hauses an, der in einem Schaukasten ausgestellt war. Darauf fehlten jedoch der vorgelagerte Windfang und die Veranda mit der Terrasse. Waren diese etwa von den Mietern nachträglich angebaut worden? So wie es auch die Laubenpieper in den Berliner Schrebergärten unerlaubterweise taten, wenn die Familie Zuwachs bekam und immer wieder ein Zimmerchen mehr für die Wochenendbleibe benötigt wurde? Ohne die Anbauten wirkte der Grundriss jedenfalls sehr klar. Und was Renée tatsächlich richtig gut gefiel, war, dass es eigentlich keinen Flur gab. Das von allen zu nutzende Wohnzimmer lag zentral und hatte gleichzeitig die Funktion einer Diele, von der aus alle anderen Räume erreichbar waren.

Professor Bernhard erzählte auch, dass er hier im Haus am Horn mit seiner Frau und ihren zwei gemeinsamen Söhnen zur Miete wohnte, sozusagen um den Ausstellungsraum herum. Seine Familie teilte sich die verbleibenden Räume, die sich um den Mittelraum gruppierten, sogar noch mit einer weiteren Mieterin, das hieß, sie bewohnten den Rest des Hauses nicht einmal allein.

»Ein ziemlicher perfekter Grundriss, wenn man sich die schrecklichen Anbauten wegdenkt, findest du nicht«, sagte Uta, als sie zusammen zurück durch den Park gingen und sich unterm Liszt-Denkmal in die Herbstsonne setzten.

»Ich weiß nicht. Es gibt zwar ein Zimmer der Dame und eins für den Herrn, aber kein gemeinsames Schlafzimmer.«

»Aber das war doch gerade das Neue«, meinte Uta. »Ein Schlafzimmer ist Nötigung! Und sowieso spießig.«

»Ja, klar. Spießer sind immer die anderen.«

Uta erwiderte nichts, rauchte, schien nachzudenken. »Das wird schwer …«, sagte sie schließlich.

»Was?«, fragte Renée.

»Na, einen ebenso guten Grundriss für ein Atriumhaus zu entwickeln.«

»Das Haus am Horn ist ein Atriumhaus?«

»Ja. Denk dir das Dach des Mittelteils an den Seiten offen oder auch ganz ohne Überdachung. Schon hast du einen Innenhof, um den sich die Räume gruppieren.«

Renée schaute über die Wiese vor ihnen, auf der verschiedenste Blätter in allen möglichen Herbstfarben einen dichten gelb-orange-braunen Teppich bildeten. »Wieso weißt du schon so viel darüber?«

»Ich interessiere mich eben für Architektur«, antwortete Uta leichthin.

Renée hatte das von sich auch schon oft behauptet, aber jetzt schien ihre Unwissenheit das genaue Gegenteil zu bezeugen.

»Warum studierst du denn Architektur?«, wollte Uta wissen.

»Na, weil ich später mal Häuser bauen will, in denen sich die Menschen wohlfühlen.«

Uta sah sie nachdenklich an: »Glaubst du etwa, dass sich die Menschen in den Häusern, die heute gebaut werden, nicht wohlfühlen?«

Diese Frage hatte man Renée schon einmal während ihres praktischen Jahres auf der Großbaustelle Berlin-Marzahn gestellt, und auch da hatte sie sie mit einer unbedachten Aussage selbst provoziert. Nur hatte der Parteisekretär ihrer Baustelleneinrichtung damals eigentlich keine Antwort von ihr erwartet, sondern gleich nachgehakt, ob sie denn die Wohnungen, die sie gerade in Marzahn für die Werktätigen bauten, nicht gut genug fände. Renée hatte lieber nichts gesagt, auch weil sie nicht lügen wollte. Damit hatte sich der Parteisekretär zum Glück zufriedengegeben, und nachdem er noch ein abfälliges »Immer nur meckern können!« geknurrt hatte, war er einfach durch den Schlamm davongestiefelt.

»Ich meine, wolltest du schon immer Architektin werden?« Uta wollte ihr offenbar keinen Strick aus ihrer unüberlegten Antwort drehen.

»Na ja …« Renée überlegte, ob sie von ihrem Spießroutenlauf an der Schule erzählen sollte. »Architekt ist nur ein Traumberuf, Renée«, hatte ihr Klassenlehrer zu ihr gesagt, als sie ihren Studienwunsch geäußert hatte. »Also wach endlich auf!«

In dem Moment sagte Uta: »Ich wollte als Kind noch Professor werden.«

»Was?« Renée musste lachen: »Das ist doch kein Beruf!«

»Weiß ich jetzt auch, aber früher dachte ich, dass das was ganz Tolles wäre.«

»Was hast du dir denn darunter vorgestellt?«

»Weiß nicht …« Uta grinste in sich hinein: »Mein Vater hat immer gesagt, wenn er irgendwas in der Wohnung repariert hat, das ist nur so professorisch.«

»Du meinst provisorisch?«

»Das hat er gemeint, hat aber professorisch gesagt.«

»Er ist Professor?«

Uta nickte. »Und eine handwerkliche Niete! Mit zwei linken Händen und lauter Daumen dran.«

»Wofür denn?«

»Was?«

»Was er für einen Lehrstuhl hat, dein Vater?«

»Hatte. Als ich noch klein war und wir woanders wohnten.«

Woanders. Wieso ließ sich Uta eigentlich alles aus der Nase ziehen? Warum machte sie aus allem ein Geheimnis? Plötzlich fiel Renée die alte Dame, Frau Reinhardt, ein. Sie hatte in ihrem ersten Seminar gefragt, wer Uta Baum wäre. Doch sie hatten keine Uta Baum zu diesem Zeitpunkt, und die Reinhardt vermutete sie deshalb in einer der anderen Seminargruppen. Und was hatte die alte Dame gesagt? Ihr Vater sei ihr bester Student gewesen und heute Stadtarchitekt von Rostock? Wollte Uta deshalb mit der Sprache nicht herausrücken, weil sie mit ihrem Vater vor Renée nicht angeben wollte?

»Warst du schon im Theater?«, holte Uta sie aus ihren Gedanken zurück. Renée empfand die Frage nach ihrer Erfahrung mit Katrin als zu heikel, um sie einfach zu beantworten, daher tat sie, wie eben Uta, so, als hätte sie sie überhört. Aber als Uta dann sagte: »Der Hamlet soll eine gute Inszenierung sein«, lachte Renée vor Erleichterung. Sie erzählte ihr von Katrins Antwort auf dieselbe Frage und wie enttäuscht sie in der Roten Woche von ihren neuen Kommilitonen gewesen war.

»Aber durch die Apfelernte hab ich sie alle besser kennengelernt. Der Typ in dem roten Strickwestover, zum Beispiel, der aussieht, als wäre er schon fünfzig …«

»Der ältere? Theo?«

»Der heißt eigentlich Holger, ist genauso alt wie wir, aber weil er Theo Lingen so perfekt nachmachen kann, nennen wir ihn …«

»Verstehe.«

»Und seinen Kumpel mit der nervenden Stimme, eigentlich heißt er Wolfgang, den hat Tenkes Kätchen getauft, weil er wie das Kätchen von Heilbronn auf dem Theaterplakat aussieht, das in der Stadt hängt.«

Uta fand das anscheinend nicht lustig. Sie verzog keine Miene und schwieg.

Renée redete trotzdem weiter. »Also mal abgesehen davon, ist Kätchen wahnsinnig schlau, und wenn du mal was nicht weißt, dann kannst du ihn fragen. Er hält dir aus dem Stehgreif einen zwanzigminütigen Vortrag mit allen Fakten.«

Uta schien das nicht zu beeindrucken. »Mir ist kalt. Wollen wir irgendwo einen Kaffee trinken?«

»Wir könnten ins WC gehen?«

Utas Interesse war plötzlich geweckt, und Renée erklärte ihr, dass das WC ein beliebtes Studentencafé war.

Als Walli, die Kellnerin, ihnen wenig später den Kaffee brachte, kam Renée noch einmal auf ihren vorherigen Gedanken zurück: »Die Leute in unserer Seminargruppe sind wirklich in Ordnung, trotzdem bin ich froh, dass du nun da bist.«

»Ja, Dr. Riemer hat mir versprochen, dass ich in dir eine Gleichgesinnte finden werde. Und dass du, wenn nötig, gut auf mich aufpassen wirst.«

»Aufpassen? Wie hat er denn das gemeint?«

»Ach, nur im übertragenen Sinne. Und nicht ganz ernst.«

Es entstand kurz eine unangenehme Pause, aber da fiel Renée auch etwas aus ihrer Kindheit ein. Etwas zusammenhanglos sagte sie: »Ich habe als Kind immer Motate gesagt, anstatt …«

»Tomate«, fiel ihr Uta ins Wort.

»Ja, und Taskanie …«

»Für Kastanie!«

Renée nickte anerkennend. Bisher hatte sich noch keiner einen Reim auf Taskanie machen können.

»Tarkoffel«, bot nun Uta an.

»Hä?«

»Tarkoffelsum.«

Renée lachte, weil sie verstand: »Tarkoffelsum tim Rebel – gab's bei uns in der …« Renée musste schon bei dem Gedanken an das Wort lachen, und Uta auch. Dann prusteten sie gemeinsam los: »Spulscheisung!«

Sie alberten weiter auf diese Weise herum und fanden, dass das eine richtig gute Geheimsprache – Hegeimchaspree – war. Wenn andere nicht mithören sollten, worüber sie redeten, würden sie sich auch mit ihren Hegeimmanen ansprechen, lämnich Atu und Eéner. Sie probierten es gleich an zwei Typen von der Musikhochschule aus, die am Nebentisch saßen und Uta von ihrem Auftritt im Kasseturm wiedererkannten.

»Hey, wir könnten noch 'ne Flöte in unserer Band brauchen«, sagte der eine. »Und singst du auch?«

»Muraw?«, fragte Uta mit ernster Miene an, doch die beiden schienen es nicht gehört zu haben.

»Komm erst mal morgen zur Probe. Achtzehn Uhr, Platz der Demokratie, da holen wir dich ab.«

»Muraw?«

Der Kleinere wirkte nur kurz irritiert: »Und wenn wir dich gut genug finden, gehen wir zusammen auf Tour.«

»Jeder bekommt die gleiche Gage, egal, wie groß sein Part ist«, ergänzte der andere und hielt das offenbar für ein unschlagbares Angebot.

»Muraw?«, erwiderte Uta stoisch ernst und wiederholte es auf jede weitere Frage, bis sie endlich kapierten, dass Uta sie Hops nahm, und sich zurückzogen. Renée aber fühlte sich unendlich stark an Utas Seite. Wie hatte sie es diesen eingebildeten Typen gezeigt!

Utas Zimmer befand sich auf der dunklen Seite des Jakobs, denn es wurde, weil es nach hintenraus ging und im ersten Stock lag, nie richtig hell darin. Es war wie Renées Zimmer möbliert, nur spiegelverkehrt, und Uta wohnte dort praktisch allein mit Anette, der FDJ-Sekretärin. Sie hatte bei Utas Ankunft extra umziehen müssen, damit Uta nicht ganz allein auf dem Zimmer war. Die anderen zwei Mädchen, die sich eigentlich noch mit ihnen das Zimmer teilten, waren im siebten Semester und absolvierten zurzeit ein Betriebspraktikum außerhalb von Weimar. Wie gern wäre Renée diejenige gewesen, die zu Uta hätte ziehen sollen, aber sicherlich hielt man Anette als FDJ-Sekretärin für besser geeignet, Uta nach ihrer Krankheit in die Seminargruppe einzugliedern.

Als sie Uta am Abend für den Studentenklub abholte, hing an der Tür ein handgeschriebenes Schild, das bestimmt nicht von Anette stammte: »Komme gleich wieder, Godot«. Ein Theaterscherz.

Flötenspiel erklang hinter der Tür, und deshalb trat Renée ohne zu klopfen vorsichtig ein und schaute sich um. Uta konnte nicht nur virtuos Flöte spielen, sie konnte auch sehr gut zeichnen. Am Kopfende von Utas Bett hing ein mit Bleistift nachgezeichneter Bravo-Starschnitt von Suzi Quatro, der in dem düsteren Licht des Zimmers wie ein Schwarz-Weiß-Foto wirkte. Es gab noch mehr Zeichnungen, die Utas Talent belegten und Renées Unzulänglichkeit bewiesen. Sie zeichnete zwar auch nicht schlecht, aber im Vergleich zu Uta war sie höchstens Durchschnitt, das sah sie auf den ersten Blick.

Jeden Morgen wartete Renée nun im Foyer des Wohnheims auf Uta, schaute ungeduldig zu, wie sie langsam die Treppe herunterkam, den Oberkörper etwas nach hinten gebeugt, eine flache hellbraune Aktenledertasche, die immer etwas zu leer und eingefallen wirkte, mit beiden Armen vor dem Körper haltend. Es schien sie überhaupt nicht zu kümmern, ob sie pünktlich zu ihrer Vorlesung kamen.

Renée und alle anderen trugen hingegen schwer an ihren üblichen Umhängetaschen, vollgestopft mit all dem Kram, den sie in den täglichen Vorlesungen und Seminaren von 7:30 Uhr bis 17:45 Uhr benötigten. Schreib- und Zeichenblock, Millimeterpapier, Rändelband, Federmappe, Tuschepatronen, Maßstab, Dreiecke, Rechenschieber, Kurvenlineale, Skribente und Skribenthalter mit Schwämmchen, damit die Tuschezeichenstifte nicht eintrockneten, während man einen anderen für eine Schraffur benutzte. Auch einen Satz Rasierklingen führte jeder bei sich, um Zeichenfehler wegschaben zu können, möglichst ohne dabei ein Loch ins Pergamentpapier zu reißen. Das gelang anfänglich nur Hoi, die als gelernte technische Zeichnerin bereits mehr Übung im Schaben hatte. Besser waren die dran, die ihr Material von der Westverwandtschaft bekamen, wie Renée zum Beispiel, deren Eltern beruflich nicht so hoch angebunden waren, dass sie sich von ihrer umfangreichen, noch dazu sehr großzügigen Westverwandtschaft hätten lossagen müssen. Renées Tanten und Onkel brachten ihr bei ihren Besuchen nicht nur die gewünschten Jeans und die besseren Rotring-Stifte mit, sondern auch festeres und glatteres Pergamentpapier, das nicht so holzhaltig war. Und sie dachten sogar an Wilkinson-Rasierklingen, die ebenfalls schärfer, härter und widerstandsfähiger als die aus der heimischen Produktion waren. Ein Päckchen für Renée, ein zweites für das empfindliche Kinn des Stiefvaters.

Obwohl Renée geradezu körperliche Qualen litt, wenn Uta so gemächlich mit ihrer Aktentasche die Treppe heruntergebummelt kam, weil sie ahnte, dass sie es kaum pünktlich zur ersten Vorlesung um 7:30 Uhr schaffen würden, wartete sie immer auf sie. Uta ließ sich von niemandem hetzen. Selbst bei höchstem Zeitdruck flanierte sie wie Hans-Guck-in-die-Luft durch die Stadt. Immer etwas abwesend, immer den Kopf in den Wolken, und das nicht nur, weil sie etwas größer als Renée war – häufig machte es den Eindruck, als wollte sie gar nicht dorthin, wohin ihre Füße zeigten.

Auch wenn Renée sie ansprach und etwas von ihr wissen wollte, beschlich Renée öfter das Gefühl, sie hole Uta aus irgendeinem Traum auf die Erde zurück.

»Gehen wir heute zu Kunstgeschichte?«

--

»Uta!«

»Nein, hab' keine.«

»Ähm, was?«

--

»Uta? Ob du mit zu Kunstgeschichte gehst?«

--

»Hallo, jemand zu Hause?«

»Ähm, -- Ich hab' gesagt, ich hab' keine Zigaretten.«

»Ich hab gefragt, ob du mit zu Kunstgeschichte kommst?«

»Warum denn nicht?«

»Weil es fakultativ ist. Könnte ja sein, du willst lieber Architekturfotografie machen. Ist zur selben Zeit.«

»Ja, mal sehen.«

»Was?«

»Na, das.«

Anscheinend hatte ihr Uta noch immer nicht richtig zugehört. Aber wo war sie bloß dauernd mit ihren Gedanken?

»Wo willst du denn hin, Renée?«

»Na, zu Kunstgeschichte.«

»Dann gehe ich da auch hin.«

»Ehrlich?«

»Ja, warum nicht?«

»Weißt du, die aus dem Zweiten haben gesagt, die Vorlesungen gehen über die ganzen fünf Jahre. Und in diesem Semester fängt er mit Mesopotamien an, und wenn wir Diplom machen, endet er mit der Moderne, also in der Gegenwart.«

»Klingt gut.«

Trotzdem hatte Renée das Gefühl, dass sich Uta schon am Nachmittag nicht mehr an das Gespräch erinnerte.

Renée fielen solche Ungereimtheiten erst allmählich auf, meistens abends, wenn sie gemeinsam nach dem Lernen noch auf ein Bier in den Kasseturm gingen und mit den älteren Studenten herumstanden. Da wirkte Uta nicht einen Moment verträumt und abwesend, sondern als wäre sie endlich in ihrem Element. Sie trank wie am ersten Tag viel und schnell, aber man merkte es ihr nicht an. Und Renée kannte sich ganz gut damit aus, wie sich Leute gaben, die zu viel getrunken hatten. Ihr Stiefvater zum Beispiel quasselte dann pausenlos auf jeden ein und wurde auch gern – so glaubte er zumindest – philosophisch und begann seine Ausführungen meistens mit:

»Also, das verstehe ich nicht, das musst du mir mal erklären, Renée. Du machst doch Abitur ...« Und dann nuschelte er mit schwerer Zunge irgendeinen Unsinn.

Uta hingegen machte der Alkohol eher locker und scharfsinnig, sie war witzig und pointiert und biss jeden, der ihr in die Quere kam, mit ihrem Sarkasmus fort. Vor allem mochte sie es nicht, wenn Renée vor Mitternacht ins Wohnheim zurückwollte, da sie schließlich früh aufstehen mussten.

»Ach, komm schon, Renée. Wir lassen einfach morgen die erste Vorlesung sausen.«

»Nee, Uta! Der frühe Vogel fängt den Wurm!«

»Ach, ja? Und wer sagt dir, dass du der Vogel und nicht der Wurm bist?«

Oder Uta zog Renée damit auf, dass sie beim Trinken nicht so mithalten konnte, aber sie hatte eine solch starke innerliche Abwehr gegen das Bier, gegen Alkohol schlechthin, dass es sie geradezu schüttelte, wenn sie sich dennoch zwang weiterzutrinken. So gab sie irgendwann auf und klammerte sich einfach nur noch an dem Bierhumpen fest, damit sie irgendetwas in der Hand hatte, wenn sie im Keller des Turms mit Uta herumstand. Wenn sich Renée dann doch mal breitschlagen ließ, auch zu etwas Hartem zu greifen, kommentierte Ute es gleich: »Oh, ein blindes Huhn trinkt auch mal einen Korn!«

Am liebsten strich sie mit Uta an den Sonntagen durch die dann leere Stadt und schaute sich mit ihr die alten herrschaftlichen Häuser an. Sie betraten einfach die Hausflure und stellten sich vor, wie es wäre, hinter einer dieser schweren Türen aus Mahagoni zu wohnen oder besser noch, wie es wohl gewesen sein mochte, in einem dieser Häuser zur Zeit seiner Erbauung gelebt zu haben.

»Ich würde einmal im Monat einen Salon für Künstler und Intellektuelle veranstalten und Hauskonzerte geben.« Uta ließ verträumt ihre Hände über die Fliesenbordüre im Erdgeschoss gleiten, auf der sich abwechselnd Schwäne und Seerosen plastisch hervorhoben.

»Hättest du Kinder?«

»Zwei. Es wären vier, aber eins war eine Totgeburt. Und das andere ist früh an Diphtherie gestorben.«

»Traurig. Und dein Mann? Viel älter und reich?«

Uta legte sich mit übertriebener Geste die Hand auf die Stirn und schloss die Augen. »Kein Mann mehr. In der Ilm ertrunken. Er und mein Vater, beides Industrielle, haben mir sehr viel Geld hinterlassen, sodass ich die Kunst fördern kann. Bei mir verkehren Gropius und Klee, aber da bin ich schon sehr alt. Und du?«

»Weiß nicht. Mir würde es schon genügen, in deinem Haus als Dienstmagd angestellt zu sein. Ich würde dann in einem der Ecktürmchen wohnen.«

»Wieso denn Dienstmagd?«

»Das galt früher als gehobene Stellung«, verteidigte Renée ihre Wahl.

»Aber wenn du es dir aussuchen kannst, warum wünschst du dir dann nicht gleich die Herrin des Hauses zu sein?«

Darauf wusste Renée keine Antwort.

Jeder zweite Samstag war vorlesungsfrei. Hoi, Susi und Ulrike fuhren dann bereits am Freitagabend nach dem letzten Seminar nach Hause, und Renée und Uta gingen üblicherweise ins Kino, weil da wöchentlich der neue Film anlief. Anschließend kehrten sie in den Turm ein. Mit der vom Bier gelösten und vor Einfällen sprudelnden Uta an der Seite kam auch Renée schneller mit anderen ins Gespräch, und es kostete sie inzwischen keine Überwindung mehr, den Raum allein zu durchqueren, um auf die Toilette zu gehen.

Meistens hatte Renée jedoch gegen Mitternacht genug und ging allein zurück ins Wohnheim, während Uta noch an die Bar im dritten Stock wechselte. Sie fand schwer ein Ende, auch das erinnerte Renée an ihren Stiefvater, der aber, wenn er zu viel getrunken hatte, zunehmend müder wurde und dann auch bald einschlief. Am nächsten Tag war er immer etwas kleinlaut und schwor für einige Wochen dem Alkohol gänzlich ab.

Uta hingegen war am Tag danach nichts anzumerken, sie wirkte weder müde noch verkatert. Höchstens erschien sie an den vorlesungsfreien Samstagen mit leichter Verspätung bei Renée auf dem Zimmer, wo sie sich meistens zum Frühstück trafen, weil Renées Zimmer heller und die Aussicht schöner als auf Utas Seite war.

Schon bei ihrem ersten gemeinsamen Frühstück schlug Uta vor, sich mit den Kaffeebechern einander gegenüber in die Ecken des Fensters auf das schmale Fensterbrett zu setzen, sodass sie – nur durch die Scheibe getrennt – fünf Stockwerke über dem Erdboden saßen und einen tollen Blick auf die ganze Stadt hatten.

»Ich glaube, da wird mir schwindelig«, sagte Renée und erklärte, dass sie lieber auf dem Stuhl sitzen bliebe.

»Ach, komm! Was soll passieren? Du gewöhnst dich dran.«

»Und wenn die Scheibe bricht?«

»Unsinn! Außerdem ist da ja noch eine zweite.« Uta saß bereits auf der Fensterbank, während Renée noch zögernd davorstand. »Das ist ein völlig anderes Gefühl, wenn nichts weiter zwischen dir und dem Abgrund ist«, versuchte sie Renée zu überzeugen. »Nun, los! Trau dich.«

Renée schüttelte den Kopf. Die Knie wurden ihr allein bei dem Gedanken weich.

»Na gut, wenn du sowieso da unten auf deinem Stuhl bleibst, kann ich ja das Fenster auch ganz aufmachen.«

Noch bevor Renée protestieren konnte, erhob sich Uta auf der schmalen Fensterbank und begann an dem Griff der mittleren Scheibe zu ruckeln, bis diese plötzlich nach innen aufschwang und Uta rückwärts ins Zimmer schubste, wo Renée sie gerade noch auffangen konnte.

»Bist du verrückt geworden?«, rief Renée wütend und erschrocken zugleich, obwohl sie sich nicht sicher war, ob Uta das nicht womöglich absichtlich provoziert hatte, um sie zu erschrecken.

»Was denn?«, fuhr Uta sie jedoch lachend an und rappelte sich auf. »War doch klar, dass das Fenster nach innen aufgeht.« Dann stellte sie sich Susis Stuhl vors Fenster, stieg erneut auf die Fensterbank, setzte sich darauf und schwang die Beine über den Fensterrahmen nach draußen. Pfeifend und Beine baumelnd drehte sie sich zu Renée um, die entsetzt den Atem anhielt.

»Los, komm! Das ist großartig!«

Uta hielt sich zwar mit einer Hand am Fensterpfosten fest und der Rahmen würde auch verhindern, dass sie nach draußen abrutschen konnte, trotzdem sah Renée besorgt zur Tür. Sollte sie die nicht besser abschließen? Was, wenn jemand aus den anderen Zimmern ohne anzuklopfen hereinkam, um ein Ei oder eine Prise Salz zu borgen, und dann, wie schon ein paarmal geschehen, der Windzug den offenen Fensterflügel zurück in den Rahmen schmiss und Uta hinausschubste?

»Huhu!« Anstatt sich besser festzuhalten, beugte sich Uta nun auch noch über den Rahmen hinaus nach vorn und winkte irgendjemandem unten auf dem Vorplatz!

»Komm da sofort weg!«, schrie Renée halb panisch, halb hysterisch, aber Uta blickte sich nur erstaunt um.

»Ist ja gut. Beruhige dich.« Als wäre Renée hier die Verrückte, kletterte Uta zurück ins Zimmer, nicht ohne noch einmal kurz so zu tun, als würde sie abrutschen, was Renée erneut einen furchtbaren Schrecken einjagte.

»Mann, hab' doch nur Spaß gemacht!« Uta bekam sich vor Lachen gar nicht mehr ein, nachdem sie endlich zurück ins Zimmer gesprungen war und das Fenster geschlossen hatte, aber Renée fand das überhaupt nicht witzig.

»Hattest du denn keine Angst?«, wollte sie wissen.

»Nee. Höhe macht mir nichts aus. Im Gegenteil. Spürst du denn nicht diese Freiheit?«

Ein paar Wochen später, nach einem ausgiebigen Frühstück, bei dem sich Uta Marmelade aufs Käsebrot schmierte und behauptete, das würden die Franzosen ebenfalls machen, schlug Uta vor, nach Naumburg zu trampen.

»Warum Naumburg?«, fragte Renée, die sich viel lieber Erfurt angesehen hätte.

Uta zuckte mit den Schultern: »Einfach so.«

»Und was wollen wir da?«

»Den Dom anschauen?«

Der Naumburger Dom stand tatsächlich nicht auf ihrer ansonsten sehr langen Exkursionsliste. Doch Uta tat nichts grundlos, das hatte Renée inzwischen schon gelernt. Stets hatte sie einen Plan oder ein Ziel und verfolgte zumindest eine Absicht, auch wenn es zuerst nicht danach aussah. Und an diesem Tag in Naumburg wollte sie Renée offenbar erzählen, dass sie nach einer Stifterfigur im Naumburger Dom, der Uta von Ballenstedt, benannt worden war. Ganz nebenbei erwähnte Uta es, als sie unter der Statue standen und ehrfürchtig zu der steinernen Schönheit hinaufblickten.

»Mein Vater hat sich schon mit zwölf bei seiner ersten Messe hier im Dom in sie verliebt.«

»Ich dachte, er ist aus Rostock?«

»Er hat die letzten zwei Jahre des Krieges in Naumburg verbracht«, erklärte Uta. »In Schulpforte. Das ist hier ganz in der Nähe. Da könnten wir nachher noch hin, wenn du willst.« Renée nickte.

»Mein leiblicher Vater kam aus einer kinderreichen Familie und wurde während des Krieges auch verschickt«, sagte Renée. »Nach Böhmen. Dort haben wir mal seine Gasteltern besucht. Sie haben die ganze Zeit vor Freude geweint.« Renée fragte sich, warum sie das erzählte. Sie hatte längst in Utas Augen diese Ungeduld gesehen. Oder war sie nur gelangweilt?

»Mein Vater wurde nicht verschickt. In Schulpforte war eine Napola«, erwiderte Uta mit einem gewissen Stolz. »Das waren Kadettenanstalten für die Elite-Sprösslinge.«

»Ach? Wusste ich nicht«, sagte Renée und überlegte, ob ihr Vater auch ein Sprössling gewesen war. Aber nein, dann wäre seine Familie ja sprösslingenreich und nicht kinderreich gewesen.

»Uta von Ballenstedt war in der Nazizeit eines *der* Frauenvorbilder«, sagte Uta.

»Sie ist ja auch ... beeindruckend schön, diese Uta von Ballenstedt«, sagte Renée.

»Und mein Vater war sicher nicht der einzige pubertäre Kadette, der nachts in den großen Schlafsälen von ihr träumte.« Uta zwinkerte ihr zu. »Verstehst du?«

Klar verstand Renée.

»So wie Uta von Ballenstedt muss eine deutsche Frau sein, hat mein Vater damals gedacht, und so sollte später auch seine Tochter sein: so blond, so stolz, so jung und so modern.« Uta machte eine Pause, blickte wie Renée zur Statue hoch und fuhr dann in Ton und Gestus ihres Professors für Kunstgeschichte, Dr. Doldinger, fort: »Modern, weil sie unter ihrer schweren mit Edelsteinen besetzten Krone einer fernen, glorreichen Zukunft entgegensieht.«

Wieder folgte eine Kunstpause, dann donnerte Uta mit viel Pathos: »Die für meinen Vater damals noch voller Ungewissheiten war. Würde er den Krieg überleben oder fürs Vaterland sterben?« Uta lachte.

»Aber du bist gar nicht blond, Uta«, wandte Renée ein.

»Aber du, ja?«, schnappte Uta plötzlich zurück, wandte sich ab und ging weiter. Renée schaute ihr verblüfft hinterher. Ja, Renée fand, dass sie selbst mit ihrer eckigen, geraden Stirn, den hohen Wangenknochen und den langen blonden Haaren viel eher dieser Stifterfigur glich als Uta, die mit ihrer auffällig vorgewölbten Stirn über dem ovalen Gesicht, dem kleinen runden Kinn und dem langen, braun gelockten Haar eher einer dieser Madonnen auf den Bildern aus dem Mittelalter ähnelte, vielleicht sogar ein bisschen der *Mona Lisa* von *Da Vinci*, doch das sagte Renée nicht. Schweigend trottete sie Uta hinterher, die gerade die anderen Stifterfiguren im Westchor des Doms abschritt.

»Habe ich dir eigentlich schon erzählt, dass ich den Studienplatz meinem Vornamen zu verdanken habe? Also indirekt«, sagte Renée, als sie Uta eingeholt hatte.

Uta blieb stehen und blickte sie an. »Wie das?«

»Na ja, weil ich Architektur studieren wollte, wurden ich und meine Eltern in der neunten Klasse ziemlich in die Mangel genommen. Wir mussten deswegen dauernd in der Schule antanzen. Erst beim Klassenlehrer, dann beim E&A, der immer dieselbe Leier anhob: Für Architektur gäbe es kaum Studienplätze, was ich mir also einbilden würde, der Staat aber bräuchte Lehrerinnen … und so weiter … bla, bla, bla!«

»War bei mir auch so. Aber mein Vater hat die tüchtig zusammengenießt. Ob sie der Ansicht seien, dass er als Stadtarchitekt unwichtig wäre? Da haben die natürlich klein beigegeben, und ich hatte meine Ruhe.«

»Meinen Eltern gingen diese Vorladungen sehr nahe. Mir auch. Deshalb gab ich in der Zehnten nach und beschloss, Fischereitechnik in Rostock zu studieren.«

Uta starrte sie verständnislos an.

»Ich dachte, ich könnte dann später zur See fahren und vielleicht sogar ins westliche Ausland.«

»Wie naiv!«

Renée nickte gequält. Ja, naiv war sie damals tatsächlich gewesen und trotzdem: »Erst sah es gar nicht so schlecht aus. Ich habe die Rostocker Uni angeschrieben, mein Zeugnis von der Zehnten hingeschickt, und die fanden es ausgezeichnet, schrieben, dass ich ganz sicher den Studienplatz bekäme.«

»Und wie kommt es, dass du jetzt …?«

»Kurz bevor wir in der Elften unsere Studienbewerbungen abschicken mussten, kam noch ein Brief von der Rostocker Uni. Sie fragten, ob ich ein Junge oder ein Mädchen wäre. Das wäre ihnen wegen meines Vornamens nicht so klar. Aber falls ich ein Mädchen wäre, täte es ihnen furchtbar leid, denn für die Fachrichtung Fischereitechnik würden sie nur Jungen immatrikulieren.«

»Glück gehabt«, sagte Uta lächelnd, und Renée freute sich über die Anerkennung.

»Damit war ich aus dem Bewerbungszirkus über die Schule raus. Und es war nicht mal meine Schuld.«

»Der E&A hat sich sicher was anhören müssen.«

Renée nickte zufrieden. »Ich habe dann die Eignungsprüfung in der Zwölften nachgemacht und mich aus dem praktischen Jahr beworben, was von Vorteil war, denn so kam ich angeblich aus der Produktion und die bekamen bevorzugt Studienplätze.«

Uta lachte. »Mein Vater sagt immer, auch aus Steinen, die einem in den Weg gelegt werden, kann man etwas Schönes bauen.«

Wie wahr! Sie gingen weiter durch den Westchor. Ihre Schritte erzeugten einen leichten Hall, und Renée machte Ottos Witz nach:

»Hallo, Echo!«

»Hallo, Renée!«, rief Uta zurück, und sie gingen lachend weiter.

»Du hast einen sehr schönen Namen«, sagte Uta plötzlich.

»Findest du? Mir gefällt Uta besser.«

»Doch, da haben sich deine Eltern richtig Mühe gegeben«, beharrte Uta. »Das ist Französisch und nicht so deutsch.« Auf einmal fand Renée ihren Namen gar nicht mehr so schlecht.

Anschließend spazierten sie nach Schulpforte, wo Utas Vater die Napola noch als *Jungmann* besucht hatte. Sie kamen jedoch nicht auf das Gelände, das von einer mittelalterlichen Mauer umgeben und deren Tor verschlossen war. Hier war nun keine Kadettenanstalt für Elite-Sprösslinge mehr, sondern, wie ein Messingschild am Tor bekundete, eine normale Erweiterte Oberschule, eine EOS, wie Uta und Renée sie vor dem Studium in ihren Heimatstädten besucht hatten. Uta in Rostock. Renée in Berlin.

Es wurde bereits dunkel, als sie sich auf den Weg zurück nach Weimar machen wollten und beschlossen, lieber den Zug zu nehmen. An einem Samstagabend war er fast leer, und sie hatten ein ganzes Abteil für sich. Kaum fuhr der Zug an, begann Uta eine Melodie zu summen, die Renée auch kannte. Ein Volkslied, das sie im Schulchor gesungen hatten. Also summte sie mit. Uta stockte, unterbrach ihr Summen und Renée glaubte schon, sie hätte einen Fehler gemacht, aber da setzte Uta einen Takt später in der zweiten Stimme ein. Das klang ausgesprochen schön, und so summten sie weiter im völligen Einklang. Ein Lied nach dem anderen. Bis sie in den Gesang wechselten und Renée ein neues Lied anstimmte. Uta fiel wieder ein. Sie hatte einen schönen dunklen Alt, während Renée den Sopran übernahm. Sie störten sich kein bisschen daran, dass die wenigen Leute im Zug, die zwischendurch aus- und zustiegen, vor ihrem Abteil stehen blieben und sie abschätzig anglotzten. Von einem jüngeren Mann bekamen sie sogar Applaus, und der Schaffner wünschte sich von ihnen einen Kanon, bei dem er eine Weile mitsang, bevor er mit seiner Zange weiter die Fahrkarten abknipsen ging.

Ihr gemeinsamer Beleg zum Atriumhaus kam jedoch nicht so gut an. Zu ambitioniert und mit zu vielen Ideen überfrachtet, befand Dr. Salzmann und gab ihnen eine Drei, was Uta wahnsinnig aufregte, wohingegen Renée sich eher schämte, weil sie dem Dozenten insgeheim recht geben musste. Sie hielt ihren Entwurf ebenfalls für konfus, überfrachtet und auch funktionell nicht besonders gelungen. Das hatte sie auch schon vor der Abgabe des Belegs empfunden, aber nicht den kleinsten Versuch unternommen, Uta zu bremsen. Stattdessen hatte sie darauf vertraut, dass Uta schon wisse, was sie tue, schließlich hatte sie doch viel mehr Ahnung von Architektur als Renée.

»Woher will der denn wissen, was ein gutes Atriumhaus ist«, schimpfte Uta auf dem Rückweg vom Seminar. »Hat Salzmann denn schon mal ein Atriumhaus gebaut?« Sie sah Renée herausfordernd an und beantwortete sich die Frage selbst: »Nein! Und das wird er auch nie. Keiner von uns wird in der Zukunft jemals ein Atriumhaus bauen.«

»Wir sind im ersten Semester, Uta. Noch im Grundlagenstudium. Aber später …«

»Nein, Renée! Wir werden niemals etwas bauen! Nicht in fünf Jahren, und auch nicht später. Nicht in diesem Land.

Und deshalb kann ich mir auch ein Atriumhaus ausdenken, wie ich es will!«

Sie liefen gerade am Goethehaus vorbei, wo eine große Gruppe Japaner sich gegenseitig mit ihren winzigen Fotoapparaten vor dem ehemaligen Haus des großen Dichters ablichteten und sich anscheinend auch nicht daran störten, dass ihnen Uta und Renée durchs Bild liefen. Das überdeckte allerdings nicht die angespannte Atmosphäre, die seit Utas Ausbruch entstanden war. Plötzlich schwebte eine ziemlich heikle Frage in großen blinkenden Lettern über ihnen. Doch wenn sie wirklich Freundinnen werden wollten, musste Uta Renée diese Frage wahrheitsgemäß beantworten.

»Wo willst du denn dann bauen? Etwa im Westen?«

Uta sah sie ernst an. »Wenn ich die Gelegenheit bekäme, wie mein Vater ab und zu in den Westen zu reisen, dann würde ich nicht bauen, sondern zuerst nach Japan fliegen.« Sie grinste.

»Warum denn Japan?«

»Um all die Fotos der japanischen Touristen zu vernichten, auf denen ich mittlerweile drauf bin.«

»Verstehe. Du sollst dir kein Bildnis machen, ja?«

»Nein. Ich halte mich nicht für Gott, nicht mal ansatzweise.«

»Warum ist dir das dann so unangenehm?«

Uta zuckte mit den Schultern, und ihr Blick verschwand hinter ihren dichten dunklen Wimpern.

Ende der Diskussion.

4. FASZINATION

Genau genommen war es Robert gewesen, dem sofort Utas Ähnlichkeit mit dem mittelalterlichen Schönheitsideal aufgefallen war. Renée hatte einem Brief an ihn irgendwann, ein paar Wochen, bevor sie den Dom in Naumburg besuchten, ein Foto von sich und Uta beigelegt, und er hatte Utas Aussehen postwendend mit einer Madonna verglichen und sich für Renée gefreut, dass sie eine Freundin gefunden hatte.

Seit sie Uta kannte, schwärmte sie Robert immer wieder von ihr vor und schrieb ihm, wie selbstbewusst sie war und was sie sich gegenüber anderen, auch Erwachsenen, traute, zum Beispiel im Seminar der alten Reinhardt.

Sie hatten zu Hause eine Materialkomposition fertigen müssen, und Renée hatte nur eine Drei von der stolzen Itten-Schülerin bekommen, worüber sie sich ärgerte, auch weil sie die Beurteilung subjektiv fand. Aber angeblich fehlte es an einer »gewissen Spannung« zwischen den gewählten Materialien und Flächen. Uta hatte Renée in der Pause aufmuntern wollen. »Mach dir nichts draus. Ist doch nur 'ne Zensur.«

Sie hatte gut reden. Erstens war ihre Arbeit noch nicht dran gewesen, und zweitens würde die Reinhardt die Komposition der Rostocker Stadtarchitektentochter sicherlich gnädiger beurteilen.

Als die Pause endete, schmollte Renée immer noch, aber als sie zurück an ihren Platz wollte, stand Uta vor ihrem Tisch und ließ ihren Blick suchend über den Tisch gleiten.

»Wo ist denn deine Komposition?«

Renée hatte das Ding längst in ihrer Tasche versenkt und würde es im nächsten Mülleimer entsorgen, aber Uta blieb hartnäckig. »Zeig sie mir doch mal!«

»Was willst du denn damit?«

»Ist sie hier drin?« Uta begann bereits in Renées Tasche zu wühlen, bis Renée sie ihr entriss und die Materialkomposition freiwillig herausrückte. Aber anstatt sie nur zu betrachten und ihre Meinung darüber kundzutun, nahm Uta sie einfach an sich und verschwand damit an ihren Platz. Renée zuckte mit den Schultern. Dann ging der Unterricht weiter, und die Reinhardt schritt die hinteren Plätze ab.

»Na, das ist doch mal eine sehr schöne Komposition«, hörte Renée die Reinhardt hinter sich sagen und drehte den Kopf, um zu sehen, wer da so überschwänglich gelobt wurde. Uta natürlich.

Das war so ungerecht!

Die Reinhardt ging zum Nächsten, während Uta Renée angrinste und ihr zu verstehen gab, dass sie eine Eins auf ihre Komposition bekommen hätte.

Klar, was sonst?

»Soll ich mich jetzt auch noch über deine Eins freuen?«, knurrte Renée nach dem Ende des Seminars, als Uta fragte, warum sie denn so einen Flunsch zöge.

»Natürlich! Es war schließlich deine Komposition!«

»Was? Ach, deshalb wolltest du …?«

Uta nickte.

»Toll, da wird sich die alte Itten-Schülerin hoffentlich schämen.«

»Warum?«

»Na, weil wir nun den Beweis haben, dass sie nur nach Namen benotet.«

»Welchen Beweis?«

»Aber du musst ihr sagen, dass das meine Komposition …!«

»Nein. Ich wollte dir nur zeigen, dass du dich nicht so abhängig von dem Urteil anderer machen solltest«, unterbrach Uta sie auf dem Weg zum Hörsaalgebäude, wo sie eine Vorlesung in Bauphysik hatten.

»Ich soll sie damit durchkommen lassen?«

»Es ist nur eine Zensur.«

»Aber sie ist ungerecht!«, beharrte Renée.

»Ja«, antwortete Uta. »Doch sie gibt dir auch die Gewissheit, dass du das Urteil der Reinhardt nicht mehr fürchten musst. Du kannst machen, was du für gut und richtig hältst, und brauchst nicht mehr das zu machen, von dem du glaubst, dass es der alten Reinhardt gefällt. Das weiß sie nämlich offenbar selbst nicht.«

Renée sah schließlich ein, dass Uta recht hatte, wie sie Robert noch am selben Abend in einem langen Brief schrieb. Uta hatte ihr die Augen geöffnet, und Renée erlag endgültig Utas Charme. Sie wurde zu Renées Heldin, zu ihrer Kämpferin gegen den Dünkel, gegen die Vorurteile und gegen die Borniertheit. Nicht nur die der Professoren und Dozenten, sondern gegen die von allen anderen auch.

Robert aber verstand ihre Aufregung nicht. Dieser Staat, schrieb er ein paar Tage später zurück, gab doch ganz offiziell zu, dass die Arbeiter- und Bauernkinder überall bevorzugt und die reaktionäre Bourgeoisie behindert werden sollte. Er zählte einige Beispiele von Leuten aus ihrem Bekanntenkreis auf, die das Abitur nicht hatten machen können, weil ihre Eltern selbstständig waren. Renée hielt dagegen, dass sie schon in ihrer Abiturklasse die Einzige gewesen war, die mit ihrem Schlosser-Stiefvater und ihrer Kellnerinnen-Mutter noch halbwegs zur Arbeiterklasse gehörte. Alle ihre Mitschüler hatten wenigstens einen studierten Elternteil, darunter bekannte Künstler, mehrere Ingenieure, drei Ärzte, Wissenschaftler,

Lehrer, und sogar ein Professor an der Humboldt-Uni war dabei. Diese Eltern entstammten einst vielleicht einfachen Arbeiter- und Bauernfamilien, aber für ihre Kinder galt das nicht mehr. Und auch in ihrer Seminargruppe sah es nicht viel anders aus. Uta aber hatte Renée bewiesen, dass sie nicht schlechter als die anderen war, nur weil sie aus einer Familie ohne Bücher kam und eine ungelernte Mutter hatte, die mit Backpfeifen drohte, wenn Renée dem Stiefvater die Berliner Grammatik korrigierte.

Ein paar Tage später waren sie mal wieder auf dem Weg quer durch die Stadt zum Hauptgebäude und aus irgendeinem Grund beide wahnsinnig überdreht. Sie hatten schon die ganze Zeit rumgeblödelt, hatten Passanten nachgeahmt, Nonsens-Dialoge quer über den Bürgersteig geführt und sogar Autos angehalten und waren vor ihren Motorhauben herumgesprungen.

Es machte ihnen einfach Spaß, die Leute zu schockieren, sie scherten sich nicht um die Meinungen der anderen, hielten ihre Kommilitonen für zu brav, zu bieder, zu angepasst.

Vielleicht hing ihr Verhalten auch damit zusammen, dass sie völlig übermüdet waren, schließlich gingen sie nach wie vor trotz der vielen Belegarbeiten fast jeden Abend in den Kasseturm. Nichts hielt sie auf den engen Zimmern, wo um zwanzig Uhr das Licht gelöscht wurde.

Gerade schlenderten sie durch die Schützengasse, als ihnen eine junge Mutter mit einem Kleinkind im Buggy entgegenkam. Und plötzlich rannte Uta dem Buggy entgegen, baute sich vor ihm auf und riss die Arme in die Höhe: »Huaaaa!« Sie brüllte das Kind, das höchstens drei Jahre alt war, wie ein Löwe an und lief dann ungerührt weiter. Das Kind konnte vor Schreck nicht einmal schreien, saß nur mit großen Augen erstarrt in seinem Buggy, während die junge Mutter Uta kopfschüttelnd hinterherschaute und die Plemplem-Geste machte, dann aber selbst erstarrte. Denn Uta hatte sich noch einmal zu ihr umgedreht und war, mit ihrer Ledertasche vor dem Körper, grinsend rückwärtsgelaufen – und dabei ohne es zu merken auf den Kieshaufen einer Baustelle zugesteuert. Sie verlor das Gleichgewicht und plumpste mitsamt ihrer Ledertasche nach hinten in den Sand. Klar, sie fiel weich, aber anstatt sich sofort wieder aufzurappeln, spielte Uta auf einmal die Betrunkene. Sie wälzte sich lallend im Sand und ruderte mit den Armen, als wäre sie zu besoffen, um allein wieder aufzustehen. Renée beobachtete, wie ihre Kommilitonen peinlich berührt wegsahen und schnell weitergingen. Aber ein paar Passanten waren stehen geblieben, gafften neugierig, auch zwei Kunden im Bäcker glotzten perplex durch die Scheibe auf Uta herab. Renée, die wusste, dass Uta keinen einzigen Tropfen intus hatte, gab sich einen Ruck, ging zu ihr und half der weiter vor sich hin lallenden Uta auf.

Kopfschütteln ringsum. So jung noch und schon … Und das am frühen Vormittag!

Doch kaum war Uta wieder auf den Beinen, nahm sie Haltung an, lächelte in die Runde und verneigte sich vor den Zuschauern, als wäre sie eine Schauspielerin und die anderen ihr Publikum. Dann drehte sie sich um und ging weiter, als wäre nichts geschehen. Nur der feuchte Sand auf dem Rücken ihres Parkas zeugte davon, dass Renée die Szene nicht geträumt hatte, so seltsam sie auch gewesen war. Hinterher behauptete Uta, dass sie den Sandhaufen gesehen und sich absichtlich hätte fallen lassen, aber das glaubte Renée ihr nicht.

»Warum hättest du das tun sollen? Das ergibt doch überhaupt keinen Sinn!«

»Mir hat es Spaß gemacht.«

An diesem Samstag fuhren Uta und Renée mit dem Zug nach Schwerin zu einem Theaterfest, wo auf drei Bühnen gleichzeitig jeweils drei Stücke hintereinander gezeigt wurden. Einige Inszenierungen waren in den Rezensionen der einzigen Theaterzeitung des Landes besonders gelobt worden und daher äußerst begehrt.

»Es wird sicher nicht einfach sein, immer in die jeweils beste Inszenierung auf den drei Bühnen hineinzukommen«, meinte Uta.

»Die Frage ist wohl eher, ob wir überhaupt hineinkommen«, erwiderte Renée. Die Karten waren schon seit Langem ausverkauft.

»Es soll ein paar Restkarten an der Abendkasse geben.«

»Und wenn nicht?« Renée hatte keine Lust, den Samstag umsonst in der Bahn zu verbringen.

»Ach, in eine Vorstellung werden wir schon reinkommen«, versicherte Uta, woraufhin Renée nichts mehr sagte, schließlich wollte sie nicht der Bremsklotz sein.

Uta wollte unbedingt das Stück von Heiner Müller sehen, aber als sie dann zusammen mit unzähligen anderen in der Schlange auf nicht abgeholte Karten warteten, bereute Renée es doch, mitgefahren zu sein. Das war ja klar gewesen, Uta immer mit ihrem Optimismus! Doch plötzlich hakte sich Uta bei ihr unter und zog sie mit sich, die Treppe zum Eingang hinauf.

»Sei still«, flüsterte sie Renée zu, die gerade protestieren wollte, und marschierte wie selbstverständlich mit ihr am Arm weiter die Treppe hinauf, einer Gruppe von jungen Leuten hinterher, die ihrer Kleidung nach ganz offensichtlich aus dem Westen kamen. Uta hängte sich mit Renée an sie dran und tat so, als gehörten sie zu ihnen. Eine Mitarbeiterin des Theaters für Öffentlichkeitsarbeit, die die Westgruppe beaufsichtigte und an der Spitze lief, führte sie wenig später nicht nur an allen Wartenden, sondern auch an den Kartenabreißern vorbei in die Probebühne und dort zu den besten Plätzen in der ersten Reihe. Das waren nur grob gezimmerte Stufen, auf denen Polster lagen, und ob da nun zwanzig oder zweiundzwanzig junge Leute Platz nahmen, fiel sicher niemandem auf. Uta und Renée suchten sich zwei Reihen hinter den Westlern Plätze aus, die ebenso eine gute Sicht auf die Bühne versprachen. Einmal strich zwar kurz der strenge Blick der Öffentlichkeitsfrau prüfend über sie hinweg, aber sie sprach sie nicht an. Wahrscheinlich hielt sie Renée und Uta für Bekannte des Regisseurs oder für junge Schauspieleleven, die von irgendjemand anderem bereits in den Zuschauerraum geschleust worden waren.

Bis zum dritten Klingelzeichen zitterte Renée, dass man sie entdecken, als Betrüger entlarven und unter aller Augen hinausführen und der Polizei übergeben würde. Aber dann ging das Licht endlich aus, und niemand jagte sie davon. Trotzdem, Renée war während der Aufführung weiter so aufgeregt über Utas gelungenen Coup, dass sie dem Müller-Stück kaum folgen konnte. Erst bei der zweiten Vorstellung wurde sie ruhiger. Uta und sie waren wieder im Windschatten der Westgruppe und der Frau für Öffentlichkeitsarbeit zur nächsten Inszenierung gefolgt, überzeugt davon, dass man den jungen Westlern, sicherlich Studenten wie sie, die drei besten Aufführungen des Abends würde zeigen wollen. Dieses Mal musste Uta Renée nicht mehr hinter sich herziehen, und beim dritten Stück schien sich auch die Angestellte des Theaters daran gewöhnt zu haben, dass sie immer in derselben Inszenierung hinter ihrer zu betreuenden Gruppe saßen. Solange sie nicht Kontakt zu den Leuten aus dem Westen suchten, konnte es ihr ohnehin egal sein, ob sie hier sein durften oder nicht – nur das hätte sie verhindern müssen.

Ganz beseelt von dem tollen Theatererlebnis und dem, was sie sich getraut hatten, liefen sie gegen Mitternacht zum

Schweriner Hauptbahnhof, um den letzten Zug nach Berlin zu erwischen. Dort stiegen sie in die S-Bahn um und nahmen am Alex ein Schwarztaxi zu Renées elterlicher Wohnung, um in Renées Zimmer zu übernachten. So der Plan.

Natürlich hatte Renée ihren Eltern nicht Bescheid gesagt, dass sie an diesem Wochenende nach Hause kommen würde. Wie auch? Sie hatte es ja bis zum Frühstück selbst nicht gewusst. Denn das war typisch Uta. Etwas kam ihr in den Kopf, und dann wurde auch gleich an der Umsetzung gearbeitet. Da blieb nicht viel Zeit für Zweifel oder Gegenargumente.

Und so kam es, dass sich Renée, als sie morgens um halb vier mit Uta in die elterliche Wohnung schlich und die Tür zu ihrem Zimmer öffnete, einen Moment fragte, ob sie nicht vielleicht aus Versehen in einem falschen Stockwerk der Platte gelandet war und womöglich eine fremde Wohnung aufgeschlossen hatte. Denn das hier war definitiv nicht ihr altes Zimmer mit den selbst gestrichenen Möbeln, sondern ein Schlafzimmer mit einem Ehebett, mit Nachttischen links und rechts und einem riesigen neumodischen Kleiderschrank gegenüber.

»Reni, was machst du denn hier?« Aus dem Ehebett schälte sich der Umriss ihrer Mutter, hob sich gegen die Morgendämmerung vor dem Fenster unwirklich ab.

»Wo sind denn meine Sachen?«, fragte Renée verwundert.

»Psst! Hast du meinen Brief nicht bekommen?«

»Was denn für einen Brief?«

»In dem ich dir geschrieben habe, dass wir dein Zimmer jetzt als Schlafzimmer einrichten, weil du ja sowieso nie nach Hause kommst.«

»So ist das ja nun auch nicht. Jetzt bin ich doch da.«

Sie saßen in der Küche. Ihre Mutter hatte sich einen Bademantel übergeworfen, kochte Tee und schmierte ihnen ein paar Brote. Trotzdem sah Renée ihrer Mutter an, dass sie es nicht guthieß, dass ihre Tochter, ohne vorher zu fragen oder es wenigstens anzukündigen, jemand Fremdes mitgebracht hatte. Nur, was hätte das genützt? Wenn Renée die Möglichkeit gehabt hätte, ihrer Mutter Bescheid zu sagen, dann hätte sie sowieso Nein gesagt. Ihre Mutter mochte Fremde nicht, schon gar nicht bei sich zu Hause, was sie aber niemals zugeben würde, und so waren Renées Geburtstage und auch die ihres Bruders immer aus irgendwelchen scheinheiligen Gründen ausgefallen oder in letzter Minute abgesagt worden.

Vor Uta versuchte ihre Mutter jedoch das Gesicht zu wahren, gab sich gastfreundlich und bereitete ihnen auf der Klappcouch im Wohnzimmer, auf der sie bis vor Kurzem noch mit ihrem Mann geschlafen hatte, das Bett. Das aber hatte Renée unbedingt vermeiden wollen. Nun bekam Uta nämlich das Wohnzimmer ihrer Eltern, besonders den Kamin aus Pappmaché, zu Gesicht, mit der Riemchentapete und den zwei orientalisch anmutenden Masken aus Gips darüber, die ihr Stiefvater als »antik« bezeichnete, die Renée aber an Ali Baba – und einen seiner vierzig Räuber? – erinnerten, vielleicht auch an Räuberhauptmann Bogumil aus den Digedags.

Renée hatte sich jedenfalls vorgestellt, dass sie Uta nur ihr Zimmer zeigen würde, für das sie sich nicht hätte schämen müssen. Aber nun war es samt ihren Sachen in den Keller geräumt worden und die mit internationalen Design-Preisen ausgezeichneten polnischen Plakate, auf die sie so stolz war, hatten die Eltern sicher unsachgemäß gefaltet unter anderem schweren Krempel verstaut.

Am liebsten hätte Renée es ganz vermieden, dass Uta die elterliche Wohnung sah, und sie hatte sich auf dem Weg hierher lange gesträubt, als Uta vorschlug, doch bei Renées Eltern zu übernachten. Nur, wo hätten sie sonst bleiben sollen, mitten in der Nacht? Der erste Zug nach Weimar fuhr erst gegen acht. Oder hatte Uta die Übernachtung bei ihren Eltern vielleicht von Anfang an mit eingeplant? Womöglich nicht nur aus praktischen Gründen, sondern weil sie wissen wollte, wo Renée herkam?

Nun also schaute sich Uta sorgfältig im Wohnzimmer um. Ihr Blick glitt langsam über die hochpolierte Schrankwand und blieb dann an dem »Kamin« und den »antiken« Masken hängen, zu denen sich in der Zwischenzeit noch zwei »rustikale« Säbel gesellt hatten, wie Renée mit Schrecken feststellte. Es waren doch nur ein paar Wochen vergangen, seitdem sie das letzte Mal hier gewesen war. Doch die Eltern hatten die Zeit offenbar zu nutzen gewusst. Jetzt kreuzten sich besagte krumme Säbelklingen zwischen den Masken über einer wirklich alten Kaminuhr, die einmal Renées Großtante gehört hatte. Renée schämte sich in Grund und Boden, denn nun hatte Uta sie auch noch der Lüge überführt. In den ersten Tagen ihres Kennenlernens hatten sie sich gegenseitig ihre Eignungsmappen gezeigt, und Renée hatte natürlich nicht widersprochen, als Uta fand, dass das Wohnzimmer ihrer Eltern, das ja das von Lilo war, toll aussähe.

Endlich richteten sich Utas Augen auf Renée: »Ehrlich, ich hätte auch ein anderes Wohnzimmer gezeichnet.«

»War nicht meine Idee.«

»Wessen dann?«

»Lilos. Also die Mutter von Robert.«

»Von deinem Freund?«

»Ja. Findest du es schlimm, dass ich gelogen habe?«

»Nein. Das war sehr klug von dieser Lilo.«

»Ja, sie ist wie 'ne Freundin, obwohl sie so alt wie meine Mutter ist.«

Uta grinste. »Und dein Robert ist wie dein Kind?«

Renée musste lachen. »So 'n Quatsch!« Sie nahm eines der Sofakissen und warf es nach Uta. Die duckte sich schnell, und das Kissen segelte haarscharf an der Kaminuhr vorbei.

»Braucht ihr noch was?« Renées Mutter stand plötzlich in der Tür und schaute vorwurfsvoll auf das Kissen zu ihren Füßen.

»Nein, Mama!«

»Dann schlaft jetzt. Frühstück ist um acht.« Sie schloss die Tür, und Uta prustete los.

»Du hast vergessen ›Zu Befehl, Mama!‹ zu sagen«, unkte sie.

»Eigentlich ist sie ganz in Ordnung.«

Uta nickte bestätigend. »Meine Eltern hätten dich jedenfalls nicht früh um vier reingelassen.«

Zurück im Studentenwohnheim, wartete ein Brief von Robert auf sie. Er bekomme nächste Woche überraschend Urlaub, schrieb er, und würde dieses Mal nach Weimar anstatt nach Berlin fahren, um Renée zu treffen.

Renée wunderte sich ein wenig. Bis dahin hatte Robert seinen kostbaren Urlaub nie für sie allein hergegeben, sondern hatte auch immer noch Freunde und seine Mutter in Berlin treffen wollen. Würde Lilo nicht enttäuscht sein, wenn er diesmal gar nicht nach Hause käme, womöglich sogar Renée die Schuld dafür geben? Kurzerhand rief sie ihn vom Münzfernsprecher im Foyer des Jakobs an.

»Mach dir wegen Lilo keine Sorgen. Ich erzähle ihr einfach nicht, dass ich Urlaub hab«, sagte er. »Das ist das Beste. Du darfst dich eben nur nicht beim nächsten Mal in Berlin verquatschen.«

»Nein, natürlich nicht«, versprach Renée und freute sich auf seinen Besuch.

Am Tag seiner Ankunft stand Renée auf dem Bahnsteig, sah, wie Robert aus dem Zug stieg, ihr zulächelte und die neben ihr stehenden Leute musterte, als suche er jemanden. Er wirkte seltsamerweise enttäuscht und küsste sie nur flüchtig auf die Wange. Renée hatte extra die Vorlesung in Kunstgeschichte geschwänzt, um ihn abholen zu können, Uta hatte ihr versprochen, für sie mitzuschreiben. Danach wollten sie sich zu dritt im WC treffen, das für Renée und Uta mittlerweile zum Stammcafé zwischen den Vorlesungen und Seminaren geworden war, zunehmend auch darüber hinaus, weil aus dem »zwischen den Vorlesungen« öfters ein »während der Vorlesungen« geworden war.

Wie so oft wunderte sich Renée, wenn sie Robert längere Zeit nicht gesehen hatte, dass sie ausgerechnet mit ihm zusammen war, mit diesem großen, blonden, gut aussehenden Jungen, der viele andere Mädchen hätte haben können. Sie selbst stand auch eher auf brünett, aber in dem einen Jahr, das sie nun ein Paar waren, hatten sie sich höchstens vierzehn Tage real gesehen. Denn obwohl sie sich schon kannten, war es zwischen ihr und Robert erst auf der letzten Fete »passiert«, als Renée und ein paar andere Mädchen die Jungs zur Armee verabschiedeten. Renée war zu dem Zeitpunkt noch immer traurig und verzweifelt gewesen, weil ihr Freund nach fast zwei Jahren sehr plötzlich und unerwartet mit ihr Schluss gemacht hatte. Und Robert trauerte wiederum einem Mädchen aus der neunten Klasse nach, deren Eltern der Tochter verboten hatten, mit einem so viel älteren Jungen zusammen zu sein, der sowieso erst einmal zur Armee musste.

So waren Renée und Robert damals zusammengekommen. Mit wenig Leidenschaft und viel Trauer um ihre jeweils Verflossenen. Diese Beziehung zwischen ihr und Robert, die also keine echte Liebesbeziehung war, tat ihnen trotzdem gut. Renée hatte wieder einen Freund und konnte die diesbezüglichen besorgten Fragen ihrer Eltern und der Verwandtschaft beruhigen. Und Robert hatte eine Freundin, an die er denken konnte, während der Spieß ihn in der Kaserne anbrüllte oder ihn sein Bett zum siebten Mal neu machen ließ. Eine, die ihm

Briefe schrieb, die sich mit seiner Mutter Lilo besser verstand als er selbst, die da war, wenn er kurzfristig Urlaub bekam und sogar den weiten Weg in die Kaserne nicht scheute, wenn ihm der Urlaub wegen einer Lappalie gestrichen wurde. Sie nahm die lange Fahrt quer durch die Republik auf sich, nur um ihn für zwei Stunden zu besuchen. Aus purer Langeweile, und weil die Clique langsam zerfiel und die Wochenenden zu Hause bei den Eltern öde und trostlos und nicht auszuhalten waren.

Wenn Robert aber in Berlin war, dann hatten sie beide solch einen Marathon an Pflichtbesuchen bei Roberts Verwandten zu absolvieren, dass ihnen die fehlende Leidenschaft gar nicht bewusst wurde. Und wenn sie sich dann doch mal in seiner Bude näherkamen, dann dachten sie wahrscheinlich beide wieder nur an ihre längst Verflossenen. Jedenfalls ging es Renée so.

In dem winzigen Café am Wielandplatz, in dem sich Dozenten wie Studenten gleichermaßen trafen, war es fast zu jeder Tageszeit gerappelt voll. Die Schaufensterscheibe zum Wielandplatz war sommers wie winters von den Ausdünstungen der Gäste beschlagen, was den unscheinbaren Laden nach außen hin noch unscheinbarer erscheinen ließ, für die, die nichts von ihm wussten.

Renée konnte Robert nicht begreiflich machen, was an diesem WC, außer seinem Namen, so besonders war. Enttäuscht schaute er sich in dem Café um und war sichtlich genervt, dass er für seine langen Beine kaum Platz unter dem schmalen Tisch fand und sie daher in den Gang streckte, wo alle drüber wegsteigen mussten.

Es war offensichtlich, dass Robert nicht verstand, warum Uta und sie dieses Café so liebten, und er schien ungewohnt ungeduldig, sah dauernd zur Tür, wenn die Glocke darüber neue Gäste ankündigte, und kontrollierte mehrmals seine Uhr.

»Hast du nicht gesagt, die Vorlesung ist um drei zu Ende?«, fragte Robert und warf erneut einen Blick auf seine Uhr.

»Ja, wieso?«

»Na, wollte diese Uta danach nicht hierherkommen? Es ist schon halb vier.«

»Vielleicht ist sie aufgehalten worden«, sagte Renée und zuckte unbestimmt die Schultern. »Einige Profs haben mit ihrem Vater studiert und wollen manchmal von ihr wissen, was er gerade so macht.«

»Was macht er denn?«

»Er ist Stadtarchitekt von Rostock.« Das beeindruckte Robert anscheinend weniger als Renée, deshalb fügte sie hinzu: »Er plant so ein Ersatzneubaugebiet am alten Stadthafen, hat Uta erzählt. WBS-70 mit Schmuckklinker und Giebelelementen.«

»Wäre es nicht besser, die alten Häuser am Stadthafen zu retten, anstatt überall diese furchtbare Platte hinzusetzen?« Aus Robert sprach eindeutig Lilos streitbarer Geist, aber seine Gereiztheit schien eine andere Ursache zu haben.

»In Halle haben sie die innerstädtische Anpassung ganz gut hinbekommen«, meinte Renée.

»Den Bildern nach eher nicht.«

»Wir waren auch in Ha-Neu auf Exkursion. So furchtbar, wie Lilo behauptet, ist es nicht.«

Roberts Mutter schnitt täglich »lesenswerte« Artikel aus dem *Neuen Deutschland* und der *Berliner Zeitung* aus, kommentierte sie am Rand und unterstrich mit einem Rotstift »wichtige« Absätze. Als könnten sich andere Leser nicht selbst eine Meinung aus dem Partei-Chinesisch bilden, verteilte Lilo zusätzlich zahlreiche Ausrufe- und Fragezeichen im Text, um für den nächsten Leser problematische oder dem Wahrheitsgehalt entgegengesetzte Aussagen zu kennzeichnen. Dann schickte sie diese Artikel an Leute, die sich ihrer Meinung nach dafür interessieren sollten. Meistens aber an ihren Sohn Robert, manchmal auch mit der Auflage, ihn an Renée weiterzuleiten. Den Artikel über Halle-Neustadt hatte Renée jedoch zuerst bekommen.

»Ich suche uns schon mal Kuchen aus«, sagte Renée, obwohl die Kuchentheke um diese Zeit schon ziemlich leer geräumt war. Sie fragte sich, warum Robert so schlecht gelaunt war. Als ob sie etwas dafür konnte, dass sie hier auf Uta warten mussten.

»Das ist also dein Freund«, stellte Walli, die fünfzigjährige Chefin des WCs, anerkennend fest und holte, bevor Renée etwas sagen konnte, zwei ihrer legendären Nougatrollen unter der Theke hervor, die sie nur bestimmten Gästen anbot, denn Nougat war in der DDR selten frei zu kaufen. Ja, Robert machte allein durch seine schiere Größe mächtig was her. Auch auf dem Weg durch die Stadt hatte sie die neugierigen und beifälligen Blicke der anderen Studenten gespürt und war noch etwas näher an Robert herangerückt, um klar zu demonstrieren, in welcher Beziehung sie zueinander standen.

Als Renée mit den Kuchentellern zurück zu Robert an den Tisch wollte, sah sie beiläufig aus dem Schaufenster und entdeckte Uta. Seelenruhig und völlig selbstvergessen spazierte sie gemächlich die Straße in Richtung Wohnheim hinunter und hielt dabei wie immer die leer wirkende Aktentasche mit ausgestreckten Armen vor dem Körper.

Aber warum ging Uta am WC vorbei? Hatte sie etwa vergessen, dass sie sich hier treffen wollten?

»Uuuta!« Renée hatte die Teller auf der Theke stehen lassen und die Tür aufgerissen. »Uuuutaaaa!« Doch Uta hörte sie offensichtlich nicht, obwohl andere Leute, die in Utas Nähe waren, zu Renée herüberschauten.

»Wieso kommt sie denn nicht rein?« Robert war aufgestanden, und beide schauten sie Uta aus der offenen Tür hinterher, wie sie sich langsam zwischen den Touristen vorm Goethehaus ihren Weg bahnte.

»Weiß nicht«, erwiderte Renée wahrheitsgemäß.

»Hast du ihr überhaupt Bescheid gesagt, dass wir hier sind?« Robert musterte sie streng.

»Klar doch!« Sie nahm die Teller von der Theke und trug sie zum Tisch.

»Du willst nicht, dass ich sie treffe, ja?«, sagte Robert kurz darauf verärgert, als sie stumm die Nougatrolle aßen.

»Was? Ich habe sie doch gerufen oder etwa nicht? Und wir hatten definitiv ausgemacht, dass sie uns hier nach der Vorlesung trifft.«

»Glaub ich ja. Aber ist doch möglich, dass du ihr unbeabsichtigt signalisiert hast, dass du das nur gesagt hast, damit sie sich nicht ausgeschlossen fühlt.«

Renée überdachte noch einmal die Situation, aber sie hatte Uta in keiner Weise mitleidig behandelt. Wie kam er nur darauf?

»Du kannst manchmal ziemlich gönnerhaft sein.«

»Ich?«

»Da hat sich Uta vielleicht wie das fünfte Rad am Wagen gefühlt.«

»Woher willst du das denn wissen, du kennst sie doch gar nicht!«

»Ja, und offensichtlich willst du auch nicht, dass ich sie kennenlerne.«

So hatte sich Renée das Wiedersehen mit Robert nicht vorgestellt. Aber es war alles nur ein Missverständnis, wie sich dann herausstellte. Als sie wenig später bei Uta an die Zimmertür klopften, hörte sie auch das nicht, weil sie gerade Flöte übte. Sie traten leise ein und setzten sich dazu, ohne dass Uta eine Reaktion zeigte. Denn sie hielt beim Spielen die Augen geschlossen, vollkommen in sich selbst versunken.

Renée wäre am liebsten wieder gegangen, sie hatte das Gefühl, etwas Unerlaubtes zu tun, indem sie Uta zusahen, ohne dass diese es bemerkte. Aber da hielt Uta plötzlich inne, die Querflöte immer noch an den Lippen. Sie öffnete die Augen und schaute Renée seltsam entrückt an, als käme sie aus einer tiefen, tiefen Trance. Dann erst nahm sie Robert wahr, der sofort enthusiastisch zu klatschen begann und so den schönen Augenblick zerstörte.

»Ach, Mann! Wir waren verabredet!«, rief Uta jedoch entschuldigend und erzählte, dass ihr in der Vorlesung dieses Stück eingefallen sei und auf dem Weg zum Wohnheim war sie nur damit beschäftigt gewesen, es sich zu merken und auszubauen. »Da habe ich ganz vergessen, dass wir …«

»Das Stück war von dir?«, unterbrach Robert sie mit großen Augen.

Uta winkte bescheiden ab, drehte die Flötenteile auseinander und bearbeitete sie mit etwas, das wie ein überdimensionierter Pfeifenreiniger aussah.

»Wollen wir irgendwo was essen gehen?«, sagte Uta an Robert gewandt, während sie die Flöte wieder zusammenschraubte.

Renée war wie vor den Kopf geschlagen. Es war geplant gewesen, Spaghetti mit Tomatensoße und Würstchen zu kochen. Ihr Stipendium von zweihundert Mark erlaubte es nicht, so regelmäßig essen zu gehen, wie es Uta gerne tat, die zwar kein staatliches Stipendium erhielt, aber von ihren Eltern mit dreihundert Mark monatlich unterstützt wurde. Doch da Robert direkt begeistert zustimmte, traute sie sich nicht, etwas dagegen zu sagen, schließlich wollte sie kein Spielverderber sein.

Robert war sofort entschlossen, beim *Bösen Mann* einzukehren. Er hatte über den Wirt des »Stern«, einer winzigen Kneipe mit nur zwölf Sitzplätzen, schon viel *Schreckliches* von

Renée gehört. Dessen Unfreundlichkeit war geradezu Programm, damit sich die Verweildauer der Gäste auf unter zwanzig Minuten hielt. Länger hatte noch niemand am Abend in der Kneipe gesessen, denn kaum hatte man gegessen, wurde abkassiert, damit Platz für die nächsten Gäste frei wurde, die bereits vor der Tür warteten.

Robert zeigte sich spendabel, lud Renée ein, obwohl er sonst peinlich genau darauf bedacht war, jede Rechnung zu teilen.

»Du bist natürlich auch eingeladen, Uta«, fügte er hinzu, und Uta bedankte sich. »Und keine falsche Bescheidenheit, bestell, was du willst.«

»Das Wort Bescheidenheit kenn ich gar nicht.«

Uta grinste Robert frech an, und er grinste zurück, als wären sie beide allein in dem Lokal. Dann stand schon der Wirt da und nahm ihre Bestellung auf, während er ihnen ungefragt Bier hinstellte.

»Du bist aus Rostock, hat Renée erzählt?«, fragte Robert, und Renée schluckte. Wenn Uta etwas nicht mochte, dann war es, von anderen ausgefragt zu werden oder zu hören, dass man über sie gesprochen hatte.

»Ja, da bin ich aufgewachsen. Aber geboren wurde ich in Leipzig. Die Familie meines Vaters ist von dort.«

Das hatte selbst Renée noch nicht gewusst. Sie wunderte sich zwar stets, wie wahnsinnig gut Uta den Dialekt von Hoi, Susi und Ulrike nachmachen konnte, aber sie hatte es sich bisher damit erklärt, dass Uta als Musikerin wohl ein sehr gutes Gehör besaß.

Der Wirt brachte das Essen, und sie wünschten einander guten Appetit.

»Und dort in Leipzig war dein Vater Professor, ja?«

»Nun lass Uta doch erst mal essen, Robert. Sonst schmeißt der Wirt uns raus, bevor sie aufgegessen hat.«

»Ist schon gut, Renée«, meinte Uta und wandte sich an Robert. »Nein, mein Vater war in Dresden Professor für Wohnungsbau, aber dann wollte er auch mal selbst bauen und nicht nur kluge Vorträge darüber halten. Das will er erst wieder machen, wenn sein Wohngebiet in Rostock endlich fertig ist.«

Robert schien das gut zu finden. Renée hingegen verstand die Welt nicht mehr. Wieso beantwortete Uta ihm bereitwillig eine Frage nach der anderen, obwohl sie bei ihr gern auf Durchzug schaltete?

»Und hast du Geschwister?«

»Nun sei doch nicht so neugierig, Robert!« Diese Frage hatte Uta ihr bisher nicht beantwortet und sich immer in Schweigen gehüllt, was Renée zu den tragischsten Vermutungen über ihre etwaigen Geschwister angeregt hatte. Und Robert wusste das. Doch dann beantwortete Uta einfach auch diese Frage.

»Ich habe einen zwei Jahre älteren Bruder und noch einen Halbruder, der fast genauso alt wie er ist, nämlich nur einen Monat älter.«

Robert überlegte, aber Renée verstand sofort. »Dann hatte dein Vater also neben deiner Mutter noch eine andere?«

Robert bedachte Renée mit einem tadelnden Blick.

»Ja, er verehrte meine Mutter damals so sehr, dass er sie nicht … Na ja, ihr wisst schon … belästigen wollte«, erklärte Uta.

Belästigen? Renée fand das eine eigentümliche Wortwahl. Und überhaupt: »Zwei Wochen später hat er sie dann aber doch belästigt.« Renée war über ihren frechen Kommentar selbst ein bisschen erschrocken.

»Meine Mutter war damals wunderschön«, erwiderte Uta ohne eine Spur von Verletztheit, »da konnte er nicht widerstehen.«

Renée wollte etwas sagen, aber sie entschied sich dagegen, weil es spitzfindig und gemein gewesen wäre. Sie wollte nicht diejenige sein, die Uta die Augen über ihren Vater öffnete, der am Ende auch nur seine Frau betrogen hatte. Sollte Uta ihren ach so tollen Vater ruhig weiter auf einen Sockel stellen.

Die Geschichte erinnerte sie an eine Begebenheit aus ihrer Kindheit, in der sie tatsächlich anderen die Augen geöffnet hatte. Auf einem Betriebsausflug, zu dem ihr Vater sie mitgenommen hatte, hatte sie lautstark festgestellt, dass der siebenjährige Sohn seines Arbeitskollegen eine extreme Ähnlichkeit mit dem fast gleichaltrigen Sohn der besten Freundin ihrer Mutter habe. »Der sieht ja aus wie Andreas Meier!«, hatte Renée erstaunt ausgerufen, natürlich ohne sich mit ihren fünf Jahren im Entferntesten über die Konsequenzen bewusst zu sein: die Scheidung von gleich zwei Ehepaaren.

Nach dem Essen beim *Bösen Mann* gingen sie zu dritt in den Turm, und auch hier wollte sich Robert großzügig zeigen.

»Du hast doch nichts dagegen, wenn ich nachher mal mit Uta tanze«, fragte er Renée. »Es tut mir irgendwie leid, dass sie keinen Freund hat.«

Warum Uta keinen Freund hatte, verstand Renée auch nicht. Überall, wo sie hinkamen, ruhten alle Augen nur auf ihr. Doch genau das schien gleichzeitig die Männer davon abzuhalten, sich ihr zu nähern. Die große Konkurrenz durch die anderen. Wahrscheinlich, weil sie ihre Chance, bei Uta zu landen, für zu gering hielten, wo sie anscheinend jeden Mann haben konnte. Entsprechend wurde Robert ringsum eifersüchtig angestarrt: Wie war es ihm gelungen, so nah an Uta heranzukommen, schienen sich alle Typen im Bierkeller zu fragen.

Uta war an diesem Abend ungewohnt locker drauf, weniger abwesend und distanziert als in letzter Zeit, obwohl sie erst ein Bier getrunken hatte. Sie ergatterten zu dritt zwei Barhocker am Tresen, und Renée übernahm es, Bier zu holen, denn Andy stand am Ausschank und würde sie bestimmt bevorzugt bedienen.

»Utas Freund?«, wollte Andy wissen, während er drei Humpen Bier fertigzapfte.

»Nee, meiner!« Renée lachte, während Andy sie erstaunt ansah. Dann schob er ihr die drei Biere hin und raunte: »Na, dann pass gut auf ihn auf!«

Renée wusste nicht, was er meinte, und schaute zu Uta, die sich gerade sehr vertraulich gegen Robert lehnte, ihn am Arm berührte und ihm wegen des Lärms etwas direkt ins Ohr sagte oder vielmehr schrie. Renée freute sich, dass die beiden sich so gut verstanden. Sie nahm die Bierhumpen, kämpfte sich zurück zu Uta und Robert durch, und als sie auf ihrem Hocker saß, stieß sie mit ihnen an und gab Robert ganz spontan einen Kuss. Robert wirkte überrascht, aber Renée sah zu Andy am Ende des Tresens und grinste ihn an. Noch Fragen? Der verzog jedoch seltsamerweise keine Miene, sein Blick war ernst.

Nach einer Weile wechselten sie hoch in den Tanzsaal, wo auf der Bühne wie jeden Samstag eine Live-Band spielte. Sie suchten sich einen Stehplatz, an dem Robert nicht gleich mit dem Kopf an die Kuppel stieß, während Uta sich direkt vor das Podium stellte und sich langsam zu den Rhythmen zu bewegen begann. Sofort waren wieder alle Augen auf sie gerichtet, weil ihr Tanzstil so ungewöhnlich, aber auch so anmutig und schön war, dass man einfach hinschauen musste. Uta schien jeden einzelnen Ton der Band körperlich zu fühlen und jeden ihrer Taktwechsel schon vorher zu ahnen. Ihr Tanz war choreografierte Musik, ohne dass es einen Augenblick lächerlich aussah. Jeder im Tanzsaal hätte sich gern so bewegt, so frei, so losgelöst, so in sich gekehrt und doch so eins mit sich selbst. Im Gegensatz zu Utas Bewegungen konnten die eigenen nur plump und unrhythmisch wirken. Auch die Musiker hatten bloß Augen für Uta, und als sie in die Pause gingen, sprach der Schlagzeuger sie an. Ohne sich um Renée und Robert zu scheren, folgte Uta ihm in den Keller.

»Wo geht sie denn hin?«, fragte Robert.

»Na, in den Keller.« Renée zuckte entschuldigend mit den Schultern. Sie war es gewohnt, dass Uta sie manchmal einfach stehen ließ.

»Ich glaube, sie hat zu viel getrunken«, meinte Robert, dem ebenso wie Renée nicht entgangen war, dass Uta sich hemmungslos an die Bandmitglieder rangeschmissen hatte.

»Ach, sie kann ordentlich was vertragen«, erwiderte Renée. »Wollen wir eins höher? Da gibt es noch eine Bar.«

»Wir sollten besser ein Auge auf sie haben. Nicht dass sie etwas tut, was sie nachher bereut«, sagte Robert, und jetzt war er derjenige, der Renée stehen ließ und Uta in den Keller folgte.

»Hey, warte doch mal!«, rief Renée ihm hinterher, doch er stieg schon die steile, enge Treppe durchs Mauerwerk hinab. Unten angekommen blieb Robert so abrupt stehen, dass Renée in ihn hineinlief. Sein Gesicht wirkte plötzlich wie versteinert. Seine Augen aber waren auf die Mitte des Kellers gerichtet. Renée, die hinter ihm noch halb auf der Treppe stand, sah es nun auch. Dort stand Uta mit dem Schlagzeuger. Sie hatte ihre Arme eng um seinen Hals geschlungen und küsste ihn leidenschaftlich. Das ging ganz deutlich von ihr aus. Da gab es keinen Zweifel, denn der Schlagzeuger schien mindestens genauso überrascht davon wie Robert und Renée.

»Lass uns von hier verschwinden.« Robert schien plötzlich angefressen zu sein. Und so verließen sie den Turm, obwohl es noch nicht einmal elf war, und gingen zurück ins Wohnheim, wo Robert auf ungewohnte Art heftig und auch etwas grob über sie herfiel. Hinterher entschuldigte er sich bei ihr dafür mit vielen Küssen und schlief auch nicht gleich ein wie sonst immer.

»Ich weiß gar nicht, was da grad über mich gekommen ist«, flüsterte er zärtlich.

»Ich fand es sehr schön«, erwiderte Renée, und das war nicht gelogen. Es hatte ihr gefallen, auch weil sie einander noch nie so nah gewesen waren.

Am nächsten Morgen war Renée gerade dabei, Kaffee und Eier zu kochen, da klopfte es und Uta trat, ohne ein *Herein* abzuwarten, gut gelaunt ein: »Aufgewacht und mitgedacht!«

Hinter ihr tauchte eines der Bandmitglieder vom Vorabend auf, es war jedoch nicht der Schlagzeuger, sondern der Bassist. Er wirkte genauso schmuddelig wie sein Vorgänger und stank wie eine Berliner Eckkneipe.

Uta schnupperte demonstrativ herum. »Huh, das riecht ja hier stark nach Sex!«

Renée konnte sich ein Grinsen nicht verkneifen. Sah man ihr an, dass Robert und sie eine überraschend gute Nacht miteinander verbracht hatten? Besser sie ging neues Wasser holen, ehe Uta ihr noch Fragen stellte. Robert folgte ihr.

»Die hat ja vielleicht Nerven, mit diesem Typen hier aufzukreuzen«, zischte Robert ihr leise zu. »Hast du gemerkt, dass das nicht der Schlagzeuger, sondern der Sänger ist?« Er schüttelte angewidert den Kopf.

»Oh, ich dachte, er wäre der Bassist gewesen.«

»Wie auch immer!«

Sie gingen zurück ins Zimmer, wo die beiden sich bereits Kaffee genommen hatten und stumm dazu rauchten. Das war etwas, was Robert überhaupt nicht leiden konnte. Noch vor dem Frühstück zu quarzen. Als Nichtraucher akzeptierte er bei Renée sowieso nur das abendliche gemütliche Rauchen zu Wein oder Bier. Doch er sagte nichts, sondern goss Renée

Kaffee ein und schmierte ihr sogar einen Toast. Das hatte früher immer Lilo für ihren Exmann gemacht, und Robert hatte es gehasst, weil er seine Mutter dabei als zu unterwürfig empfand. Jetzt tat er es für Renée und gab ihr dazu auch noch einen Kuss, als er ihr den gebutterten Toast reichte.

»Tja, was so ein altes eingespieltes Ehepaar ist«, kommentierte Uta und warf ihrem Schmuddelmusiker, dessen Namen sie anscheinend nicht erwähnenswert fand, einen amüsierten Blick zu. Der schien gar nichts mitzubekommen.

»Will er auch mit nach Tiefurt?«, fragte Renée deshalb über seinen Kopf hinweg und spürte, wie Roberts Gesicht wieder versteinerte.

»Klar! Oder meinst du, ich mach euch den Anstandswauwau?«

Renée schluckte, sagte aber nichts. Sie wollte keinen Streit, und so aßen sie schweigend weiter. Erst als sie im Waschtrakt gemeinsam das Geschirr spülten, traute sich Renée Uta anzusprechen.

»Schlecht geschlafen?« Das hatte möglichst beiläufig klingen sollen.

»Wie kommst du denn darauf?«

»Weil du so aggressiv bist.«

»Ich? Ich bin total entspannt. Ich hatte heute Nacht den besten Sex meines Lebens!«

Uta warf ihr einen Blick über den Spiegel zu, und da musste Renée grinsen: »Nee, ich!«

Uta schien einen Moment zu überlegen, was sie darauf antworten konnte, und entschied sich, ebenfalls zu grinsen. »Denkst du, das sehe ich nicht? Deshalb bin ich ja so frustriert.«

Auf der einstündigen Wanderung nach Tiefurt entlang der Ilm unterhielt sich Uta aber dann den ganzen Weg über mit

Robert, während Renée mit dem Typen, dessen Namen sie nicht wissen wollte, hinter ihnen hertrottete und sich den Kopf darüber zerbrach, worüber die beiden da vorn plötzlich so angeregt redeten. Über Musik? Über Architektur? Das waren jedenfalls Utas vorrangige Themen, wenn sie denn reden wollte. Doch Robert interessierte sich ausschließlich für Bücher und gute Literatur. Er würde nach der Armee in Berlin sogar ein Germanistikstudium beginnen. Auch dafür gab es nur sehr wenige Studienplätze in der DDR, und vielleicht erzählte er Uta gerade, wie er sich damals ebenfalls gegen die Planzahlen für Offiziere und Lehrer durchgesetzt hatte?

Nein, eher nicht. Sie konnte sich jedenfalls nicht erinnern, Robert schon einmal mit Händen und Füßen darüber reden gesehen zu haben. Uta schon. Immer wenn sie ihre leere Aktentasche nicht vor dem Bauch trug, flogen ihre Hände beim Reden wild umher. Die Tasche war ihr Anker.

Renée legte einen Schritt zu, um sie einzuholen oder wenigstens belauschen zu können, aber die beiden wurden fast im selben Moment schneller und der Abstand zu ihnen blieb der gleiche. Absicht oder Zufall?

Sie ließ sich wieder zurückfallen, und wenig später betrat sie den Tiefurter Park mit seinem sechseckigen Musentempel, den weiß lackierten Gartenbänken, die genau dort aufgestellt waren, wo ein Maler sie aufgestellt hätte, um die herbstlichen Bäume auf seinem Bild wunderbar zur Geltung zu bringen.

Renée hielt nach Robert und Uta Ausschau, folgte den verschlungenen Wegen, wo klug konzipierte Sichtachsen ihr mehrmals einen kurzen Blick auf die beiden erlaubten, ohne dass sie ihnen tatsächlich näher kam. Sie waren immer noch ins Gespräch vertieft, und Renée musste unweigerlich an Eduard und Charlotte aus Goethes *Wahlverwandtschaften* denken, die sich als langjähriges Paar gleichzeitig in jeweils andere verliebten. Die Faszination von Robert und Uta füreinander war ja nicht zu übersehen. Die Luft um sie herum war geradezu durchtränkt von ihren »Good vibrations«. Ob der Schmuddelmusiker es auch bemerkt hatte? Wohl kaum, er urinierte gerade gegen einen Baum.

Oder sah sie nur Gespenster und das kalte, sezierende Gefühl in ihrer Brust war bloß Eifersucht? Allerdings nicht auf Uta, sondern auf Robert, der Uta so einfach zum Reden bringen konnte. Das war irgendwie irrational, aber konnte Eifersucht überhaupt rational sein?

Auf Roberts und Utas Vertrautheit eifersüchtig zu sein, stellte sich im Nachhinein als vollkommen unnötig heraus, da sie sich nach der Rückkehr aus Tiefurt wieder in die ursprünglichen Paare aufteilten. Uta begleitete den Schmuddelmusiker zu einer Mucke nach Leipzig in die Moritzbastei, und Renée wollte mit Robert ins Kino.

Dort trafen sie auf Andy und Tenkes mit zwei hübschen *Kartoffeln*, wie die Studentinnen der Weimarer Landwirtschaftsfachschule oft abfällig genannt wurden. Auch Ürbs, ihr Dozent für Perspektivlehre, war mit seiner Frau Silvi da, und Renée entdeckte noch ein paar weitere bekannte Gesichter aus dem Lehrkörper. Sie sahen sich den neuen Film von Luis Buñuel an – »Dieses obskure Objekt der Begierde« –, der endlich auch in Weimar angelaufen war und von der Sehnsucht eines reichen, alternden Geschäftsmannes zu einem blutjungen, temperamentvollen Hausmädchen handelte. Das Mädchen liebt ihn nicht, aber es lässt sich von ihm aushalten und hält ihn hin, denn es ist sehr arm und nimmt ihn sprichwörtlich wie eine Weihnachtsgans ohne jede sexuelle Gegenleistung aus.

Anschließend gingen sie alle noch gemeinsam in die *Schütze*, einem Studentenklub, der hautsächlich von Bauingenieuren geführt wurde. Dort gerieten sie über den Film in einen heftigen Streit, der Renée an der Wahrnehmung von Männern zweifeln ließ. Und damit war sie nicht allein. Alle vier Frauen – sie selbst, Silvi sowie die zwei namenlosen Kartoffeln – äußerten sich bewundernd darüber, dass die Rolle des Hausmädchens mit zwei Schauspielerinnen besetzt worden war. Das warmherzige, rassige und die Begierde des Geschäftsmannes entfachende Hausmädchen war mit der vollbusigen und temperamentvollen Spanierin Ángela Molina besetzt worden. Das sich ihm entziehende, sich ablehnend verhaltende, aber ihn abkassierende Hausmädchen hatte die sehr zart wirkende Französin Carole Bouquet verkörpert. Doch die Männer behaupteten steif und fest, nur ein Hausmädchen und immer nur Ángela Molina gesehen zu haben, während Renée und die anderen Frauen besonders Carole Bouquet bewundert hatten – dafür, diesen alternden, sabbernden Lüstling abblitzen und ihn dennoch für sie blechen zu lassen.

Es nutzte auch nichts, als Renée berichtete, dass sie bereits im Frühjahr während ihrer Zeit auf dem Bau in Marzahn einen Bericht über den Film im Westfernsehen gesehen hatte, in dem man auf die Doppelbesetzung des Hausmädchens eingegangen war. Die Männer blieben überzeugt, nur eine Frau, und zwar Ángela Molina, in allen Szenen gesehen zu haben und meinten, dass sie eben eine sehr gute Schauspielerin wäre, die ihr Gesicht so stark verändern könne, dass man manchmal glaubte, eine andere Frau zu sehen.

»Ach, seit wann schaut ihr denn Frauen ins Gesicht?«, fragte Silvi spitz, und alle lachten, dann war die Diskussion vorbei. Trotzdem spürte Renée in der Nacht, als Robert wie am Abend zuvor über sie herfiel, dass der Film sie aufgewühlt hatte. Konnte es sein, dass Roberts plötzlich entfachte Leidenschaft etwas mit Uta zu tun hatte? Renée schob den Gedanken prüfend in ihrem Kopf hin und her, verspürte aber seltsamerweise keinerlei Eifersucht. Es war ihr tatsächlich egal, was und wen sich Robert beim Sex vorstellte, und das lag daran, weil Renée ihn ganz offensichtlich kein bisschen liebte.

Wenn das kein Trennungsgrund war! Aber dann dachte sie an seine Mutter Lilo, deren Freundschaft sie mit der Trennung von Robert aufs Spiel setzen würde und deren Rat sie doch so schätzte. Sie nahm sich daher vor, mit dem Schlussmachen bis zu Roberts Entlassung aus der Armee im Frühjahr zu warten. Bis dahin würde sie ihn höchstens noch ein-, zweimal sehen. Öfter würde er sowieso keinen Ausgang mehr bekommen.

Nachdem sie diesen Entschluss gefasst hatte, merkte sie, dass die Anspannung von ihr abfiel. Wieder musste sie an den Film denken, und auf einmal begriff sie, dass es noch einen anderen Grund gab, warum er sie so beschäftigte. In den Szenen mit der Französin hatte Renée in ihrem Gesicht etwas gesehen, was sie an Uta erinnerte, und endlich kam sie darauf, was es war: An den Tagen, an denen Uta sich manchmal so verschlossen und abweisend zeigte, da hatte sie genau denselben kalten Ausdruck in den Augen wie diese Französin.

Robert, der eigentlich bis zum Sonntagnachmittag hatte bleiben wollen, überlegte es sich anders und nahm den Vormittagszug nach Berlin, um seiner Mutter noch einen Überraschungsbesuch abzustatten. Renée brachte ihn zum Zug, aber weil sie zu spät dran waren, musste Robert die letzten Meter zum Bahnhof allein rennend zurücklegen, sodass sie sich nicht einmal richtig verabschieden konnten.

5. VERUNSICHERUNG

Im November herrschte in Weimar ununterbrochen Nebel, und feiner Nieselregen sprühte den ganzen Tag ohne Unterlass vom tief hängenden Himmel. Uta nannte es Selbstmörderwetter, und das war es auch. Das Wetter schlug aufs Gemüt.

»Also wenn ich nicht im fünften Stock wohnen würde, würde ich glatt aus dem Fenster springen«, sagte Renée lachend, doch Uta reagierte auf ihren Scherz mit einem ungewohnt ernsten Blick.

»Wieso sagst du so etwas, Renée?«

»Ähm, du hast mit dem *Selbstmörderwetter* angefangen.«

»Schon. Aber darüber reißt man keine Witze.«

»Okay.«

Wenig später kamen Renée und Uta fröstelnd in die Mensa und setzten sich mit ihren Tabletts zu Andy und Tenkes, die beide lustlos in der zerkochten grauen Pampe vor ihnen stocherten.

»Was ist es denn?«, zitierte Renée grinsend aus dem IKS-Haken, und Andys Gesicht hellte sich auf:

»Baumwolle mit Schokoladenüberzug.«

Renée lachte, und dabei hätte sie es auch belassen, doch Uta tauchte ihren Löffel in den Brei, kostete, griff sich plötzlich theatralisch an den Hals, würgte gespielt und prustete dann das Essen über den ganzen Tisch.

Andy, Tenkes und Renée zuckten angeekelt zurück.

»Sag mal, bist du bescheuert?« Das war kein Zitat mehr. Tenkes funkelte Uta böse an, die aber nur lächelte und in der Rolle blieb: »Die haben ja nicht einmal die Kerne rausgemacht!«

Das war typisch Uta! Natürlich kannte auch sie den IKS-Haken. Aber dass sie nun wirklich solch eine Sauerei wie Yossarián in dem Roman anrichtete, war völlig übertrieben und verdarb allen den Spaß. Und dann fühlte sie sich noch nicht einmal dafür verantwortlich, den Tisch von der herumgespritzten Pampe zu säubern. Sie aß seelenruhig weiter, was Renée im Gegensatz zu Andy und Tenkes insgeheim bewunderte. Wie brachte sie es fertig, den Ärger der anderen über ihr Verhalten so einfach auszusitzen? Renée konnte das jedenfalls nicht und ging schließlich einen Lappen holen.

»Wieso machst du das?« Andy war sichtlich genervt, und auch Tenkes schüttelte verständnislos den Kopf.

»Ist doch egal. Ich habe schließlich mit dem Quatsch angefangen, also kann ich die Sauerei auch wegmachen.«

Als sie den Lappen zurückgebracht hatte und sich wieder setzte, trat Dr. Riemer zu ihnen an den Tisch und schaute Renée ernst an: »Renée? Kommen Sie nach dem Essen doch bitte zu mir ins Büro.«

»Ähm, ja klar!«, antwortete Renée beflissen, während in ihrem Kopf die Selbstzweifelmaschine bereits auf Hochtouren lief. Es war kurz vor Semesterende. ›Ein bis zwei Studenten werden es nicht schaffen, vielleicht auch drei‹, hatten die Profs am Anfang des Studiums gewarnt. Nun war es anscheinend so weit. Das erste Semester ging zu Ende. Renée würde ihre Sachen packen müssen. Sie sah bereits die mitleidigen Blicke ihrer Kommilitonen auf sich ruhen, wenn sie mit ihrer orangeroten Plastetasche und dem Reißbrett unterm Arm von ihnen Abschied nahm.

»Und danach Sie, Uta?«, sagte Riemer. Er war im Weggehen noch einmal stehen geblieben, als wäre ihm noch etwas ganz Nebensächliches eingefallen.

»Was denkst du, was er will?«, fragte Uta, nachdem Riemer außer Hörweite war, und sah Renée eindringlich an.

»Woher soll ich das wissen?«, erwiderte Renée. Sie klang schnippischer als beabsichtigt. Aber ihr war plötzlich etwas eingefallen, das sie vollkommen vergessen hatte. Riemer hatte Utas Eltern doch angeblich versprochen, dass Renée gut auf Uta aufpassen würde. Konnte es darum gehen? Sie hatte Uta schon häufig abends allein in irgendwelchen Kneipen zurückgelassen, weil sie einfach kein Ende fand. Hätte sie darauf bestehen sollen, dass sie immer gemeinsam zurück ins Studentenwohnheim gingen? Auf der anderen Seite konnte Uta gut auf sich allein aufpassen, und auch wenn sie es mit ihrem Alkoholkonsum häufig übertrieb – viele Studenten tranken hin und wieder zu viel.

»Los, nun geh schon«, unterbrach Andy ihre Grübelei. Tenkes übernahm es, ihren Teller mit abzuräumen, und Uta nickte ihr zu, nicht ohne sie noch einmal eindringlich anzublicken. Sag ja nichts Falsches, schienen ihre Augen zu sagen. War das eine Warnung, sie nicht zu verraten?

Am Vortag hatte es nämlich einen kleinen Vorfall an den Schaukästen im Hauptgebäude gegeben. Jemand hatte in den ausgehängten Studienplänen das Fach WISO überklebt und darauf mit einem leuchtend roten Filzstift WIESO? geschrieben. Kein neuer Witz, aber das Wort in dem Aushang für alle sichtbar zu ändern, rief den E&A-Chef auf den Plan und in den Flur, denn natürlich wollte er sofort wissen, wer sich diese Frechheit erlaubt hatte. Es würde Konsequenzen geben, hatte er vorm Schaukasten gedonnert und höchstpersönlich das Rändelband vor aller Augen abgerissen. Renées erster Gedanke war gewesen, dass diese Art Spaß gut zu Uta passte.

»He, warst du das?«

»WIESO ich?«

»Hui, der war ja in Fahrt.« Andy sah grinsend dem davoneilenden E&A hinterher, der in seinem Büro verschwand.

»Habt ihr 'ne Ahnung, wer das war?« Bernd, ein Junge aus der B, hatte sich zu ihnen gesellt und schaute fragend in die Runde.

»Mich interessiert höchstens, wer dem E&A Bescheid gegeben hat«, hatte Uta zurückgeknurrt, und er verzog sich schließlich.

Nein, falls es wirklich ums *Aufpassen* oder diesen Streich vom Vortag ging und Riemer sie dazu befragen wollte, würde sie selbstverständlich nichts sagen, Uta konnte sich auf sie verlassen.

Wie sich herausstellte, wollte Dr. Riemer jedoch von Renée nur wissen, welche Spezialisierung sie später nach dem Studium anstreben wollte. Nach einem Moment der Verwirrung, verstand sie: Sie wurde nicht exmatrikuliert.

»Darüber habe ich noch nicht nachgedacht«, gab sie beinahe kleinlaut zu.

»Na, dafür ist ja auch noch genügend Zeit. Aber ich habe mich gefragt, ob Sie sich nicht für die Denkmalpflege interessieren? Und im zweiten Studienjahr einer meiner Hilfsassistenten werden wollen.«

Renée blieb fast die Luft weg. Dr. Riemer fragte sie, ob sie bei ihm im Fachbereich …

»Dafür müssten Ihre Leistungen allerdings noch etwas besser werden«, schob er nach, und Renée nickte sofort euphorisch. »Das werden sie ganz bestimmt.«

»Überlegen Sie sich das gut. In der Denkmalpflege wird nicht viel gebaut, höchstens nachgebaut, und man ist unzähligen Hindernissen ausgesetzt, auch Anfeindungen. Sie wissen schon …« Riemer machte eine Pause, blickte sie prüfend an, so wie damals in seinem ersten Seminar, als er die großen und kleinen Aufgaben verteilt und sie nicht bedacht hatte. Weil er sie für etwas anderes vorgesehen hatte? Weil er sie bei der Denkmalpflege sah?!

»... der Wohnungsbau geht in unserem Land vor. Die Betonwerke müssen ausgelastet werden und für die Erhaltung der Innenstädte bleibt da nicht viel übrig. Das kann sehr frustrierend sein, verstehen Sie, Renée?«

»Ja, natürlich.«

»Oder wären Sie lieber eine Franziska Linkerhand?« Er schaute sie ernst aus seinem Schreibtischstuhl an, doch eigentlich sah sie nur seine markanten grünen Augen, denn draußen ließ auf einmal eine fahle Novembersonne das Hauptgebäude erstrahlen, sodass er vor dem Fenster nur noch als Schattenriss zu erkennen war.

»Nein, eher nicht!«

Natürlich hatte sie *Franziska Linkerhand* von Brigitte Reimann gelesen, das Buch über die junge Architektin, die mit großem Enthusiasmus in die Provinz gegangen war, um eine sozialistische Stadt, *Neustadt*, zu planen und zu errichten. Renée hatte es in den letzten Jahren, nachdem sie ihren Berufswunsch das erste Mal öffentlich ausgesprochen hatte, viermal geschenkt bekommen und es zweimal gelesen. Besonders der Tatendrang von Franziska hatte sie beeindruckt, ihr unbedingter Wille, etwas Neues zu schaffen. Trotzdem hatte sich Renée selbst nie als Architektin eines sozialistischen Neubaugebietes gesehen. So naiv wie die Linkerhand war sie nicht, nicht mehr, auch weil sie diesen Roman gelesen hatte. Franziskas Ziel, der Bevölkerung eine menschenwürdige Stadt in einer Mangelwirtschaft wie der DDR zu bauen, war nicht zu verwirklichen. Und das wusste Renée nicht erst seit ihrem Praktikum in Berlin-Marzahn. Nein, in diesem Sinne war sie keine Franziska Linkerhand, und nur darauf hatte Dr. Riemers Frage abgezielt.

»Dann ist es ja gut!« Mit diesem Satz entließ Dr. Riemer sie, und Renée schwebte geradezu aus seinem Büro, voller Zukunftsmusik in sich, direkt in Uta hinein, die im Flur schon wartete.

»Und was wollte er?«

»Nichts Schlimmes! Wirst du schon sehen!« Renée lachte, denn sie ging davon aus, dass Dr. Riemer Uta dasselbe fragen würde. Nur müsste er sie nicht zu besseren Leistungen antreiben, sie hatte überall gute Noten. »Ich warte auf dich.«

Wenig später kam Uta aus Riemers Büro und lächelte ebenfalls. »Und, machst du es?«, fragte Renée sofort, und Uta nickte. »Wenn du mich beim ersten Mal begleitest, dann ja, habe ich ihm gesagt.«

»Begleiten?«

»Na, zu dieser Professorenwitwe?«

»Wovon redest du?« Renée war stehen geblieben und schaute Uta verwirrt an.

»Und du?«

»Kannst du nicht ausnahmsweise zuerst meine Frage beantworten, und dann beantworte ich deine?«

Uta sah sie überrascht an, ehe sie langsam sagte: »Riemer hat mich gefragt, ob ich für die Witwe des ehemaligen Hochschuldirektors Aktmodell stehen würde.«

»Deswegen solltest du zu ihm?«

»Kommst du nun mit? So als Anstandswauwau?«

»Klar.« Renée wartete darauf, dass sich Uta nun im Gegenzug danach erkundigte, was Dr. Riemer von ihr gewollt hatte. Von allein wollte sie es nicht ansprechen, das hätte wie Prahlerei geklungen. Doch Uta fragte nicht. Erst nach der Vorlesung in Mathe und der in Baukonstruktion, auf dem Weg zurück durch die Stadt, ergab sich eine Gelegenheit, es anzusprechen.

Es dämmerte bereits. Dichter Nebel senkte sich zum Abend auf die Stadt und würde erfahrungsgemäß bis zum Vormittag des nächsten Tages bleiben. Weimar lag in einem Tal, und wenn es Nebel und keinen Wind gab, zog der Qualm der Schornsteine nicht ab und erschwerte zusätzlich das Atmen. Die Kleidung, das Haar, alles an einem roch, als würde man direkt in einem Kaminschlot wohnen. Fast alle Häuser wurden mit Kohle beheizt, schlechter Kohle, und das nicht nur in Weimar. Auch in Berlin waren die Briketts, die sie zu kaufen bekamen, feucht und bröcklig gewesen, dritte Wahl, der elende Rest. Die gute Kohle ging eben in den Westen, für Devisen, die angeblich für anderes, was die DDR einkaufen musste, gebraucht wurden.

Dann begann es auch noch stark zu regnen, und sie stellten sich in der Dimitroffstraße bei einem leer stehenden Haus unter. Sie kamen sprichwörtlich vom Regen in die Traufe. Die Regenrinne über ihnen leckte, weil darin eine junge Birke von einem halben Meter bereits Wurzeln geschlagen und damit die Zinnrinne aufgebogen hatte. Aus diesem klaffenden Spalt tropfte es ihnen direkt ins Genick. Uta fluchte, hielt sich die Aktentasche zum Schutz über den Kopf und schimpfte: »Irgendwann wird man diese Häuser nur noch zusammenschieben können, wenn niemand etwas tut. Aber das wollen sie ja nur. Damit sie überall ihre Platte hinstellen können.«

Renée war Utas Haltung neu. Sie hatte geglaubt, dass sie hinter dem stand, was ihr Vater in Rostock plante, und auf der Exkursion nach Halle-Neustadt hatte sie gegenüber Dr. Riemer auch nichts Gegenteiliges geäußert. Deshalb sah Renée nun eine Chance, Uta von Riemers Angebot zu erzählen.

»Ja, es müsste viel mehr für die Erhaltung der alten Substanz getan werden, als immer nur neu zu bauen«, sagte Renée, und als Uta zustimmend nickte, rückte sie endlich mit der Sprache raus. »Ich werde später bei der Denkmalpflege vertiefen.« Uta schaute sie erstaunt an. »Dr. Riemer hat mich gefragt, ob ich im zweiten Jahr bei ihm Hilfsassi sein will.«

Uta sah sie immer noch an, das Gesicht ausdruckslos, dann wandte sie sich ab, blickte in den Himmel. Der Regen hatte nachgelassen, fiel nicht mehr ganz so dicht. Schweigend trat sie auf den Bürgersteig und ging weiter. Sie hielt sich nicht einmal mehr die Aktentasche über den Kopf, lief einfach davon, die Tasche wie üblich mit beiden Armen vor dem Körper haltend.

Renée folgte ihr, obwohl sich ihre selbst genähte Umhängetasche aus Cord nicht dazu eignete, sie als Regenschutz zu benutzen. »Du könntest doch auch zur Denkmalpflege gehen«, rief sie Uta hinterher. »Dr. Riemer würde dich sicher mit Kusshand nehmen. Deine Zensuren sind ja auch viel besser als meine.«

Uta reagierte nicht, sagte kein einziges Wort, und nachdem sie beide endlich pitschnass den Jakob erreicht hatten, stapfte sie ohne Gruß einfach die Treppe hoch auf ihr Zimmer. Am Abend, als Renée einen Versuch zur Aussprache starten wollte, behauptete Utas Mitbewohnerin Anette steif und fest, sie sei nicht da, doch Renée konnte Utas Füße in ihrem Bett sehen. Sie zeigte mit dem Finger darauf, woraufhin Anette sie zurück in den Waschtrakt schob.

»Habt ihr euch gestritten?« Anette schloss die Zimmertür hinter sich und bedachte sie mit ihrem typischen FDJ-Sekretärinnen-Blick. Natürlich hatte Anette ihren Posten behalten, niemand sonst hatte sich zur eigentlichen Wahl aufstellen lassen, also wurde sie in ihrem Amt bestätigt. Und nun glaubte Anette, in dieser Funktion solche Fragen stellen zu dürfen, weil sie sich dafür zuständig hielt, dass es in ihrem Kollektiv keine Probleme gab und sich jeder mit jedem verstand.

Renée antwortete ihr nicht. Das war ihr zu blöd. Und überhaupt, was hatte sie denn getan? Nicht sie hatte Dr. Riemer gefragt, ob sie zur Denkmalpflege dürfe, sondern der Vorschlag war von ihm gekommen. Genauso gut könnte sie eifersüchtig oder neidisch sein, dass er Uta und nicht sie als Aktmodell vorgeschlagen hatte. Und tatsächlich war sie das ja auch ein wenig. Aber war sie deshalb eingeschnappt? Hatte sie verärgert reagiert? Nein.

Dennoch konnte Renée nach diesem Tag nicht einschlafen. Sie fragte sich, ob sie Utas Freundschaft nun verspielt hatte. Warum hatte sie ihr überhaupt von Riemers Angebot erzählt? Ein bisschen Angeberei und ja, auch eine Portion Stolz war ihrerseits schon dabei gewesen, gestand sich Renée ein. Aber war das wirklich ein Grund zu schmollen? Weil sie keine Antwort darauf fand, sondern sich alles nur wieder und wieder vor Augen führte, knipste sie irgendwann ihre Taschenlampe an, schlug Roberts Mitbringsel, den Roman »Der Zwerg« des Schweden Pär Lagerkvist, auf und begann zu lesen. Zwei kleinere Absätze auf der ersten Seite zündeten in ihrem Kopf sofort, auch wenn sie nicht hätte sagen können, warum: *»Ich bin kein Narr. Ich bin Zwerg und nichts anderes als Zwerg. Doch habe ich eine scharfe Zunge, die vielleicht manchen in meiner Umgebung Spaß macht. Das ist nicht dasselbe, wie ihr Narr zu sein.«*

Darüber schlief sie ein und wurde erst wieder wach, als jemand sie grob an der Schulter rüttelte. Es war noch dunkel draußen, und sie hatte Mühe zu erkennen, wer es war. Doch dann hörte sie Utas Stimme: »Los, steh auf. Ich will dir was zeigen.«

»Was denn?« Renée musste erst einmal zu sich kommen. »Wie spät ist es überhaupt?«

»Psst! Kurz nach halb fünf. Zieh dich warm an. Draußen ist es kalt.«

»Wir gehen raus?«

»Ja! Psst!«

»He, muss das sein?«, meldete sich Ulrike schlaftrunken aus ihrem Bett.

»Halt die Klappe!« Uta drehte sich nicht mal nach ihr um. Ulrike fiel verärgert knurrend zurück in ihr Kissen.

»Beeil dich, sonst sind sie weg.«

»Wer denn?«, fragte Renée.

»Siehst du dann.«

Renée raffte ihre Sachen vom Stuhl und nahm sie mit in den Waschtrakt, wo sie sich unter Utas ungeduldigen Blicken gähnend anzog.

Sie nahmen nicht den Fahrstuhl nach unten, sondern liefen Seite an Seite die fünf Stockwerke die Treppe hinunter. Im Foyer erklang leise Musik. Die studentische Nachtwache döste nicht besonders pflichtbewusst im Glaskasten vor sich hin und bemerkte nicht mal, dass jemand den Jakob verließ.

Auf dem Vorplatz knatterte gerade ein Trabi vorbei, als sie aus der Tür des Jakobs kamen, ansonsten herrschte ringsum Stille. Kein Mensch war um diese Uhrzeit unterwegs, und Renée fragte sich, wo Uta hinwollte bei diesem Nebel. Man sah ja die eigene Hand vor Augen nicht! Ohne ein Wort zu sagen, schlug Uta jedoch die Richtung zur Hochschule ein, und das ungewohnt schnell. Sie drehte sich nur ab und zu nach ihr um, da Renée, verschlafen und müde, wie sie war, etwas Mühe hatte, ihr zu folgen.

Es war immer noch dunkel, Nebel erschwerte die Sicht in den Gassen und hinterließ winzige Wassertropfen auf Utas Haar und einen feuchten Film auf dem Katzenkopf-Pflaster, machte es schmierig und rutschig. Nur wenige Straßenlaternen waren in Betrieb und versuchten ihr spärliches Licht auf die Straße zu werfen, was aber misslang. In Höhe von Renées Hüfte brach der Lichtkegel ab, so dicht war der Nebel.

Als sie an der Herder-Kirche vorbeikamen, kreuzte plötzlich eine schemenhafte Gestalt ihren Weg, huschte wie ein Alp an ihnen vorbei und löste sich im Schatten der Häuser in Nichts auf. Das Wesen war etwas kleiner als Renée gewesen, hatte keine menschlichen Umrisse gehabt, war breiter, bulliger, vielleicht auch bucklig, und sein Kopf wirkte verhältnismäßig klein zum Gesamtkörper und obendrein eckig. Die Gestalt erinnerte sie an irgendwas, doch sie kam nicht darauf, woran.

Während sie noch darüber nachdachte, öffnete sich die Gasse zum Markt, der durch das streuende Licht von vier riesigen Bogenlampen, wie sie überall an Plätzen und großen Straßen in der ganzen Republik standen, nur schwach erhellt wurde. Denn auch hier fraß der Nebel das Licht, den Schall sowieso, dämpfte jeden Ton bis zur Unkenntlichkeit, obwohl der Marktplatz zu Renées Erstaunen trotz der frühen Stunde bereits voller Menschen war, es herrschte geschäftiges Treiben. Es wurden Obst- und Gemüsestände aufgebaut, denn es war Mittwoch, also Markttag.

Und mittendrin stand ein Grüppchen dieser seltsam deformierten Gestalten, alle mit kleinen viereckigen Köpfen. Sie sahen aus wie eine Gruppe von Kolkraben – im Volksmund Totenvögel, Götterboten oder Galgenvögel genannt –, die sich gerade über ihr nächstes Opfer berieten.

Obwohl Renée keinen Laut von sich gab, schaute Uta sie beinahe triumphierend an. Das hatte sie Renée also zeigen wollen? Diese …? Ja, was war das?

Eine alte, gebeugte Frau, ganz in Schwarz gekleidet und mit einer Weidenkiepe auf dem Rücken, an der sie schwer zu schleppen schien, drückte sich an ihnen vorbei und gesellte sich zu den *Raben*, zu den anderen schwarz gekleideten alten Frauen, die Renée endlich als solche erkannte. Und nun fiel ihr auch ein, woran sie sie erinnerten. Auf dem Weg zur Hochschule kamen sie in der Marienstraße täglich am ehemaligen Fotostudio von Luis Held vorbei, dem berühmten Fotografen aus Berlin, der vor der Jahrhundertwende in Weimar zum Hoffotograf ernannt worden war. Sie und Uta hatten schon oft die alten Fotos im Schaufenster betrachtet. Neben unzähligen Porträts von Franz Liszt gab es auch Aufnahmen aus dem Alltagsleben in Weimar. Darunter auch Fotografien von diesen »Kolkraben« mit viereckigen Samtschuten auf dem Kopf und Weidenkiepen auf dem Rücken. Damals waren sie noch ein alltäglicher Anblick im Stadtbild und beherrschten das Marktgeschehen. Doch hier und jetzt, im November 1979 auf einem Markt in der DDR, schienen sie vollends aus der Zeit gefallen. Renée konnte ihre Faszination kaum verbergen.

»Ich wusste, dass sie dir gefallen«, sagte Uta und lächelte. »Aber das ist nicht das, was ich dir zeigen wollte. Komm weiter.« Uta ging voraus, nahm den Marktausgang zum Goethehaus.

»Woher wusstest du, dass es diese alten Frauen noch gibt?«, fragte Renée.

Uta warf ihr einen Blick zu, als überlegte sie, ob sie Renée in ihr Geheimnis einweihen wollte. »Ich kann oft nicht schlafen«, sagte sie schließlich leise. »Und dann wandere ich so in der Stadt herum.«

»Auch nachts?«

Uta nickte und ging weiter. Renée, die sich schon auf dem kurzen, wenig beleuchteten Weg zwischen Turm und Jakob immer gruselte, versuchte sich vorzustellen, wie Uta mitten in der Nacht allein durch die Stadt lief. Das war etwas ganz anderes als das, was Anette schon mehrmals zu Utas nächtlichem Treiben angedeutet hatte. Sie hatte ihnen erzählt, dass Uta nur selten in ihrem Bett schlafe und oft erst morgens zurück aufs Zimmer kam, wo sie sich dann nur schnell frisch machte, ehe sie hinunter ins Foyer lief, wo Renée auf sie wartete.

»Wenn die Stadt leer ist und still, dann kann ich besonders gut nachdenken«, erklärte Uta.

»Worüber denn?«

»Über vieles.«

Das war eine Antwort, die gar nichts preisgab, begleitet von einem typischen Achselzucken. Renée war dennoch zufrieden: Sie waren jetzt gemeinsam unterwegs, weil Uta ihr etwas zeigen wollte. Etwas, das ihr offenbar wichtig war. Das war doch ein Anfang.

Es dämmerte. Sie waren schweigend am Wielandplatz vorbei- und dann die Amalienstraße hinaufgegangen, ein paar mehr Trabis waren nun schon unterwegs. Schließlich bogen sie in die Erich-Weinert-Straße ein, wo Uta nach wenigen Metern auf der linken Seite vor einem nichtssagenden Haus mit einem Vorgarten stehen blieb. Renée betrachtete es. Ihr fiel daran nichts Spezielles auf. Das Stück Grün davor war nass, winterlich braun und nicht einmal besonders bepflanzt. Doch dann deutete Uta mit einem Kopfnicken auf die Zaunpfähle, zwischen denen ein Maschendrahtzaun gespannt war. »Über so etwas denke ich manchmal nach.«

Uta meinte die etwa acht auf acht Zentimeter großen viereckigen Betonpfeiler, die oberhalb von etwa drei Metern zum Garten hin um circa sechzig Grad abknickten. Sie waren alt, verwittert, hatten Moos angesetzt, und der Beton war an manchen Stellen gebrochen. Rostige Bewehrungseisen schauten hier und dort durch.

»Erinnern die dich nicht an etwas?«

Solche Zaunpfähle waren ziemlich ungewöhnlich für einen Vorgarten. Renée starrte sie an und überlegte. Auf einmal bekam sie große Augen. Natürlich erinnerten sie Renée an etwas. Aber das konnte doch nicht sein! Nicht in Weimar.

»Die Zaunpfähle sind aus Buchenwald, ich habe solche schon mal in einem Film gesehen«, bestätigte Uta Renées Verdacht. »Und an der Stelle, wo sie abknicken, war damals doppelter Stacheldraht, damit die Häftlinge nicht darüberklettern und fliehen konnten.« Uta meinte sicherlich den Film über die Befreiung des KZs durch die Amis, in dem die Weimarer

Bevölkerung an den Leichenbergen vorbeigeführt wurde, damit sie mit eigenen Augen sah, was sie angeblich nicht einmal geahnt hatte, obwohl es ganz in ihrer Nähe geschehen war.

»Wir haben den Film in der Elften ansehen müssen.«

Uta nickte. »Wir auch. Fast alle Mädchen haben während der Vorführung geweint. Einige sind sogar rausgerannt, weil sie sich übergeben mussten.«

»Ich habe die Pfähle oben in Buchenwald gesehen. Wir haben auf der Abifahrt auf dem Ettersberg in den alten Kasernen der KZ-Wachmannschaften gewohnt. Die sind jetzt eine Jugendherberge.«

»Ich weiß. Wir waren dort auch. Es war weder Musik noch irgendein anderer Spaß erlaubt.«

Ja, Renées letzte Klassenfahrt war in der Hinsicht ebenfalls eine traurige Angelegenheit gewesen. Sie hatten nicht einmal abends etwas unten in der Stadt unternehmen können, weil nach zwanzig Uhr kein Bus mehr zurück auf den Ettersberg fuhr. Da hatten es die Jugendgruppen aus dem Westen besser. Für sie gab es eine Jugendherberge in einem restaurierten Fachwerkhaus unten in der Stadt, sodass sie sich völlig frei und ohne einen Gedanken an Buchenwald bewegen konnten.

»Wie kaputt muss man sein, so eine Geschmacklosigkeit zu begehen?« Renée hatte Uta noch nie so empört erlebt. Einen Moment dachte sie, dass sie über die Jugendherberge sprach, aber nein, Uta meinte die Zaunpfähle, und trotzdem spürte Renée den Impuls, sie zu beschwichtigen.

»Wahrscheinlich dachte der Grundstücksbesitzer, die Zaunpfähle werden in Buchenwald nicht mehr benötigt, und da nach dem Krieg die Baustoffe knapp waren …« Renée brach ab, da sie selbst merkte, dass das keine Entschuldigung war. Sie dachte an all die Menschen, die hier wohnten, die täglich hier vorbeikamen – die konnten doch so blind nicht sein. Und wenn sie ebenso wie Uta erkannt hatten, woher die

Zaunpfähle eigentlich stammten, müssten sie das doch ebenso als eine bodenlose Geschmacklosigkeit empfinden. Was mochte ihnen bei deren Anblick durch den Kopf gehen?

Sie gingen ins WC frühstücken, und auch wenn Renée den morgendlichen Ausflug als Utas Angebot zur Versöhnung verstand, so überlegte sie, wie sie noch einmal ihre Hilfsassistenz bei Dr. Riemer in der Denkmalpflege ansprechen könnte, ohne Uta erneut zu erzürnen.

»Ich bin ziemlich neidisch, dass Riemer dich als Aktmodell vorgeschlagen hat«, begann Renée vorsichtig, nachdem Walli ihnen Kaffee und Nougatrollen gebracht hatte. »Weißt du schon, wann du das erste Mal hingehst?«

Wie erwartet ging Uta nicht auf die Frage ein, sondern schaute scheinbar verträumt zum Fenster hinaus. Dann sagte sie plötzlich: »Riemer hat mich übrigens vor dir gefragt, ob ich bei ihm vertiefe.« Sie nahm einen langen Zug von ihrer Zigarette, blies wohlgeformte Kringel in die Luft, solche, wie sie Renée nie hinbekam. »Gleich bei unserem ersten Gespräch. Aber ich habe es abgelehnt.«

Renée sah den Rauchringen nach, die sich vor der beschlagenen Fensterscheibe gut abhoben und immer größer wurden, bevor sie sich verflüchtigten.

»Warum?«, fragte Renée, obwohl sie Uta kein Wort glaubte. Aber sie wollte die gute Stimmung zwischen ihnen nicht verderben.

»Weil die Denkmalpflege etwas Rückwärtsgewandtes ist, etwas, das nur auf die Vergangenheit verweist und versucht, Dinge bis in alle Ewigkeit zu konservieren.«

»Na ja, also diese Häuser, die heute unter Denkmalschutz stehen, die so akribisch und mit viel Aufwand restauriert werden, waren ja früher auch mal neu und fortschrittlich«, gab Renée zu bedenken. »Und sie werden heute bewahrt und erhalten, um den Menschen daran zu erinnern, was er bereits geleistet hat.«

»Was er schon einmal konnte und leider wieder vergessen hat«, berichtigte Uta sie mit zynischem Unterton und blickte Renée provozierend an.

Renée wusste nicht, was sie darauf antworten sollte.

»Du willst dir doch nicht etwa gefallen lassen, dass sie dich hier gut ausbilden, dass du all dieses Zeug lernst, was echte Architekten brauchen, nur um dann später alte Häuser zu rekonstruieren oder wie mein Vater WBS 70-Platten aufzuhübschen!« Uta kam jetzt richtig in Fahrt. Zwar hatte sie sehr leise gesprochen, dabei jedoch sehr schnell und scharf artikuliert. »Ich jedenfalls mache da nicht mit. Und deshalb vertiefe ich bei Wohn- und Gesellschaftsbau.«

»WAS? Ich denke, du willst keine WBS 70-Platten aufhübschen, aber das müsstest du …«

»Ich muss gar nichts!«, unterbrach Uta sie hart. »Ich konzentriere mich auf den Gesellschaftsbau.«

»Auf Typenschulen? Auf Wohngebietskomplexannahmestellen? Oder auf die Typenserie 66?« Renée konnte auch zynisch sein.

»Was ist die Typenserie 66?« Uta wirkte kurz unsicher.

»Der Baukasten für Krippen und Kindergärten mit hundertzwanzig Bauelementen.« Daraus konnten mehrere Varianten gebaut werden, die auch unterschiedlich aussahen, das hatte ihr ein Bauleiter im Praktikum erklärt. Allerdings wurde überall nur eine Variante gebaut. Für sie benötigte man nur wenige Bauelemente, weshalb sie besonders billig war.

»Es gibt auch Sonderbauten.« Uta schaute sie fest und selbstbewusst an, dann schüttelte sie den Kopf, als würde sie nicht verstehen, warum Renée sie so ungläubig betrachtete.

Natürlich würde Uta später einmal Sonderbauten bauen, wie konnte Renée überhaupt daran zweifeln? Bauten, wie sie ein Henselmann entworfen und projektiert hatte, wie etwa den Fernsehturm, die Uni-Hochhäuser in Leipzig und in Jena, das Haus des Lehrers mit der Kongresshalle in Berlin und einiges mehr. Es gab sie, die Sonderbauten, und auch die Möglichkeiten dazu, und Uta würde die ihren sicher gut nutzen. Doch dafür würde sie wahrscheinlich wirklich in die Partei eintreten und zuerst einmal beim *Schläfer* vertiefen müssen. Das war Professor Kanter, der beim Reden immer die Augen schloss, sekundenlang, gefühlt jedoch Minuten. Er hatte den Fachbereich Wohn- und Gesellschaftsbau inne, und dass Uta ausgerechnet ihn von sich überzeugen wollte, davon hätten ihr auch andere abgeraten, nicht nur Renée. Es hatte nämlich einen Vorfall gegeben, der Professor Kanter ganz sicher zu Ohren gekommen war. Renée war selbst nicht ganz unschuldig daran gewesen, denn sie hatte in einer seiner Vorlesungen spaßeshalber behauptet, dass sein *Sekundenschlaf* so lange andauere, dass jeder währenddessen problemlos und von ihm unbemerkt die Vorlesung verlassen könnte.

»Stellt euch vor, er macht die Augen auf und der Hörsaal ist plötzlich leer. Er macht sie wieder zu, und alle sind wieder da!«

Alle lachten über ihren Einfall, doch Uta wollte ihn sofort in die Tat umsetzen.

»Los, lasst es uns probieren.«

»Das war bloß ein Witz, Uta!«

»Wer kommt mit?« Uta schaute sie der Reihe nach an.

Tenkes schien es ernsthaft in Erwägung zu ziehen. »Nee, ist nicht zu schaffen«, meinte er schließlich. »Außer vielleicht, wenn wir nicht in der letzten Reihe, sondern da unten sitzen würden …«

»Ach, halt die Klappe, Tenkes, du Angsthase! Also, wer traut sich?« Utas Blick blieb an Renée hängen.

»Bestimmt nicht!«

»Andy? Kätchen? Was seid ihr nur für Pfeifen!«

»Es ist gut, Uta.« Doch Andys Worte würden sie nur noch mehr provozieren, dachte Renée, und so war es auch.

»Also, ihr übernehmt meinen Deckel im Turm, wenn Renée und ich es schaffen, ohne dass Kanter etwas bemerkt.«

»Nein, ich gehe nicht mit!«

Doch Uta zog bereits an Renées Arm, daher setzte sie sich laut zur Wehr. »Hör auf, Uta!«

»Gibt es irgendwelche Fragen da oben?« Professor Kanter blickte mit glasigen Augen zu ihnen herauf.

»Ja, Professor Kanter.« Uta war sofort aufgestanden. »Also, worin der Unterschied zwischen Pflegeheim, Altersheim und Kinderheim liegt, verstehe ich. Aber worin unterscheidet sich ein Sozialheim, das laut Ihrer Definition …« Uta begann aus dem am Anfang der Vorlesung ausgeteilten Formblatt vorzulesen. »… *eine spezielle Einrichtung für die Betreuung von moralisch und sittlich gefährdeten Bürgern über achtzehn Jahre auf freiwilliger Basis* ist, von einem Sonderheim? Hier in Ihrem Formblatt steht, das sind Heime für die spezielle soziale Betreuung bestimmter Bevölkerungsschichten.«

»Ja, und?«

»Also liegt der Unterschied darin, dass hier die spezielle Betreuung nicht auf freiwilliger Basis ist oder in dem Umstand, dass sie nur speziell für bestimmte Bevölkerungsschichten ist?«

Im Hörsaal war es mucksmäuschenstill geworden, und auch Professor Kanter schien zu Stein erstarrt, doch dann kam wieder Leben in ihn.

»Sonderheime ist hier nur ein sehr allgemein gefasster Begriff, unter dem Sie sich jede Form von betreutem Wohnen vorstellen können. Und mit bestimmter Bevölkerungsgruppe sind alle möglichen, auch sehr kleine Gruppen gemeint, die aufgrund eines gemeinsamen Merkmals besondere bauliche Anforderungen an ein Heim stellen. Zufrieden?«

»Ja, sehr. Danke schön.« Uta setzte sich wieder, und jeder in ihrer Reihe glaubte, damit wäre die Wette vergessen, aber zehn Minuten später, als der Professor erneut in einen Sekundenschlaf fiel, erhob sie sich leise und schlich sich tatsächlich hinaus.

Alle hatten es mitbekommen, und natürlich war im Hörsaal Unruhe aufgekommen und einige hatten sogar gelacht, doch als der Professor wieder die Augen öffnete und ein Grinsen in den Gesichtern einiger Studenten sah, begriff er nicht, was sie so erheitert hatte. Denn da hatte Uta bereits die Tür hinter sich geschlossen und war ins WC gegangen. Trotzdem war sich Renée sicher, dass irgendjemand Professor Kanter später davon erzählt hatte. Denn seit diesem Tag wirkte er etwas wacher, und er schien besonders häufig zu Uta hinzusehen.

6. FREUNDINNEN

Und wem sollst du Modell stehen?«

»Sie heißt Ilse Englberger, ist Malerin und die Witwe des ersten Hochschulrektors. Sie wohnt in so einer klassizistischen Industriellen-Villa im Park an der Ilm, unterhalb vom Haus am Horn, hat Riemer gesagt.«

Renée konnte sich an kein Haus auf dieser Seite des Parks erinnern, abgesehen von Goethes Gartenhaus.

»Soll etwas versteckt liegen, deshalb bringt uns Riemer auch hin.«

Sie trafen ihn wieder am Liszt-Haus und gingen gemeinsam durch den Park.

»Ich werde gleich nach der Vorstellung gehen, Uta. Und ich verspreche, niemandem zu erzählen, dass Sie Frau Englberger Aktmodell stehen.«

Uta nickte. Es schien sie nicht zu kümmern.

»Frau Englberger ist eine ganz Nette, Sie brauchen sich überhaupt nicht zu fürchten, Uta. Und Renée wird bei Ihnen bleiben. Und wenn Sie es wollen, kann sie Sie jede Woche begleiten. Das habe ich bereits mit Frau Englberger so besprochen.«

Uta machte nicht den Eindruck, als fürchtete sie sich, sie war an diesem Nachmittag und eigentlich schon seit mehreren Tagen bester Laune. Riemer führte sie in einen märchenhaften, verwilderten, von nirgendwo einsehbaren Garten am Hang, mit herrlichem Blick auf den Ilmpark, da begann Uta vor freudiger Aufregung regelrecht herumzuzappeln. Sie schien in der vornehmen alten Dame, die etwa achtzig Jahre alt war, eine Art liebenswürdige Großmutter sehen zu wollen, der sie, anstatt ein paar Eier im Konsum zu holen, eben den Gefallen tat, Akt zu stehen.

Renée hingegen fürchtete sich, jedoch aus einem anderen Grund. Sie hatte Angst, Dr. Riemer ihren in den vergangenen Tagen gereiften Entschluss mitzuteilen. Sie wollte nun doch nicht mehr Hilfsassistent bei ihm werden und später auch nicht bei ihm vertiefen. Utas Argumente hatten sie schließlich überzeugt. Immer wieder war sie in den letzten zwei Wochen auf das Thema zurückgekommen, bis Renée endlich nachgab und sich einredete, dass auch sie lieber Neues in der Architektur schaffen wollte, als Altes zu bewahren.

Wann und wie sie es Dr. Riemer beichten wollte, wusste Renée noch nicht, und sie fragte sich bang, wie er es wohl aufnehmen würde. Empfand er es als Ablehnung oder würde es ihn überhaupt nicht anfechten, so wie es ihm ja offensichtlich auch nichts ausgemacht hatte, dass Uta nicht bei ihm Hilfsassi werden und vertiefen wollte. Er hätte sie ansonsten kaum Frau Englberger empfohlen. Das jedenfalls erklärte ihr Uta, als Renée sich endlich dazu durchrang, ebenfalls im Fachbereich Wohn- und Gesellschaftsbau zu vertiefen. Denn was war schlecht daran, hatte Uta auf sie eingeredet, eine Franziska Linkerhand sein zu wollen? Also eine Art Don Quichotte der Architektur, der gegen die Windmühlenflügel der sozialistischen Planwirtschaft ankämpfte?

»Vergeblich ankämpft und sich auch noch lächerlich vor der Welt macht«, gab Renée jedes Mal zu bedenken. Uta glaubte jedoch, sie beide, Renée und Uta, wären zusammen stark genug, um sich nicht unterkriegen zu lassen. Mit ihren Ideen würden sie als Erstes den Wohnungsbau von Grund auf erneuern und revolutionieren! Dann den Gesellschaftsbau.

Und schließlich entwerfen und bauen, was sie wollten. Häuser, die die Zeiten überdauerten. Wie das *Haus am Horn,* das damals auch nur ein Musterhaus für einen späteren Serienhaustyp gewesen war, das es allerdings nicht zur Serie geschafft hatte.

Immer wieder hatte Uta auf diese Weise auf Renée eingeredet. Längst war sie nicht mehr die stille, distanzierte und etwas verträumte Uta wie am Anfang des Semesters, sondern sehr redegewandt, und wenn sich Renée ihren Argumenten versperrte, wurden ihre Überzeugungsversuche noch dringlicher und hörten überhaupt nicht mehr auf. Sie erinnerte Renée jetzt viel eher an das Flöte spielende Mädchen von ihrem ersten Abend im Turm, kein Vergleich zu der Uta, die sie damals im Hörsaal das erste Mal angesprochen hatte.

»Aber wir studieren doch Architektur, um neue Häuser für Menschen zu bauen, in denen sie sich wohlfühlen, und nicht um das alte Zeugs zu erhalten.«

»Ja, das wollten wir«, erwiderte Renée, »aber du weißt schon länger als ich, dass wir später keine besseren Wohnungen bauen, als sie gerade in den Wohnungsbaukombinaten von Rostock bis Suhl projektiert werden. Höchstens, dass wir mal kleinere Abweichungen entwickeln dürfen. Aber in Wirklichkeit ist das doch Oberflächenklitterei, äußerer Schmuck, der nur vortäuschen soll, dass diese Karnickelbuchten humaner, individueller sind. Doch das sind sie nicht!«

Uta war leider mit keinem Argument, auch mit keinem ihrer ehemaligen eigenen, beizukommen, und Renée gab schließlich widerwillig nach. Aber das änderte nichts an Utas Verhalten. Bald schon ging es nicht mehr nur um die Vertiefungsrichtung. Uta wollte neuerdings alles ausdiskutieren, besonders wenn sie dachte, dass Renée anderer Meinung sein könnte als sie. Sie kam auf die absurdesten Argumente, nur um in den von ihr bevorzugten Film, in das von ihr ausgesuchte

Konzert, in die von ihr für wichtig befundene Ausstellung zu gehen, und Renée war davon bald dermaßen genervt und erschöpft, dass sie lieber den Mund hielt und einfach mitmachte, was Uta vorgab.

Uta hingegen schien unendlich viel Energie zu haben, und Renée glaubte ihr nicht, dass sie kaum schlafe, so strahlend, so wach, so gut gelaunt und voller Ideen, wie sie war. Sie fand auch im Turm nach wie vor selten ein Ende. Renée brauchte aber mindestens sechs Stunden Schlaf, ansonsten kroch sie auf dem Zahnfleisch. Deshalb ließ sie sich ab und zu von Susi und Hoi verleugnen, wenn Uta sie für den Turm abholen kam, und ging mit ihren Mitbewohnerinnen um acht ins Bett, um den verpassten Schlaf etwas aufzuholen.

Die Witwe von Otto Englberger hatte Tee und Plätzchen vorbereitet und nannte Dr. Riemer bei seinem Vornamen, den Renée seltsam und ulkig und auch nicht besonders passend für den feinsinnigen Riemer fand.

»Nikolaus, deine Hausschuhe stehen vor dem Kamin.« Die Witwe kannte Dr. Nikolaus Riemer, seit er ein Student ihres Mannes Otto gewesen war. »Also seit den Fünfzigerjahren«, erzählte sie Uta lächelnd, und nur Uta. An Renée schaute sie konsequent vorbei, sprach sie weder an noch bezog sie in das Vorgeplänkel ein, reagierte auch nicht, wenn Renée etwas sagte, obwohl sie ihr beim Hereinkommen immerhin die Hand gereicht hatte. Das verlangte anscheinend ihre Kinderstube.

Renée war sich sicher, dass sich die kleine, zarte Dame mit dem aus den Zwanzigerjahren herübergeretteten Pagenschnitt vorab bei Nikolaus über Renées Eltern erkundigt hatte. Anders jedenfalls konnte sie sich nicht erklären, warum die alte Frau sie so vollkommen ignorierte. Renée spürte nicht zum ersten Mal Wut darüber in sich aufsteigen. Am liebsten hätte sie aus Versehen die teure Hedwig-Bollhagen-Teekanne von ihrem Hedwig-Bollhagen-Stövchen geschubst. Aber sie war nun mal nicht Uta, die bestimmt nicht einmal so getan hätte, als wäre es unabsichtlich passiert.

Nachdem *Nikolaus* gegangen war, führte die Witwe Uta in einen Nebenraum, in dem sie sich ausziehen konnte. Auch als sie darauf warteten, dass Uta wieder aus dem Zimmer zurückkam, sprach die Witwe kein Wort mit Renée, sondern kramte mit ihren krummen, von Arthrose geplagten Fingern geschäftig zwischen ihren Zeichenutensilien. Wofür würde sie sich entscheiden? Für einen weichen Bleistift oder für Kohle, für Wachsmalstifte oder Ölkreide? Mit all diesen Stiften hatte Renée damals im Vorkurs der Weißenseer Kunsthochschule ebenfalls Akt gezeichnet, aber für den Akt in ihrer Eignungsmappe hatte sich Lilo in ihrem Wohnzimmer ausgezogen, weil Renée unter den Augen des Zeichenlehrers nicht zeichnen konnte und ihre Aktzeichnungen steif und hölzern blieben.

Uta kam, nur in ein weißes Laken gehüllt, zu ihnen zurück, in das von zwei großen Fenstern nach Norden belichtete Zimmer, und die alte Dame ging Uta sofort lächelnd entgegen, führte sie zu einem Stuhl, wo sie ihr leise erklärte, welche Pose sie sich als Erstes vorstellte. Natürlich rittlings auf dem Stuhl mit Schulterblick zur alten Dame. Das hätte Renée voraussagen können, denn das war für ein erstes Kennenlernen die unverfänglichste Pose für beide Parteien. So würde sich Utas Nacktheit erst einmal nur auf ihren Rücken sowie ihren Hintern beschränken, und die Drehung im Oberkörper versprach genügend Dynamik für den Bildaufbau. Und höchstwahrscheinlich würde sich die alte Dame sowieso auf Utas Gesicht konzentrieren, das hatte Renée schon gewusst, als sie hereinkamen und Frau Englberger ihren Blick nicht von Utas Gesicht hatte abwenden können. Sie hatte es während des kurzen Vorgesprächs bereits eingehend studiert und garantiert bereits im Geiste aus verschiedenen Perspektiven skizziert. Utas Madonnenblick war sicherlich auch ihr nicht entgangen. Den würde sie unbedingt auf dem feinen Achatpapier, das sie auf die Staffelei gespannt hatte, festhalten wollen.

Uta wickelte sich aus dem Laken und nahm ohne jede Scheu die vorgegebene Pose ein und schaute beinahe provozierend keck über die linke Schulter Richtung Staffelei, direkt zu Ilse, wie Uta sie nennen sollte, als hätte sie ihr schon viele Male Akt gesessen. Und obwohl Uta Renée nicht sehen konnte, weil sie in ihrem toten Winkel saß, wandte Renée verschämt den Kopf ab und blickte zum Fenster hinaus, wo an einem großen Walnussbaum noch ein paar vereinzelte Blätter und einige Walnüsse in ihren verschrumpelten Schalen vor sich hin rotteten.

Renée brauchte einen Moment, ehe sie sich traute, Uta anzusehen. Sie hatte sie noch nie nackt gesehen und war nun sehr erstaunt, dass Utas Körper ebenso glatt und fließend war wie ihr Gesicht. Weder an den Armen noch an den Beinen zeichnete sich ein Muskel ab, egal, wie Ilse die Pose zu verändern versuchte, alles an Uta war eine einzige weiche Linie. Allein die Knie und die Ellenbogen unterbrachen die fließenden Linien des Fleisches, bildeten die bekannten anatomischen Zäsuren.

Kurz, Utas Körper war kein bisschen für das Aktzeichnen geeignet, das sah Renée sofort, und die alte Dame würde nicht das bekommen, was sie wollte, einen Körper, den sie zeichnen konnte. Doch sie bekam ein Gesicht. Und wie Renée es geahnt hatte, konzentrierte sie sich an diesem Nachmittag nur darauf. Auf die großen klaren Augen in dem schönen ovalen Gesicht mit dem kleinen runden Kinn.

Dreißig Mark erhielt Uta für zwei Stunden Stillsitzen, das waren zehn mehr, als man den Aktmodellen im Vorkurs der

Kunsthochschule zahlte, und ein sehr leicht verdientes und überaus gutes Zubrot, wenn man wie Renée mit nur zweihundert Mark Stipendium auskommen musste.

»Trotzdem. Ich geh da nicht mehr hin«, sagte Uta, als sie zwei Stunden später den Weg zurück durch den Ilmpark nahmen und Renée die gute Bezahlung lobte.

»Moment, du hast ihr eben versprochen, dass du nächste Woche wiederkommst.« Renée wusste nicht, woher Utas plötzliche Abwehr gegen die alte Dame kam. Sie schien sich bei ihr wohlgefühlt zu haben, hatte gelacht, geradezu *geperlt*, wie es Renée für sich nannte, wenn Uta mit ihrem Charme alle in ihren Bann zog.

»Hat sie dir auf Wiedersehen gesagt?«

Renée verstand nicht, was diese Frage sollte. »Nein, aber …«

»Na, siehst du!«

»Vielleicht dachte sie, du brauchst mich nächste Woche nicht mehr als Begleitung …«

»Sie hat dich die ganze Zeit komplett ignoriert, Renée. Nicht mal mit dem Arsch hat sie dich angeschaut!«

»Ja, sie war mir gegenüber etwas unaufmerksam, das stimmt, aber …«

»Ich hatte ihr noch eine Chance gegeben: Wenn sie sich von dir genauso freundlich verabschiedet wie von mir, gehe ich wieder hin, habe ich mir gesagt. Tja, sie hat sie nicht genutzt.«

»Also, das finde ich wirklich nett von dir, aber wenn es mich so gestört hätte, hätte ich *ganz aus Versehen* ihre Hedwig-Bollhagen-Teekanne umgeworfen.«

Uta blieb stehen. »Das hättest du nicht.«

»Doch. Wenn es mich wirklich gestört hätte.«

Uta schüttelte den Kopf, lief weiter in Richtung Goethes Gartenhaus. »Das redest du dir nur ein, damit du dich nicht wehren musst.«

Wollte Uta etwa damit sagen, dass sie feige war? Renée beschloss, nun auch mal elegant das Thema zu wechseln, wie Uta es so oft tat: »Also ich finde, du solltest weiter zu ihr gehen. Allein.«

Uta blieb erneut stehen. »Du verstehst es nicht. Wenn dir das egal ist, dann bitte! Aber du bist meine Freundin. Und das weiß die Englberger. Indem sie dich nicht achtet, achtet sie auch mich nicht.«

Ein paar Tage später überraschten Ulrike und Anette Renée und Uta mit dem Vorschlag, die Zimmer zu tauschen. Renée hatte immer gedacht, wenn sie mit Uta auf einem Zimmer wohnen wollte, dann müsste sie hinunter in den dunklen ersten Stock ziehen, damit Anette, die FDJ-Sekretärin, zu Ulrike, Susi und Hoi in den fünften Stock ziehen konnte. Davor hatte sie sich immer gescheut und deshalb vermieden, einen Zimmertausch überhaupt anzusprechen. Doch jetzt wollte Ulrike freiwillig hinunter zu Anette ziehen, und Renée hoffte, dass es nicht daran lag, dass Renée sich schon mehrfach heimlich an Ulrikes immer gut gefüllter Keksbüchse aus Wurzen vergriffen hatte, sparsam, sparsam, mal hier einen Keks, mal dort eine Waffel. Fast jeden Sonntagabend befürchtete Renée aufzufliegen, wenn Ulrike das erste Mal an ihren Schrank ging und ihre Büchse mit neuen Keksen auffüllte. War da nicht am Freitag noch eine Schokowaffel mehr drin gewesen?

Renée erfuhr nicht, ob das der Grund für Ulrikes Tauschwunsch war, aber sie freute sich, dass Uta endlich zu ihr hinaufzog und sogar einen Verbesserungsvorschlag zur Zimmeraufteilung mitbrachte. Sie schoben zwei der Schränke zwischen die Stockbetten, sodass Hoi und Susi weiterhin um acht das Licht löschen und Uta und Renée in ihren Betten wenigstens noch lesen konnten. Außerdem musste Renée nicht mehr jeden Morgen unten an der Treppe auf Utas Erscheinen warten. Jetzt konnte sie schon früher auf Uta Einfluss nehmen, damit sie pünktlich zur Vorlesung kamen, und die Zusammenarbeit an den Belegen vereinfachte es auch. Sie brauchten sich nicht mehr extra treffen und konnten nun jederzeit beim Frühstück, beim Abendbrot die Belege besprechen, nebenher entwerfen, verwerfen und sich sogar der Idee des anderen unterwerfen.

»Das gehört bei einem gemeinsamen Beleg dazu, dass wir ganz ohne Eitelkeiten der besseren Idee folgen. Egal, von wem sie ist«, verkündete Uta, bevor sie ihren nächsten gemeinsamen Beleg begannen. Renée glaubte ihr in Anbetracht der vielen von ihr nicht gewonnenen Diskussionen um nichtige Dinge kein Wort und stellte sich auf endloses Argumentieren oder auf konsequente Selbstaufgabe ihrerseits ein.

Doch diesmal lief es überraschenderweise ganz anders. Nach der Pleite mit dem Atriumhaus akzeptierte Uta die Arbeitsteilung zwischen ihnen. Renée erarbeitete das Konzept und den Rahmen für den Beleg, und Uta entwickelte daraus weiterhin ihre verrückten Ideen zur gestalterischen Umsetzung. Renée stutzte diese am Ende nur ein bisschen zurecht, falls nötig, eliminierte auch, was nicht passte. Und Uta ließ das sogar zu. Es lief erstaunlich gut zwischen ihnen, und sie ergänzten sich ausgezeichnet.

Uta hatte ihren Plattenspieler mitgebracht, stellte ihn auf den kleinen Kühlschrankwürfel, den Hois Eltern spendiert hatten, und fortan hörten sie nur noch zum Frühstück DT64. Abends aber, wenn sie aus der Hochschule kamen, legten sie Utas Platten mit Jazz, Rock, Politsongs und Klassik auf. Alles durcheinander: Penderecki, Lydie Auvray, Mahler, Rote Gitarren, Janis Joplin, Adamo, Oktoberclub, Santana, Abba, Ernst Busch, Beatles, Joan Baez, Hans Albers, Die Zauberflöte, Ludwig Güttler, Louis Armstrong, Alban Berg, Harry Belafonte, Mussorgski. Was Utas Plattensammlung eben so hergab. Das war ein großes Sammelsurium, auch an Lizenzplatten, und hatte wenig mit ihrem wirklichen Geschmack zu tun. Es waren Platten, an die Utas Vater über ein paar Beziehungen in Rostock herankam. Sie hörten alles gleichermaßen oft, meistens eine Seite der jeweiligen Platte auch mehrmals hintereinander, weil sie keine Zeit hatten, die alte wegzustecken, eine neue auszuwählen, aus der Hülle zu nehmen und aufzulegen. Oder weil sie zu faul waren, die Platte umzudrehen und erneut abzuwischen und die Nadel von eventuellen Fusseln zu säubern. Ihr Zimmer war so eng, dass Renée, wenn sie alle vier über ihren Reißbrettern gebeugt stupide Materialien für irgendeinen Beleg schraffierten, von ihrem Platz aus einfach nur das Bein rückwärts ausstrecken musste, um den Arm des Plattenspielers mit dem Fuß erneut anzuschubsen. Dann hörten sie halt zwei Stunden *Rote Gitarren* und brüllten bei *Es brennt der Wald* laut und übermütig im nachgeahmten deutsch-polnischen Akzent der Band mit, bis sich irgendjemand beschweren kam.

Renée genoss es wirklich, Uta, die sie ihre Freundin genannt hatte, nun ständig an ihrer Seite zu haben. Es geschah nur noch äußerst selten, dass sie mal etwas nicht zusammen machten, und wenn doch, dann fiel es sofort allen anderen auf und sie wollten wissen, wo die andere denn abgeblieben sei. Sie waren praktisch wie siamesische Zwillinge, die auch nach der operativen Trennung nicht ohne die andere sein konnten.

Im Dezember fuhr der ganze Jahrgang nach Berlin, um nach einer Führung ihres Professors für Kunstgeschichte durch das Pergamonmuseum den Altar zu zeichnen, während das normale Museumspublikum neugierig um sie herumstrich und leise darüber diskutierte, wer von ihnen am besten zeichnete. Natürlich war es Uta, die einen wunderbar flotten Strich hatte und im Nu den Altar zeichnerisch erfasste, einschließlich der umstehenden Besucher, die schon bald darauf zu warten begannen, dass Uta sie in ihren Skizzen verewigte. Auch Theo und Kätchen, die sich in den letzten Monaten einen typischen Architektenstrich *raufgeschafft* hatten, weil die Professoren diesen ganz offensichtlich bevorzugten, wurden bewundert. Doch ihr Strich wurde zunehmend manierierter und vorhersehbarer, wie auch Renée fand. Uta aber verweigerte absichtlich den Architektenstrich, bei dem man den Stift in einem Punkt kurz verharren ließ, bevor man von dort die zu zeichnende Linie in einem Zug zu starten begann. Sie skizzierte lieber völlig frei, und deshalb gaben ihre Zeichnungen nicht nur die Stimmung der Umgebung, sondern oft auch ihre eigene wieder.

Am Abend fuhren sie beide zum Kollwitzplatz auf eine Fete bei einem Mädchen, das Renée entfernt aus der Schulzeit kannte. Wie gewöhnlich tummelten sich annähernd hundert Leute in der großzügigen Berliner Altbauwohnung der abwesenden Eltern. Aus allen Stadtbezirken kamen sie, jeder Eingeladene brachte noch jemanden oder sogar einige Freunde mit. Bedingung war nur, selbst für seine Getränke zu sorgen. Renée vermisste diese Art von Feten sehr, auf die man einfach mit einer Flasche Wein gehen konnte, und hinterher kannte man zwanzig Leute mehr in der Stadt, mindestens. In Weimar gab es diese Wohnungsfeten nicht, alles spielte sich in den drei Studentenklubs ab. Nur dort traf man sich, selbst diejenigen, die es auf irgendeinem Weg geschafft hatten, eine Wohnung in Weimar zu ergattern.

Sie saßen im Wohnzimmer vor einer Wand, an der viele verschiedene Flöten, Blockflöten, Panflöten, auch Wasserpfeifen aus Bulgarien und Rumänien, hingen. Darunter auch sehr alte, verstaubte Flöten und ein paar neuere. Uta war mit den Leuten auf der Fete schnell ins Gespräch gekommen, und irgendjemand befand, dass sie beide gar nicht so eingebildet wirkten, obwohl sie doch Architektur studierten.

»Warum sollten wir uns darauf was einbilden«, fragte Uta den Typ lachend, aber Renée hörte bereits den aggressiven Unterton heraus.

»Na, weil es so wenige Plätze dafür gibt.«

»Ach, wirklich?« Uta sah ihn mokant lächelnd an. »Bei uns in Weimar studieren ziemlich viele Architektur, stimmt's Renée? In unserer Seminargruppe genau genommen sogar alle.«

»Dann … ähm, hol ich mir mal ein Bier.« Der Junge räumte lieber das Feld.

»Was hat er denn?« Uta schaute ihm gespielt enttäuscht nach.

»Nichts, er holt sich nur ein Bier. Hat er doch gesagt. Hast du schon die vielen Flöten gesehen?«, fragte Renée schnell, um das Thema zu wechseln.

Uta sah in eine andere Richtung und stellte auf Durchzug. Doch dann stand sie plötzlich auf, betrachtete eingehend die Flöten an der Wand und streckte die Hand nach einer schwarzen, sehr kleinen Flöte aus. Das Mädchen, deren Eltern die Wohnung gehörte, erhob sofort Einspruch.

»Bitte nicht. Die sind tabu. Mein Vater sammelt die.«

Uta nahm trotzdem die kleine Flöte von der Wand und blies hinein. Ein schiefer, hässlicher Ton ließ alle aufhorchen.

»Siehst du, die gehen sowieso nicht.«

Uta drehte die beiden Teile der Flöte mit einem kräftigen Griff auseinander. Dem Mädchen blieb vor Schreck der Mund offen stehen. Nun hielt Uta beide Teile prüfend vors Auge, schaute hindurch, und zog schließlich ein vergilbtes Seidenpapier hervor, das im Mundstück als Versandschutz bei der Herstellung eingelegt worden war. Dann begann sie erst einmal mit einer kleinen Fingerübung, um in ein ziemlich kompliziertes Stück überzugehen. Jemand stoppte das Tonband, und alle wandten sich Uta zu. Ab da war Uta wieder

der Mittelpunkt der Fete, und ihre Laune besserte sich zusehends.

Sie blieben dann auch viel länger, als Renée es gewollt hätte, denn ihre Mutter hatte am Nachmittag klipp und klar erklärt, dass sie sie beide pünktlich um acht zum sonntäglichen Frühstück erwartete. Doch als Renée am Morgen müde ins Bad schlurfte, saß Uta bereits munter und bestens gelaunt in der Küche und unterhielt sich mit Renées Stiefvater und ihrer Mutter, die sich bei ihr erkundigte, ob die Tochter beim Studium auch gut mitkam.

»Warum denn nicht?«, fragte Uta erstaunt. »Sie ist sogar in vielen Fächern besser als ich. Und ich bin schon ganz gut.«

»Ach so?« Ihre Mutter war sichtlich überrascht, genau wie Renée im Bad, denn das war eine glatte Lüge. Doch insgeheim freute sie sich, dass Uta so hinter ihr stand, obwohl sie das erste Mal in ihrem Leben tatsächlich Dreien kassierte und die Sorge der Mutter, dass Renée mit ihren Kommilitonen vielleicht nicht mithalten könne, etwas realistischer war als all die Jahre zuvor. Bei jedem ihrer Schulwechsel hatte die Mutter zuvor das Gespräch mit ihren Klassenlehrern gesucht und sie gebeten, etwas Rücksicht auf Renée zu nehmen, da sie nicht immer alles gleich verstehe. Renée hätte davon nie erfahren, wenn ihr nicht drei Lehrer davon berichtet hätten, die sich gefragt hatten, warum ihre Mutter das behauptete, denn letztlich war Renée, wenn auch nicht jedes Jahr Klassenbeste, so doch immer eine sehr gute Schülerin gewesen.

Schon möglich, dass ihre Mutter nur bescheiden auftreten wollte, wie Lilo ihr einmal erklärt hatte, aber sie hatte mit ihrem Verhalten auch verhindert, dass Renée nach der zweiten Klasse auf die Russischschule kam, wo ab der dritten Klasse Russisch und ab der fünften schon Englisch und Spanisch gelehrt wurde. Renées Lehrerin hatte sie als Einzige aus der Klasse dafür empfohlen. Ihre Mutter stimmte jedoch nicht zu, weil sie glaubte, dass die Tochter mit dem Niveau, das dort herrschte, nicht würde mithalten können.

»Es ist besser, wenn du die Einäugige unter den Blinden bleibst«, erklärte ihr ihre Mutter, als Renée bettelte, sich ihre Entscheidung noch einmal zu überlegen. »Und jetzt hör auf zu nerven. Nein heißt Nein.«

In der Küche kreischte die elektrische Kaffeemühle auf, und Renée konnte im Bad nicht mehr verstehen, was dort gesprochen wurde, fragte sich aber, ob Uta sie noch ein drittes Mal vor jemandem in Schutz nehmen würde. Erst vor der Maler-Witwe und nun vor ihrer Mutter. Das erfüllte Renée mit Stolz, und sie war froh, solch eine Freundin zu haben.

Nur nachts blieb Uta für Renée ein Rätsel. Es kam kaum vor, dass sie mal eine ganze Nacht auf dem Zimmer im Jakob verbrachte. Manchmal wachte Renée in der Nacht auf und schaute dann runter zu Utas Bett. Oft war es leer, und Renée fragte sich dann, wo sie sich herumtrieb. Doch wenn sie Uta am nächsten Tag darauf ansprach, zuckte sie nur die Schultern und tat so, als sei das nicht von Belang. Manchmal kam es Renée fast vor, als wüsste sie es selbst nicht.

Robert fand es gut, dass Uta nun in Renées Zimmer im Jakob wohnte, Renée solle ihr Grüße ausrichten, schrieb er, worauf Uta im Gegenzug kleine witzige Männchen an die Ränder von Renées nächstem Brief an Robert zeichnete und ihm Tage später eine selbst gemalte Postkarte und dann sogar einen Brief schickte, nachdem sie Renée gefragt hatte, ob sie etwas dagegen hätte.

»Nein, warum sollte ich?«, erwiderte Renée. »Wir sind doch Freundinnen!« Nur, dass sie diesen Brief nicht zu lesen bekam, ärgerte Renée ein bisschen, denn Uta las ihre Briefe an Robert immer, gab ihr sogar Tipps für bessere Formulierungen. Zu ihrem Verdruss nannte Uta Robert in ihren Gesprächen über ihn auf einmal Trebor – warum war sie darauf nicht selbst gekommen? *Motate* und *Taskanie* waren schließlich auch ihre Erfindungen gewesen.

Weihnachten und Silvester verbrachte Renée in Berlin bei den Eltern, schlief auf der Klappcouch, schaute viel fern und träumte in den Nächten immer wieder von Uta, die emotionslos den Blick über die Weihnachtsdekoration gleiten ließ, die Renées Mutter wie immer auf jedem freien Quadratzentimeter der ohnehin schon engen Wohnung arrangiert hatte.

Renée war froh, nach Neujahr zurück nach Weimar zu fahren und in einer Veranstaltung sitzen zu können, selbst wenn es nur eine dieser langweiligen Vorlesungen über wissenschaftlichen Sozialismus – kurz WISO – war. Sie freute sich wirklich, die anderen wiederzusehen, und so schien es allen zu gehen. Gleich am ersten Abend traf sich die Seminargruppe in der Gemeinschaftsküche ihrer Etage, und jeder spendierte ein paar Leckereien, die ihnen die Familien mitgegeben hatten. Renée einen von der Mutter selbst gemachten Kirschlikör, Susi einen von allen gelobten selbst gebackenen Stollen, eine der Heikus Blut- und Leberwurst im Glas von ihrem ehemaligen Hausschwein, Uta eingelegten Hering mit Apfel und Zwiebelringen und die anderen Berge von Weihnachtsplätzchen in allen Varianten und natürlich Wein und Bier. Andy und Tenkes hatten die Gitarren mitgebracht, und Uta holte ihre Flöte und zeigte allen, wie sie mit zwei Löffeln den Takt zur Musik schlagen konnten. Sie sangen und feierten bis spät in die Nacht, und auch aus anderen Studienjahren gesellten sich immer mehr Leute hinzu und feierten mit. Alle wunderten sich, dass niemand kam, um sie zurechtzuweisen, doch der Wohnheimleiter schien nicht im Haus zu sein und die Aufsicht unten am Eingang kam nur einmal kurz gucken, nahm sich ein Bier und ging wieder.

Gleich nach den Feiertagen bekam Renée ein Telegramm von Robert, in dem er ankündigte, dass er für das nächste Wochenende unerwartet Urlaub bekommen hätte und sie am Samstagabend in Berlin in der Hupe treffen wolle.

Spontan lud sie Uta ein, sie zu begleiten. »Hast du Lust, mitzukommen?«, fragte Renée sie. »Wir könnten zusammen einen draufmachen, du würdest auch in Roberts Bude übernachten, er hat genug Platz.«

Uta lächelte bescheiden. »Ach, nein. Ich würde euch nur stören und …«

»Nein, überhaupt nicht«, unterbrach Renée sie, die nicht wollte, dass Uta sich wie das fünfte Rad am Wagen vorkam, doch Uta winkte ab, sie wolle sowieso am Wochenende ihren Bruder in Dresden besuchen, der dort an der TU Maschinenbau studierte. »Aber grüß Trebor von mir.«

Renée ließ also am Samstag die zweite Vorlesung ausfallen und fuhr mit dem Zug nach Berlin. Sie würde erst bei ihren Eltern vorbeischauen, ihre Wäsche tauschen, sich die Muppet-Show ansehen und dann in der *Hupe* am Alex auf Robert warten, weil er noch nicht wusste, ob er eine Mitfahrgelegenheit bei einem Kameraden bekam oder den Zug nach Berlin nehmen musste.

Als sie abends mit ihrer Tasche in der *Hupe* ankam, war die Kneipe bereits gut gefüllt. Ein paar Leute aus der früheren Clique waren schon da und spotteten darüber, dass Renée sie mal wieder beehrte. »Oh, da kommt ja die Stararchitektin aus Weimar«, riefen sie lachend. Renée lachte höflich mit, fühlte sich jedoch schrecklich fehl am Platz. Wo blieb Robert denn nur?

Die anderen zogen gegen neun weiter zu einer Fete in Pankow, und Renée versprach, mit Robert nachzukommen. Doch er tauchte einfach nicht auf, und allmählich begann sie sich Sorgen zu machen. Vielleicht war der Trabi des Kameraden irgendwo liegen geblieben oder sie hatten sogar einen Unfall gehabt? Oder Robert hatte doch den Zug nehmen müssen und der hatte Verspätung oder war ganz ausgefallen. Renée wusste nicht, was sie tun sollte. Das Publikum der *Hupe* hatte mittlerweile gewechselt. Viele alleinstehende Männer, um einiges älter als sie, tranken sich hier in der Bar noch einen an, bevor sie in den *Alex-Treff* oder in den Palast, in *Erichs Lampenladen,* zur Disco gingen.

Zu ihren Eltern konnte sie nicht zurück, das würde nur unangenehme Fragen nach sich ziehen. Was sollte sie tun? Die Einzige, die ihr einfiel und die in der Nähe wohnte, war Lilo. Vielleicht wusste sie außerdem, warum Robert nicht kam, bestimmt hatte er seine Mutter angerufen. Möglicherweise hatte er etwas ausgefressen, und ihm war der Urlaub kurzerhand gestrichen worden. Aber dann hätte er Renée doch ein Telegramm geschickt, oder nicht? Bestimmt hatte es sie nicht mehr rechtzeitig erreicht, weil sie da bereits unterwegs nach Berlin gewesen war. Ja, das war eine Erklärung.

Als Lilo die Tür öffnete, war sie erstaunt, Renée zu sehen. Suchend schaute sie an ihr vorbei in den Flur.

»Was machst du denn hier? Und wo ist Robert?«

»Ich dachte, du wüsstest es?«

»Na, er wollte doch nach Weimar. Zu dir.«

Renée verstand nur Bahnhof. »Nein, wir waren am Alex in der *Hupe* verabredet.«

»Mir hat er geschrieben, dass er zu dir nach Weimar fährt.«

»Aber mir hat er geschrieben, dass er …«, sagte sie trotzig und spürte, dass sie den Tränen nahe war. Was sollte sie denn jetzt in Berlin?

Lilo betrachtete nachdenklich Renées Reisetasche.

»Na, komm erst mal rein!«

Sie goss ihnen ein Glas Rotwein ein, während Renée immer wieder beteuerte, dass Robert sie ganz bestimmt in Berlin hatte treffen wollen. Den Brief, in dem das drinstand, konnte sie Lilo zwar nicht zeigen, der lag im Jakob, aber sie war sich sehr, sehr sicher, dass sie Berlin und nicht Weimar ausgemacht hatten.

»Und was regt dich daran so auf?«, fragte Lilo und musterte Renée stirnrunzelnd. »Ist doch nicht so wild. Anscheinend ein Missverständnis. Schläfst du eben bei mir. Oder willst du zu deinen Eltern?«

Renée schüttelte den Kopf. »Ich mach mir eben Sorgen um Robert. Wo soll er denn hin in Weimar, wenn ich nicht da bin?«

»Der wird schon klarkommen. Glaub mir«, sagte Lilo. »Was mich aber mehr interessiert, ist, warum du ihn überredet hast, seinen Studienplatz nach Jena zu tauschen?«

»Was? Was hat er gemacht?«

Lilo bedachte sie mit einem Blick, den Renée nicht deuten konnte. Etwas Zweifelndes lag darin. Schließlich sagte sie: »Er muss dich ziemlich gernhaben, Renée.«

Sie unterhielten sich noch eine Weile über Belangloses, Renée erzählte ein bisschen von ihrem Studium, und Lilo erkundigte sich nach verschiedenen Profs, die sie selbst noch von früher kannte. Irgendwann gingen sie zu Bett.

Doch Renée konnte nicht einschlafen, sie war immer noch zu aufgewühlt. Sie hatte nicht gewollt, dass Robert seinen Germanistik-Studienplatz ihretwegen nach Jena tauschte. Sie musste ihn davon überzeugen, den Tausch rückgängig zu machen. Wie kam er denn darauf, dass sie zusammenbleiben würden? Sie hatte jedenfalls gedacht, ihm sei ebenso klar, dass sie beide nur die Zeit mit dem jeweils anderen überbrückten, bis jemand Besseres kam. Renée verstand die Welt nicht mehr, sah Robert in ihrer Beziehung wirklich eine Zukunft?

Am nächsten Morgen wurde Renée von herrlichstem Kaffeeduft geweckt. Lilo bekam regelmäßig Besuch von ihrer

Mutter, die in Westberlin wohnte, und noch öfter Carepakete mit Lebensmitteln. Es mangelte ihr nie an gutem Westkaffee, Schweizer Schokolade und tollen Klamotten. Auch Renées Westtanten, die alle in Dortmund lebten, waren sehr großzügig und unterstützten Renées Mutter, die Schwägerin im Osten, seit Jahren mit Paketen voller Kleidung und Geschenken für die Nichte und den Neffen. Nur Westgeld schenkten sie, anders als Roberts Oma, selten, da sie sich nur einmal im Jahr bei ihnen blicken ließen. Dieses Geld reichte geradeso für eine Levi's pro Jahr, die sich Renée dann im Intershop kaufte. Robert hingegen hatte so viel Westgeld zur Verfügung, dass er sich davon nicht nur Levi's und Lizenz-Platten im Intershop kaufen konnte, sondern sogar Schnaps und Lebensmittel, was er auch ab und zu tat.

Bei seinem ersten Urlaub von der Armee nahm er Renée einmal mit. Robert kaufte eine Flasche Johnny Walker, Chips und Erdnüsse und forderte sie auf, sich auch etwas auszusuchen. Renée zierte sich, hätte am liebsten Zigaretten genommen, die ihr Robert aber als Nichtraucher nicht kaufen wollte. Da fiel ihr Blick auf eine Büchse mit lila Etikett, auf dem in rosa Ballonschrift *Blaubeeren* stand, und sie entschied sich sofort dafür. Blaubeeren bedeuteten für sie Sommerferien, Ferienlager, Wanderungen durch einen lichtdurchfluteten Kiefernwald, wo sie sich die kleinen blauen Beeren, bevor sie in die eigens dafür mitgebrachten Plaste-Eimerchen wanderten, immer wieder händeweise in den Mund stopften, wenn die Erzieher gerade nicht guckten. Und manchmal gab es im Winter Hefeklöße mit im Glas eingeweckten Blaubeeren, die ihre Oma mit etwas Puddingpulver andickte und die tatsächlich immer noch nach Sommerferien schmeckten.

Entsprechend enttäuscht war sie, als sie die Intershop-Büchse zu Hause öffneten und die gallertartige bläuliche Masse, in der sogar ein paar Blaubeeren hingen, probierte. Sie schmeckte hauptsächlich nach Büchse und kein bisschen nach Blaubeeren, und Renée warf sich vor, ganz umsonst das gute Westgeld für so einen Quatsch ausgegeben zu haben.

Plötzlich fiel Renée der Traum der vergangenen Nacht ein: Sie war auf einem großen Fest in einem wunderschönen Park gewesen und mit Robert verabredet, den sie im Traum aber Trebor nannte. Sie fragte alle Leute, ob sie ihn gesehen hätten, aber niemand wusste, wo er steckte. Doch dann sah sie ihn von Weitem kommen und wollte ihm bereits entgegenlaufen, da sagte jemand, dass es in der Orangerie einen Stand mit Blaubeeren gäbe. Sie musste sich entscheiden, entweder Trebor entgegen- oder rüber in die Orangerie gehen, wo es vielleicht echte Waldblaubeeren gab. Sie entschied sich im Traum für die Blaubeeren, doch die waren, wie die gallertartige Masse in der Intershop-Büchse, ebenso enttäuschend, wenn auch auf ganz andere Art. Wahrscheinlich, dachte Renée, hatte sie sich ja für die Blaubeeren entschieden, weil da die Chance, enttäuscht zu werden, immerhin nur fünfzig zu fünfzig betrug.

Nach dem Frühstück lud Lilo sie ins Alte Museum ein, wo sie sich die holländischen Meister anschauten und Renée auch hier in den ovalen Gesichtern der dargestellten Frauen große Ähnlichkeiten mit Uta entdeckte. Als sie Lilo das erzählte, wunderte sie sich:

»Diese Uta muss ganz besonders sein. Robert schreibt auch seitenweise über sie.«

»Ja, das ist sie«, bestätigte Renée und fühlte dennoch einen Stich.

Gegen zwei Uhr brachte Lilo sie nach Schöneweide, wo sie in einen fast leeren Zug nach Erfurt stieg. Niemand fuhr am Sonntag um diese Zeit zurück in seinen Studienort, wenn man schon mal in Berlin war. Selbst die Streber aus der A nahmen frühestens den Nachmittagszug; Renée, Andy und Tenkes meistens erst den um zwanzig Uhr, und wenn sie den verpassten, sogar erst den gegen Mitternacht. Die Fahrt war allerdings die reinste Folter, weil der Zug oft so überfüllt war, dass sie fast vier Stunden stehen mussten. Traf er dann endlich in den frühen Morgenstunden in Weimar ein, blieb bis zum ersten Seminar um halb acht, in dem dummerweise Anwesenheitspflicht war, kaum noch Zeit zu schlafen.

Als sie gegen Abend im Jakob eintraf, waren Uta, Susi und Hoi bereits aus dem Wochenende zurück, aber es herrschte eine seltsame Stimmung im Zimmer. Es war irgendwie still, obwohl das Radio dudelte, und keiner der drei schaute auf, als sie das Zimmer betrat, oder erwiderte ihren Gruß. Irgendetwas war vorgefallen, das spürte Renée sofort. Fragend sah sie zu Uta. Hatte sie die beiden mit irgendeinem ihrer Sprüche verletzt? Doch Uta sprang plötzlich auf, zog sich wortlos ihre Jacke über und verließ das Zimmer.

»Habt ihr euch gestritten?«, fragte Renée, nachdem Uta gegangen war.

»Nein.«

Susi tauschte einen Blick mit Hoi, aber die schüttelte entschieden den Kopf und sagte mit ernster Miene zu Renée: »Ja, hoi, das soll dir Uta schön selbst erzählen.«

»Was denn?«

Die beiden wechselten wieder einen Blick, dann gab sich Susi einen Ruck: »Als wir vorhin ankamen, war Robert hier.«

Hoi nickte bestätigend. »Er lag im Bett … mit Uta.«

In Renées Kopf war für einen Moment völlige Leere. In ihrer Kehle stieg ein empörtes Lachen hoch, aber sie ließ es nicht zu. Was sagten die da?

»Sie waren angezogen, aber sie küssten sich gerade.« Susi traute sich kaum, Renée in die Augen zu sehen.

»Ich mein, die haben uns doch kommen gehört!« Hoi schien noch immer fassungslos, und Susi gab ihr mit einem Nicken recht.

Dann setzte bei Renée das Rauschen im Ohr ein, und kurz darauf folgte Stille. Als befände sie sich in einer Blase, die alle Geräusche ringsum abschirmte. Nein, sie hatte sich bestimmt verhört. Oder Susi und Hoi interpretierten da etwas in eine Situation hinein, die sie einfach nur falsch verstanden hatten. Blieb allerdings die Frage, warum Uta abgehauen war und Renée nicht einmal begrüßt hatte. Weil sie ein schlechtes Gewissen hatte? Weil sie zu feige war, Renée zu gestehen, dass sie von Anfang an in Robert verliebt gewesen war? Und er in sie? Und weil Uta es nicht mehr vor Renée hatte verheimlichen wollen?

Renée lief durch die Gassen von Weimar und suchte nach Uta. Wo konnte sie nur sein? Die Studentenklubs hatten um diese Zeit noch zu. Vor dem Turm traf sie auf Andy, der die leeren Bierfässer vom Vorabend über eine Rampe auf die Straße rollte. »Hey Andy, hast du Uta gesehen?«, fragte sie ihn.

»Nein«, erwiderte er und betrachtete sie genauso ernst, wie Hoi sie eben angesehen hatte. »Jedenfalls heute noch nicht.«

Renée war klar, welche Frage er nun von ihr erwartete, aber sie traute sich nicht, sie zu stellen. Das hielt Andy nicht davon ab, trotzdem zu antworten.

»Aber gestern, da war Uta mit dem großen Blonden hier. Die haben ziemlich vertraut getan«, schob Andy vorsichtig nach. »Dabei dachte ich, der wäre dein Freund.«

Renée schwieg, sie brauchte das Mitleid der anderen nicht, selbst wenn es einem ehrlichen Mitgefühl entsprang, und ging einfach weiter.

»Ich muss jetzt noch die Abrechnung machen, aber wenn du morgen mal reden willst?«

Renée lief trotzdem weiter, denn inzwischen rumorte eine ganz andere Frage in ihrem Kopf: War es möglich, dass Robert sie absichtlich nach Berlin bestellt hatte, damit er Uta allein in Weimar treffen konnte? Nein, das ergab keinen Sinn. Uta hatte ja gar nicht in Weimar sein sollen, sondern bei ihrem Bruder in Dresden. Und Robert konnte gar nicht wissen, dass sie in Weimar war. Was war Uta dazwischengekommen? Oder war sie nur aus einer ihrer plötzlichen Launen heraus nicht nach Dresden gefahren und Robert war eher zufällig auf sie getroffen? Oder – und das wagte sie nicht einmal zu denken – war das von vornherein ein mieses, abgekartetes Spiel von beiden gewesen?

Sie traute das weder Uta noch Robert zu, der doch gerade erst seinen Studienplatz ihretwegen von Berlin nach Jena getauscht hatte, um ihr in den nächsten Jahren näher zu sein. Ihr! Renée!

Oder war es doch ganz anders? Ging es ihm um Uta? Von der er sogar Lilo schon berichtet hatte. Seitenweise!

Aber wenn es ein abgekartetes Spiel gewesen war, warum hatten sie sich dann öffentlich und sehr vertraut, wie Andy sagte, im Turm gezeigt und waren im Bett liegen geblieben, bis Susi und Hoi zurück aufs Zimmer kamen? Wieso hatten sie es gleich allen Leuten zeigen und so deutlich auf die Nase binden müssen? Und das, noch bevor sie Renée eingeweiht hatten?

Aber vielleicht waren sie schon viel länger ein Paar und litten schon seit Wochen unter der Heimlichtuerei, der Not, ihre Gefühle aus Rücksicht auf Renée vor allen verstecken zu müssen. Vielleicht hatten sie sich gedacht, lieber ein Ende mit Schrecken als ein Schrecken ohne Ende? Ja, es war brutal, besonders für Renée, doch sie hatte auch gern die Augen verschlossen vor all den Hinweisen, die die beiden ihr bereits gegeben hatten. Die liebevollen Kritzeleien von Uta an Robert – Trebor – in Renées Briefen an ihn, die Postkarten und später die Briefe von Uta, die sie nie zu Gesicht bekam. Das waren doch sehr deutliche Zeichen gewesen, Hilferufe, die ihr sagen sollten, schau hin, sieh, was mit uns beiden passiert ist!

Renée hatte es nicht wahrhaben wollen. Und das, obwohl sie noch nicht einmal richtig in Robert verliebt war. Anstatt zu erkennen, was zwischen Uta und Robert vor sich ging, hatte sie sich in dem heroischen Gefühl gesonnt, die Beziehung zu Robert bis zum Ende seiner Armeezeit selbstlos durchzustehen, weil sie keins von diesen Mädchen sein wollte, das ihren Freund während der Armeezeit schnöde im Stich ließ.

Auf einmal sah Renée vollkommen klar. Robert und Uta hatten sich wahrscheinlich schon auf der Wanderung nach Tiefurt ineinander verliebt, als Renée ihnen mit diesem Schmuddelmusiker hinterhergestolpert war und eifersüchtig zuschauen musste, wie gut sie einander auf Anhieb verstanden. Und das ganz bestimmt gegen ihren Willen. Besonders Uta konnte sie nichts vorwerfen. Bei ihrer ersten Begegnung hatte sie sich doch überhaupt nicht für Robert interessiert, hatte sie beide sogar stehen gelassen und war dann am nächsten Morgen mit dem Musiker im Schlepptau aufgetaucht. Sie hatte Robert an diesem Wochenende eine deutliche Abfuhr erteilt, doch die Anziehung zwischen ihnen war offenbar von Beginn an da gewesen. Wahrscheinlich hatte sie lange versucht, sich dagegen zu wehren.

Und wenn Renée ehrlich war, freute es sie sogar, dass Uta endlich einen Freund gefunden hatte und Robert endlich wieder richtig verliebt war. Auch wenn sie nun selbst allein dastand.

Es war zwar nicht die feine englische Art gewesen, wie sie es ihr mitgeteilt hatten, und ein bisschen tat es schon weh, aber wenn Robert und Uta einander liebten, dann konnte sie darüber großzügig hinwegsehen und den beiden vergeben.

Sollten sie doch miteinander glücklich werden!

Renée war es jedenfalls mit Robert nicht gewesen und er nicht mit ihr. Warum sollte sie ihnen also weiter im Weg stehen? Uta war doch ihre Freundin, und ganz bestimmt war sie aus dem Zimmer gerannt, weil sie sich wegen ihrer Gefühle zu Robert vor Renée schämte. Aber das musste Uta nicht. Sie nahm ihrer Freundin nichts weg. Im Gegenteil, sie befreite Renée von einer Last. Jetzt konnte sie losziehen und sich einen neuen Freund suchen, einen, den sie lieben konnte und der sie so mochte, wie sie war.

Renée fand Uta schließlich vor dem Brunnen mit der Mutter und den zwei Kindern sitzend, wo sie selbst in den ersten Tagen so oft todunglücklich gesessen und ihre Entscheidung, in Weimar zu studieren, so schwer bereut hatte. Sie war etwas überrascht, dass Uta ausgerechnet hier saß, denn sie konnte sich nicht erinnern, Uta von ihrer Vorliebe für diesen Brunnen erzählt zu haben. Als sie näher trat, wollte Uta aufstehen und gehen. Renée hielt sie jedoch an der Hand zurück:

»Wenn du Robert liebst, dann sei mit ihm zusammen. Ich stehe euch nicht im Weg.« Renée hatte geflüstert, weil sie die sonntägliche Stille, die in der leer gefegten Stadt herrschte, nicht zerstören wollte. Uta schaute sie erstaunt an, als würde sie ihr das nicht abnehmen, doch Renée bekräftigte es mit einem Lächeln und hakte sich bei ihr unter. »Los! Wir gehen noch auf ein Bier in den Turm! Andy hat Dienst.«

7. AHNUNG

Im Turm sprachen sie nicht mehr darüber. Renée hatte das Gefühl, dass Uta für eine richtige Aussprache noch etwas Zeit brauchte, und es wäre auch kein ruhiges Gespräch möglich gewesen, denn wie jeden Sonntagabend war der Turmkeller für viele der erste Treffpunkt für ein schnelles Bier nach einem Heimwochenende. Andy, der am Zapfhahn stand, ließ Renée nicht aus den Augen und erwartete offenbar, dass sie ihn über den Stand der Dinge aufklärte. Das wollte sie nicht und wich seinen Blicken aus, denn das ging ihn nichts an.

Renée schrieb jedoch am nächsten Tag einen langen Brief an Robert, sagte ihm, dass es unnötig gewesen wäre, sie extra nach Berlin zu schicken, um endlich mit Uta zusammen sein zu können. Und dass er mit ihr darüber hätte reden können, anstatt irgendwelche Ränkespiele zu erfinden und sie auch noch vor Lilo, Susi und Hoi zu demütigen. Das ärgerte sie am meisten daran, schrieb sie ihm, aber dass sie ihm auch das verzeihe. Sie selbst hätte es eben eher kapieren müssen, dass da etwas zwischen ihm und Uta war, das niemals zwischen ihm und Renée sein würde. Sie beendete den Brief mit den hoffnungsvollen Worten *Lass uns Freunde bleiben* und dem Zusatz *auch wegen meiner Freundschaft zu Lilo.* Letzteres strich sie aber wieder durch, machte es unkenntlich, denn es kam ihr wie ein Nachtreten vor. Robert hatte immer darüber gewitzelt, dass jeder seine Mutter spannender fand als ihn und Renée einmal scherzhaft unterstellt, sie wäre lieber mit Lilo als mit ihm zusammen. Auch wenn daran ein Fünkchen Wahrheit war, sie wollte Robert ohne jeden Vorwurf gehen lassen. Nur so könnte ihrer Meinung nach die Freundschaft zu ihm und Uta gleichermaßen weiter bestehen. Tatsächlich bedankte sich Robert schon wenige Tage darauf in einem kurzen Brief für Renées Verständnis und entschuldigte sich dafür, sie auf so schreckliche Weise hintergangen zu haben. Das hätte sie nicht verdient.

Zwischen ihr und Uta war die Sache allerdings nicht geklärt. Renée hatte erwartet, dass Uta von sich aus etwas dazu sagen, sich vielleicht sogar ebenfalls bei ihr entschuldigen würde, aber es kam nichts. Sie gingen wie immer gemeinsam zu den Seminaren, zeichneten zusammen an einem Beleg für Baukonstruktion, fragten sich gegenseitig für ein Testat zwanzig Fußbodenaufbauten für verschiedene Nassräume ab und ließen öfter mal die erste Vorlesung sausen, weil sie am Vorabend zu lange im Klub gewesen waren. Susi und Hoi schrieben dann für sie mit, und auch sie erwähnten den Vorfall nicht mehr, möglich, dass sie es sogar bereuten, Renée überhaupt davon erzählt zu haben, weil sie auf diese Weise wie Petzen dastanden. Auf jeden Fall wunderten sie sich offenbar darüber, dass das Ganze keinerlei Einfluss auf die Beziehung zwischen Renée und Uta hatte. Warum bist du mit der noch befreundet?, schienen ihre Blicke zu fragen, doch Renée hatte keine Lust, ihnen das zu erklären. Sie würden es ohnehin nicht verstehen, genauso wenig wie Andy, der allen Ernstes angedeutet hatte, dass Uta ihr vielleicht mit Absicht hatte wehtun wollen.

»Quatsch! Warum sollte Uta das tun? Sie ist meine Freundin!«

»Das nennst du Freundin?«

»Mann, jetzt hör aber auf! Du und Tenkes habt Uta von Anfang an nicht leiden können.«

»Warum wohl?«

Renée hatte ihm nicht geantwortet und mied Andy seitdem. Was wusste er schon über Freundschaft? Er schleppte jede Woche ein anderes Mädchen im Turm ab, das dann die nächsten Wochen schmachtend bei ihm am Tresen stand, bis es von einem neuen abgelöst wurde. Und sein Freund Tenkes übernahm es dann großzügig, die Verflossene zu trösten.

Uta und Renée blieben unzertrennlich. Das Einzige, was sich änderte, war, dass Renée und Robert sich nicht mehr schrieben. Uta hingegen erhielt sehr viele Briefe von ihm, mehr als Renée jemals bekommen hatte. Fast täglich traf ein Brief im Postkasten ihrer Wohneinheit ein. Uta schien sich aber nicht darüber zu freuen – oder vielleicht war es ihr vor Renée auch einfach unangenehm.

Uta nahm Roberts Briefe sogar nur nach Aufforderung mit aufs Zimmer, wo sie dann ein, zwei Tage ungeöffnet in ihrem Regalfach lagen, bis sie irgendwann verschwanden. Renée fragte nicht, warum sie so lange mit dem Öffnen wartete, das ging sie nichts mehr an, auch wenn sie manchmal die Neugier plagte und sie gern gewusst hätte, was Robert Uta schrieb. Sie sah auch nie, dass Uta Robert antwortete. Wenn sie es tat, musste sie irgendwann nachts schreiben, wenn Renée und die anderen schliefen. Am Tage waren sie ja immer zusammen, saßen in den Vorlesungen, den Seminaren und in der neuen Mensa am Park nebeneinander, und auch abends gingen sie gemeinsam in den Turm oder ins Kino, taten kaum einen Schritt ohne die andere. Es wäre Renée aufgefallen, wenn Uta einen Brief an Robert geschrieben hätte.

Es wunderte Renée auch, dass Uta die Wochenenden in Weimar blieb und nicht einen einzigen Tag zu Robert in die Kaserne fuhr, um ihn zu besuchen. Er würde ja bis zur endgültigen Entlassung im März keinen Urlaub mehr bekommen.

Renée hatte in ihrem praktischen Jahr mehrmals den weiten, umständlichen Weg in ein Dorf bei Greiz, in dem Robert stationiert war, auf sich genommen. Einmal hatte sich auf der Rückfahrt der Bus verspätet, der sie von der Kaserne zum Bahnhof bringen sollte, und so verpasste sie den Anschlusszug nach Greiz, von wo aus der Zug nach Berlin fuhr. So war sie in der Mitropa dieses Kaffs gestrandet und über Stunden der einzige Gast dort gewesen – und der letzte, bevor die Kellnerin Feierabend machte. Renée hätte bei eisigem Wetter im Freien auf einer Bahnhofsbank übernachten müssen, wenn die Kellnerin und ihr nicht gerade vertrauenerweckend aussehender Freund kein Mitleid mit ihr gehabt hätten. Sie boten Renée ein Bett für die Nacht an und nahmen sie mit zu sich nach Hause ein paar Dörfer weiter. Die beiden hätten Renée in ein Verlies stecken, sie foltern und umbringen können und niemand hätte je erfahren, wo Renée abgeblieben war. Aber zum Glück waren es nette Menschen gewesen, die ihr am nächsten Morgen sogar ein Frühstück bereitet und sie wieder zurück zum Bahnhof gefahren hatten. Solche Odysseen hatte Renée auf sich genommen, nur um Robert ein bisschen in seiner Kaserne aufzubauen. Aber Uta schien das nicht zu kümmern.

Und dann bekam Renée plötzlich wieder Post von Robert. Es war ein langer Brief, in dem er Renée beschuldigte, seine Briefe an Uta zu unterschlagen und sie gegen ihn aufzubringen, oder ihr irgendwelche Lügen über ihn zu erzählen. Das sei die einzige Erklärung, warum sie ihm nicht mehr antwortete, schließlich habe sie ihm früher, als sie noch nicht bei Renée auf dem Zimmer wohnte, immer gleich zurückgeschrieben.

Erst verstand Renée kein Wort, dann war sie furchtbar empört: Was bildete er sich ein? Wenn hier jemand berechtigt war, Vorwürfe vorzubringen, dann war sie das! Wer hatte sich denn hinterrücks und heimlich zusammengetan und sie ins offene Messer laufen lassen? Und sie hatte sich trotzdem ausgesprochen fair und wie eine richtige Freundin verhalten, war bescheiden beiseitegetreten, um den beiden nicht im Wege zu stehen.

Renée beschloss, Robert einen gepfefferten Antwortbrief zurückzuschicken. Was da in Roberts Brief noch zwischen den Zeilen stand, irritierte sie allerdings. Offenbar hatte Uta ihm tatsächlich nicht geschrieben, anscheinend kein einziges Mal. Nur, warum nicht? War die Liebe zwischen Uta und Robert doch nicht so beidseitig, wie Renée es bisher vermutet und Robert in seinem Entschuldigungsbrief behauptet hatte? War doch alles nur von Robert ausgegangen und Uta bloß zufällig an dem fatalen Wochenende in Weimar geblieben?

Und da fiel ihr noch etwas auf. Robert hatte Uta offensichtlich schon geschrieben, als sie noch im ersten Stock bei Anette gewohnt hatte. Und Uta hatte ihm anscheinend immer sofort geantwortet. Klar, dass er Renée nun verdächtigte, seine Briefe Uta vorzuenthalten. Aber wieso hatte Uta sie damals gefragt, ob es in Ordnung wäre, wenn sie Robert schreiben würde, wenn sie es doch längst tat? Renée verstand gar nichts mehr, und Uta war die Einzige, die Licht in dieses Dunkel bringen könnte.

»Robert hat mir geschrieben.«

--

»Er denkt, ich bin schuld daran, dass du ihm nicht antwortest.«

--

»Uta?«

»Ähm, ja? Was ist?«

»Hast du nicht gehört, was ich gesagt habe?«

»Doch, können wir machen. Aber ich würde lieber zum Erfurter Dom. Das Portal der klugen und der törichten Jungfrauen soll der Wahnsinn sein. Vierzehntes Jahrhundert.«

--

»Kennst du das Gleichnis, Renée? Ist aus der Bibel. Matthäus fünfundzwanzig, eins bis vierzehn.«

So lief es immer, wenn Renée irgendwie versuchte, Robert ins Spiel zu bringen. Uta wechselte das Thema, gab sich unkonzentriert oder war es sogar, denn sie schien überhaupt nicht mehr zu schlafen. Sie trank auch ziemlich viel und das täglich, und Renée musste immer wieder an die Einführungsvorlesung des Hochschularztes denken. Mindestens einer aus dem Jahrgang würde ein Alkoholiker werden. Oder würde es diesmal eine sein?

Und desto mehr Uta trank, umso aufgedrehter war sie am nächsten Tag. Sie wirkte fahrig und nervös und schwitzte extrem, was ihr sehr unangenehm war. Ständig wusch sie sich die Achseln und benutzte ein medizinisches Deodorantpulver, das seltsam roch.

Ihre Stimmung wechselte laufend. Sie konnte beim Frühstück mitten im Satz verstummen, um dann den ganzen restlichen Tag nicht mehr mit Renée zu sprechen, mit den anderen hingegen schon. Zu Hoi und Susi war sie dann sogar besonders liebenswürdig, und Renée verstand nicht, was sie falsch gemacht hatte.

»Ja, hoi. Irgendwas wirst du schon gesagt haben, das sie verletzt hat.«

»Ihr wart doch dabei, als sie mitten im Satz aufgehört hat zu reden.«

»Ja, aber mit uns spricht sie ja.«

Uta begann genauso plötzlich wieder mit ihr zu sprechen, wie sie damit aufgehört hatte.

»Renée, gibst du mir mal die Marmelade?«

Renée wechselte einen Blick mit Susi und Hoi. Uta hatte genau vierundzwanzig Stunden kein Wort zu ihr gesagt, hatte sie vollkommen ignoriert. Renée wusste nicht warum und reagierte nicht. Also reichte Susi Uta die Marmelade. »Jetzt kriegt euch mal wieder ein, ja?«

Seit einigen Tagen fiel Renée auf, dass sich Uta sehr seltsam benahm. Sie war auf einmal ausschließlich damit beschäftigt, eine neue Primzahl zu entdecken, und wollte durch nichts und niemanden dabei gestört werden. Ihr war in der Bibliothek der Rechentechniker ein Mathematikbuch aufgefallen, in dem sie einen Artikel über Primzahlen gelesen hatte, der sie sofort fesselte, wie sie Renée erzählte. Darin hieß es, dass erst eine geringe Anzahl von Primzahlen entdeckt worden war und dass zurzeit viele intelligente Leute, hauptsächlich Mathematiker, nach der nächstgrößeren Primzahl fahndeten und dafür auch Rechnerkapazität nutzten.

Das allein hatte Uta sofort angespornt, diejenige sein zu wollen, die die nächste Primzahl entdeckte, und sie glaubte, dass ihr das nicht so schwerfallen würde, weil sie schon immer ein Faible für Zahlen gehabt hatte. Renée war das neu. Uta hatte sich bisher weder im Fach Mathematik noch in anderen Rechenfächern wie Technischer Mechanik besonders hervorgetan. Im Gegenteil. Sie beide sowie die halbe Seminargruppe mussten vor der Abschlussklausur in Mathe Nachhilfe bei Kätchen nehmen, um nicht durchzufallen.

Nein, Uta hatte nach Renées Meinung kein außergewöhnliches Talent für die Mathematik, und doch saß sie seit ungefähr einer Woche über Zahlenketten und Gleichungen, rechnete und verwarf, zählte und probierte und war allem Anschein nach wirklich davon überzeugt, dass sie durch ständiges Probieren eine neue, unbekannte Primzahl entdecken würde.

Doch weil es ihr einfach nicht gelingen wollte, wurde sie immer nervöser, zusehends dünner und auch unzufriedener. Bei der kleinsten Störung, die ihre Rechnungen unterbrach, fuhr sie denjenigen wie eine Furie an, als hinge ihr Leben von diesen Primzahlen ab. Sie war kaum noch dazu zu bewegen, zu den Seminaren zu gehen, geschweige denn in die Vorlesungen. Die hielt sie neuerdings für Zeitvergeudung. Und deshalb wollte sie auch keine von Renées Vorlesungsmitschriften. Sie beschäftigte sich Tag und Nacht nur noch mit den Primzahlen.

»Aber warum interessieren die dich plötzlich so?«, wollte Renée wissen, und Uta sah sie an, lächelte spöttisch, als wäre Renée schwer von Begriff und weit und breit überhaupt die Dümmste.

»Wo komme ich noch mal her?« Uta blickte sie forschend an.

»Aus Rostock?«

»Und wofür ist meine Stadt bekannt?«

Das hatte Uta schon mehrmals erwähnt. »Ähm, für ihre sieben Türme?«

»Nicht nur. Es gibt auch sieben Brücken, sieben Tore und sieben Türen im Rathaus. Auch die Marienkirche hat sieben Portale, und ihr Uhrwerk besteht aus sieben Glocken. Und was ist die Sieben für eine Zahl?«

»Verstehe. Eine Primzahl.« Langsam begann ihr Uta Angst zu machen. Was war nur mit ihr los?

»Und mein Geburtsdatum ist der 7.11.1959! Jede einzelne Zahl davon ist eine Primzahl! Die 7, die 11, die 19 und die 59! Also, wer, wenn nicht ich, könnte eine neue Primzahl entdecken?« Uta schaute sie triumphierend an, als hätte sie gerade einen äußerst kniffligen Zaubertrick zu Ende gebracht und obendrein noch ein Kaninchen aus dem Hut gezogen.

»Aber das Buch ist doch schon älter! Was, wenn die nächste Primzahl längst entdeckt wurde?«

»Deshalb versuche ich ja, eine Gleichung zu entwickeln. Und nun lass mich rechnen.«

Am selben Abend fand Renée einen ungeöffneten Brief von Robert im Abfalleimer des Waschtrakts. Es war verlockend, ihn herauszunehmen, sie streckte bereits die Hand danach aus, zögerte. In ihr stieg der Verdacht auf, dass Uta den Brief absichtlich für sie in den Eimer gelegt hatte, damit Renée ihn sah und vielleicht der Versuchung, ihn heimlich zu lesen, nicht widerstand.

Wollte Uta sie mit diesem Brief auf die Probe stellen? Oder hatte sie ihn ganz ohne jede Absicht entsorgt, ohne einen Gedanken daran zu verschwenden, dass Renée ihn finden und an sich nehmen könnte? Nein, das war zu gaga! Renée musste unbedingt damit aufhören, sich ständig den Kopf über alles Mögliche zu zerbrechen und sich in irgendwelche wahnwitzigen Spekulationen hineinzusteigern.

Das erste Semester ging Mitte Februar zu Ende. Sie hatten eine Woche lang Klausuren und Testate geschrieben, und danach begann der erste Hauptentwurf, für den sie vier Wochen Zeit haben würden. Susi und Hoi hatten ihre Sachen gepackt und wollten zu Hause arbeiten. Sie würden nur zu den Konsultationen nach Weimar kommen, sodass Uta und Renée das Zimmer in der Zeit für sich allein hätten. Jeder Student sollte ein umfangreiches Konzept für einen Spielplatz entwickeln, inklusive Vorschlag zur Bepflanzung, und ihn städtebaulich in ein vorgegebenes, noch zu erschließendes Gebiet bei Erfurt einbinden, natürlich unter der Berücksichtigung all der Dinge, die sie im Fachbereich Darstellungslehre bei Professor Hofmann und seinen Dozenten gelernt hatten. Genug Arbeit für vier Wochen, fand Renée, doch Uta war überzeugt, dass ihr auch drei Wochen reichen würden und sie eine weitere Woche den Primzahlen opfern könnte.

Renée beobachtete all das mit zunehmender Sorge. Uta hatte schon für die Prüfungen nicht gerade viel gelernt und sich ganz auf Renées Hilfe verlassen. Aber als Uta ihre erste Konsultation für den Hauptentwurf versäumte, weil sie angeblich kurz davorstand, endlich die Gleichung zur Berechnung von Primzahlen zu finden, da ging Renée anschließend zu Dr. Riemer, um ihn über Utas merkwürdiges Verhalten in Kenntnis zu setzen. Sie wollte ganz sicher nicht petzen, doch er hatte ihr schließlich für Uta eine gewisse Verantwortung übertragen. Sie sollte auf die Freundin aufpassen, das hatte ihr Uta gleich am ersten Tag anvertraut.

»Wie meinen Sie das, sie rechnet nur noch?« Dr. Riemer betrachtete Renée skeptisch.

»Sie versucht, eine neue Primzahl zu entdecken. Sie glaubt, das könnte ihr gelingen, weil ihr Geburtstag nur aus Primzahlen besteht und sie aus Rostock kommt.« Renée sah eine steile Falte auf Riemers Stirn erscheinen und ahnte, was er jetzt über sie dachte. Aber nein, sie redete nicht wirr! Es waren Utas Gedanken, die wirr waren. »Also ich meine, es wäre ja in Ordnung, wenn Uta nicht alles andere deswegen vernachlässigen würde.«

Seltsamerweise entspannte sich Dr. Riemers Gesicht. »Verstehe. Wo ist Uta jetzt?«

»Na, auf unserem Zimmer im Jakob.«

»Gut. Ich kümmere mich darum.«

Renée nickte, auch wenn sie nicht verstand, worum sich Riemer kümmern wollte, und überlegte, ob sie nicht gleich die Gelegenheit nutzen sollte, ihm zu sagen, dass sie nicht mehr bei ihm vertiefen wollte.

»Übrigens Renée, Sie hätten mir auch ruhig selber sagen können, dass Sie die Hilfsassistenz nicht übernehmen wollen, weil Sie sich doch mehr für Gesellschaftsbau interessieren. Oder sehe ich aus, als würde ich Ihnen deshalb den Kopf abreißen?«

Renée schüttelte überrascht den Kopf.

»Ich dachte nur, dass Sie gut zur Denkmalpflege passen könnten.«

Renée lächelte gequält, dann verabschiedete sie sich und verließ das Büro. Konnte es sein, dass Uta Dr. Riemer, ohne Renée zu fragen, einfach über die Änderung informiert hatte? Das wäre ziemlich dreist, aber gleichzeitig auch irgendwie nett, dachte Renée, als sie im WC noch einen Kaffee bei Walli nahm. Wahrscheinlich hatte Uta gespürt, wie schwer es Renée fiel, Dr. Riemer ihre Entscheidung selbst mitzuteilen. Sie hatte ihr die unliebsame Aufgabe abnehmen wollen, damit sie später im Wohn- und Gesellschaftsbau gemeinsam Neues entwickeln konnten.

Als Renée zurück aufs Zimmer kam, war Uta fort – mitsamt ihren Zeichensachen. Ein Zettel von Dr. Riemer auf ihrem Tisch informierte sie darüber, dass Uta nun auch nach Hause gefahren war, um dort an ihrem Hauptentwurf zu arbeiten. Daheim könne sie sich besser konzentrieren, schrieb er, und dass Uta und sie sich Ende März wiedersehen würden, nach den vierzehntägigen Ferien, die auf die Abgabe des Hauptentwurfs folgten.

Also hatte Dr. Riemer Utas Rechnerei auch befremdlich gefunden und sie anscheinend überreden können, die Primzahlen Primzahlen sein zu lassen und sie nach Hause geschickt, damit sie sich endlich auf ihren Hauptentwurf konzentrierte. Dass Uta die Nachricht nicht selbst geschrieben hatte, verstand Renée. Bestimmt war sie auf Renée sauer, weil sie sie an Riemer verpetzt hatte. Doch das war nicht allein der Grund, warum sich Renée plötzlich ziemlich unwohl fühlte.

Auf einmal war sie allein, ganz allein. Da war niemand mehr, mit dem sie abends auf ein Bier in die Klubs, ins Kino oder zu einem Konzert gehen konnte. Sie fühlte sich leer und ein bisschen wie amputiert. War überhaupt noch jemand aus ihrer Seminargruppe da? Oder waren sie alle nach Hause gefahren? Sie selbst hatte diese Möglichkeit nicht. Ihr Zimmer war zum elterlichen Schlafzimmer geworden, und sie hätte nirgendwo ihr Reißbrett aufstellen und zeichnen können.

Lilo fiel ihr einen Moment als Zufluchtsort ein, aber sie entschied sich dagegen. Sie hatte sich das ganze Semester über ein Zimmer für sich allein gewünscht. Nun hatte sie es und musste versuchen, die Einsamkeit und die Stille auszuhalten. Etwas Ablenkung bot der Hauptentwurf, und einmal die Woche kamen auch Susi und Hoi zu ihren Konsultationen in die Stadt und schauten bei ihr vorbei. Uta ließ sich nicht einmal blicken, obwohl auch sie Konsultationen haben musste. Renée ahnte natürlich, warum sie sich nicht meldete. Von Utas Standpunkt aus sah es möglicherweise wie Verrat aus, dass Renée Dr. Riemer auf Utas befremdliches Benehmen aufmerksam gemacht hatte. Aber das würde ihr Renée nach den Semesterferien schon erklären, wenn sie beide erholt und ausgeruht waren.

Letztendlich verging die Zeit bis zur Abgabe des Hauptentwurfs wie im Flug. Renée war zwar mit dem Ergebnis nicht zufrieden, denn eigentlich hätte sie mit dem Wissen, das sie zum Ende der vier Wochen über Spielplätze hatte, noch einmal von vorn beginnen und alles neu konzipieren und entwerfen müssen. Aber das ging ja leider nicht.

Dann begannen die Semesterferien, und der Jakob leerte sich spürbar. Alle, die jetzt noch da waren, hatten wie Renée keine andere Bleibe oder waren Ausländer, für die es zu teuer oder zu aufwendig war, für zwei Wochen ins Heimatland zu fliegen. Es ging nun deutlich ruhiger und friedlicher auf den elf Etagen zu, und der frühmorgendliche Studentenstrom durch die Altstadt versiegte von einem zum anderen Tag.

Erst gegen zehn Uhr hörte Renée das Haus nun erwachen. Spanisch, Vietnamesisch, Griechisch und Arabisch waren plötzlich die vorherrschenden Sprachen in den Gemeinschaftsküchen, und sie bekam Kontakt zu interessanten Leuten, die ihr vorher noch nie aufgefallen waren. So wohnten beispielsweise auf ihrer Etage zwei chilenische Brüder, von denen der jüngere, Eduardo – genannt Eddi – vier Semester über ihr Architektur studierte. Er trug sogar im Winter selbst gebastelte Sandalen aus Autoreifen und erinnerte Renée in seinem Benehmen und besonders in seinem Aussehen stark an Woody Allen, der seit Jahren der Held ihrer Film- und Fernsehwelt war. Sein älterer Bruder Emilio studierte Städtebau, war im Gegensatz zu Eddi wie ein griechischer Adonis gebaut und hatte tatsächlich eine Griechin zur Freundin, die von ihm schwanger war. Beide waren so unglaublich schön, mit ihren griechischen Göttern gleichenden Gesichtern und Körpern, dass Eddi mehrmals unkte, ihr gemeinsames Baby könne nur hässlich wie die Nacht werden, weil sich Plus und Plus immer zu Minus verkehre.

Eddi und Emilio hatten wie Renée ihr Abitur in Berlin gemacht, allerdings zwei beziehungsweise drei Jahre früher, und waren deshalb natürlich nie auf den Feten rund um ihren Jahrgang in Berlin aufgetaucht. Ihre Eltern, beide Journalisten, waren 1973 nach dem Putsch von Pinochet und der Ermordung von Salvador Allende in die DDR geflohen, während viele andere Chilenen, auch enge Freunde und Verwandte ihrer Eltern, nach Frankreich, Schweden oder den Niederlanden emigriert waren.

»Da ärgert ihr euch sicher, dass sich eure Eltern ausgerechnet die piefige DDR ausgesucht haben?«

Renée war sich sicher, dass sie an ihrer Stelle jedes andere Land, außer die DDR, gewählt hätte. Aber Eduardo und Emilio fanden, dass sie es im Gegensatz zu ihren Verwandten im Westen sehr gut getroffen hätten. Weder Wohnungen noch das Studium kosteten sie teure Devisen, Kommunist war hier im Gegensatz zu anderen Ländern kein Schimpfwort und sie hatten trotzdem die Möglichkeit, frei zu reisen und so ihre Verwandten in Schweden oder Frankreich zu besuchen. Praktisch konnten sie die Vorteile aus beiden Gesellschaftssystemen für sich nutzen, was Renée ihnen von Herzen gönnte, nachdem die Brüder ihre Heimat und viele Freunde und Verwandte, deren Schicksal immer noch ungeklärt war, schon als Halbwüchsige verloren hatten.

8. SOLLBRUCHSTELLE

Und dann kam der Sonntag vor dem Semesterbeginn, an dem Renée nervös die Ankunft von Uta erwartete. Wie würde ihr erstes Treffen nach fast fünf Wochen werden? Waren sie nach einer solch langen Zeit, in der kein einziger Brief, nicht mal eine Postkarte, zwischen ihnen hin und her gegangen war, überhaupt noch Freundinnen?

Renée hatte oft an Uta gedacht und beinahe täglich im Kopf ein paar Zeilen an sie formuliert. Doch wenn sie sich entschloss, sie endlich niederzuschreiben, verließ sie jedes Mal der Mut. Plötzlich fand sie ihre Fragen kleinlich und spießig, und genau genommen waren es nur schlecht versteckte Vorwürfe. Renée bekam nicht einmal eine lockere Einleitung hin, in der sie erklären wollte, warum sie erst jetzt zum Füllfederhalter gegriffen hatte. Mal bemühte sie das Wetter, das seltsame Kapriolen schlug, als Grund, oder den Fasching, der für ein Nordlicht wie Uta ebenso wie für sie als Berlinerin ein Ereignis war, für das sie keinerlei Begeisterung aufbringen konnten. Ganz im Gegensatz zur Thüringer Bevölkerung. Die Geschäfte, die Restaurants und Büros waren in dieser Woche ausnahmslos mit Luftschlangen und Papiergirlanden geschmückt, und von der Bäckersfrau bis zum O-Busfahrer trugen alle am helllichten Tage Faschingskostüme! Sogar Professor Hofmann hatte während Renées Konsultation ein kariertes Jackett mit Sonnenblume à la Clown Ferdinand getragen, was sie irgendwie hemmte, seine Fragen zu ihrem Spielplatzentwurf ernst zu nehmen. An ihrer EOS in Berlin hatte es zwar auch Faschingsfeten mit sogenanntem Kostümzwang gegeben, aber meistens kamen nur ein, zwei Leute tatsächlich verkleidet und waren am Ende die eigentlichen Deppen.

Doch dann waren die Wetterkapriolen aus den Nachrichten verschwunden und auch der Fasching vorüber, und es hätte wohl sehr bemüht geklungen, in ihren Briefen an Uta darauf zurückzukommen. Es war zu spät, um ihr noch zu schreiben, sie konnte nur noch abwarten.

Am späten Sonntagnachmittag kamen Susi und Hoi gut gelaunt und mit Kuchen aus der Heimat zurück. Keine von ihnen erkundigte sich nach Uta. Gegen sieben verschwanden die beiden wie jeden Abend im Semester zuvor mit ihrem Kulturbeutel im Waschtrakt, bestiegen eine Viertelstunde später ihr Bett und um Punkt acht löschte Hoi, gähnend ein »gute Nacht« seufzend, das Licht in ihrer Ecke.

Renée versuchte noch zu lesen, konnte sich allerdings kaum auf ihr neues Buch konzentrieren, das sie im modernen Antiquariat von *Hoffmann's Buchhandlung* gefunden hatte. Es war ihr aufgefallen, weil die von Renée bevorzugte Zickzacklinie des Verlages *Volk und Welt* auf dem Buchrücken prangte, der ausschließlich Lizenzen verlegte, auch welche aus dem Westen, und mit seiner Auswahl fast immer Renées Geschmack traf.

Am nächsten Morgen wurde Renée vom Geruch des *Grünen Apfels* geweckt, den Susi und Hoi sich weiterhin großzügig unter die Achseln sprühten. Sofort schaute sie hinunter in Utas Bett. Tatsächlich, da lag Uta, reckte und streckte sich, wie sie es immer tat, und lächelte Renée zu.

»Wie geht's?«, fragte Uta verschlafen, und mit einem Mal war in Renée alle Anspannung wie fortgeblasen. Sie wollte vor Erleichterung laut aufschreien, bremste sich aber.

»Gut. Und dir?«

»Mir auch.«

»Ich hoffe, dass endlich jemand ein neues Deo erfindet. Gelbe Birne, oder …« Renée überlegte …

»… braune Banane!«, bot Uta vorsichtig an, und Renée grinste. Uta war also zurück und anscheinend die eher ausgeruhte, sanfte Version von ihr! Die, die sie am Anfang des Semesters kennengelernt hatte, und nicht die, die vor fünf Wochen so überdreht und uneinsichtig nach neuen Primzahlen gesucht hatte. Grund genug für Renée, aufzustehen und sich auf den Tag zu freuen.

Die erste Woche wollte sie Uta noch Zeit geben, von selbst die Vorkommnisse vor dem Hauptentwurf anzusprechen, also warum sie so plötzlich abgereist war und ob sie vielleicht sogar mit Robert Kontakt gehabt hatte. Doch Uta schien daran kein Interesse zu haben, auch die Primzahlen spielten offenbar keine Rolle mehr. Sie brachte das Lehrbuch einfach zurück in die Bibliothek und zahlte die Überziehungskosten, die das Buch – wochenlang in ihrem Schrank eingeschlossen – verursacht hatte. Anschließend zerriss sie die Mahnbriefe und gleich noch drei Briefe von Robert, die in ihrer Abwesenheit angekommen waren.

Die Stimmung war am ersten Tag nicht nur zwischen Uta und Renée gut, alle ihre Kommilitonen freuten sich, einander wiederzusehen, und tauschten sich bestens gelaunt zu den vergangenen Wochen aus. Es würde mindestens eine Woche dauern, bis die neuen Abgabetermine für irgendwelche Belege ihnen wieder ein schlechtes Gewissen bereiten und die Stim mung drücken würden. Sogar die Professoren und Dozenten ignorierten den ungewohnten Lärmpegel in den Hörsälen und Seminarräumen, schienen sich fast daran zu erfreuen, so sehr hatten sie anscheinend ihre Studenten in den letzten Wochen vermisst.

Gegen Ende der Woche standen sie dann alle vor dem Schaukasten im Hauptgebäude, wo die Noten für die Prüfungen vom Semesterende und dem Hauptentwurf aushingen. Renée hatte eine Drei für ihren Spielplatz bekommen, wie einige andere auch. Uta eine Zwei und Andy bloß eine Vier, obwohl die Heiku-Gerüchteküche behauptete, dass ein bekannter Berliner Architekt, ein Freund seines Vaters, Andy bei seinem Entwurf beraten und seinen minimalistischen Spielplatz abgesegnet hatte.

Die Zensuren für die Zwischenprüfung in Tragsysteme fielen bei allen durchschnittlich noch schlechter aus, obwohl Renée nach der Prüfung ein gutes Gefühl gehabt hatte. Doch bei ihr und Uta war überhaupt keine Note eingetragen, dafür ein Hinweis, dass Professor Speer, der allerdings mit Vornamen Siegfried hieß, sie am Nachmittag in seinem Büro sehen wollte. Andy und Tenkes fragten, worum es dabei gehen könnte, aber Uta behauptete, sie hätte keine Ahnung, während Renée bei dem Gedanken an den Termin ein mulmiges Gefühl bekam, auch wenn sie nicht genau wusste, warum.

Professor Speer war ein kleiner, für sein Alter von fast fünfundsechzig Jahren sehr gut aussehender Mann mit vollem weißen, zur Bürste geschnittenen Haar, einem von der heimischen Höhensonne gebräunten Teint und der von der Schutzbrille typischen helleren Haut um die Augen, die seine stahlblaue Iris nur umso intensiver zum Leuchten brachte. Auch er saß im Van-der-Velde-Bau im ersten Stockwerk. Sein Zimmer hatte sogar ein Fenster im Hufeisengiebel. Aber während sich in seinem vorgelagerten Sekretariat die Akten und Zeichenrollen die Wände hoch stapelten, herrschte in seinem Reich stilvolle Leere. Gleich vier Lederfauteuils von Le Corbusier der Reihe LC3 waren um einen niedrigen Metalltisch mit Glasplatte gruppiert, an den Wänden standen moderne Vitrinen mit Erinnerungen aus einer langen Statiker-Karriere und dazwischen hingen gerahmte und signierte Grafiken von Feininger, Fotos von früheren Baustellen und sein Schreibtisch schien noch von Henry van der Velde persönlich zu stammen.

Professor Speer kam ihnen freundlich entgegen, begrüßte sie mit einem warmen, festen Händedruck, bat sie am Glastisch Platz zu nehmen und fragte, ob sie etwas trinken wollten, Kaffee oder Tee. Renée entspannte sich sofort, was konnte der Mann schon Schlimmes von ihnen wollen, wenn er sie so nett behandelte, und entschied sich für eine Selter, was ein Fehler war. Denn als Professor Speer ihnen eröffnete, dass eine von ihnen in der Prüfung abgeschrieben haben musste, da sie an derselben Stelle denselben falschen Schluss gezogen hätten, bekam Renée vor Aufregung Schluckauf, und die Kohlensäure der Selter verstärkte ihn noch.

»Ich will also wissen«, sagte der Professor, »wer von Ihnen abgeschrieben und wer nur falsch gerechnet hat.« Er lächelte und schaute langsam von einer zur anderen.

Renée wartete darauf, dass Uta antworten würde, doch sie nahm ganz ruhig ihre Kaffeetasse zur Hand, trank einen kleinen Schluck und stellte die Tasse ebenso ruhig zurück. Sie schien ebenfalls zu warten, blickte dem Professor freundlich in die Augen, während Renée dreimal laut hickste.

»Tja, wenn Sie nicht antworten, gebe ich Ihnen beiden eine Fünf, und Sie müssen die Prüfung wiederholen.«

Renée atmete tief durch. Warum sagte Uta denn nichts? Warum ließ sie es vor dem Professor so aussehen, als hätte Renée von ihr abgeschrieben, als wäre sie und nicht Uta vollkommen unvorbereitet in die Prüfung gegangen, weil sie nur noch die Entdeckung einer neuen Primzahl im Kopf gehabt hatte. Doch Uta blieb stumm. Nach einer Weile erhob sich Professor Speer schließlich und entließ sie. Kaum waren sie im Flur, verschaffte Renée ihrem Ärger Luft.

»Wieso hast du nichts gesagt? Jetzt denkt der doch, ich habe abgeschrieben. Dabei habe ich endlich mal was in TS kapiert.«

»Warum sollte er das denken? Außerdem hättest du ihm ja sagen können, dass ich abgeschrieben habe!«

»Ich? Damit ich wie eine Petze dastehe?«

»Warum ist dir eigentlich immer so wichtig, was andere über dich denken?« Uta hatte das so ernst und sachlich gefragt, als interessiere sie das wirklich. Sie verließen den Vande-Velde-Bau und gingen über den Vorplatz.

»Darum geht's doch nicht. Du hast abgeschrieben!«

»Wenn du nicht falsch gerechnet hättest, wäre das gar nicht aufgefallen!«

Renée starrte sie fassungslos an. »Jetzt bin ich also schuld?«

»Reg dich ab. Schreiben wir die Klausur eben noch mal.« Uta hakte sich bei ihr ein. »Nun sei nicht sauer. Wir üben fleißig und schreiben beide eine Eins! Da kann er schön selber raten, wer geschummelt hat.«

Renée fand das nicht besonders witzig. Jetzt musste sie noch einmal für Tragsysteme büffeln, und wer konnte schon sagen, was sie dann für einen Fehler machte. Und was, wenn Uta eine Eins und sie eine Zwei oder Drei schrieb? Dann wäre doch für Professor Speer bewiesen, dass sie von Uta abgeguckt hatte und nicht Uta von ihr. Aber natürlich hatte sie es auch ein bisschen selbst zu verantworten. Sie hatte Uta abschreiben lassen, also musste sie die Konsequenzen tragen. Hätte sie etwa die Freundin in der Prüfung hängen lassen sollen? Das hätte sie nicht übers Herz gebracht. Also, was jammerte sie? Es war jetzt nicht mehr zu ändern. Sie mussten die Klausur wiederholen.

Ein paar Tage später versuchte Renée auf dem Weg zur Hochschule, das Gespräch beiläufig auf Robert zu bringen. Sie erzählte irgendeine unverfängliche Begebenheit aus ihrer Zeit mit ihm in Berlin, als Robert noch nicht ihr Freund gewesen war, sondern nur ihr Klassenkamerad und ein Kumpel in ihrer Clique. Uta ging jedoch nicht darauf ein und erwähnte ihn kein einziges Mal. Es war, als hätte es Robert – oder Trebor, wie Uta ihn genannt hatte – nie gegeben, als existierte er weder in Utas Leben noch in ihrem, und Renée hatte das Gefühl, dass sie ihn niemals wiedersehen würde.

Da täuschte sie sich. Am nächsten Wochenende klopfte es an der Tür, und dann stand Robert plötzlich im Zimmer und wollte Uta sprechen. Allein.

Er war also von der Armee zurück und nutzte gleich sein erstes Wochenende, um zu Uta nach Weimar zu fahren. Renée ließ sofort alles stehen und liegen, nahm sich ihren Parka und machte einen Spaziergang. Was hätte sie sonst an einem kalten Samstagnachmittag in Weimar tun sollen? Sowohl die Bibliotheken als auch die Läden waren zu, selbst das WC hatte geschlossen, also ging sie Richtung Schloss und von dort in den Ilmpark. Es war für Anfang März immer noch sehr kalt. Nebel stand über der Ilm, und sie war hier ganz allein.

Was würde Uta Robert sagen? Was würde er sie fragen? Und würde Renée das jemals erfahren? Sie lief in strammem Tempo bis zum Ende des Parks. Dort an der Schaukelbrücke hatten sie im Herbst in Geodäsie ein Stück Land vermessen, was eine schöne Abwechslung zu der sehr trockenen Vorlesungsreihe gewesen war. Und hinter der Falkenburg, einer alten Weimarer Traditionskneipe, in die Dr. Riemer die Seminargruppe zur Weihnachtsfeier eingeladen hatte, lagen der Sportplatz der Hochschule und die Turnhalle, in der sie einmal pro Woche Sport hatte. Renée hatte sich für das Turnen entschieden, weil ihr das Geräteturnen als ehemalige Kunstspringerin leichtfiel und sie sich ohne große Anstrengung eine gute Zensur erhoffte. Uta hatte für Sport nichts übrig und sich deshalb beim sogenannten *Idiotensport* eingeschrieben. Der glich eher dem allgemeinen Sportunterricht in der Schule, stellte keinerlei besondere Anforderungen. Allerdings fand er immer Samstagmittag statt, und wenn Renée sich nicht täuschte, war Uta noch nie hingegangen, seit sie bei ihr im Zimmer wohnte.

Auf dem Rückweg durch den Park wurde der Nebel noch dichter, und es begann bereits zu dämmern, da kam ihr plötzlich schemenhaft eine Gestalt entgegen. Es war Uta.

»Wo ist Robert?«

Uta zuckte unbekümmert mit den Schultern, als ginge sie Roberts Verbleib überhaupt nichts an.

»Er denkt, ich wäre schuld daran, dass du ihm nicht antwortest.«

»Und was kann ich dafür?«

»Du könntest ihm sagen, dass das nicht stimmt?«

»Wozu?«

Wozu? Renée sah Uta entgeistert an. »Liebst du ihn denn nicht?«

Uta verzog amüsiert das Gesicht. »Wie kommst du denn darauf?«

»Susi und Hoi haben euch zusammen im Bett gesehen. Zwar angezogen, aber ihr habt euch geküsst!«

»Na und?«

Renée verstand gar nichts mehr. »Dann ging das allein von Robert aus?«

Uta rollte belustigt die Augen, als hätte Renée etwas furchtbar Naives gesagt. »Natürlich nicht. Ich habe ihm vorgeschlagen, nach Weimar zu kommen, während du auf ihn in Berlin gewartet hast.«

Renée stockte der Atem. Uta gab also zu, dass sie ihr Robert mit voller Absicht ausgespannt hatte, so wie es Andy vermutete? Empörung, Wut und auch Tränen stiegen in Renée hoch. Sie hatte Uta, die vermeintliche Freundin, ganz umsonst in

Schutz genommen. Andy hatte das völlig richtig eingeschätzt, sie hatte Renée wehtun wollen.

»Findest du etwa, dass sich so eine Freundin verhält?« Renées Stimme zitterte. Gleich würde sie losheulen, da war sie sich sicher. Doch diese Genugtuung gönnte sie Uta nicht. Sie ging an ihr vorbei und beschleunigte ihren Schritt. Sie wollte nur noch weg.

»Ja, ich habe es als deine Freundin getan«, hörte sie Uta in ihrem Rücken sagen.

Renée wirbelte herum. Wie konnte sie es wagen …

»Ich wollte dir zeigen, was für ein Idiot Robert ist.«

Renées Kopf lief leer.

»Und dass er dich überhaupt nicht verdient hat, wenn er dich gleich bei der erstbesten Gelegenheit betrügt.«

Renée schluckte. Hieß das, Uta hatte Robert extra verführt, um Renée zu demonstrieren, dass …

»Er würde es immer wieder tun, Renée.«

»Das hast du ihm gesagt?«

»Warum sollte ich? Das weiß er selbst.«

»Und wo ist er jetzt?«

Uta zuckte wieder mit den Schultern. »Wollen wir im International essen gehen? Ich lad dich ein.«

Das International war ein Hotel am Bahnhofsvorplatz mit einer öffentlichen Gaststätte und guter thüringischer Hausmannskost. Wenn man vor achtzehn Uhr kam und versprach, bis neunzehn Uhr wieder zu gehen, dann bekam man manchmal einen Tisch, obwohl auf jedem Tisch ein Reservierungsschild ab sechzehn Uhr stand.

Der Kellner bot ihnen einen Tisch vor den großen Fenstern an, aber Uta fragte, ob sie nicht einen in der Nähe des Restauranteingangs haben könnten, weil die Fenster alt und undicht waren und es dort, ihrer Erfahrung nach, reichlich zog.

Uta bestellte für sie beide Rindsroulade mit Rotkohl und Thüringer Klößen und dazu eine Flasche Rotwein, obwohl sich Renée für die Bratwurst mit Sauerkraut und eine Limo entschieden hatte, weil das nur halb so viel kostete. Wenn man schon mal eingeladen wurde, dann sollte man sich nicht das Teuerste aussuchen, hatte die Mutter ihr beigebracht.

»Aber ich wollte die Bratwurst«, sagte Renée lahm.

»Du willst nur bescheiden sein«, erwiderte Uta.

»Was ist daran schlecht?«

»Dass du nie das bekommst, was du wirklich willst.«

Renée hatte als Kind genau dieses Argument auch ihrer Mutter entgegengehalten, die darauf meinte, dass sie sich ja ein anderes Mal das bestellen könne, was sie wirklich essen wolle. Dazu kam es allerdings nie, denn Renées Eltern gingen mit ihren Kindern aus Sparsamkeitsgründen nie in Restaurants essen.

Der Kellner brachte den Wein und goss Uta ein. Sie nahm einen Schluck, nickte zustimmend.

»Denk einfach mal daran, was du willst«, sagte Uta, während der Kellner nun ihnen beiden einschenkte und wieder verschwand.

»Aber ich will dich nicht ausnutzen. Wenn jeder nur an sich selbst denkt, dann …«

»Dann wäre jeder gut versorgt!«, unterbrach Uta sie und erhob ihr Glas. Renée tat es ihr gleich. Eigentlich war sie ja froh, dass Uta die Roulade für sie bestellt hatte. Da zog plötzlich etwas anderes ihre Aufmerksamkeit auf sich. Hatte sie gerade Robert in der Lobby gesehen? Tatsächlich. Er nahm am Empfang einen Zimmerschlüssel entgegen und fragte dann irgendetwas, woraufhin die Empfangsfrau zum Restaurant zeigte. Robert folgte ihrem Blick. Gleich würde er Renée entdecken.

»Auf uns!«, sagte Uta und stieß ihr Glas gegen Renées, während Renée zu Robert hinüberstarrte und er zu ihr. Dann kam er langsam auf sie zu und ging nur knapp an ihrem Tisch vorbei. Nun musste auch Uta ihn wahrnehmen. Doch sie ignorierte ihn vollkommen, trank einen Schluck und dankte dem Kellner überschwänglich, als der ihnen die Roulade servierte und vom Wein nachschenkte.

»Guten Appetit!«, wünschte Uta Renée und begann zu essen. Aber Renée war der Appetit vergangen. Sie spürte Roberts Blick in ihrem Rücken, traute sich aber nicht, sich umzudrehen und zu überprüfen, ob er wirklich zu ihnen herüberschaute oder sich mit dem Rücken zu ihnen gesetzt hatte. Und noch etwas interessierte sie:

»Hast du gewusst, dass er hier ist?«, flüsterte sie Uta über den Tisch zu.

»Wen meinst du?«

»Jetzt tu nicht so!«

»Okay, er hat gesagt, wenn ich noch mit ihm reden will, wäre er hier. Aber ich will nicht mit ihm reden. Ich bin mit dir hier.« Uta lächelte ihr zu. »Nun iss! Wäre doch schade um die schöne Roulade.«

Renée fing an zu essen, aber sie konnte das Essen nicht genießen. Sie fühlte weiterhin Roberts wütenden Blick in ihrem Nacken und fragte sich, ob Uta wirklich so ausgebufft war, wie sie sich gerade gab. Ließ sie das alles kalt? Und stimmte es, dass sie ihn nur verführt hatte, um Renée zu zeigen, dass er sie jederzeit betrügen könnte? Das wäre gar nicht nötig gewesen. Sie hätten sich wahrscheinlich sowieso getrennt, jetzt, wo Robert von der Armee zurück war. Schweigend aßen sie zu Ende und gingen dann zum Jakob zurück. Mit Robert sprach an diesem Abend keiner von ihnen mehr.

Dass sich Robert ernsthaft in Uta verliebt hatte, stand für Renée zweifelsfrei fest, als er zwei Wochen später erneut unangemeldet bei ihnen auftauchte. Er behauptete zwar, dass er wegen seines Studiums am Abend nach Jena fahren und vorher noch eine Ausstellung in Weimar besuchen wollte, aber Renée fand seine Begründung so fadenscheinig, dass sie beinahe Mitleid mit ihm bekam. Robert stand wie ein begossener Pudel in ihrem Zimmer und lechzte geradezu nach Utas Aufmerksamkeit. Sie blickte nicht einmal von ihrer Zeichnung auf, geschweige denn, dass sie sich nach ihm umdrehte, um ihn zu begrüßen. Renée musste wieder an den Buñuel-Film denken. Uta jedenfalls hätte beide Frauenrollen spielen können. Die der Verführerin wie auf der Wanderung nach Tiefurt und die der unterkühlten Französin, die dem Mann die kalte Schulter zeigte.

Schließlich ging Renée mit Robert in die Ausstellung, nicht ohne Uta vorher zu fragen, ob sie mitkommen wolle. Sie bekam natürlich keine Antwort.

»Was habe ich ihr eigentlich getan?«, wollte Robert wissen, als sie durch die Stadt liefen. »Sie hat mich doch zuerst angemacht.«

»Sie wollte mir nur zeigen, dass du mich betrügen würdest.«

Robert blieb erstaunt stehen. »Deswegen hat sie mir heimlich solche Briefe geschrieben?«

Renée hätte gern nachgefragt, was sie sich unter »solche« Briefe vorzustellen hatte, aber sie unterließ es. Was sollte das bringen? Im Grunde war sie froh, dass Uta nicht mit Robert zusammen war und dass sie dadurch nicht selbst zum fünften Rad am Wagen in ihrem kleinen Trio wurde. Robert würde versuchen, seinen Germanistikplatz wieder zurück nach Berlin zu tauschen. Und wenn ihm das gelang, würde er keine Zeit mehr haben, unangemeldet nach Weimar zu kommen.

Das Leben ging weiter, auch ohne Robert. Renée und Uta gingen abends nicht mehr so oft in den Turm, sondern, wie viele andere aus dem Jakob auch, gleich in Hauslatschen runter in den Studentenklub des Jakobs, der von den Baustoffels, den Studenten der Fachrichtung Baustoffverfahrenstechnik, geleitet wurde. Uta trank fast jeden Abend Bier. Und wenn nicht, dann kaufte sie im *Konsum* Rotwein und gab auf dem Zimmer einen aus. Doch Susi, Hoi und Renée tranken selten mit, denn ihnen war klar, dass sie irgendwann auch mal eine Flasche Wein würden ausgeben müssen. Dazu reichte ihr Stipendium aber nicht. Uta hatte seit Januar jedoch monatlich viel mehr Geld zur Verfügung, weil der Staat beschlossen hatte, dass ab sofort alle Kinder, nun auch die von gut verdienenden Eltern, ein Stipendium von zweihundert Mark bekamen. Kinder, deren Verhältnis zu den Eltern nicht so gut war, sollten nicht länger dazu gezwungen sein, die Eltern ständig um Unterhalt anbetteln zu müssen, so der Hintergrund. Tatsächlich verbesserte es aber die Einkünfte all derjenigen, die sich mit ihren gut verdienenden Eltern gut verstanden. Denn wie Utas Eltern entschieden sich die meisten Eltern, ihren Kindern weiter den bisherigen Unterhalt zu zahlen oder wenigstens die Hälfte davon, sodass Uta nun monatlich dreihundertfünfzig Mark zur Verfügung hatte, hundertfünfzig Mark mehr als Renée.

Es wurde Frühling, und in den Vorgärten der Häuser wechselten die Wiesen wöchentlich die Farbe, vom Weiß der Schneeglöckchen zum Lila der Krokusse, vom Gelb der Narzissen zu den Blausternen. Noch nie hatte Renée den Frühling so hautnah miterlebt wie in diesem Jahr in Weimar, und sie verbrachte mit Uta die Mittagspausen ausschließlich im Park an der Ilm, unterm Liszt-Denkmal, am Schlangenstein oder bei Shakespeare, und konnte sich dennoch nicht an der überall hervorbrechenden Natur sattsehen. In Prenzlauer Berg versuchten sich die Leute auf Grünflächen zu erholen, die nicht mehr Platz beanspruchten, als ein im Krieg weggebombtes

Haus einmal eingenommen hatte. Hier in Weimar schien jedoch das Grün förmlich in die Stadt hineinzuwachsen.

Wie zuvor waren Renée und Uta unzertrennlich, lernten viel und redeten öfters darüber, wer ihnen von den Studenten aus den höheren Jahrgängen gefiel und wer nicht. Manchmal wunderten sie sich, dass sich offenbar niemand für sie interessierte, auch nicht für Uta, was Renée besonders erstaunlich fand. Irgendetwas schien die Jungs abzuschrecken, denn dass sie Uta heimlich anbeteten, konnte ein Blinder sehen.

An einem Wochenende, Uta war zu ihren Eltern nach Rostock gefahren, stand Renée am Samstagabend bei Andy am Tresen und sie unterhielten sich genau darüber. »Warum verliebst du dich zum Beispiel nicht in Uta?«, fragte Renée.

»Das kann man doch nicht beeinflussen, wen man mag und wen nicht.« Andy schüttelte den Kopf, als fände er Renées Frage reichlich naiv.

»Nein, weich nicht aus. Wen findest du gut? Bestimmt nicht die Mädchen, die dich anhimmeln, weil du sie am Tresen bevorzugst?«

Andy wurde nachdenklich, zögerte. Einen Moment lang glaubte Renée, er würde ihr gleich gestehen, dass sein Herz doch heimlich für Uta schlug, aber da drängelte sich eines ebendieser Mädchen am Tresen vor und bettelte mit seinen schönen Augen um Andys Aufmerksamkeit.

Wenn es mit der Seminargruppe am Wochenende auf Exkursion ging, saßen Uta und Renée wie früher im Zug oder im Bus zusammen, aber Andy und Tenkes setzten sich nicht mehr zu ihnen. Ganz offensichtlich gingen sich Andy und Uta aus dem Weg, und das hatte anscheinend nichts mit Robert zu tun. Von Anfang an hatte Renée zwischen ihnen abschätzende, distanzierte Blicke wahrgenommen, was beide sicherlich bestreiten würden, wenn sie sie jemals darauf ansprechen sollte. Aber wollte Renée sich wie früher mal zu Andy und Tenkes setzen, dann suchte sich Uta sofort einen anderen Platz, weil dieser aus irgendeinem Grund besser, ruhiger, sonniger oder was auch immer war. Und so hielt es Uta auch mit den anderen aus der Seminargruppe. Jedenfalls hatte Renée bald den Eindruck, dass sie und Uta sich nicht nur von Andy und Tenkes, sondern auch von der übrigen Seminargruppe mehr und mehr entfernten, nicht absichtlich, wie Uta ihr erklärte, als Renée es einmal ansprach, sondern weil sie beide eben auch noch andere Interessen neben dem Architekturstudium hatten. Im Nationaltheater gab es neue spannende Aufführungen von einem Berliner Regisseur, der die zähe und lähmende Stimmung im Land sehr subtil und ganz ohne Worte inszenierte und landesweit Diskussionsstoff lieferte. Wenn ihre Kommilitonen also beschlossen, am Nachmittag gemeinsam in die einzige gute Eisdiele von Weimar auf ein Spaghettieis zu gehen oder am Abend wie zu Beginn des Studiums in der Gemeinschaftsküche zusammen zu kochen, dann hatten Uta und Renée oft schon etwas anderes vor. Und falls nicht, dann wollte Uta spontan ins Theater, wo es für fünf Mark fast immer noch einige Studententickets gab. Sie freundeten sich außerdem immer mehr mit den spanisch sprechenden Studenten an, mit Jesus und Toni, mit den Kubanern aus ihrem Jahrgang sowie mit Eddi und Emilio, die sie auf ihre Feten einluden.

Die Kubaner waren nämlich nicht nur hinter Zensuren her. Sie redeten nicht dauernd über irgendwelche Belege, sondern verstanden es, wirklich zu feiern. Auf ihren zwanglosen Zusammenkünften wurde Salsa und Rumba getanzt, Berge von sehr salzigem Fleisch gegessen, noch mehr getrunken und fast immer gesungen. Auch Uta und Renée mussten singen. Volkslieder, Schlager, Wiegen- und Kinderlieder. Renée war über sich selbst erstaunt, dass sie sich das traute, aber Uta stimmte einfach ein Lied an und dann sang Renée erst leise und schließlich immer kräftiger mit, sodass Uta wie damals im Zug wieder in die zweite Stimme wechseln konnte. Den lateinamerikanischen Studenten gefielen besonders die vielen Kanons, die Uta kannte und die sie schnell lernten mitzusingen. Es waren sehr entspannte Feten, Renée hielt sich nur von Cesar fern, den die anderen jedoch auch nicht besonders zu mögen schienen. Einmal kamen Gloria und Esmeralda zu Renée und fragten, ob Toni und Jesus ihre blonden glatten Haare mal anfassen durften. Renée hatte nichts dagegen, wollte aber im Gegenzug in Tonis oder Jesus' krause Mähne fassen.

Sogar wenn sie in Kunstgeschichte auf Exkursion waren und die ganze Seminargruppe in einer Jugendherberge untergebracht war, sonderten sie sich ab, wie Andy Renée einmal vorwarf. Aber Uta hatte eben meistens schon eine Idee, was sie nach den Pflichtbesichtigungen von Kirchen, Burgen oder Klosteranlagen entlang der Straße der Romanik unternehmen konnten, und Renée machte alles mit.

Als das Festival des sowjetischen Films wie jedes Jahr in allen Kinos der Republik für vier Tage lief, besichtigten sie gerade mit der Seminargruppe Kloster Wendhusen in Thale. In Berlin hätte man nur schwer Karten für das Festival bekommen, weil da auch immer gute und kritische Filme gezeigt wurden, die nach dem Festival gern im Giftschrank verschwanden. Aber außerhalb der großen Städte schien man davon nichts zu ahnen und nutzte deshalb die Chance nicht. Im Gegenteil. Sowjetische Filme hatten, wenn es nicht gerade Märchenfilme für Kinder waren, einen sehr schlechten Ruf in der Bevölkerung, weil es in ihnen fast immer um den großen vaterländischen Krieg und den Kampf gegen die deutschen Faschisten ging.

Wohl deshalb stand in Thale niemand an der Kasse an, als Uta und Renée das Kino betraten. Erst glaubten sie, der Film sei bereits ausverkauft, doch dann reichte ihnen die Kartenverkäuferin anstandslos zwei Tickets durch das kleine Fenster ihres Kabuffs. Sie konnten ihr Glück kaum fassen, denn der Film »Moskau glaubt den Tränen nicht« war ein absoluter Geheimtipp. Darin sollte es um die Lebensgeschichte dreier Freundinnen gehen, die sich, wie Uta und Renée, in einem Wohnheim kennenlernten.

Kurz vor Vorstellungsbeginn waren Uta und Renée aber immer noch die einzig Wartenden im Foyer. Deshalb fragte Uta nach, ob der Film vielleicht später anfange.

»Nein. Doch wenn niemand mehr kommt, kann die Vorführung nicht stattfinden«, sagte die Kartenverkäuferin. »Sie bekommen aber Ihr Geld zurück.«

»Nein, wir wollen den Film sehen!«

»Damit sich der Aufwand überhaupt lohnt, muss ich mindestens fünf Tickets verkaufen«, erklärte die Frau.

»Können Sie da nicht mal eine Ausnahme machen? Wir sind extra aus Weimar angereist.« Uta schaute auffordernd Renée an, damit sie das bestätigte, und sie nickte. Dann fiel ihr etwas ein: »Oder wir kaufen einfach noch drei Karten?«

Die Frau schüttelte den Kopf. »Es geht nicht ums Geld. Es müssen fünf Zuschauer sein.« Sie warf ihnen einen – wie Renée fand – triumphierenden Blick zu. »So sind nun mal die Bestimmungen.«

Uta verstand und sagte mit ernster Miene: »Dann erfüllen wir eben die Bestimmungen!«

Die Kartenverkäuferin in ihrem Kabuff schien sich wie Renée zu fragen, wie Uta das bewerkstelligen wollte. Aber Uta zog Renée hinaus auf die Straße und begann sofort Passanten anzuquatschen: »Entschuldigung, haben Sie nicht Lust, ins Kino zu gehen? Ich bezahle Ihnen auch das Ticket.«

Die meisten so Angesprochenen hielten Utas Angebot natürlich für einen Scherz und winkten sofort ab. Warum sollte ihnen jemand ein Ticket schenken, selbst wenn es nur 1,55 Mark kostete? Doch nachdem ein junger Mann zusagte – Uta hatte natürlich mit ihm geflirtet –, war auch Renées Ehrgeiz geweckt, und sie traute sich ebenfalls, Leute anzusprechen. Am Ende waren sie sogar zu sechst. Sie baten die Leute nur abzuwarten, bis es im Kino dunkel werden und der Film anlaufen würde. Dann könnten sie wieder gehen. Ein Pärchen, das die ganze Zeit knutschte, blieb sogar bis zum Abspann. Der junge Mann jedoch, mit dem Uta geflirtet hatte, war gleich nach Filmbeginn gegangen, als er merkte, dass Uta bereits das Interesse an ihm verloren hatte.

Das Leben im Wohnheim wurde von Tag zu Tag unerträglicher. Der Lärm, den die nachts aus den Klubs heimkehrenden Studenten machten. Der Gestank, der abends aus den Gemeinschaftsküchen in die Flure und dann weiter in die Wohneinheiten waberte und dort bis zum Morgen hängen blieb. Dazu die ständigen Besuche der anderen Studentinnen, die nur mal schnell Zucker borgen oder eine Frage zum nächsten Beleg stellen wollten und anfänglich gern als willkommene Ablenkung von den Hausaufgaben gesehen wurden, aber letzten Endes doch nur eine Störung und ein immenser Zeitfresser waren. Und dazu ein Heimleiter, der ein sehr strenges Regiment führte, der überall und zu jeder Tageszeit in den Gängen und Fluren der Waschtrakte auftauchen konnte und an dem sie fast täglich vorbeimussten. Er hatte nur selten frei und lauerte in seinem Glaskasten wie eine fette, miesgelaunte Spinne auf seine möglichen Opfer. Ihn machte man sich besser nicht zum Feind, was jedoch ausgerechnet Renée mühelos gelang.

Sie rasselte mit ihm beim vierzehntägigen Wäschetausch aneinander, unabsichtlich, sie konnte gar nichts dafür. Er warf ihr vor, ihre Bettwäsche öfter wechseln zu wollen, als es ihr zustand. Den Grund nannte er ihr auch gleich. Weil sich Renée angeblich vor den Spermaflecken auf ihrem Laken ekele, die ihre Kundschaft dort hinterlassen hätte, behauptete der Heimleiter über die Schlange der anderen wartenden Studenten hinweg, die ebenfalls ihre Wäsche tauschen wollten. Renée verschlug es nicht nur die Sprache, sondern sie lief auch puterrot an, was für den Heimleiter genug Bestätigung für seine wilden Spekulationen war. Renée, obwohl sie im erlaubten Bettwäschewechselturnus von vierzehn Tagen war, musste unverrichteter Dinge mit ihrer ungewaschenen Bettwäsche wieder abziehen. Seitdem hatte Renée ihre eigene Bettwäsche und schickte sie ihrer Mutter zusammen mit der anderen Wäsche nach Berlin zum Waschen. Renées Angst vor dem Heimleiter, der sie jedes Mal finster musterte, wenn sie im Foyer an seinem Glaskasten vorbeikam, wurde so irrational groß, dass sie es bald vorzog, vor dem Wohnheim auf andere Studenten zu warten, um sich in ihrem Rücken zu verstecken und unerkannt an ihm vorbeischleichen zu können.

Sie musste hier raus, unbedingt, lieber früher als später, sonst würde sie noch wahnsinnig werden, sagte sie zu Uta, die ihr zustimmte. Sie brauchten dringend eine Wohnung, in der sie für alles selbst verantwortlich waren und nicht pausenlos kontrolliert oder von anderen gestört wurden. Doch dass sie sich als Studenten eine eigene Wohnung nahmen, war zwar möglich, aber von der Hochschulleitung nicht gern gesehen.

Ein paar Studenten der höheren Semester lebten in Wohnungen, die meistens durch die Kommunale Wohnungsverwaltung, kurz KWV, an die normale Bevölkerung nicht mehr vermietet werden konnten. Oft waren das Wohnungen oder Häuser, die bereits zum Abriss freigegeben waren, weil die Wände feucht, die Dächer undicht und die Fenster und Türen aufgequollen waren und nicht mehr richtig schlossen. In denen es keine Wassertoiletten, sondern nur Plumpsklos gab. So wie etwa in den Häusern der Schlossgasse, in denen seit Jahren ausschließlich Studenten hausten. Es fehlte wieder einmal nur das Gerät, um sie tatsächlich abzureißen.

Diese Wohnungen wurden von den älteren Semestern nach dem Diplom an die jüngeren Semester weitergegeben, und Andy war, durch seine vielen Kontakte im Turm, zu einer Wohnung oberhalb des Schlosses gekommen, zu deren Einweihungsparty auch Renée eingeladen war, die Uta einfach mitnahm.

Andys Wohnung war im dritten Stock unterm Dach, hatte auf nur vierundzwanzig Quadratmetern drei Räume mit Dachschrägen nach allen Seiten, sodass die tatsächlich nutzbare Fläche noch viel geringer war. Doch Andy war stolz und glücklich, hinter sich die Tür schließen zu können. Die Wohnung besaß sogar eine Innentoilette, deren Spülung es jedoch im dritten Stock etwas an Wasserdruck mangelte.

Als Renée und Uta Andys Fete gegen zwei Uhr früh verließen, waren sie sich einig, dass sie unbedingt auch eine eigene Wohnung haben wollten. Sie hatten zwar nicht so viele Kontakte zu den höheren Semestern wie Andy, aber es gab genügend Leerstand in der Stadt. Als Erstes fiel ihnen der »Zahn« ein, ein viergeschossiges Mietshaus, das von allen so genannt wurde, weil es als einziges Haus mitten auf einer Kreuzung ganz in der Nähe des Wohnheims stand, als hätte man vergessen, es nach dem Krieg abzureißen. Um das Haus herum schlängelten sich links und rechts die zwei Fahrspuren einer Hauptstraße, die am ehemaligen Gau-Forum vorbei zum Bahnhof führte.

Gleich am nächsten Abend stiegen sie nach der Dämmerung mit einer Taschenlampe bewaffnet durch das mit Brettern vernagelte Untergeschoss in das Haus ein, das auf allen Etagen mit Unrat und Müll übersäht und durch Spuren von Vandalismus gezeichnet war. Das Dach schien undicht zu sein, Strom und Wasser waren abgestellt, aber im ersten Stockwerk fanden sie hinter einer noch nicht zertretenen Tür zwei trockene Räume in verhältnismäßig gutem Zustand.

Uta war sofort begeistert und befühlte die Fensterrahmen: »Die dichten wir mit Moosgummi ab und streichen sie. Und dort in der Ecke schlafen wir.« Sie zeigte auf einen Platz, wo vor einem Kachelofen ein Berg Schutt lag.

»Wir haben doch gar keine Betten.«

»Dann schlafen wir eben auf Matratzen.«

»Und woher nehmen wir die?«

Endlich fiel es auch Uta auf, dass sie überhaupt keine Möbel besaßen. Alles, was in ihrem Zimmer im Jakob stand, gehörte dem Wohnheim.

»Dann kaufen wir eben welche!«, rief Uta euphorisch, und als Renée nicht darauf reagierte, erklärte sie: »Ich hab Geld. Ich mach das schon!«

»Aber wir brauchen auch Wasser und Strom. Und wo sollen wir aufs Klo gehen?«

»Mann, nun sei doch nicht so negativ! Vor hundert Jahren gab es auch weder Wasser noch Strom! Wir gehen eben im Jakob aufs Klo und duschen.«

Renée fand die Vorstellung nicht gerade prickelnd, sich mehrmals täglich am Wohnheimleiter vorbeizuschmuggeln, nur um aufs Klo zu gehen. Uta war jedoch nicht mehr zu stoppen. Schon am nächsten Tag überredete sie Renée, die letzte Vorlesung ausfallen zu lassen und sich am Theaterplatz im *An- und Verkauf* Möbel auszusuchen. Sie entschieden sich für ein Schlafzimmer aus der Jahrhundertwende. Kleiderschrank, Nachttische, Bettgestelle und Waschtisch mit Spiegel waren aus mattrosa schimmerndem Kirschholz gearbeitet und hatten winzige Intarsien aus schwarzem Ebenholz und hellem Perlmutt. Uta zahlte 250 Mark dafür und kaufte noch einen Nachttopf aus Emaille »für alle Fälle«.

Zwei Abende fegten und putzten sie die Zimmer und räumten die Treppe bis zu ihrer Tür im ersten Stock frei, dann feuerten sie den Ofen mit dem Papier und Holz an, das sie reichlich im Haus fanden. Nach ein paar dicken Rauchschwaden, die sich schnell verzogen, fing das qualmende Holz tatsächlich zu brennen an. Es erschien ihnen wie ein Sieg nach einem schweren, ungleichen Kampf mit einem übermächtigen Gegner, und sie schauten lange zufrieden in das flackernde Licht.

Die Möbel sollten sie am Montag der folgenden Woche abholen, und deshalb fragten sie Andy, der als Einziger der Seminargruppe schon ein Auto, eine Pappe mit Dachgarten, besaß, ob er ihnen beim Transport helfen könnte.

»Klar! Wohin soll es denn gehen?«

»In den Zahn!«, platzte Uta heraus, obwohl sie das eigentlich noch geheim halten wollten. Nicht, dass ihnen jemand zuvorkam und ihnen die Zimmer wegschnappte. Renée nickte stolz. Utas Euphorie hatte sie endlich angesteckt. Sie würden ihre eigene Wohnung haben und eine Tür, die sie hinter sich schließen konnten!

»Was ist denn?« Für Renées Geschmack freute sich Andy nicht gebührend.

»Meint ihr den Zahn vorm Gau-Forum?«

»Gibt es denn noch einen in Weimar?«, fragte Renée.

»Es wird bald gar keinen mehr geben. Er wird abgerissen.«

Renée sah überrascht zu Uta, die Andy ungläubig anstarrte: »Das behaupten sie doch schon lange.«

»Nächsten Mittwoch ist die Sprengung. Stand in der Thüringer.«

»Da steht viel drin.«

»Einiges ist trotzdem wahr. Aber wenn ihr es drauf ankommen lassen wollt ...«

Das wollten sie nicht. Sie warteten noch den Mittwoch ab, und dann war es klar: Sie hatten die Räume vergebens von

Schutt befreit und sich völlig umsonst auf eine eigene Bleibe gefreut. Immerhin nahm der Verkäufer im An- und Verkauf das Schlafzimmer zurück, wenn auch für fünfzig Mark weniger. Doch das schien nicht der Grund, warum Uta für mehrere Tage einsilbig und distanziert blieb und ständig in Gedanken zu sein schien, als brüte sie über etwas. Auch als Renée sagte, dass sie sich die fünfzig Mark Miese teilen könnten, blieb sie launisch und maulfaul und schaute immer wieder aus dem Fenster, dorthin, wo vor Kurzem noch der Zahn auf der Kreuzung gestanden hatte.

Renée hoffte, Utas Stimmung zu heben, wenn sie eine neue Wohnung finden würde. Also fragte sie herum und bekam auch ab und zu Tipps, die am Ende doch keine waren. Längst hatten sich andere Studenten dort eingenistet, oder die Wohnungen waren zu feucht, zu abgelegen, als dass sie für sie in Betracht kamen. Ürbs, ihr Dozent für Perspektive und mittlerweile eine Art Kumpel aus dem Turm, gab ihnen den Rat, lieber gleich in den besseren Häusern der Stadt nachzufragen, ob es dort auf den Dachböden nicht eine ausgebaute Kammer oder Waschküche gäbe, die sie beziehen könnten. Auf diese Weise war Ürbs in einem schönen alten Mietshaus gegenüber der katholischen Kirche fündig geworden. Erst hatten er und seine Silvi sich eine Trockenkammer zu einem Zimmer hergerichtet und dann von dort aus einen weiteren Raum in den Dachboden gebaut und noch einen und noch einen, für jedes Kind einen. Sie hatten sogar das Dach über dem Wohnzimmer mithilfe von Freunden aufgeständert und so ausgeschnitten, dass sie nun auch noch eine sechs Quadratmeter große Dachterrasse mit Blick auf die Kuppel der katholischen Kirche besaßen.

Also überredete Renée Uta, abends durch die Straßen zu ziehen und an den Häusern zu klingeln. Uta hielt das für sinnlos, aber schon im ersten Haus der Schillerstraße wusste ein älterer Mann im ersten Stock von einer Waschküche auf dem Dachboden und schien nicht abgeneigt, sie ihnen zu überlassen, weil niemand aus dem Haus sie noch benutzte. Er führte sie auch gleich zur Besichtigung die Treppe hoch. Uta und Renée liefen hinter ihm her, konnten sich nur mühsam bremsen, nicht voranzustürmen. War es wirklich so einfach? Es musste doch einen Haken geben?

Als der alte Mann die Tür zum Dachboden öffnete, schreckten etwa zwanzig Tauben auf, flatterten unruhig in dem weitläufigen Dachboden umher, bis sie durch ein zerbrochenes Dachfenster in den Abendhimmel davonflogen.

»Diese Biester kacken alles voll«, schimpfte der Mann und öffnete die Tür zu einem Raum, der wie eine viereckige Kapsel im ansonsten leeren Dachboden stand. Er hatte sogar ein einfach verglastes Fenster zur Schillerstraße, einen Wasserhahn, eine gemauerte Kochmaschine und auch Licht.

»Wenn ihr die Fenster repariert und den Taubendreck wegmacht, gehört die Waschküche euch.«

»Kann man denn hier auch ein Klo einbauen?«

Uta warf ihr einen warnenden Blick zu, aber dieses Mal wollte Renée alles vorher geklärt wissen.

»Wenn ihr müsst, klingelt ihr einfach bei mir. Ich bin immer da.«

»Hast du gehört, Renée?« Uta strahlte den alten Mann dankbar an. »Das ist sehr nett von Ihnen. Wir werden Sie auch nicht öfter als nötig stören.«

Der Alte winkte bescheiden lächelnd ab. »Och, mach ich doch gern.«

Uta und Renée sahen sich noch einmal auf dem Dachboden um. Er bot genügend Platz, um an die Waschküche jede Menge weitere Räume anzubauen.

»Und was wollen Sie dafür haben?« Renée musste die Frage stellen. Im Wohnheim zahlten sie nur zehn Mark.

»Ach, Geld ist nicht so wichtig. Wenn ihr mir dafür ab und zu zur Hand geht?«

»Klar. Alles, was Sie möchten.« Uta stieß Renée übermütig in die Seite, und sie nickte notgedrungen, obwohl der Alte sie beide anzüglich musterte. Nein, sie wollte nicht schon wieder Spielverderberin sein.

»Was machen Sie hier?« Ein Pärchen, beide Anfang fünfzig, war plötzlich aufgetaucht und blickte ihnen argwöhnisch entgegen, und die Frau wetterte sofort: »Vermietest du wieder mal den Dachboden, Hubert?«

Hubert ließ ertappt die Schultern hängen und betrachtete trotzig seine Schuhe. Renée sah, wie Utas Lächeln schlagartig erstarb.

»Der Dachboden wurde von der Stadt gesperrt, Mädchen. Wegen dem Taubenkot. Wenn ihr mit dem in Berührung kommt, könnt ihr euch sonst was holen.«

Das Paar erzählte noch, dass fast alle Dachböden in der Stadt wegen des Taubenkots gesperrt wären, und empfahl ihnen, besser im Jakob zu bleiben, wo sie es warm hätten und sich um nichts kümmern müssten. Renée bedankte sich bei dem Paar, aber Uta stand nur da, starrte vor sich hin. Der Alte war längst ohne ein Wort der Entschuldigung in seine Wohnung verschwunden.

Geknickt gingen sie danach in den Turm, wo Renée Uta etwas aufzumuntern versuchte. »Wir werden schon noch was finden.«

»Das glaubst du doch selbst nicht!«

»Andy hat auch was gefunden.«

»Meinst du diese Bruchbude da, die die KWV an niemanden vermietet bekommt, außer an so blöde Studenten wie uns?«

»Du fandest Andys Wohnung gut.«

»Weil ich auch schon anfange, so zu denken wie du!«

»Was willst du denn damit sagen?«

»Immer schön bescheiden. Immer schön zurückstecken. Sich immer alles gefallen lassen. So bist du!«

Das saß. Es tat weh, und das hatte Uta anscheinend auch beabsichtigt, selbst wenn sie jetzt so tat, als wäre gar nichts gewesen und unbekümmert ihren noch halb vollen Bierhumpen in einem Zug austrank. Doch Renée konnte nicht darüber hinweggehen. Ihr Gesicht war vor Scham flammend heiß. Es reichte.

»Ich lass mir also alles gefallen, ja?«

Uta sah Renée überrascht an.

»Das hier nicht mehr!«

Sie ließ Uta mitten im Keller stehen, knallte Andy ihren noch vollen Humpen auf den Tresen und verließ den Turm. Sollte sich Uta doch eine andere Dumme suchen, wenn sie Renée so schrecklich fand! Auf so eine Freundin konnte sie jedenfalls gut verzichten!

Doch schon fünfzig Meter weiter, am Rollplatz, überkam sie der Katzenjammer, und sie bereute ihre spontane Flucht. Was hatte sie nur getan? Hatte sie Uta wirklich die Freundschaft gekündigt? Und hatte Uta nicht auch recht mit dem, was sie über sie gesagt hatte? Wenigstens ein kleines bisschen?

9. VERRAT

Renée war nicht zurück ins Wohnheim, sondern seit Langem mal wieder zum Brunnen an der Rittergasse gegangen, wo sie sich zu Füßen der Frau mit den zwei Kindern setzte, um nachzudenken. Robert hatte ihr einmal auf einer Silvesterfete ähnliche Vorwürfe gemacht: Sie sei zu brav, wisse nicht, was sie wolle, brenne für nichts und wäre kein bisschen spontan. Das hatte sie damals verletzt und wütend gemacht und schließlich zu einer Reaktion provoziert, die Robert das Gegenteil beweisen sollte.

Als sie an Mitternacht alle auf dem Balkon standen, ringsum die Knaller losgingen und die Raketen in die Luft schossen, da zog sie ganz spontan ihre wahnsinnig drückenden knallroten Absatzschuhe aus und schmiss sie mit ausgestreckten Armen jubelnd von sich, hoch in die Luft, und kam sich tatsächlich einen Augenblick lang wahnsinnig verrückt vor. Sie fühlte sich so spontan und crazy, dass ihr sogar ihre schweineteuren Absatzschuhe egal waren – bis unten auf der Straße ein paar Bremsen laut aufkreischten und sich niemand mehr für das Feuerwerk interessierte.

Ein Trabi stand quer auf der Straße und in seiner mit tausend Rissen überzogenen Frontscheibe steckte einer von Renées knallroten Absatzschuhen.

Dem Trabantbesitzer und seiner Freundin war nichts passiert, aber Renée sollte wegen *groben Unfugs* angeklagt werden. Immerhin, die Formulierung empfand sie sogar für einen

Moment als kleine Genugtuung gegenüber Robert, der sie noch im Beisein des im Gesicht schneeweißen Trabifahrers als verantwortungslose, unüberlegte und reichlich durchgeknallte Irre beschimpfte. Später konnte die Klage nur durch Lilos Kontakte zu einem Anwalt in eine Geldstrafe umgewandelt werden, ansonsten hätte Renée ihren Studienplatz vergessen können.

Sicherlich, ihr drohte dieses Mal kein Prozess, und doch bereute Renée schon jetzt, was sie zu Uta gesagt hatte. Sich bei ihr zu entschuldigen war aber keine Lösung.

Damit würde sie ihr nur signalisieren, dass sie weiterhin zurückstecken wollte.

Der folgende Tag verging, ohne dass sie ein Wort miteinander sprachen. Renée hielt sich an Susi und Hoi und überließ es Uta, ob sie sich ihnen auf dem Weg zur Hochschule anschloss oder nicht. Als sie zu dritt ihr Zimmer verließen und die Treppe nach unten nahmen, war Uta noch nicht fertig, aber im Foyer angekommen, stieg sie bereits aus dem Fahrstuhl. Als sie Renée sah, zuckte sie kurz zurück. Dann folgte sie ihnen in einem Abstand von etwa fünf Metern.

Susi und Hoi wunderten sich über nichts mehr, denn diese alltäglichen Spielchen waren nichts Neues: Renée drängte Uta, sich zu beeilen, die stellte auf Durchzug und trödelte ungerührt weiter. Renée ging dann einfach schon mit Susi und Hoi los, doch plötzlich war Uta blitzschnell fertig und holte sie spätestens fünf Minuten später ein. Ab da ließ sie sich wieder zurückfallen, blieb aber dennoch im immergleichen Abstand hinter ihnen.

»Sag mal, schämst du dich für uns?«, fragte Renée sie einmal auf den Kopf zu.

»Nein, ich bin nur kein Herdenmensch.«

»Aber ich, oder was?«

Uta hatte die Schultern gezuckt, und Renée war wütend weitergegangen.

»Ich bin eben nicht so schnell wie ihr«, erklärte Uta Renée ein anderes Mal.

»Das stimmt ja nicht. Du gehst nach uns los und kommst mit uns an. Ergo läufst du sogar schneller als wir.«

Uta hatte sie einen Augenblick lang angesehen und die Situation schließlich mit einem Zitat aus dem IKS-Haken aufgelöst. »Habe ich etwa Rillen in den Pupillen?«

Renée hatte natürlich grinsen müssen: »Grillen?«

»Nein, Rillen. In den Pupillen. Das wäre ein Grund, dass ich die Dinge nicht so sehen kann, wie sie in Wirklichkeit sind.«

»Ich kann keine sehen.«

Uta hatte daraufhin einen gespielten Seufzer der Erleichterung ausgestoßen. »Übrigens hast du noch Erdnusskrümel im Gesicht.«

»Lieber Erdnusskrümel im Gesicht als Rillen in den Pupillen!«, hatte Renée lachend erwidert, und sie waren endlich weitergegangen. Aber nicht in die Hochschule, sondern ins WC. Für die Vorlesung wäre es sowieso zu spät gewesen.

Doch an diesem Tag machte keiner von ihnen einen Schritt auf den anderen zu, obwohl sich zumindest Renée in den beiden Vorlesungen am Vormittag den Kopf zermarterte, wie sie, ohne nachzugeben, trotzdem das Schweigen zwischen ihnen brechen könnte. Deshalb ging sie auch wie gewohnt nach dem Mittagessen in den Park zum Liszt-Denkmal. Uta folgte ihr dieses Mal nicht. Als Renée anschließend den Seminarraum betrat, saß sie bei Andy und Tenkes und war mit ihnen anscheinend so in ein Gespräch vertieft, dass sie, als die alte Reinhardt den Raum betrat, nicht mehr an ihren angestammten Platz neben Renée wechseln konnte.

Der nächste Tag war vorlesungsfrei, denn es war der 1. Mai, der internationale Kampftag der Arbeiterklasse, an dem für alle DDR-Bürger Demonstrieren Pflicht war, obwohl von Demonstration keine Rede sein konnte. Es war nur ein Marschieren mit vorgefertigten Bannern, Parolen und massenhaft künstlichen Nelken und anderen Wink-Elementen.

In Berlin war der 1. Mai immer eine langwierige Veranstaltung gewesen, weil nicht nur die Armee, die Kampfgruppen und das Wachregiment, sondern auch jeder Betrieb, die Uni und sämtliche Schulen in der Karl-Marx-Allee an der Ehrentribüne mit dem Staatsratsvorsitzenden vorbeidefilieren mussten. Anwesenheit Pflicht. Die Stellplätze, an denen man sich traf und losging, waren oft kilometerweit entfernt, und es dauerte schon mal bis zu fünf Stunden, ehe man die Tribüne erreichte und vom Alex aus endlich nach Hause konnte.

In Weimar stand die Tribüne mit der lokalen Politprominenz am Goetheplatz, und der Treffpunkt der Sektion Architektur war nur einen Kilometer davon entfernt in der Coudraystraße. Dort versammelten sich gegen zehn alle Lehrenden und Studenten. Die FDJ-Sekretäre übernahmen die Anwesenheitslisten, und eine halbe Stunde später ging es über die Schwanseestraße am Kasseturm vorbei. Wenig später passierten sie die Tribüne, und gleich darauf löste sich der Zug auf. Die meisten liefen hinter der Tribüne zurück und kehrten im Turm zum Frühshoppen mit der Kasseturm-Jazzband ein.

Uta und Renée redeten immer noch nicht miteinander, aber im Trubel des Bierkellers fiel das niemandem auf. Renée stand bei Eddi und den Kubanern und tat so, als amüsiere sie sich prächtig. Sie tanzte erst mit Toni, dann mehrere Runden mit Eddi zu Dixieland und Swing, und warf Uta dabei ab und zu verstohlene Blicke zu. Die unterhielt sich angeregt mit Jesus und Gloria und strafte Renée ebenfalls mit Nichtachtung.

Das vormittägliche Bier war Renée schnell zu Kopf gestiegen. Ihr war schwindelig und auch übel vom Rauchen. Sie brauchte unbedingt frische Luft, doch Eddi wollte noch bleiben.

Vorm Turm hatte die Bargruppe einen Grill aufgebaut, und Andy verkaufte Thüringer und Rostbrätel. Renée hätte gern mit ihm gequatscht, vielleicht sogar über die Situation mit Uta. Er könnte ihr sicher einen Rat geben, wie sie sich verhalten sollte, aber er musste ja Fleisch und Würstchen wenden.

»Feuerst du uns nachher beim Seifenkistenrennen an?«, rief er ihr hinterher, als sie gehen wollte. Sie versprach es und schaute noch mal kurz in den Keller, weil sie Eddi Bescheid sagen wollte, dass sie sich unbedingt hinlegen müsse. Da sah sie ihn eng umschlungen mit Uta tanzen, was sie irgendwie ärgerte, obwohl sie selbst nichts von Eddi wollte. Ach egal, dachte Renée, und ging.

Das Seifenkistenrennen begann um vier in der Nähe von Andys Wohnung. Die ganze Stadt schien in die Leibnizallee zu pilgern, der steilsten Straße von Weimar. Die Menschen drängten sich in dicken Trauben links und rechts der Allee hinter Strohballen, die die Rennfahrer davor bewahren sollten, in die Zuschauer zu fahren. Das war bei den achtzehn selbst zusammengezimmerten, schwer lenkbaren Fantasiekisten auch ratsam. Doch Renée würde kaum einen Blick auf die Seifenkisten erhaschen können. Sie war einfach zu spät dran, um noch einen guten Platz zu bekommen. Sie wollte schon gehen, da hörte sie jemanden ihren Namen rufen.

»Renée? Hier!«

Sie wandte den Kopf und sah jemanden in einem Fenster einer Villa sitzen, der ihr zuwinkte. Er hatte kastanienbraunes Haar, kugelrunde Augen und einen dichten Vollbart, wie ihn fast alle Studenten trugen. Sie kannte weder ihn noch die Leute, die neben ihm in den Fenstern saßen. Aber offensichtlich kannte er sie. Denn er rief sie noch einmal bei ihrem Namen und gab ihr mit seinen Gesten zu verstehen, dass sie näher kommen sollte.

»Andy hat für dich einen Platz reservieren lassen«, rief er ihr zu und zeigte neben sich. Dann warf er ihr eine Schlüsseltasche zu, in der zwei Schlüssel waren. »Der große ist für unten.«

Der Hausflur war alt und herrschaftlich, wie es sich für eine Vorstadtvilla gehörte. Die Treppenstufen knarrten, aber der Lärm von draußen wurde gut gedämpft. Im ersten Stock gab es nur eine Tür. Renée schloss sie auf und betrat einen kleinen Vorraum, von dem es in eine riesige Küche mit einem großen Atelierfenster ging. Wie kam man denn an solch eine Wohnung?, fragte sich Renée und folgte einer Zimmerflucht, an dessen Ende drei Leute in zwei Fenstern saßen, die auf die Leibnizallee hinausgingen.

»Ich bin übrigens Füller«, rief der Typ ihr zu und reichte ihr die Hand, damit Renée zu ihm auf den Fenstersims klettern konnte. »Von Heiko«, fügte er dabei lächelnd hinzu. »Verstehe«, erwiderte Renée. Fast jedes Kind hatte in der DDR mit einem Heiko-Füller schreiben gelernt. Sie nickte den anderen zu und hockte sich neben Füller auf ein Kissen.

»Willst du ’n Bier?«, fragte er und angelte nach einem Beutel, der am Fensterstock hing. Renée hatte jedoch für heute genug getrunken und sah neugierig die Straße hinauf. Von hier aus hatte man wirklich einen privilegierten Blick auf die Strecke, vom Start bis zur Ziellinie, die genau vor dem Haus war. Einen kurzen Moment suchten ihre Augen aus Gewohnheit nach Uta, doch dann ging das Rennen los, und die erste Seifenkiste startete unter lautem Beifall und Gejohle des Publikums. Dann kamen die Seifenkisten Schlag auf Schlag. Am Ende erreichte nur ein einziges Gefährt das Ziel. Das gehörte

Ürbs, der mit Füller im selben Jahrgang studiert hatte, wie sie von ihm erfuhr.

»Ürbs startet jedes Jahr mit dem gleichen, aber verbesserten Modell«, erzählte er Renée.

Während bei den anderen Teilnehmern entweder die Lenkung versagte, die Achse schon beim Reinsetzen brach oder die Räder sich ohne den Rest des Gefährts selbstständig machten, hielt Ürbs' Kiste aufgrund seiner gesammelten Erfahrungen bis zum Ende des Abhangs durch und kam sogar ins Ziel. Aber der Weg und der Spaß waren wichtiger, und so bekamen Andy und Tenkes den zweiten Preis für ihr schnittiges Rennkostüm à la Bauhaus, während ein aus Pappe gefalteter Blitz à la Feiningers »Kathedrale des Sozialismus« den Preis für das beste Seifenkisten-Design erhielt.

»Und woher kennst du Andy?«, wollte Renée wissen, als sie mit Füller und den anderen später in den Kasseturm wechselten, wo es an diesem Abend gleich auf drei Etagen Tanz gab. Im Keller spielte BLAMU, im Tanzsaal die Gruppe *Engerling*, und oben im Vortragssaal legte ein DJ auf.

»Wir sind ja praktisch Nachbarn. Und aus dem Turm.«

»Da habe ich dich noch nie gesehen.«

»Ich dich aber«, erwiderte Füller und blickte ihr tief in die Augen. Renée schoss sofort die Röte in die Wangen. Sie hoffte, dass er es nicht bemerkte. Wie konnte es sein, dass er ihr noch nicht aufgefallen war? Denn sie war sich sicher, ihn noch nie gesehen zu haben. An diesen Augen, diesem Lachen hätte sie nicht vorbeischauen können. Alles an ihm zog sie magisch an. Alles. Und ihm schien es umgekehrt genauso zu gehen. Und jeder im Turm schien das zu sehen und sich für sie beide zu freuen. Lächelnd wandten sie ihnen die Köpfe zu, als wüssten sie bereits, was gerade mit ihnen geschah. Und Renée fühlte es ja auch, dass sie sich gerade Hals über Kopf ineinander verliebten. Genau dieses Gefühl war es gewesen, das sie bei

Robert nicht gespürt und so schmerzlich vermisst hatte. Das, wenn es plötzlich da war, so leicht und zart, so einfach und klar zu benennen war.

Sie verbrachten den ganzen Abend zusammen, erst im Keller bei BLAMU, deren Mitglieder er alle kannte. Dann lauschten sie der Engerling-Blues-Band im Tanzsaal, standen dicht nebeneinander im Dunkeln, während seine Hände vorsichtig nach ihren tasteten. Und als alle Normalsterblichen den Turm um zwölf Uhr verlassen mussten, ging es für Klubmitglieder, zu denen er natürlich gehörte, im Vortragssaal weiter. Der Musikchef des Turms legte höchstpersönlich auf, hielt sich keine Minute an die Ost-West-Vorgabe von sechzig zu vierzig und spielte all die Stücke, die in Hois' kleinem Radio nicht vorkamen: *Roxanne* von *The Police*, *Highway to Hell* von *AC/DC* oder *God save the Queen* von *The Sex Pistols*. Alle grölten laut mit, auch Renée, und sie vermisste Uta in diesem losgelösten Moment wahnsinnig, und gleichzeitig auch keinen einzigen Augenblick!

An der Bar bestellte Füller bei Andy für Renée Grüne Wiese, er selbst nahm einen Kasseturm, einen Wodka-Cola. Füller, obwohl Bauingenieur, schien sämtliche Leute hier zu kennen und wurde dauernd zu seiner Arbeit als Baustellenleiter im Wohnungsbaukombinat Erfurt befragt. Kaum eine Minute konnte sie sich mit ihm in Ruhe unterhalten. Doch Renée machte das nichts aus, sie nippte derweil an der Grünen Wiese und sah Andy beim Gläserspülen zu. Es ging ihr gut, wirklich gut. Da neigte sich Andy plötzlich zu ihr über den Tresen:

»Sei ein bisschen vorsichtig, ja.«

»Was meinst du?«

»Ich sag nur, pass auf!«

»Worauf?«

»Mit wem du dich abgibst.«

Renée brauchte einen Moment, dann holte sie tief Luft:

»Das geht dich gar nichts an!«, zischte sie ihm etwas lauter als beabsichtigt zu, denn da war es wieder! Jeder wollte angeblich besser als sie wissen, wer zu ihr passte und wer nicht. Ihre Mutter, ihre Lehrer, Uta und jetzt sogar Andy.

»Was geht ihn nichts an?« Füller hatte sie gehört, sich ihnen zugedreht und schaute irritiert zwischen Renée und Andy hin und her, der abwehrend die Hände hob: »Nichts!«

»Renée?«

»Schon gut. Ich würde gern gehen.«

»Klar, darf ich dich bringen?«

Renée nickte lächelnd und mied absichtlich Andys Blick. Was sollte der Scheiß gerade?

Vorm Turm küsste Füller sie das erste Mal. Es kam überraschend. Renée hatte gedacht, er würde es erst vorm Jakob versuchen, aber sie wollte es schließlich auch und küsste ihn zurück. Es war vier Uhr in der Früh, die Dämmerung hatte schon eingesetzt, aber es war immer noch kalt. Füller legte ihr fürsorglich seine Jacke um die Schultern, drückte sie fest an sich und küsste sie erneut. Hand in Hand schlenderten sie weiter zum Jakob, hielten aber alle paar Schritte an, um sich weiterzuküssen. Die Glocke der Jakobskirche schlug bereits halb fünf, als sich Renée endlich von ihm löste und auf ihr Zimmer wollte.

»Ich würde gern mit zu dir kommen«, flüsterte er und bettelte: »Nur ein bisschen schmusen.«

»Geht nicht. Ich wohne nicht allein.«

Also setzte er zu einem langen Abschiedskuss an und schaute sie dann lange an. »Und wenn du mit zu mir kommst?«

Sein Vorschlag kam eine Spur zu schnell. Konnte sie gleich am ersten Abend mit ihm mitgehen? Ihre Mutter hatte sie davor immer gewarnt. Andererseits, Füller jetzt ziehen zu lassen, würde Renée prüder dastehen lassen, als sie in Wirklichkeit war.

»Aber höchstens noch ein bisschen schmusen«, sagte sie deshalb bestimmt, und er hob lächelnd die rechte Hand zum Schwur.

»Großes Pionierehrenwort!«

Renée wurde vom Glockengeläut des nahen Schlossturms geweckt. Es war bereits zwölf, und sie war allein in der riesigen Wohnung. Füller war nach dem Sex gleich wieder aufgestanden, weil er um sieben auf der Baustelle in Erfurt hatte sein müssen.

»Wie willst du denn den Tag ohne Schlaf überstehen?«

»Du hast mir so viel Kraft gegeben, dass ich Bäume ausreißen könnte!« Er hatte aus Spaß seine Armmuskeln vorgeführt und war dann ernst geworden. »Ich bin erst wieder am Wochenende in Weimar. Wir könnten zusammen was unternehmen.«

Renée hatte gezögert, nicht weil sie nichts mit ihm unternehmen wollte, sondern weil sie gern gefragt hätte, wann für ihn das Wochenende begann. Freitagabend? Samstagvormittag? Sonntag? Aber sie nickte nur. Als hätte sie die Sprache verloren, was ja auch der Wahrheit entsprach. Er bezog sie bereits in die Planung seines nächsten Wochenendes mit ein. Sie war kein One-Night-Stand für ihn!

»Kennst du Buchfart?«

»Ähm, nein.«

»Ich würde dir dort gern etwas zeigen«, sagte er und schaute auf seine Armbanduhr. »Hui, ich muss los!« Er küsste sie noch einmal. »Bleib mir treu, ja?« Er wartete ihre Antwort nicht ab und ging mit den Worten: »Zieh die Tür einfach hinter dir zu.«

Und weg war er. Sie hatte ihn noch die Treppe runterrennen und die Außentür zuschlagen gehört. Dann wurde es wieder still, irgendwo gurrte eine Taube, und ein paar Spatzen flogen zwitschernd vorbei.

Das Zimmer, in dem das Bett stand, war einfach, aber angenehm eingerichtet, doch Küche und Wohnzimmer waren mit allerlei zusammengewürfelten Möbeln zugestellt, die zu einem Dreißigjährigen wie Füller nicht recht zu passen schienen. Das war ihr schon am Vortag aufgefallen, und sie hatte überlegt, dass die Wohnung vielleicht gar nicht ihm gehörte. Doch als sie in der Nacht im Bad gewesen war, hatte sie keinerlei Hinweise auf jemand anderen oder gar eine Frau gefunden. Keine zweite Zahnbürste. Kein Lippenstift. Und im Flur keine Schuhe in einer anderen Größe.

Wie anders die Welt gleich aussah, wenn da jemand war, dessen Herz für einen schlug! *Bleib mir treu*, sang es in ihrem Kopf, als sie die Sternbrücke hinunterlief, am Schloss und dem Resi vorbei, und sich entschied, noch eine Runde durch den Park zu drehen. Der Park erstrahlte mit einem Mal heller und freundlicher, als Renée ihn je erlebt hatte. Die dunklen Tage, in denen der Nebel und der Smog der Kohleheizungen ihr selbst hier im Grünen die Luft nahmen, waren vorbei. Es war endlich Mai, ein warmer Frühlingstag, an dem die Sonne schien und die Bäume und Sträucher blühten. Überall summte und brummte es, unzählige Käfer und Bienen waren unterwegs, um alles zu erobern oder zu bestäuben, was eine Blüte trug. Und ganz unwillkürlich kamen ihr die berühmten Worte in den Sinn, die Goethe tatsächlich hier an diesem Ort niedergeschrieben hatte und die sie alle in der Neunten hatten auswendig lernen müssen. »Vom Eise befreit sind Strom und Bäche/Durch des Frühlings holden, belebenden Blick/Im Tale grünet Hoffnungsglück …«

Und als sie dann überglücklich den Weg zurück in die Stadt einschlug: »… Kehre dich um, von diesen Höhen/Nach der Stadt zurück zu sehen!/Aus dem hohlen finsteren Tor/Dringt ein buntes Gewimmel hervor …«

Ja, auch die Leute waren gut drauf, als sie durch die Stadt Richtung Jakob spazierte. Selbst der Wohnheimleiter schaute nicht ganz so grimmig aus seinem Glaskasten auf sie herab, und plötzlich konnte sich Renée sogar vorstellen, den ersten Schritt auf Uta zuzumachen. Es war doch lächerlich, wegen eines einzigen Satzes die beleidigte Leberwurst zu spielen. Uta hatte ja nur ausgesprochen, was Renée seit Langem über sich selbst wusste. Es war nun mal die Wahrheit. Sie richtete sich viel zu oft nach der Meinung der anderen und gab zu schnell ihre eigene auf.

Zurück auf dem Zimmer aß sie noch etwas, duschte und kroch dann am helllichten Tag ins Bett. Hoffentlich würden Susi und Hoi für sie in den Vorlesungen mitschreiben, dachte sie noch, dann schlief sie ein.

»Ich habe für dich mitgeschrieben«, sagte der Kopf, der über ihren Bettrand ragte. Renée kam von weit her, aus einem tiefen, wilden Traum, in dem Füller und Andy eine Rolle gespielt hatten.

»Hast du gehört?« Uta packte sie an der Schulter und schüttelte sie leicht.

»Du hast für mich mitgeschrieben?« Renée träumte anscheinend noch immer.

»Ich habe mir Sorgen gemacht, wo du abgeblieben bist.«

»Ich war beim Seifenkistenrennen und später im Turm, aber du warst nicht dort.«

»Ich war bei den Kubanern, und dann bin ich noch …« Uta lächelte entschuldigend. »… mit zu Eddi. Ist dir doch recht, oder?«

Renée fand das etwas seltsam. Aber nur einen Moment. Sie hatte immer das Gefühl gehabt, Eddi baggere sie an und nicht Uta, aber sie hatte es nie erwidert. »Klar, ich wusste nur nicht … dass dir Eddi gefällt …«

Uta grinste ziemlich anzüglich, daher platzte Renée ebenfalls mit ihrer Neuigkeit heraus. »Ich glaube, ich habe auch jemanden kennengelernt«, verkündete sie.

»Ach so?«

»Ja, ist schon etwas älter.« Gern hätte Renée ein paar Fragen beantwortet, aber so war Uta nun mal nicht, deshalb schob sie selbst nach: »Ist das nicht verrückt, dass wir beide am selben Abend …«

»Ja, schon komisch.«

Renée grinste verliebt und zitierte den alten Meister dieses Mal laut: »›… Zufrieden jauchzet groß und klein:/Hier bin ich Mensch, hier darf ich sein!‹«

»Hä?«

Es war nicht mehr nötig gewesen, sich bei Uta zu entschuldigen oder sich mit ihr zu versöhnen. Wie bei ihrem letzten Streit hatten sich die Unstimmigkeiten zwischen ihnen von selbst in Wohlgefallen aufgelöst, und es wäre etwas merkwürdig gewesen, noch einmal davon anzufangen. Sie gingen beide einfach darüber hinweg, als hätte es das zweitägige Schweigen niemals gegeben.

Renée erzählte Uta ausführlich von Füller, wie und wo sie ihn getroffen und auch, dass er ihr auf Anhieb gefallen hatte und sie ihm. Sie schwärmte von seinen Küssen, seinen zärtlichen Händen und dem Sex mit ihm. »Das ist ganz was anderes, wenn die Männer etwas älter und erfahrener sind.«

Uta wusste, was sie meinte, und freute sich mit ihr über den schönen Zufall, den Andy offenbar ohne Hintergedanken eingefädelt hatte. Gleichzeitig machte es Uta ein bisschen traurig, sie wünschte sich auch einen Freund, gestand sie, aber irgendwie fand sich kein passender für sie.

»Aber ich dachte, du hast bei Eddi übernachtet?«

»Ja, schon. Aber er ist nichts für mich.«

»Nicht?«

»Es hat irgendwie nicht gefunkt.«

Renée verstand und überlegte, ob sie Robert erwähnen sollte. Da hatte es schließlich gefunkt, da hatte sich jemand für Uta interessiert, doch sie sich plötzlich nicht mehr für ihn. Nein, lieber nicht die alten Kamellen aufwärmen, dachte sie, und versprach stattdessen, ihr Füller schon bald vorzustellen. Vielleicht hatte er ja einen Bekannten, der Uta gefiel?

In der folgenden Woche blieb kaum Zeit, an Füller zu denken. Sie hatten einen großen Beleg für Baukonstruktion abzugeben und zeichneten seit einem Monat Türen. Außentüren, Innentüren, Stahltüren, Schiebetüren, Falttüren, Schwingtüren, Teleskoptüren, Drehtüren, Pendeltüren, Harmonikatüren – und dazu jede Menge Schnitte, vertikal und horizontal, und Zargen, Klinken, Knäufe und massenhaft andere Details.

»Das grenzt an Türquälerei«, stöhnte Uta, woraufhin Renée lachen musste.

Sie beschlossen, eine Pause zu machen und in den Jakobsklub zu gehen. Dort war für den Abend ein Hypnotiseur angekündigt, auf den sich Susi und Hoi seit Wochen freuten, weil die älteren Mädchen ihrer Wohneinheit behaupteten, seine Veranstaltung wäre das Beste gewesen, was sie je erlebt hätten. Als Renée aber nachfragte, was in seiner Vorstellung denn geschehen war, taten sie sehr geheimnisvoll und wollten nichts darüber verraten. »Das muss man schon selbst gesehen haben.«

Der große Saal des Jakobs war brechend voll und alle in gespannter Erwartung auf den *Hypnosekünstler*, der jedoch ein richtiger Psychiater mit Doktortitel war und erst einmal einen Vortrag hielt, wie er Hypnose in seiner Praxis nutzte. Danach begann er mit seiner ersten Hypnose-Übung, in der er sie alle beschwor, niemandem zu erzählen, was sie an diesem Abend erleben würden. Renée kam ins Grübeln. Hatten die älteren Mädchen aus ihrer Wohneinheit womöglich deshalb nichts erzählt, weil sie immer noch unter seinem Einfluss standen? Falls das so war, könnte er ja praktisch alles mit ihnen anstellen, ohne dass sie später davon berichten oder sich gar beschweren könnten. Doch eigentlich glaubte sie nicht an solchen Hokuspokus. Ein paar Jahre zuvor hatte ein gewisser Uri Geller Renées Mutter und eine ihrer Gabeln im Küchenschrank verzaubert, so wie Millionen andere Deutsche vor dem Fernseher auch. Später aber wurden seine mentalen Kräfte als ein Taschenspielertrick entlarvt. Trotzdem hoben Renée und Uta, wie viele andere auch, die Hand, als der Hypnotiseur nun durch die Reihen ging und nach Freiwilligen fragte.

Wie so oft, wenn Renée mit Uta unterwegs war, wurde sie übergangen. Der Hypnotiseur schaute ihr nur kurz in die Augen und entschied sich gegen sie. Uta und neun andere hingegen wurden gebeten, auf der Bühne Aufstellung zu nehmen.

Dann ging es los, und er versetzte die Freiwilligen nacheinander in einen Zustand, in dem sie etwas apathisch auf der Bühne herumstanden. Er begann mit ein paar Tricks, bei denen jeder der zehn auf ein einfaches A4-Blatt Papier anders reagieren sollte. Ein Junge aus der B sollte es zerreißen und schaffte es nicht. Jemand anderes sollte es vom Boden aufheben und konnte es nicht. Und Uta hatte den Auftrag, es ihm zu übergeben, aber das Papier war wie festgeklebt an ihren Händen. Lauter so lustige, aber auch harmlose Dinge, die die von ihm eingeforderte Schweigepflicht kaum rechtfertigte, aber die Zuschauer sehr gut unterhielt.

»Vielleicht haben Sie sich bereits einmal gefragt, wie ihre Kommilitonen hier früher so waren«, richtete der Hypnotiseur sich danach an sein Publikum. »Also, ob Ihre Mitstudenten schon als Kinder so rücksichtslos, egoistisch, unordentlich oder stinkfaul waren, wie Sie sie heute täglich erleben?«

»Oder putzsüchtig«, rief jemand hinter Renée laut dazwischen, und alle lachten.

»Oder auch putzsüchtig. Wir werden es sehen.«

Dazu »verzauberte« er nun die Freiwilligen in eine Kindergartengruppe auf einem Spielplatz und teilte echte Buddelförmchen, Eimerchen und Schippchen an sie aus. Doch nicht an alle. Sofort begannen sich einige um das Spielzeug zu streiten, aber eben wie »Fünfjährige«.

»Du bist so gemein!«

»Gar nicht!«

»Doch!«

»Das ist meine!«

»Nein, meine!«

Uta jedoch beteiligte sich nicht daran. Sie nutzte die Ablenkung durch die Streitereien dazu, einem Jungen heimlich die einzige rote Buddelschippe wegzunehmen, obwohl sie eine blaue bekommen hatte.

»Hey, ich habe die bekommen«, schrie der Junge und schaute Hilfe suchend zum Hypnotiseur, während er nach der Schippe in Utas Hand griff, die sie schnell hinter ihrem Rücken versteckte. »Nein, ich.«

Der Junge versuchte, hinter ihren Rücken zu greifen, da spuckte sie ihm mitten ins Gesicht, und der Junge fing an zu plärren. »Die hat gespuckt!«

Der Hypnotiseur kam angerannt und wollte schlichten, aber Uta war nicht dazu zu bewegen, die rote Schippe zurückzugeben. Als er sie ihr endlich abnahm und dem Jungen zurückgab, warf sich Uta wütend auf den Boden und schrie wie am Spieß, sodass der Hypnotiseur sich nicht mehr zu helfen wusste und das vereinbarte Wort sagte, mit dem alle wieder »normal« wurden. Uta schaute sich, wie die anderen auch, verwundert um und stand schließlich auf. Danach »verzauberte« der Hypnotiseur seine Freiwilligen in Siebzigjährige, die einen Brief zur Post bringen sollten. Es war faszinierend, wie sich alle plötzlich wie unsichere Senioren bewegten und sogar ihre Stimme brüchig klang. Zwei der Freiwilligen ließen sich jedoch nicht mehr von dem Hypnotiseur »verwandeln«. Uta und noch ein Mädchen. Beide schienen sich plötzlich seiner Einflüsterungen zu entziehen, und er schickte sie schließlich mit ein paar auflösenden Formelsätzen zurück ins Publikum.

Gegen Ende der Veranstaltung beschwor er noch einmal alle, niemandem zu erzählen, was in den eineinhalb Stunden geschehen war. Sie sollten auch denen, die auf der Bühne gewesen waren, mit keiner Silbe verraten, was er mit ihnen angestellt hatte, sondern für immer darüber schweigen.

Zum Schluss klatschten alle brav, und dann verließen sämtliche Zuschauer den Klub, was sehr ungewöhnlich war. Normalerweise blieb man nach einer Veranstaltung noch auf ein Bier und unterhielt sich über das Erlebte. Aber nichts dergleichen. Alle gingen sofort auf ihre Zimmer, auch Uta, Hoi, Susi und Renée. Es herrschte eine seltsame Stimmung. Keine von ihnen hatte anscheinend das Bedürfnis, über das Gesehene zu reden, und selbst Uta, die ja Teil der Veranstaltung und die meiste Zeit auf der Bühne hypnotisiert gewesen war, wollte nicht wissen, was der Mann mit ihr angestellt hatte. Es lag ein Schweigen über dem Geschehenen, und als die Heikus sie am nächsten Tag dazu ausfragen wollten, da spürte sie eine unerklärliche innere Hemmung und zuckte nur entschuldigend die Schultern. »Kann man nicht erzählen, muss man selbst erlebt haben.«

Das Wochenende nahte, und Renée begann sich zu fragen, wie Füller sie erreichen wollte. Kannte er ihre Zimmernummer im Jakob? Oder hatte er sich bei Andy nach ihr erkundigt? Das Einfachste wäre gewesen, Andy zu fragen, doch nachdem er sich an der Bar so blöd aufgeführt hatte, verbot sich das von selbst. Dabei schien Andy sogar darauf zu warten, dass sie ihn auf Füller ansprach. Immer schaute er sie so bedeutungsschwanger an! Deshalb vermied sie es, sich in den Pausen beim Rauchen zu ihm zu stellen, und setzte sich in den Vorlesungen möglichst hinter ihn, da sie sonst seinen bohrenden Blick in ihrem Nacken spürte. Drehte sie sich aber nach ihm um, blickte er schnell auf seinen Block und tat so, als schriebe er mit.

Uta wollte wissen, ob sie wie gewöhnlich am Freitag zusammen ins Kino und am Sonntagnachmittag wieder auf Wohnungssuche gehen würden. Renée konnte ihr darauf keine Antwort geben. Wie auch?

»Ich finde das ziemlich unfair. Kaum hast du einen Freund, bin ich abgeschrieben.«

»Wir sind doch die ganze Woche jede Minute zusammen, Uta.«

»Weil wir in derselben Seminargruppe sind und auf demselben Zimmer wohnen.«

»Ist doch nur das Wochenende, und vielleicht hat er ja auch erst Samstag Zeit.« Renée wollte sich von Uta nicht unter Druck setzen lassen.

Es wurde Freitag. Immer noch kein Lebenszeichen von Füller. Also gingen sie ins Kino, wo sich Renée kaum auf den Film konzentrieren konnte, und anschließend in den Turm, wo Füller überraschenderweise bei Andy am Tresen stand. Er schaute ihr lächelnd entgegen, als wären sie genau hier verabredet gewesen, und kam sofort auf sie zu, küsste sie vor aller Augen. Noch etwas verdattert stellte Renée ihm Uta vor, was er höflich über sich ergehen ließ, doch seine Aufmerksamkeit galt nur ihr.

»Lass uns verschwinden«, flüsterte er Renée verliebt ins Ohr und wandte sich mit einem charmanten Lächeln an Uta. »Ich muss deine Freundin jetzt leider entführen.« Dann nahm er Renée bei der Hand und zog sie mit sich Richtung Treppe.

Renée drehte sich nach Uta um, wollte ihr einen entschuldigenden Blick zuwerfen, aber Uta war schon zu Andy an den Tresen getreten und sagte etwas zu ihm. Bestimmt war es etwas über Renées Benehmen, denn Andy nickte zustimmend und sah kurz zu ihr rüber, bevor Füller sie endgültig die Treppe hochzog.

Andys Blick verfolgte Renée bis in Füllers frisch bezogenes Bett, in dem sie es gleich zweimal taten, bevor Füller erschöpft einschlief. Viel geredet hatten sie nicht, und erst am Morgen, nachdem sie noch einmal Sex hatten, fand Füller zur Sprache zurück.

»Was hältst du von Rührei mit Schinken und Tomate?«

»Wenn du mir vorher deine Zahnbürste leihst?«

»Ich habe gestern zufällig neue gekauft.« Er nahm aus dem Küchenschrank eine noch verpackte Zahnbürste. »Kaffee oder Tee?«

Sie putzte sich mit ihrer neuen Zahnbürste die Zähne, und als sie sie zu seiner in den Zahnputzbecher steckte, musste sie lächeln.

Nach dem Frühstück verließen sie in Füllers nagelneuem Wartburg die Stadt. Renée interessierte sich nicht für Autos, Hauptsache, sie brachten einen von A nach B, aber Füller schien mächtig stolz auf seinen »Wagen« zu sein. Er reichte ihr vor dem Einsteigen allen Ernstes einen Handfeger, mit dem sie sich die Sohlen ihrer *All Stars* abputzen sollte. Was für ein Spießer! Auch, dass sie nicht im »Wagen« rauchen durfte, verdarb ihr etwas den Spaß. In Andys Pappe war es sogar egal, wenn die Asche beim Rauchen manchmal im Fußraum landete. Allerdings hatte er seinen Trabi von der Mutter geschenkt bekommen. Füller hatte seinen Wartburg von seinem eigenen, selbst verdienten Geld gekauft, wie er betonte.

Nach etwa zwanzig Minuten erreichten sie Buchfart, ein kleines thüringisches Dorf mit einer halb verfallenen Wassermühle, neben der eine noch intakte überdachte Holzbrücke über die Ilm führte. Beides sehr besonders, doch das war es nicht, was ihr Füller zeigen wollte. Hinter der Brücke, zwischen Landstraße und Ilm, die hier einen Bogen beschrieb, befand sich eine große Brache, auf der ein dreistöckiger Fachwerkriegel von etwa sechzig Meter Länge stand. Vielleicht ein ehemaliger Heuschober. Es gab Luken im obersten Stockwerk und einen verrosteten Flaschenzug an der Fassade, im Erdgeschoss zwei Tore, in die der Heuwagen hätte hineinfahren können. Doch das Dach hing durch, und die ausgemauerten Fachwerkfelder waren teilweise geborsten. Dennoch, das Fachwerk selbst trotzte bestimmt schon seit hundert Jahren jeder Witterung.

»Wie findest du es?«

»Ähm, was genau?«

»Na, das ganze Areal. Ich will es kaufen und suche noch Leute, die mitmachen. Und vor allem anpacken können.«

Renée verstand nicht. Meinte er etwa sie? Sie kannten sich doch noch nicht einmal eine Woche.

»Ürbs ist dabei und noch zwei Freunde von mir. Alles Bau-Ings oder Architekten. Alle mit Kindern. Ich denke, hier wäre Platz für bis zu acht Familien.«

»Es ist ziemlich abgelegen.«

»Nur zwanzig Minuten mit dem Auto von Weimar.«

»Aber hier ist überhaupt nichts los.«

Er schien enttäuscht, dass sie so skeptisch war und so gar keine Begeisterung zeigte. Wortlos fuhren sie zurück über die Brücke und hielten an der Wassermühle. Renée betrachtete das kaputte Wasserrad, über das das Wasser der Ilm ganz ohne jeden Nutzen lief.

»Warum nicht die Mühle?«, wollte sie wissen. Die fand sie viel romantischer, auch wenn ihr das ewige Geplätscher sicher bald auf die Nerven gehen würde.

»Bist du wahnsinnig«, schalt sie Füller. »Siehst du nicht das Denkmalschutz-Schild? Wer die Mühle anfasst, hat verloren. Die schreiben dir jeden Holzsparren, jeden Stein, jeden Ziegel, den du verbauen willst, vor! Auch jedes Scharnier und jeden einzelnen Nagel.«

Ja, das war das Paradox und sozusagen der IKS-Haken des Denkmalschutzes. Einerseits rettete das Schild mit dem blauen Rautenmotiv viele historische Häuser vor dem Abriss, andererseits bewirkte das Schild gleichzeitig, dass sich niemand traute, das Objekt anzufassen. Weil es zu viel Mühe und Kosten verursachte, alles wieder originalgetreu herzurichten. Ausnahmen – also Geld und Kapazitäten – gab es nur, wenn man ein hohes Tier aus der Regierung für sein Vorhaben gewinnen konnte. Dann ging so einiges. Doch diese Wassermühle hier war zu abgelegen und auch zu unbedeutend.

Mittags aßen sie in der Balsamine, einem alten Gasthof, der oberhalb einer ruinösen Felsenburg lag, die direkt in den Stein gehauen, aber leider für Besucher gesperrt war. Füller, der in Weimar aufgewachsen war, erzählte ihr dafür eine rührende Sage über ein Wunderfräulein namens Trutine, eine Schönheit, die im Frühling stets auf einem weißen Hirsch mit goldenem Geweih zu Tal ritt. Füller ließ dabei keinen Zweifel daran, dass er in Renée ebendieses Wunderfräulein sah, und sie fühlte sich ziemlich geschmeichelt.

Die Kellnerin in der Balsamine begrüßte Füller mit seinem richtigen Vornamen Heiko, bedachte sie jedoch mit einem seltsamen Blick, den Renée nicht recht zu deuten wusste. Die beiden waren zusammen zur Schule gegangen, erzählte Füller, und Renée hatte den Eindruck, dass auch sie einmal in ihn verliebt gewesen war und ihn offenbar immer noch toll fand.

Auf dem Rückweg fuhren sie eine andere Strecke, und als sie ein Verkehrsschild mit einem ihr bekannten Namen passierten, fragte Renée nach. »Gibt es noch ein anderes Gelmeroda?«

»Nein, das ist das Feininger-Gelmeroda. Er war hier in der Gegend mit dem Fahrrad unterwegs und hat Skizzen gemacht. Willst du die Kirche sehen?«

Sie fuhren erst noch durch Vollersroda, ebenfalls ein Name für ein bekanntes Ölbild von Feininger. In Gelmeroda lief Renée um die Kirche herum, die Feininger so oft gezeichnet und auf unterschiedlichste Weise verewigt hatte, und fühlte sich dem alten Bauhaus-Meister plötzlich sehr nah. Hier, in diesem unscheinbaren Dorf, hatte Feininger etwas Besonderes gesehen und es für die Nachwelt festgehalten. In den vergangenen siebzig Jahren hatte sich der Ort anscheinend kaum verändert, wenn man mal von den neumodischen Autos und Verkehrsschildern absah. Füller stand jedoch etwas ungeduldig herum und wollte nicht mal den Schlüssel beim Pfarrer holen, damit sie die Kirche auch von innen sehen konnte. »Das lohnt sich nicht.«

Zurück in Weimar, endete der Tag mit Füller überraschend abrupt. Er schien es plötzlich sehr eilig zu haben. Renée hatte sich vorgestellt, auch den Sonntag, zumindest noch die Nacht zum Sonntag, mit ihm zu verbringen, aber er musste nach Erfurt, um sich dort um seinen kranken Vater zu kümmern. Was konnte sie dagegen schon einwenden? Füller war ihr gegenüber zu nichts verpflichtet.

»Das passt mir gut«, log sie. »Ich hänge noch mit einem Beleg hinterher.«

Er setzte sie auf Höhe der Hochschule ab, um gleich nach Erfurt abbiegen zu können. Und weil hinter ihm ein anderer Autofahrer hupte, reichte es bei der Verabschiedung nur zu einem flüchtigen Kuss, dann fuhr er schnell weiter, ohne dass sie sich für ein nächstes Treffen hätten verabreden können.

Renée nahm nicht den Weg durch die Stadt, sondern ging durch den Ilmpark und ließ den Tag Revue passieren. Hatte Füller sie wirklich gefragt, ob sie mit ihm nach Buchfart ziehen wollte? Sie kannten einander doch kaum. Kurz stellte sie sich vor, wie sie mit ihm dort das Richtfest für die frisch renovierte Scheune begehen würde, eine Schar Kinder um sie herum, eigene und fremde, auch viele Freunde und Helfer. Und wie sie bis in den nächsten Morgen hinein ein großartiges Fest auf der einstigen Brache, aber nun kunterbunt blühenden Wildblumenwiese feiern würden.

Nein, so naiv war sie nicht.

Bevor ein Richtfest gefeiert werden konnte, müssten sie vielleicht jahrelang unter den widrigsten Umständen auf einer Baustelle leben. Im Winter frierend, im Sommer jeden schönen Tag für den Ausbau opfernd. Renée fühlte sich noch viel zu jung für eine Familie, und ganz sicher wollte sie nicht auf einem Dorf wohnen, wo der Hund begraben war und die Leute vor Langeweile tot überm Zaun hingen.

Renée wollte nach dem Studium zurück nach Berlin. Das war ihr nach fast einem Jahr in der Kleinstadt Weimar bereits klar. Denn nur in Berlin würde sie mit Uta neue moderne Wohnhäuser bauen können. Darüber hatte sie zwar noch nicht mit ihr gesprochen, aber es war ja logisch, nirgendwo sonst gäbe es dazu die Möglichkeit. Jedenfalls würde Renée sich auf keinen Fall wegen eines Mannes zurück aufs Land verziehen, um ungestört das eigene Süppchen kochen zu können. Das war es doch, was Füller beabsichtigte: sich in eine Nische zu verziehen, wo ihn keiner mehr angreifen und reglementieren konnte. Verständlich nach dem, was er von seiner frustrierenden Arbeit im WBK erzählt hatte. Nichts funktionierte dort. Es gab nicht genügend Baumaterial, Maschinen oder Arbeiter. Gleichzeitig sollte der Plan ständig übererfüllt und Ideen gefunden werden, wie sie noch billiger bauen könnten. Deshalb aber wie im vorigen Jahrhundert zu leben und die eigenen Mohrrüben und Tomaten anzupflanzen, kam für sie nicht infrage. Und für Uta erst recht nicht, so wie Renée sie kannte.

Als sie zum Jakobsplan kam, sah und hörte sie Uta schon von Weitem. Sie saß mit baumelnden Beinen auf dem Fenstersims im fünften Stock und spielte Flöte. Unten standen Passanten und Studenten, klatschten und riefen »Bravo«. Uta scherte sich nicht darum, sie improvisierte anscheinend frei. Renée hatte sie lange nicht mehr Flöte spielen gehört, genau genommen nie wieder seit ihrem Einzug. Und wie bei den letzten Malen, schien Uta von einem tiefen Abgrund aufzutauchen, als sie zu spielen aufhörte, zurück ins Zimmer sprang und sichtlich erstaunt registrierte, dass Renée zurück war.

»Da bist du ja endlich!«, rief sie gut gelaunt. Ihre Augen sprühten geradezu Funken. »Ich dachte schon, ich müsste noch bis morgen warten!«

»Was gibt's denn?«

»Ich hab uns eine Wohnung organisiert!«

»Was?«

»Ja, während du dich mit verheirateten Männern rumtreibst, habe ich …«

»Wie bitte?«

»… habe ich ein bisschen rumgefragt.«

»Woher weißt du, dass Füller verheiratet ist?«

»Wollen wir sie anschauen gehen?« Uta hopste ausgelassen um sie herum, während Renée wie angewurzelt dastand. »Ach, komm. Jetzt vergiss den Typen.«

Als Uta sie quer durch die Stadt zu der Wohnung führte, hüpfte sie weiter wie eine Fünfjährige voran und feuerte Renée dauernd an, aufzuschließen. Doch Renée konnte nicht schneller. Die Gedanken in ihrem Kopf bremsten sie aus. Mal glaubte sie, was Uta ihr erzählt hatte, und schalt sich dumm und naiv. Mal sah sie Füller vor sich, wie er sie zärtlich in seinem Bett nahm. Er hatte sie schließlich gefragt, ob sie mit ihm nach Buchfart ziehen wollte. Das hätte er wohl kaum getan, wenn er verheiratet wäre, das ergab ja überhaupt keinen Sinn. Aber warum sollte Uta dann so etwas Schreckliches behaupten?

Sie überquerten an der Kegelbrücke die Ilm und gingen Richtung Sternbrücke, die auf die Leibnizallee zulief. Das war die steile Straße, in der das Seifenkistenrennen stattgefunden hatte und in der Füller wohnte. Uta bog jedoch vorher in eine ebenso steil ansteigende Gasse ab, den Rothäuserbergweg, und sie kamen ganz außer Puste, als sie an den eng aneinandergeduckten Häusern vorbeistapften.

»Rate mal, wer hier wohnt?« Uta zeigte auf ein sehr gemütlich wirkendes kleines Fachwerkhaus.

»Was weiß ich«, gab Renée atemlos und nicht besonders freundlich zurück.

»Die Frau, die den Jakob entworfen hat!«

»Die Stein?«

»Frau Professor Stein höchstpersönlich!«

»Bist du dir sicher?«

»Sie hat mir aufgemacht. In Kittelschürze. Deshalb habe ich sie nicht gleich erkannt und unser Sprüchlein aufgesagt: Ob sie ein Zimmer zu vermieten hätte.« Uta grinste.

»Und?«

»Sie hat mich erkannt und gefragt, warum ich denn nicht mehr im Jakob wohnen möchte.«

»Was hast du gesagt?«

»Ob sie tauschen will, dann kann sie sich selbst eine Meinung bilden.«

»Das hast du nicht!«

Uta schenkte Renée ein mokantes Lächeln, doch da erreichten sie endlich das Ende des Rothäuserbergwegs und traten auf eine Straße, die Renée irgendwie bekannt vorkam.

»Erkennst du es?« Uta schaute sie triumphierend an und zeigte zum Dachgeschoss eines dreistöckigen Eckhauses. »Da oben wohnt Andy. Und da drüben, da werden wir wohnen.« Sie deutete auf ein zweistöckiges Fachwerkhaus, mit einem Zwerchgiebel zur Straße. »Das ist das Katzenhaus. So nennen es die Leute hier, weil da früher eine Frau mit ganz vielen Katzen gewohnt hat.«

Im Hausflur des Katzenhauses roch es muffig nach Kohl, feuchter Wäsche und natürlich nach Katzenpisse. Aber es lag noch etwas anderes in der Luft, etwas Beißendes.

»Leider nur ein Tonnenklo im Flur«, erklärte Uta den Geruch. »Wird aber regelmäßig abgeholt, sagt Grischa. Er wohnt mit seiner Freundin im ersten Stock. Baustoffels. Sie bekommen ein Baby.«

Renée schaute Uta erstaunt an, aber nicht, weil sie die Information zu Grischa seltsam fand. Sie wunderte sich viel mehr, wie aufgeräumt Uta wirkte, obwohl Renée sie am Abend zuvor wegen Füller stehen gelassen hatte. Es schien ihr gar nichts ausgemacht zu haben.

Uta klopfte laut und energisch an eine der zwei sich gegenüberliegenden Wohnungstüren. Von drinnen war laut ein Fernseher zu hören, dann Stühlescharren. Kurz darauf öffnete sich die Wohnungstür einen Spalt, und es erschien ein altes, unrasiertes Männergesicht, dessen Augen sich aber nicht auf sie richteten, sondern leer an die Decke starrten.

»Hallo, Herr Paul. Ich bin es noch mal. Uta. Und das hier ist meine Freundin, Renée.« Uta wartete einen Moment, dann gab sie Renée einen ungeduldigen Schubser. »Los, sag was! Er ist blind.«

»Guten Tag, Herr Paul.«

»Seid ihr Lesben?«

»Nein, Herr Paul. Freundinnen.« Uta grinste Renée entschuldigend an.

»Soso. Na, dann will ich euch das mal glauben. Aber nicht, dass mir Klagen kommen.«

Renée warf Uta einen zweifelnden Blick zu. War der Mann hier wirklich besser als der Kontrollfreak im Glaskasten des Jakobs?

Herr Paul war sehr groß und tatsächlich blind, was aber nur durch seine trüben blassblauen Augen, die meistens zur Decke gerichtet waren, auffiel. Ansonsten bewegte er sich sehr behände in seiner Wohnung, stieß nirgendwo an und nahm aus dem Schubfach eines alten Buffets einen riesigen eisernen Schlüssel, mit dem er die gegenüberliegende Wohnungstür aufschloss.

Sie betraten eine kleine Küche mit Ausguss, einer ebenfalls gemauerten Kochmaschine und einem Fenster zum Hof. Daran schloss sich eine Kammer von zwei auf zwei Meter an, deren Fenster zum rückwärtigen Garten ging, genau wie die zwei Fenster eines langen, schmalen Zimmers, das ebenfalls neben der Küche lag und in einen weiteren, etwas größeren Raum führte. Dort stand die einzige Heizmöglichkeit, abgesehen von der Kochmaschine, ein kleiner Kanonenofen. Alle Fenster waren Einfachfenster, die nach außen öffneten und mit schwergängigen Riegeln zu verschließen waren. Außer der Küche hatten alle Räume abgewetzte, ehemals in Ochsenblut gestrichene, durchgetretene Dielen. An den Türen waren Kastenschlösser, für die es aber keine Schlüssel mehr gab.

Es war trotzdem ein Traum!

Drei Räume und eine Küche! Fast ein Palast auf 36 Quadratmetern! Und der sollte ihnen gehören. Herr Paul, der Besitzer des Hauses, durfte ihnen die Wohnung vermieten, an der Kommunalen Wohnungsverwaltung vorbei, da sie für normale Bürger nicht infrage kam. Denn sie war weder unterkellert, also fußkalt, noch richtig beheizbar. Aber es war Frühling, was kümmerte sie also der Winter? Sie beschlossen, im Resi, dem Residenz-Café am Schloss, darauf anzustoßen, oder besser gesagt, Uta beschloss das. Renée war die Lust zum Feiern auf dem Rückweg durch die Leibnizallee vergangen, als sie am Haus von Füller vorbeikamen und sie sehnsüchtig zu seinen Fenstern hochschaute. War es wirklich erst eine Woche her, dass sie dort oben auf dem Fenstersims das Seifenkistenrennen beobachtet und sich in Füller verliebt hatte?

»Woher weißt du eigentlich, dass er verheiratet ist?«

»Er hat auch einen vierjährigen Sohn. Frag Andy.«

Andy wusste das auch? Hatte er sie deshalb vor ihm gewarnt? Hatte er es Uta gestern Abend im Bierkeller gesteckt, als Füller sie mit zu sich nach Hause genommen hatte?

Alle mit Kindern, dröhnte es plötzlich in ihrem Kopf. Natürlich. Füller hatte sie gar nicht gefragt, ob sie mit nach Buchfart ziehen wollte, sondern ihr behutsam erklären wollen, dass er bereits eine Familie hatte. Und sie hatte es nicht kapiert. Sie war selbstverliebt davon ausgegangen, dass er nur sie meinen könne.

Nein, das würde sich alles als unwahr herausstellen. In so einer Kleinstadt gab es immer viel Gerede. Jeder meinte über vier Ecken irgendetwas zu wissen, aber wenn man dann genauer nachfragte, war es nichts weiter als heiße Luft und üble Nachrede. Deshalb würde sie Füller gleich am nächsten Wochenende auf den Kopf zu fragen, ob er tatsächlich verheiratet war und bereits einen Sohn hatte. Und selbst wenn das alles der Wahrheit entsprach, dann konnte es doch auch sein, dass er bereits in Scheidung lebte oder damals eine ungeliebte Frau hatte heiraten müssen, weil sie ungeplant schwanger von ihm geworden war. In Berlin stellte ein unverheiratetes Mädchen, das schwanger wurde, für niemanden mehr ein Problem dar, aber hier in Weimar, in der Provinz?

Trotzdem fieberte Renée dem Wochenende mit Bangen entgegen. Es gab schließlich auch noch eine andere Erklärung, die sie sich nicht so gern eingestand. Nämlich, dass sie nur ein Abenteuer für Füller war, »Frischfleisch«, wie die Jungs der älteren Semester und die jungen Dozenten die unerfahrenen Mädchen des ersten Studienjahres nannten. Jedes Jahr gab es einen Wettkampf um sie, hatte Ürbs' Frau Silvi erzählt, und dass die schönsten Mädchen in der Regel bereits zum Zwiebelmarkt im Oktober vergeben wären und schon zu Weihnachten verheult herumliefen.

»Da gibt es echt schlimme Finger«, hatte Silvi Renée und Uta erklärt, »vor denen solltet ihr euch unbedingt in Acht nehmen.«

Ein bisschen Ablenkung von all den deprimierenden Gedanken um Füller bot ihr Uta, die sich mit vollem Eifer auf die Einrichtung der Wohnung konzentrierte. Sie kaufte noch einmal das Schlafzimmer – dessen Preis inzwischen um hundert Mark gestiegen war – und dazu zwei bleischwere Schreibtische, ebenfalls aus Massivholz, die in dem schmalen Schlauchzimmer nebeneinanderstehen sollten. Es war leider nicht gerade einfach, an Farbe heranzukommen. Doch nachdem Uta ganz offen mit dem Verkäufer bei *Farben & Lacke* zu flirten begann, rückte er endlich vier Büchsen graue Bodenfarbe und drei weiße für die Fenster raus. Renée fand Utas Einsatz etwas übertrieben. Ein, zwei Wochen später, nach einer neuen Lieferung, hätten sie bestimmt auch so die notwendige Farbe kaufen können. Uta fand jedoch nichts dabei, dem ältlichen Verkäufer schöne Augen zu machen und ihn nun, wo sie die Farbe hatten, gleich nach dem Bezahlen kalt abblitzen zu lassen, als er ein Treffen mit ihr anregte.

»Das kannst du doch nicht machen«, schalt Renée sie leise beim Hinausgehen.

»Warum nicht? Der glaubt sonst, weil er uns ein bisschen

Farbe verkauft hat, steig ich gleich mit ihm ins Bett. Aber die hat er uns absichtlich vorenthalten«, erwiderte Uta sehr laut, damit es nicht nur der von ihr gedemütigte Verkäufer, sondern auch alle anderen Kunden hören konnten.

Sie brachten die Farbbüchsen gleich in die Wohnung und begannen, den Fußboden in dem größeren Zimmer zu fegen, dann wischten sie ihn dreimal feucht, damit er einigermaßen staubfrei war. Während die Dielen trockneten, besuchten sie Grischa und lernten seine Freundin Annegret kennen. Sie war etwas schüchtern, aber Renée fand sie nett. Doch Uta ignorierte Annegret komplett und unterhielt sich ausschließlich mit Grischa.

»Was hast du eigentlich gegen Annegret?«, wollte Renée wissen, als sie wieder in ihrer Wohnung waren und schon eine geraume Zeit schweigend die Dielen in dem Zimmer mit dem Kanonenofen grau strichen.

»Sie ist eine dumme Pute.«

»Wieso? Du hast sie heute das erste Mal gesehen.«

»Ich weiß es eben. Ich kenne solche Mädchen. Sie redet bestimmt gerade schlecht über mich.«

Renée wollte nachfragen, wie Uta darauf kam, aber da erkannte sie schon das Missgeschick: Sie hatten – wie in einem Dick-und-Doof-Film – völlig gedankenlos an der Tür zu streichen begonnen und sich langsam durch den Raum bewegt! Jetzt standen sie praktisch auf einer kleinen, noch trockenen Insel. Vor ihnen nur frisch gestrichene Dielen und hinter ihnen die Fenster. Immerhin. Der Abstand bis zur Tür war viel zu groß, um ihn mit einem Sprung zu überwinden. Es blieb nur, durch die noch feuchte Farbe zurück zur Tür zu tapsen und sich die Schuhe zu versauen oder über die beiden Fenster den Raum zu verlassen. Sie entschieden sich für Letzteres, pinselten kopfüber, während ihre Beine nach draußen hingen, die noch nicht gestrichenen Dielen und kicherten über ihre eigene Blödheit. Doch die Vorstellung, was vorbeikommende Fußgänger über ihre heraushängenden Hinterteile denken könnten, fanden sie noch komischer. Allerdings war diese Haltung ziemlich schmerzhaft für die Hüftknochen, und das Blut stieg ihnen auch unangenehm in den Kopf. Zum Glück war nicht mehr allzu viel zu streichen. Als sie endlich fertig waren, ließen sie sich über den Fensterrahmen langsam rückwärts hinausgleiten und landeten etwas unsanft, aber lachend auf ihren Hinterteilen.

Die Renovierung der Wohnung lenkte Renée jedoch nicht davon ab, dass der Freitag und das Wochenende näher rückten und schließlich vorübergingen, ohne dass sich Füller blicken ließ. Den ganzen Freitag- und Samstagabend lief sie im Turm zwischen den drei Sälen treppauf und treppab, um ihn ja nicht zu verpassen, und konnte sich doch niemals sicher sein, dass er nicht irgendwo in dem Gebäude war. Denn die Säle waren nicht nur durch die steilen mittelalterlichen, ins Mauerwerk geschlagenen Wendeltreppen verbunden, sondern auch durch ein paralleles Treppenhaus. Wenn sie also auf der Suche nach Füller über die Wendeltreppe hinunter in den Keller ging, könnte er theoretisch im selben Augenblick die andere Treppe nach oben nehmen. Diese Möglichkeit machte Renée geradezu wahnsinnig, und sie war an diesem Wochenende bestimmt zwanzig Mal die drei Etagen hoch- und runtergelaufen, bis Uta sie schließlich überzeugte, es endlich aufzugeben.

»Er ist nicht da. Und was willst du überhaupt von so einem verheirateten Typen?«

»Er soll mir sagen, was ich für ihn bin.«

»War!«

»Wie kannst du so gemein sein?«

»Ich? Er ist gemein zu dir, nicht ich.«

»Er kommt bestimmt nächstes Wochenende.«

Aber auch an den nächsten Wochenenden tauchte Füller nicht auf, und Renée machte ihre Kontrollgänge nun nicht nur im Turm, sie sah auch nach, ob abends in seiner Wohnung in der Leibnizallee Licht brannte. Mittlerweile waren sie und Uta im Katzenhaus eingezogen, Renée hatte also allen Grund, mehrmals am Tag durch die Leibnizallee zu gehen. Wenn sie ihn doch einmal zufällig hier treffen und er sie fragen würde, was sie hier tue, dann könnte sie ehrlich sagen: »Wieso? Ich wohne gleich um die Ecke.«

Aber sie traf ihn nie, also fand sie sich irgendwann damit ab und mied in der folgenden Zeit den Turm. Sie hatte seinetwegen das Studium sträflich vernachlässigt, und obendrein hatte Professor Speer sie auf dem Kieker, weil sie sich wegen einer ungerechten Benotung bei ihm beschwert hatte. Renée hatte nämlich als Einzige in einer zweistündigen Klausur mit fünf Aufgaben nur drei Punkte erreicht, weil es für jede Aufgabe nur einen Punkt gab. Sie hatte in zwei Aufgaben die Maßeinheit beim Ergebnis vergessen und deshalb jeweils einen Punkt abgezogen bekommen. Das wäre alles in Ordnung gewesen, wenn nicht alle anderen in ihrer Seminargruppe pro Aufgabe acht Punkte bekommen hätten, also insgesamt vierzig Punkte erreichen konnten. Hoi hatte ebenfalls einmal die Maßeinheit vergessen und dafür wie Renée einen Punkt abgezogen bekommen, trotzdem stand eine Eins minus unter ihrer Arbeit.

Als Renée um einen Termin bei Professor Speer bat, glaubte sie, dass der Irrtum schnell aufzuklären war, und sie hatte ja auch die Arbeiten von Uta, Hoi und Susi zum Vergleich dabei. Doch Professor Speer wollte die Benotung ihrer Arbeit nicht ändern, sondern mit ihr in seinem Büro Whisky trinken. Er war ausgesprochen nett, plauderte über dies und das und fragte schließlich, ob sie in seinem Fach gut mitkäme, ohne jedoch ihre Antwort abzuwarten. »Wäre es denn nicht besser, wenn Sie sich in meiner Vorlesung mal in die erste Reihe setzen würden, Renée, anstatt sich immer dahinten zu verstecken?«

Renée versuchte ihm noch einmal zu erklären, warum sie bei ihm war, aber er wiederholte sich nur. »Doch, ich denke, es wäre gut, wenn Sie bei mir in der ersten Reihe säßen. Dann können Sie mir gleich ein Zeichen geben, wenn Sie etwas nicht verstehen.«

Eine Stunde und drei Whiskys später schob er sie freundlich aus der Tür, ohne dass er die Benotung ihrer Arbeit geändert hätte, aber mit dem ihr abgerungenen Versprechen, dass sie nun immer ganz vorne bei ihm in der Vorlesung Platz nehmen würde. Vielleicht lag es am Whisky, der Renée nicht nur einen Schwips, sondern auch etwas Mut gemacht hatte, jedenfalls klopfte sie gleich danach noch beim E&A-Chef an, der für solche Dinge zuständig war. Er hörte sich alles an, konnte ihr Problem nachvollziehen und gab ihr dann den gut gemeinten Rat, es dabei bewenden zu lassen. »Es ist eben Professor Speer. Sie ändern ihn nicht mehr. Und nächstes Jahr sind Sie ihn sowieso los, weil er emeritiert wird.«

Und dann kam sie an einem Samstag aus dem Theater. Annegret hatte ihr Grischas Karte für Hamlet geschenkt, weil er lieber mit Uta in den Turm wollte. Sie waren über die Inszenierung schwatzend langsam die Leibnizallee hinaufgeschnauft, als Renée plötzlich Licht in Füllers Fenstern entdeckte. Am liebsten hätte sie sofort bei ihm geklingelt. Doch sie brachte erst einmal Annegret nach Hause und schützte Müdigkeit vor, als sie Renée noch auf einen Tee einladen wollte.

Doch desto näher sie der Vorstadtvilla kam, umso lächerlicher fand sie die Idee, ihn jetzt noch, nach über vier Wochen, zur Rede stellen zu wollen. Wahrscheinlich würde er sich nicht mal mehr an sie erinnern, und – diese Möglichkeit bestand schließlich auch – es könnte auch seine Frau oder sogar ein anderes Stück »Frischfleisch« bei ihm sein. Das wäre äußerst peinlich für sie, sofern er denn überhaupt noch öffnen würde um diese Zeit. Es war kurz nach Mitternacht. Renée wollte gerade wieder nach Hause gehen, als sie einen bekannten Schattenumriss den Berg hinaufkommen sah. Es war Grischa, aber ohne Uta.

»Die hat sich an so 'nen Kerl rangeschmissen, und weg waren sie.« Grischa wirkte frustriert. »Und was machst du hier? Wo ist Annegret?«

»Zu Hause. Ich wollte noch in den Turm.«

»Da ist gleich Feierabend.«

»Vielleicht gibt mir Andy noch ein Bier.«

»Der von gegenüber? Der hat sich vorhin wegen Uta ziemlich aufgeregt. Sie trinkt gern einen, was?« Grischa unterstrich seine Worte mit einer nicht besonders nett gemeinten Trinkergeste.

»Keine Angst, sie kann ordentlich was vertragen.«

Vor dem Turm rollte Andy gerade das letzte leere Bierfass auf die Straße. Am nächsten Tag würde die Brauerei die Fässer abholen kommen und neue liefern. Als er Renée sah, stockte er kurz in der Bewegung und schaute sie seltsam traurig an. Was hatte er denn schon wieder? Sie nahm allen Mut zusammen und fragte: »Sag mal, war Füller heute hier?«

Andy blickte sie lange an, dann bejahte er ihre Frage langsam.

»Allein?«

Andy atmete genervt aus. »Anfänglich schon. Dann nicht mehr.«

Also doch! Renée stiegen die Tränen in die Augen. Zum Glück war es dunkel. Sicherheitshalber drehte sie sich trotzdem von Andy weg.

»Wenn du kurz wartest, können wir zusammen nach Hause gehen.«

Renée nickte dankbar. Das war in jedem Fall sicherer. Andy würde sie an Füllers Fenster vorbeiführen, ohne dass sie das Heulen bekäme.

Doch Andy wählte den Rothäuserbergweg, sodass sie überhaupt nicht an Füllers Haus vorbeikamen. Aber kaum hatte er Renée an ihrer Haustür abgesetzt und ihr eine gute Nacht gewünscht, verließ sie das Katzenhaus wieder.

»Er ist nicht allein, Renée.« Andy kannte sie offenbar gut. Er hatte gewusst, dass es sie zu Füllers Haus ziehen würde, und im Dunkeln auf sie gewartet.

»Ist sie hübsch?«

»Ist das nicht egal?«

»Dann frag ich eben Uta morgen.«

Andys Augen starrten sie aus der Dunkelheit heraus ernst an, dann gab er sich einen Ruck. »Du wirst es ja doch erfahren. Sie legt es ja anscheinend genau darauf an.«

Plötzlich überkam Renée eine Ahnung. »Was meinst du?«

»Es ist Uta, Renée.« Andy schaute sie an, als erwarte er, dass sie nun ausrastete. Das tat sie nicht. Sie stand nur da. *Es ist Uta*, hallte es in ihrem Kopf wider und wider, ohne dass sie einen wirklichen Gedanken fassen konnte. Sie hörte eine Haustür zuschlagen. Andy war gegangen. Seine Schritte im Treppenhaus hallten noch einen Moment durch die nächtliche Straße, dann wurde es wieder sehr still.

»Warum hast du das gemacht?« Als sie die Frage Uta am nächsten Abend in der Küche stellte, hatte Renée sie sich schon mindestens einhundert Mal selbst im Geiste gestellt. Sie verstand es einfach nicht.

Uta reagierte nicht, sondern zerkleinerte wie eine professionelle Köchin mit schnellen Bewegungen eine Zwiebel, warf die Würfel ins heiße Fett der Kasserolle und rührte auf der anderen Kochplatte die Spaghetti um. Dann nahm sie aus dem Regal daneben eine Dose Gulasch, dann noch eine, und schaute Renée an. »Isst du mit?«

»Warum du das gemacht hast?« Renée schrie jetzt fast.

Uta stellte eine Büchse wieder zurück ins Regal, öffnete die andere und kippte den Inhalt zu den Zwiebeln.

»Wir waren auch in Buchfart die Scheune ansehen. Dann in der Balsamine Mittag essen und die Feininger-Kirche anschauen. Scheint so was wie seine Routine zu sein.«

Renée starrte Uta von der Seite an. Das war die Antwort? Einen Moment stand sie noch da, wusste nicht, was sie sagen sollte. Doch dann nahm sie, als wäre nichts geschehen, die zweite Büchse aus dem Regal, öffnete sie und kippte das Gulasch zu dem anderen Fleisch in den Topf. Uta rührte alles um, dann angelte sie mit der Gabel eine Nudel aus dem anderen Topf und warf sie gegen die Kacheln über der Kochmaschine. Sie blieb kleben, also war sie al dente. Renée ging durch den Schlauch in das größere Zimmer, wo unter dem Fenster ein kleiner Tisch, ihr Esstisch, stand, und begann ihn mechanisch mit dem Geschirr und dem Besteck aus einer kleinen Anrichte zu decken. Kaum war sie fertig, kam Uta mit dem Gulasch und den Spaghetti und tat ihnen beiden auf, stellte die Töpfe auf dem Kanonenofen ab. Sie begannen zu essen, und eine ganze Weile waren nur die Essgeräusche zu hören.

»Was bin ich für dich, Uta? Warum bin ich deine Freundin?« Diese Frage hatte Renée schon sehr lange stellen wollen. Vielleicht schon in den ersten Tagen ihrer Bekanntschaft. Auf jeden Fall, seitdem das mit Robert geschehen war.

Uta ließ die Gabel sinken, schaute sie nachdenklich an.

»Wenn du es nicht weißt, wie soll ich es dann wissen.«

Sie drehte eine Fuhre Spaghetti um ihre Gabel, sicherte sie, indem sie ein Stück Fleisch aufspießte und stopfte sich das Ganze genüsslich in den Mund.

»Genau, ich weiß es nämlich nicht. Und deshalb werde ich zurück in den Jakob ziehen.«

»Nein, du bleibst bei mir. Du hast Riemer versprochen, auf mich aufzupassen.«

Das kam so überraschend, und Utas Stimme klang dabei plötzlich so kindisch und fordernd, dass Renée fast erwartete, sie würde sich – wie in der Hypnoseveranstaltung – wütend auf den Boden schmeißen, um ihren Willen zu bekommen.

»Ich habe Riemer gar nichts versprochen. Und ich weiß auch nicht, warum ich dich noch meine Freundin nennen sollte.«

Uta schaute sie prüfend an. Dann lächelte sie. »Du willst mich testen, stimmt's?«

»Nein!«

»Aber du willst nicht wirklich in den Jakob zurück.«

»Natürlich nicht, aber wenn …«

»Ich werde es nie wieder tun.«

»Verrate mir zuerst, warum du es überhaupt getan hast.«

»Das weißt du doch!«

Renée wusste es nicht, die ganze Nacht quälte sie der Gedanke, ob sie Uta die Wohnung nicht besser überlassen und wieder zurück in den Jakob ziehen sollte. Deshalb versuchte sie, das Für und Wider gegeneinander abzuwägen und kam zu dem Schluss, dass es ihr sehr schwerfallen würde auszuziehen. Das zweite Semester war zu Ende gegangen, und die letzten Wochen, fern vom Wohnheim, waren unkompliziert und harmonisch mit Uta verlaufen. Sie hatten bei herrlichstem Wetter im Park für die Prüfungen gelernt, sich gegenseitig abgehört und ganz passable Zensuren geschrieben. Und sie hatten für den vierwöchigen Hauptbeleg gemeinsam richtig hart und die letzten Nächte vor der Abgabe sogar durchgearbeitet und sehr viel Lob für ihren Entwurf bekommen.

Wäre also nicht auf einmal Licht in Füllers Fenster gewesen, sie hätten zusammen den schönsten Sommer im Katzenhaus haben können. Renée hatte sich angewöhnt, lesend im offenen Fenster zu sitzen und zwischendurch den Mohrrüben, den Salatköpfen, den Kohlrabis und den Radieschen, die Annegret ausgesät hatte, beim Sprießen zuzusehen. Vitamine für das noch ungeborene Baby und ein Testlauf für das Kind im nächsten Jahr, wenn es anfangen würde, feste Nahrung zu sich zu nehmen. Denn es war nicht zu erwarten, dass die Versorgung mit frischem Gemüse und Obst sich in dem einen Jahr schlagartig besserte.

Sie verstanden sich gut mit allen, mit Andy als Nachbarn, auch wenn er Uta gegenüber weiterhin reserviert blieb. Und mit Grischa und Annegret, für deren Kind Renée bereits einen Winterpullover strickte und Uta ein Lied komponierte. Mal kochten sie drüben bei Andy, mal im Katzenhaus. Das war viel schöner als in den Gemeinschaftsküchen im Jakob, und deshalb hatten sie auch öfters Besuch von Tenkes, den Heikus und Susi und Hoi, um bei ihnen im Garten auf der Wiese zu trinken, zu essen, zu rauchen und den lieben Gott einen netten Mann sein zu lassen.

Das alles müsste Renée aufgeben und wäre trotzdem zumindest die kommenden Wochen noch an Uta gebunden. Schon in ein paar Tagen würden sie zusammen nach Berlin zum Studenteneinsatz fahren und gemeinsam auf derselben Baustelle arbeiten. Sie hatten dafür gekämpft, in dieselbe Brigade zu kommen, und Uta würde sogar bei ihr wohnen, weil Renées Eltern zur selben Zeit an den Balaton fuhren. Das alles würde Renée nicht mehr rückgängig machen können.

Und überhaupt? Was würde aus ihrer schon lange geplanten Tramptour ans Schwarze Meer werden? Die abzusagen würde Uta besonders hart treffen. Seit ihr Renée erzählt hatte, dass sie nach dem Abitur mit der Clique nach Bulgarien getrampt war, hatte sie Renée damit in den Ohren gelegen, die gleiche Tour noch mal mit ihr zu machen, und ihre Eltern angebettelt, es ihr zu erlauben. Renée hatte zugesagt, auch wenn sie ahnte, dass zwei Mädchen »On the road« zwar einerseits schneller mitgenommen werden würden, aber andererseits auch größeren Gefahren durch die meist männlichen Lkw-Fahrer ausgesetzt wären. Utas Eltern sahen das auch so und wollten, dass sie die Reise mit dem Zug machten. Also erzählte Uta ihnen, dass Renée für die Bahnfahrt kein Geld hätte, was nicht einmal gelogen war. Deshalb hatten Utas Eltern angeboten, auch für Renée die Fahrkarte bis nach Burgas zu bezahlen, und bestimmt würden sie sie am Ostbahnhof höchstpersönlich in den Zug setzen, nur um auf Nummer sicher zu gehen. Natürlich würden sie in Prag den Zug verlassen und dann doch trampen. Schließlich war der Weg das Abenteuer daran und das Ziel. Aber wenn Renée sich bis dahin nicht mit Uta vertrug, würden ihre Bahntickets verfallen.

Am nächsten Morgen war Renée so k.o. und übermüdet vom nächtlichen Grübeln, dass sie sich noch vor dem Frühstück auf dem Plumpsklo in die Tonne übergeben musste. Natürlich trug auch der stechende Geruch der Fäkalien dazu bei. Desto wärmer es draußen wurde, umso übler wurde der Gestank im Haus. Und auch wenn sie im Winter bestimmt froh sein würden, nicht raus aufs Plumpsklo zu müssen, so war im Sommer ein Plumpsklo im Haus, noch dazu in der Wohnung, eine Zumutung. Andy konnte ein Lied davon singen, denn sein WC war gar kein richtiges Wasserklo, wie er beim Einzug gedacht hatte. Darauf war er aber erst an einem schönen Sonntagmittag gekommen, als er auf dem Klo saß und ihm plötzlich ganz heiß ums Gemächt wurde. Er war schreiend von der Schüssel gesprungen, weil heißer, aus der Kloschüssel aufsteigender Wasserdampf, der seltsamerweise stark nach Kartoffeln roch, seinen Hintern verbrüht hatte. Andy ging der Ursache auf den Grund und fand heraus, dass das Abflussrohr für sein WC nur ein Fallrohr über drei Etagen war. Wenn also die Familie im ersten Stock ihre sonntäglichen Kartoffeln über der Toilette abgoss, dann stieg nicht nur der Gestank der Sammelgrube in seine Wohnung, sondern auch der heiße Dampf ungehindert zu Andys Kronjuwelen auf und verbrühte sie.

Renées morgendliche Übelkeit besserte sich aber auch in den nächsten Tagen nicht, obwohl die Außentemperaturen sanken und die Tonne nicht mehr ganz so übel stank. Sie zog die einzig andere Möglichkeit in Betracht. Ihre Regel war seit ein paar Tagen überfällig, und sie hatte mit der Trennung von Robert aufgehört, die Pille zu nehmen. Konnte es also sein, dass sie von Füller schwanger war? Sie hatten kurz bevor sie miteinander schliefen darüber gesprochen, ob sie verhüte. Als sie das verneinte, hatte Füller ein Kondom benutzt. Aber waren die tatsächlich sicher?

»Leider nicht immer«, sagte der Gynäkologe in der Poliklinik am Bahnhof. »Auch da gibt es Montagsprodukte.«

Renée musste Urin und Blut abgeben, und drei Tage später bestätigte der Arzt die Schwangerschaft und fragte, was sie nun tun wolle.

»Ich kann es nicht bekommen. Der Vater ist …« Tränen kullerten ihr über die Wangen. Der Arzt seufzte, und die Schwester reichte ihr routiniert einen Packen Zellstoff und einen Informationsbogen. »Sie haben ja noch Zeit, sich das zu überlegen. Sprechen Sie mit Ihrer Mutter oder mit Ihrer Freundin, wenn der Kindsvater nicht zur Verfügung steht. Das ist nämlich kein einfacher Eingriff. Es könnte sein, dass Sie danach nie wieder Kinder bekommen können.«

Renée hatte hin- und herüberlegt, mit wem sie darüber reden und wem sie sich anvertrauen könnte. Einerseits war eine Abtreibung in ihren Augen keine verwerfliche Sache. Es war ein Ausweg, der die heutigen Frauen vor Kurpfuscherinnen und Engelmacherinnen bewahrte, denen ihre Mütter und Großmütter noch ausgesetzt waren. Manche Mädchen machten es sich jedoch zu leicht und gingen lieber zur Abtreibung, als vorher zu verhüten.

Früher hätte sie Lilo um Rat gefragt, aber seit es mit Robert vorbei war, hatte Renée sie nicht mehr besucht oder groß Kontakt gehabt, obwohl ihr Lilo geschrieben hatte, dass sich zwischen ihnen nichts ändern müsste. Dennoch fand Renée es irgendwie unpassend, ausgerechnet Lilo zu erzählen, dass sie von einem anderen als ihrem Sohn ungewollt schwanger war.

Am Ende fuhr Renée doch nach Berlin. Allerdings um sich die Meinung ihrer Mutter anzuhören, auch wenn sie sich innerlich bereits gegen das Kind entschieden hatte. Renée stellte sich ein Gespräch von Frau zu Frau vor, aber dann konnte sie ihre Mutter kaum davon überzeugen, dass ihr Stiefvater nicht daran teilnahm. Sie sagte immer wieder, dass sie keine Geheimnisse vor ihrem Mann hätte.

»Aber es geht hier um mich und nicht um dich oder ihn«, beteuerte Renée, und so erklärte ihre Mutter sich endlich zu einem Gespräch unter vier Augen bereit. Als sie hörte, worum es ging, schien sie beinahe erleichtert und riet ihr, sich gegen den Fötus zu entscheiden. »Wenn ich damals die Möglichkeit gehabt hätte, hätte ich sie jedenfalls genutzt. Ich war ja auch erst zwanzig, als du kamst.«

Renée erwiderte nichts, wartete aber auf die Frage nach dem Kindsvater. Der schien ihre Mutter nicht zu interessieren. Sie war eher froh, dass Renée ihr keine weiteren Fragen stellte, und wechselte das Thema. Es gab noch ein paar Pflichten zu besprechen, die Renée während der Abwesenheit der Eltern nicht vergessen durfte. »Denk auch an die Blumen auf dem Balkon, ja?« Und einige Regeln, die Uta und Renée unbedingt zu befolgen hätten: »Keine Partys und keine Fremden in unserer Wohnung, hörst du?«

Als sich Renée am Montagmorgen verabschiedete, brachte ihre Mutter sie allein an die Tür, als sollte der Stiefvater nicht wissen, was sie mit der Tochter noch besprechen wollte.

»Glaub mir, Reni, es ist besser so. Mit Kind zu studieren haut einfach nicht hin.«

»Ich weiß, Mama.«

»Sie werden damit drohen, dass du vielleicht nie mehr schwanger werden kannst.« Sie lauschte kurz in den Flur und flüsterte: »Ich war es nach deinem Bruder noch dreimal.«

Renée erschien, wie mit dem Gynäkologen besprochen, pünktlich in der Frauenabteilung im Kirschbergkrankenhaus, wo sie drei Stunden auf einer Liege im Flur mit anderen Frauen darauf wartete, dass man sie in den OP-Saal schob. Etwa zwei Stunden später wachte sie in einem Vierbettzimmer auf, in dem eine Studentin der Bau-Ings lag, die Renée aus den gemeinsamen TS-Vorlesungen kannte. Das Mädchen tat aber so, als würden sie sich nicht kennen, und schaute durch sie hindurch. Renée verstand. Sie würde niemandem von dieser Begegnung erzählen.

Am nächsten Tag wurde Renée entlassen und kehrte zurück ins Katzenhaus. Wo sonst hätte sie auch hingesollt?

»Ja, es gibt jemanden, der sich zur Not um mich kümmert«, hatte sie dem Arzt auf seine Frage geantwortet, doch natürlich würde sie Uta nicht erzählen, wo sie gewesen war. Nicht, weil sie sich für die Abtreibung schämte, da war sie ganz im Reinen mit sich, sondern weil sie noch nicht wusste, wie sie überhaupt weiter mit Uta umgehen wollte.

Und wieso »zur Not«? Sie war zwar noch etwas wacklig auf den Beinen, ansonsten aber ging es ihr gut. Es war genauso, wie es damals die Mädchen ihrer Abiturstufe beschrieben hatten: »Wie ein Termin beim Zahnarzt. Besser sogar, weil man während der Behandlung schläft und daher keine Schmerzen spürt.«

Seit ihrem letzten Gespräch mit Uta waren ein paar Tage vergangen, und sie hatte die Nächte in Berlin und eine weitere im Krankenhaus verbracht, ohne ihr mitzuteilen, wo sie abgeblieben war. Es war wahrscheinlich das erste Mal, dass sie sich Uta gegenüber so verhielt, und Renée hatte sie auch absichtlich im Unklaren darüber gelassen, ob sie ausziehen würde oder nicht. Aber als sie nun zurück ins Katzenhaus kam, schien Uta sehr erleichtert, sie wiederzusehen. In dem kleinen Zimmer, in dem Renées Bett stand, hatte sie ihr einen großen Strauß Sommerblumen auf ihr Nachtschränkchen gestellt, obwohl sie nicht hatte wissen können, dass Renée an diesem Tag zurückkam. Ganz bestimmt hatte sie ihn nicht gekauft. Zwei Grundstücke weiter gab es eine Gärtnerei, in der sich Uta schon öfters ab und zu des Nachts bedient hatte, weil sie wusste, wie sehr Renée Blumen mochte. Vielleicht glaubte sie ja, Renée hätte die Nächte bei Susi und Hoi verbracht und sei nun zurückgekehrt, weil sie es im Wohnheim doch nicht aushielt.

»Irgendwann erwischt dich die Gärtnersfrau, und dann exen sie dich wegen eines dummen Blumenstraußes.«

»Na und! Gefällt er dir wenigstens?«

»Er ist sehr schön!«

Uta lächelte zufrieden, aber ihre Nervosität legte sich nicht. Sie fuhr sich mit den Händen durchs Gesicht und zappelte unruhig herum. »Ich habe Tee gekocht. Hast du Zigaretten?«

»Klar.«

Sie setzten sich in Utas Zimmer, wo auf dem Kanonenofen die Kanne Tee stand. Uta fummelte sich ungeduldig eine Zigarette aus Renées Packung, zerbrach sie fast dabei, steckte sie sich an und nahm einen tiefen Zug. »Das tut gut!« Sie atmete langsam aus und inhalierte den Rauch erneut stark. Noch ein Zug und die Zigarette wäre bis zum Filter runtergebrannt. »Ich habe mir gedacht, ich rauche so lange nicht, bis du wiederkommst.« Uta zog noch einmal und zerdrückte die Kippe im Ascher.

Renée wusste nicht, was sie darauf sagen sollte. Sie war gerührt von Utas Opferbereitschaft, aber auch befremdet von ihrem Aberglauben. *Wenn ich nicht rauche, kommt sie zurück!* Renée hätte lieber eine Entschuldigung von Uta gehört oder eine Aussprache mit ihr geführt, in der ihr Uta nicht wie sonst sofort das Wort im Mund herumdrehen oder gleich ganz das Thema wechseln würde.

»Kann ich noch eine?«

»Bedien dich!« Renée hielt ihr die Schachtel hin. Langsam wurde Uta etwas ruhiger, ihre Hände flatterten nicht mehr so umher.

»Du bleibst doch?« Uta hielt plötzlich erschrocken inne. Renée nickte, und Uta steckte sich sichtlich erleichtert die nächste Zigarette an.

10. ABKEHR

Seitdem sie sich wieder vertragen hatten, oder besser gesagt, einfach so weitermachten wie bisher, war Uta in einer ungeheuer guten Laune. Auf der Zugfahrt nach Berlin rauchte sie wie ein Schlot, zündete sich oft schon die nächste Zigarette an der letzten Kippe an, lachte unkontrolliert, als hätte sie gerade einen furchtbar witzigen Gedanken und fuchtelte ständig mit ihren Händen herum.

Und weil es zu warm für die Jahreszeit war, war es sehr heiß im Abteil, und der Schweiß lief ihnen aus allen Poren. Ohne die anderen Mitreisenden zu fragen, riss Uta das Fenster auf und hielt erst das Gesicht und dann auch die Arme aus dem Fenster. Alle hielten entsetzt die Luft an. Wenn sie sich noch weiter hinauslehnte, würden ihre Hände noch von einem der Pfeiler abgehackt werden, die dicht am Zug vorbeiglitten.

»Setzen Sie sich hin, das ist doch gefährlich!«, rief ein dickleibiger Mann, und seine Frau nickte zustimmend. Aber wie immer in solchen Situationen lachte Uta die Leute nur aus. Es schien ihren Übermut sogar noch anzustacheln, und sie versuchte, ihre Arme noch weiter hinauszustrecken, bis Renée endlich aufstand und das Abteilfenster kurzerhand schloss. Uta konnte gerade noch rechtzeitig ihre Hände zurückziehen. Das Paar warf Renée einen dankbaren Blick zu, doch plötzlich fing Uta laut zu singen an:

»Mutter komm mal runter, der Max muss kacken. Er hat schon dreimal pups gemacht!«

Das war ein Kanon aus ihrer Kindheit, der bei Erwachsenen immer Empörung auslöste, und tatsächlich verließen der Mann und seine Frau bei der dritten Wiederholung protestierend das Abteil. Uta rief ihnen noch ein vergnügliches »Na, endlich!« hinterher, dann breitete sie die Arme über die nun frei gewordenen Plätze aus, als wäre das von Anfang an ihr Plan gewesen.

»Uta, das kannst du doch nicht machen.«

»Siehst du doch!« Uta zündete sich erneut eine Zigarette an, hielt Renée die Schachtel hin und sah ihr provozierend in die Augen. »Zieh, Cowboy!«

Renée nahm sich eine Zigarette heraus, ließ es aber nicht auf ein Blickemessen ankommen, da zog sie sowieso den Kürzeren in Utas Zustand. »Bin gespannt, wo wir eingesetzt werden«, sagte sie deshalb möglichst leichthin, und Uta sprang auch darauf an.

»Mein Vater sagt, die Grünflächenplanung in Marzahn bräuchte noch ein paar gute Ideen.«

»Unser Treffpunkt ist aber Bahnhof Frankfurter Allee.«

»Und von dort kommt man nicht nach Marzipanien?«

»Doch, schon.«

»Wir haben gute Ideen! Sogar mehr als ein paar! Deshalb haben wir im Hauptentwurf auch eine Eins gekriegt.«

»Meinst du, dein Vater hat uns empfohlen?«

»Wir brauchen meinen Vater nicht. Es hat sich längst rumgesprochen, dass wir gut sind.«

Das hielt Renée, gelinde gesagt, für übertrieben. Aber klar, dass Uta die Beziehungen ihres Vaters herunterspielte. Das taten alle, die Beziehungen hatten.

Doch Uta und Renée bekamen einen P2/11 zugeteilt, eine noch im Rohbau befindliche elfgeschossige Wohnhausscheibe. Ihre Aufgabe war, sie auszufegen. Dazu drückte ihnen der

Polier zwei Besen mit Plasteborsten in die Hand, wie man sie für den Außenbereich benutzte, und übergab ihnen zwei verbeulte Metalleimer, in denen sie den von ihnen zusammengekehrten Dreck nach unten auf die Straße in einen Container bringen sollten. Es gab weder einen Zeitplan noch ein konkretes zu erreichendes Ziel wie »so und so viele Etagen müsst ihr in den drei Wochen geschafft und ordentlich gefegt haben«. Sie waren zwei junge Frauen, gerade mal zwanzig Jahre alt, und ganz offensichtlich nur eine Last und Enttäuschung für den Polier, selbst wenn sie einmal Architektinnen sein würden. Er hätte sicher viel lieber wenigstens einen Studenten zugeteilt bekommen, einen, der zupacken konnte, den er nicht schonen musste, und hatte vermutlich fest damit gerechnet. Aber natürlich war er, wie andere zuvor auch, auf Renées Vornamen reingefallen.

Am ersten Tag gaben sich Renée und Uta trotzdem Mühe und begannen, wie vom Polier angeregt, zuerst das Flachdach zu fegen, auf dem sich allerlei Dreck wie altes Dämmmaterial, zerrissene Dachpappe, Bitumenbrocken, loser Splitt, unzählige Kippen und auch leere Bierflaschen angesammelt hatten. Von dort würden sie sich Etage für Etage nach unten fegen. Obwohl sie selbst auch über ihren Einsatzort enttäuscht waren, nahmen sie sich vor, den Polier mit Fleiß und einer schnellen und sauberen Erledigung ihrer Aufgabe zu überraschen, um vielleicht schon in der nächsten Woche eine anspruchsvollere Arbeit zugeteilt zu bekommen.

Doch die Julisonne brannte heiß aufs ungeschützte Flachdach, und sie nutzten gleich die erste kleine gefegte Fläche, um ihre Arbeitshosen und Jacken darauf auszubreiten, sodass sie sich nackt sonnen konnten. Niemand würde sie hier oben sehen, höchstens die Menschen in den wenigen Flugzeugen, die weiße Häkelbordüren in den azurblauen Himmel über Berlin hefteten. Sie waren sich sicher, dass sie es rechtzeitig hören würden, wenn der Polier oder jemand anderes über die Treppe nach oben käme, obwohl der Verkehrslärm der Frankfurter Allee unter ihnen sehr laut war. Tatsächlich ließ sich aber der Polier am ersten Tag nicht mehr blicken, und auch nicht am zweiten und dritten Tag. Der Baustellenwagen unten vor der Scheibe blieb leer und verschlossen. Wahrscheinlich wollte man ihnen damit zeigen, wie unbedeutend ihre Arbeit war.

Sie fanden sich trotzdem jeden Morgen pünktlich um sechs Uhr ein, suchten sich im Schatten der Attika auf dem Flachdach ein Plätzchen zum Weiterschlafen und frühstückten gegen neun in der Bauarbeiterkantine eine Straße weiter, wo sie auch ab und zu dem Polier begegneten, aber er grüßte sie nicht einmal. Anscheinend hatte er sie vollkommen vergessen.

Als die Albträume anfingen, dachte Renée zunächst, sie kämen daher, weil Uta und sie sich jeden Abend zu lange in den Berliner Jugendklubs herumtrieben und auch etwas zu viel tranken. Aus Übermut, aus Frust, aus Langeweile. Sie bekamen definitiv zu wenig Schlaf, meistens nur vier Stunden, und auch das Ausruhen auf dem Dach konnte das nicht wettmachen.

Doch allmählich ahnte Renée, dass die Albträume eine andere Ursache haben könnten. Sie war auch am Tag zunehmend schlecht drauf, fühlte sich mies, ohne richtige Schmerzen oder andere Symptome einer echten Krankheit zu haben. Erst nach und nach brachte sie die schrecklichen Träume mit dem Aufenthalt im Kirschbergkrankenhaus in Verbindung, obwohl zwischen der OP und dem ersten ängstlichen Aufschrecken in der Nacht mehr als zwei Wochen lagen.

Niemand hatte Renée darauf hingewiesen, dass sie sich nach einer Abtreibung erst mit zeitlicher Verzögerung schlecht fühlen könnte. Sie hatte gewusst, dass sie nach einer Ausschabung eventuell keine Kinder mehr bekommen konnte, aber von seelischen Folgen oder Belastungen war nie die Rede gewesen, davon hatte ihre Mutter nichts gesagt und das hatte auch nicht im Informationsmaterial des Arztes gestanden.

Die Träume waren sich sehr ähnlich. Jedes Mal lief sie nichts ahnend die überfüllte Schillerstraße in Weimar entlang, und wie aus dem Nichts und ganz ohne Anlass brach vor ihr jemand zusammen. Im ersten Traum war es eine Frau um die vierzig, die mit einem Gipsbein an Krücken auf sie zu gehumpelt kam. Kurz bevor Renée an ihr vorbeiging, knickte ihr plötzlich eine der Krücken weg, und die Frau schlug mit dem Gesicht voran der Länge nach hin, schürfte mit der Nase über das Pflaster, um dann mit blutüberströmtem Gesicht und der noch intakten Krücke vorwurfsvoll auf Renée zu zeigen.

Als wäre sie für den Unfall verantwortlich.

In der nächsten Nacht war es ein Querschnittsgelähmter mit Stiernacken, der Renée in der Fußgängerzone in seinem Rollstuhl überholte. Kaum war er vor ihr, da brach eines der Räder weg, sodass der bullige Mann wie ein Sack Mehl aus dem Rollstuhl auf den Bürgersteig kippte und sich dann erstaunlich flink nach Renée umdrehte, sie vorwurfsvoll ansah und verächtlich ausspuckte. Und in der dritten Nacht war es ein kleiner, dürrer Opa, der an einem Spazierstock mehr hüpfte denn ging. Ihm knickte auf einmal sein Spazierstock weg, und er fiel hin. Und auch er blickte sie vorwurfsvoll an und schien ihr die Schuld an seinem Sturz zu geben.

Renée erwachte jedes Mal schweißgebadet und voller Panik.

So erging es ihr Nacht für Nacht. Versehrte aller Couleur schlugen in ihren Träumen unmittelbar vor ihr hin, stürzten schlimm, verunglückten teilweise so grausam, dass sich Renée vor den Träumen und den Nächten zu fürchten begann. Doch auch als sie sich dazu entschied, Uta allein losziehen zu lassen, und bereits um acht ins Bett stieg, um mehr Schlaf zu bekommen, hielten die Träume an. Sie drückten ihr zunehmend auf die Stimmung, sodass sie auch tagsüber immer stiller wurde.

Uta hingegen trieb es immer doller, kehrte manchmal gar nicht in die Wohnung von Renées Eltern zurück und erzählte auch am Morgen nicht, wo sie gewesen war. Einmal brachte sie sogar jemanden mit, was Renée zusätzliche Ängste bereitete. Ihrer Mutter war nämlich zuzutrauen, dass sie plötzlich unangekündigt auftauchte. Schon früher hatte sie Renée mit Vorliebe getestet, sie wollte das in sie gesetzte Vertrauen prüfen, hatte sie stets erklärt, wenn sie spontan bereits am Samstagabend von einem Besuch bei der Oma zurückgekommen war, obwohl sie das ganze Wochenende dort verbringen wollte. Nie hatte sie etwas zu beanstanden gehabt, und manchmal schien sie beinahe enttäuscht gewesen zu sein, dass Renée keine dieser berüchtigten verbotenen Feten in ihrer Wohnung feierte. Aber was wäre, wenn ihre Mutter dieses Mal auch früher nach Hause käme und Uta in ihrem Ehebett mit einem Fremden erwischte? Deshalb hatte Renée von Anfang an das Schlafzimmer und das Zimmer ihres Bruders abgeschlossen und die Schlüssel versteckt.

»Du bist so eine Spießerin!« Eines Nachts stand Uta wütend vor der Klappcouch und blickte zornig auf Renée herunter. Hinter ihr ein langmähniger Typ, der leicht schwankte. Noch ehe Renée richtig wach war, verließ Uta aber türenknallend das Wohnzimmer, und wenig später hörte Renée auch die Wohnungstür ins Schloss fallen. Zuerst dachte sie, Uta hätte den Typen nach Hause geschickt, doch als Uta nicht zurück ins Wohnzimmer kam, schlief Renée wieder ein. Als am nächsten Morgen der Wecker klingelte, war der Platz neben ihr auf der Klappcouch immer noch leer.

Es war nicht das erste Mal gewesen, und deshalb machte sich Renée erst einmal keine Sorgen. Aber als sie um zehn vor sechs aus der Straßenbahn stieg und ihr Blick wie jeden Morgen zu *ihrer* Platte hinaufging, blieb ihr vor Schreck fast das Herz stehen. Denn da oben – vom Licht der aufgehenden Sonne angestrahlt – saß jemand auf der Attika, als wäre die ein harmloser Schwebebalken und darunter läge eine weiche Bodenmatte, für den Fall der Fälle, dass jemand das Gleichgewicht verlor. Nur dass das kein Schwebebalken in einer Turnhalle war, sondern eine Attika in knapp dreißig Meter Höhe … Und erst in dem Moment begriff Renée, dass das da oben Uta war, die vergnügt die Beine über die Attika baumeln ließ, vielleicht sang sie auch dazu. Das konnte Renée nicht hören. Die vierspurige Frankfurter Allee war zu laut. Aber sie winkte Renée von oben herab zu. Wahrscheinlich hatte sich Uta schon den ganzen Morgen auf Renées erschrockenes Gesicht gefreut.

Ohne nachzudenken, rannte Renée los, quer über die Kreuzung. Räder quietschten, Autos hupten, Fahrer kurbelten die Scheiben herunter und schrien sie an, ob sie nicht ganz dicht sei. Trotzdem schlug Renée den kürzesten Weg zum Eingang der Wohnscheibe ein und nahm im Treppenhaus immer drei Stufen auf einmal bis zum vierten Stock, dann nur noch zwei, weil sie so außer Atem war. Die ganzen restlichen sieben Geschosse gönnte sie sich keine Pause, und als sie endlich oben auf dem Flachdach ankam, wusste sie nicht, ob ihr von der körperlichen Betätigung die Luft wegblieb oder von Utas Anblick.

Uta saß nicht mehr auf der Attika, sondern balancierte nun auf ihr und deutete verschiedene Ballettpositionen an. Auf der Attika! Keine dreißig Zentimeter breit. Aber dreißig Meter über der Straße!

»Komm da sofort herunter!«, schrie Renée mit dem letzten bisschen Luft, das ihr noch zur Verfügung stand. Doch Uta drehte sich zu ihr um und lachte nur.

»Was hast du denn? Ist doch nix dabei. Schau!« Uta machte ein paar Schritte, zog abwechselnd die Beine links und rechts unterhalb der Attikaabdeckung vorbei und ging dabei leicht in die Hocke. Sie wackelte kein bisschen, dennoch überlegte Renée fieberhaft, wie sie Uta von da herunterziehen könnte.

»Komm her, und probier es auch mal.«

Renée wagte tatsächlich einen Schritt auf Uta zu, aber wie schon die Tage zuvor, schaffte sie es auch dieses Mal nicht, aufrecht an die Attika zu treten, sondern nur sehr langsam und gebeugt. Allein die Vorstellung, dass es daneben dreißig Meter in die Tiefe ging, ließ ihr die Knie weich werden.

»Bitte, Uta! Komm da runter«, bettelte, nein, winselte sie fast. Uta drehte sich erneut zu ihr um, und jetzt verlor sie doch das Gleichgewicht, wankte mit dem Oberkörper vor und zurück und ruderte mit den Armen.

Renée blieb das Herz stehen.

Sie schloss die Augen. Hielt die Luft an. Wartete auf den Schrei. Auf einmal fiel ein Schatten über sie. Sie öffnete die Augen wieder, und da stand Uta vor ihr und reichte ihr die Hand.

»Iiih, du hast ja Schweißhände!« Gespielt angeekelt zuckte Uta zurück und ließ sie wieder los, sodass Renée unsanft auf dem Hinterteil landete.

Im nächsten Moment tauchten zwei Polizisten auf. Offensichtlich hatten auch andere Uta von da unten gesehen. Und weil Renée auf dem Hintern saß und Uta über ihr stand, glaubten sie, Renée wäre diejenige, die sich das Leben hatte nehmen wollen. Uta hingegen sah aus, als hätte sie es Renée in letzter Sekunde ausgeredet und sie somit gerettet.

Renée versuchte, das klarzustellen, aber sie wollten ihnen nicht glauben, dass es erstens Uta gewesen war, die auf der Attika herumspaziert war und dass sie es zweitens einfach so – sozusagen aus Jux und Tollerei – getan hatte. Die hinzugerufenen Sanitäter nahmen sie deshalb auf Geheiß der Polizisten beide in ihrem Krankenwagen mit und brachten sie nach Herzberge, dem Synonym für *die* Berliner Irrenanstalt, wie das Krankenhaus für Neurologie und Psychiatrie in Berlin Lichtenberg immer noch von den Berlinern genannt wurde.

Doch warum brachte man sie dorthin? Sie waren schließlich nicht verrückt, schon gar nicht lebensmüde. Uta war nur ab und zu etwas übermütig, und da sie anscheinend wirklich wie die Indianer, die einst die Hochhäuser von Manhattan erbaut hatten, völlig schwindelfrei war, erlaubte sie sich eben solche Späße, auch wenn keiner sie so recht witzig fand.

»Aber so ist Uta nun mal: immer voller übersprudelnder Ideen. Und manchmal schlägt sie eben über die Stränge«, erzählte Renée dem Arzt, der sie einzeln zu dem Vorfall auf dem Dach befragte. Er schien ihr sogar zu glauben, dass weder sie noch Uta lebensmüde war.

»Und ist ihre Freundin manchmal auch traurig oder melancholisch?«, wollte er wissen.

»Na ja, sie kann auch sehr ruhig und in sich gekehrt sein. Aber traurig? Eher nicht. Warum auch?«

»Nicht mal himmelhoch jauchzend und dann wieder zu Tode betrübt?«

»Nein. Mehr so ›Sekt oder Selters‹.«

»Wie meinen Sie das?«

»Also, wenn sie gut drauf ist, dann ist sie immer sehr spendabel. Gibt jedem einen aus.«

»Aber wenn ihr Geld alle ist … wird sie traurig?«

»Wer wird das nicht? Dann reicht's nur noch für Selters.«

Der Arzt nickte, machte sich wieder Notizen und erklärte ihr, dass sie beide eine Nacht zur Beobachtung in Herzberge bleiben sollten.

Renée sah Uta an diesem Tag nicht mehr, und sie bekamen auch kein gemeinsames Zimmer. Als Renée am nächsten

Morgen nach dem Frühstück entlassen wurde, erzählte ihr die Krankenschwester, dass Uta bereits in der Nacht von ihrem Vater abgeholt worden und mit ihm nach Rostock gefahren sei.

»An der Ostsee kann sich Ihre Freundin bestimmt schneller erholen als hier in Berlin.«

»Wovon denn?«, fragte Renée überrascht, woraufhin ihr die Schwester nur einen eigentümlichen Blick zuwarf, so als würde Renée schon wissen, worum es ging.

Renée fuhr mit der Straßenbahn nach Hause und überlegte, was sie jetzt tun sollte. Musste sie sich wieder beim Polier melden? Ließ er sie überhaupt noch auf die Baustelle? Und was wurde jetzt aus der Tramptour nach Bulgarien? Uta hatte sich so darauf gefreut, wie Dean Moriarty und Sal Paradise vier Wochen lang »on the road« zu sein, auch wenn die sozialistischen Bruderstaaten, durch die sie trampen würden, nicht mit Nordamerika zu vergleichen waren.

Renée fiel ein, dass sie von der Hochschule einen Merkzettel für den Studenteneinsatz bekommen hatte. Für den Notfall sozusagen. Darauf stand tatsächlich Dr. Riemers Telefonnummer im Büro. Also nahm sie sich ein paar Zwanzig-Pfennig-Münzen und rief ihn aus der Telefonzelle um die Ecke an. Erstaunlicherweise wusste er schon von dem Vorfall und fand das Ganze sehr ärgerlich.

»Es ist doch aber gar nichts passiert, Dr. Riemer. Das mit dem Selbstmord war nur ein Missverständnis.«

»Aber was, wenn Uta nun doch abgestürzt wäre?«

»Ich weiß. Ich hätte besser auf sie aufpassen müssen.«

»Unsinn, Renée. Sie trifft da keine Schuld, höchstens mich. Ich hätte mich nicht von ihrem Vater überreden lassen sollen.«

»Was? Wozu denn?«

»Ach, nichts, Renée. Sie machen jetzt am besten erst mal Ferien.«

»Und die Baustelle?«

»Ich habe vorhin mit Ihrem Polier telefoniert. Sie sind freigestellt. Ich sehe Sie im September, Renée!«

Renée putzte die elterliche Wohnung, kaufte für den Balkon zwei Geranien nach, weil trotz ihres regelmäßigen Gießens zwei Pflanzen unter der heißen Julisonne eingegangen waren. Dann packte sie Utas Sachen in zwei Kartons, legte auch die Fahrkarten nach Burgas dazu und schickte alles zusammen mit einem Brief an Utas Eltern nach Rostock. Darin entschuldigte sie Utas Verhalten und betonte, dass sie keinen Moment gefährdet gewesen war, abzustürzen oder zu springen. Sie, Renée, habe sich nur so erschrocken, als Uta auf der Attika herumturnte, und es tue ihr leid, dass sie durch ihre Überreaktion die Polizei auf den Plan gerufen habe.

Sie legte auch einen Brief an Uta bei, in dem sie schrieb, dass sie immer noch gern mit ihr nach Burgas fahren würde. *Wenn deine Eltern dir die Erlaubnis dafür geben, schick mir einfach ein Telegramm nach Weimar und teile mir mit, wann ich am Ostbahnhof sein soll.* Alles andere war ja bereits besprochen.

Renée fuhr zurück nach Weimar, das trotz der fehlenden Studenten nicht ausgestorben wirkte. Jede Menge goldener Krückengeschwader, wie Uta die vor Gold glitzernden Rentnergruppen aus dem Westen nannte, fluteten die Kleinstadt, bildeten lange Schlangen vor Goethes Wohn- und Gartenhaus, besetzten mit müden Beinen in taubengrauen Gesundheitsschuhen sämtliche Bänke in der Stadt und den Parks und drängten sich durch die Seifengasse – sonst ein verlassener Ort –, durch die einst Goethe zum Rendezvous mit Charlotte geschlichen sein soll.

Doch es kam kein Brief und auch kein Telegramm, und der Zeitpunkt, an dem sie sich spätestens für die Reise nach Bulgarien auf den Weg hätten machen müssen, verstrich einfach. Es war Anfang August, und auch das Katzenhaus war nun, mit Ausnahme von ihr selbst und dem alten Herrn Paul, unbewohnt. Grischa und Annegret waren kurz vor der Entbindung zu seinen Eltern nach Plauen gezogen und würden erst wieder zum Semesterbeginn anreisen.

Auch Andy und Tenkes hatte sie das letzte Mal in Berlin gesehen. Sie waren sich zufällig im *Franz-Klub* über den Weg gelaufen und hatten sich über ihre Arbeitseinsätze im Sommer ausgetauscht. Die beiden waren beim IHB gelandet, wo Andys Vater Abteilungsleiter war, und durften dort tatsächlich für einen Poliklinik-Sonderbau Details entwickeln und zeichnen. Als Andy aber mitbekam, dass Uta auch da war, verzog er sich schnell. Er konnte nicht verstehen, wieso Renée noch immer mit ihr befreundet war, nachdem Uta sie doch so hintergangen hatte, und manchmal wusste Renée das ja selbst nicht.

Als das Wochenende vor dem Semesterbeginn nahte, wurde Renée zunehmend nervöser. Wie würde ihr Uta begegnen? Würde sie ihr die Schuld daran geben, dass sie die Ferien nicht zusammen verbracht und nicht nach Bulgarien hatten trampen können? Aber Uta hatte sich immerhin fünf Wochen an der Ostsee erholen können, war baden und schwimmen gegangen, hatte vielleicht den lieben langen Tag am Strand gelegen und gelesen oder Volleyball gespielt und bestimmt jede Menge neuer Leute kennengelernt, während Renée allein in diesem Kaff festgesessen und Trübsal geblasen hatte. Wäre ihr nicht zufällig einmal Silvi auf dem Markt begegnet, die Renée sofort zu einem Grillabend auf ihre Dachterrasse einlud, Renée hätte in der ganzen Zeit mit niemandem ein Wort gesprochen.

Der Samstagabend ging vorüber, und Uta tauchte nicht auf. Der Sonntagnachmittag kam und wechselte in einen warmen Spätsommerabend. Es war das erste Septemberwochenende, und Renée saß im offenen Fenster neben der Haustür und las Max Frisch. Sie konnte sich aber nicht auf *Gantenbein* konzentrieren, denn sie wartete auf Uta. Auf dem Plattenspieler drehte sich Lydie Auvray, die mit ihrem Akkordeon die gesamte Straße beschallte und für ein schönes französisches Flair sorgte. Damit wollte sie Uta begrüßen, aber abends um zehn, Renée hatte die Platte wieder und wieder umgedreht, regte sich im Viertel Widerstand gegen Lydie Auvray, und außerdem fröstelte ihr auch. Sie schloss die Fenster, steckte die Platte zurück in ihre Hülle, rückte noch einmal den großen, von ihr im Ilmpark eigenhändig gepflückten Feldblumenstrauß zurecht und kroch schließlich ins Bett.

Gegen ein Uhr nachts wurde Renée vom Knarren der Eingangstür wach, und sie meinte, mehrere Stimmen zu hören. Sie stand auf und ging in die Küche, doch da war niemand.

»Versprich mir, dich daran zu halten«, hörte Renée eine sonore Männerstimme in Utas Zimmer sagen, und eine hohe Kinderstimme erwiderte fast weinerlich: »Ich verspreche es dir, Papi!«

»Und nimm die Tabletten, ja?«

Renée schlurfte ins dunkle Arbeitszimmer, wo sie einen Lichtkegel aus Utas Zimmer fallen sah. Eine Frau sagte leise: »Wir müssen jetzt los, Uttel. Wenn etwas ist, sagst du Nikolaus Bescheid, hörst du?«

»Ja, Mami.« Wieder die Kinderstimme.

Als Renée die Tür zu Utas Zimmer erreichte, beugten sich gerade zwei ältere Personen nacheinander über Uta in ihrem Bett und gaben ihr einen Kuss.

»Hallo!«, machte Renée vorsichtig auf sich aufmerksam.

»Guten Abend«, sagte der Mann und drehte sich nach ihr um. »Sie sind bestimmt Utas Freundin. Renée, richtig?«

Renée stand im Türrahmen, nickte und versuchte einen Blick auf Uta zu erhaschen, aber die Frau verdeckte sie mit ihrem Körper und löschte schnell die Lampe über Utas Bett, bevor sie sich ebenfalls erhob. »Das wird schon wieder, mein Kleines, das wird schon.« Sie strich Uta noch einmal über den Kopf, dann wandte sie sich an Renée.

»Lassen Sie sie jetzt erst mal schlafen, ja? Sie wird Ihnen morgen alles erzählen.«

Renée nickte wieder und ließ die beiden an sich vorbei, wagte noch einmal einen Blick auf Uta, doch ihr Gesicht lag im Schatten. Dann folgte sie dem Paar, von dem sie annahm, dass es Utas Eltern waren, zur Tür.

»Was hat sie denn?«, fragte Renée.

»Nichts Schlimmes.« Die Mutter, eine Frau um die fünfzig, in deren Gesichtszügen Renée vage die von Uta erkannte, überlegte anscheinend, ob sie noch mehr sagen sollte. Sie entschied sich dagegen. »Entschuldigen Sie bitte die Störung.«

Als die Tür sich hinter ihnen schloss, ging Renée zurück zu Uta und tastete nach dem Lichtschalter.

»Nicht, ich will schlafen!«, rief Uta jedoch aus der Dunkelheit.

»Geht es dir gut?«

Keine Antwort.

Am nächsten Morgen wusste Renée nicht, wie sie sich verhalten sollte. Der Esstisch und der Schrank mit dem Geschirr befanden sich in Utas Zimmer, weder in Renées Kammer noch in der Küche hatte sich dafür ein Platz gefunden. Doch sie mussten ja zur Vorlesung und vorher noch etwas frühstücken. Also wusch sich Renée schnell, während sie das Wasser für den Tee aufsetzte und dann das Tablett mit Butter, Brot und Marmelade bestückte. Sie brachte es in Utas Zimmer, wo sie ganz selbstverständlich den Tisch für zwei deckte.

»Kommst du mit zur Vorlesung?« Renée sagte es mehr in den Raum hinein als zu Uta, die hinter ihr im Bett lag. »Dann solltest du jetzt aufstehen.« Tatsächlich nahm Renée hinter sich eine Bewegung wahr, dann ging Uta wortlos an ihr vorbei Richtung Küche. Selbst dieser kurze Augenblick reichte, um zu sehen, dass Uta in den vergangenen fünf Wochen ganz schön zugenommen hatte, obwohl sie immer noch schlank war. Denn in Berlin war sie wahnsinnig dünn gewesen, fast schon knochig. »Ich schmier dir schon mal ’ne Stulle!«, rief Renée ihr nach und goss ihnen beiden Tee ein.

Das Entsetzen, das Renée verspürt hatte, als sie schließlich das erste Mal Utas neues Gesicht am Frühstückstisch erblickte, war später auch in den Augen der anderen zu sehen, als sie sich in Höhe des Marktes dem Studentenstrom zur Hochschule anschlossen. Die fröhliche Begrüßung von Hoi und Susi endete abrupt, als sie erkannten, wer da neben Renée ging. Utas Gesicht wirkte aufgedunsen, teigig und stumpf, obwohl sie auch ein bisschen braun war. Aber man hätte meinen können, sie hätte die letzten fünf Wochen durchgesoffen, und auch ihre Bewegungen waren langsam und behäbig. Jeder, der Uta an diesem ersten Tag des dritten Semesters begegnete, musste zweimal hinschauen, und allen stand danach dieselbe Frage ins Gesicht geschrieben: Was war mit Uta passiert?

Renée traute sich nicht zu fragen. Aber Walli im WC kannte solche Scheu nicht, als sie ihnen ihren Kaffee servierte. Nachdem sie erst ungläubig die Augen und dann ihren großen Mund mit dem vorstehenden Pferdegebiss aufgerissen hatte, rief sie im breiten thüringischen Dialekt: »Ne, des gloob ich ja nich! Was is dir denn widerfahrn?«

»Sie war krank«, antwortete Renée für Uta, die Walli und ihre Frage komplett ignorierte.

»Doch nischt Schlimmes?« Walli starrte Uta neugierig von oben herab ins Gesicht, doch die schwieg weiterhin und Renée zuckte mit den Schultern. Mit einem letzten fassungslosen Blick auf Uta verschwand Walli zum Glück wieder.

»Sagst du mir irgendwann, was du hattest?«, fragte Renée nach einer Weile vorsichtig, und nun hob Uta endlich den Blick.

»Ich bin bekloppt. Irre. Verstehst du nicht? Ich habe nicht alle Tassen im Schrank.«

»Lass das. Kannst du nicht einmal ernst bleiben?«

»Du musst jetzt ›Na und?‹ sagen.«

Den Gefallen tat Renée ihr nicht. Sie hatte jetzt keine Lust auf diese IKS-Haken-Zitate. Sie wollte wissen, warum Uta sich so verändert hatte.

»Also schön. Ich habe … ist ein komplizierter lateinischer Begriff, aber kurz … eine Stoffwechselkrankheit.«

Renée wartete einen Moment, aber mehr wollte Uta offensichtlich nicht dazu sagen.

»Und wie äußert sich die?«

»Da schwitzt man stark.«

Das war Renée tatsächlich schon an Uta aufgefallen.

»Vielleicht lass ich mir die Schweißdrüsen entfernen.«

»Tut das nicht weh?«

»Kann sein. Bis dahin muss ich Tabletten nehmen und soll keinen Alkohol trinken.«

»Und wann ist die OP?«

Uta zuckte mit den Schultern. Mehr war aus ihr nicht herauszubekommen, und nach ein paar Tagen gewöhnte sich nicht nur Renée an die stille, neuerdings sehr viel schlafende Uta, die auch nachts nicht mehr das Katzenhaus verließ. Selbst Andy und Tenkes fanden Uta nun umgänglicher als noch vor den Ferien, wo sie ständig aufgedreht und oft sehr hochnäsig und aggressiv ihnen gegenüber gewesen war. Renée hingegen war Utas Benehmen irgendwie unheimlich, obwohl sie sich dunkel daran erinnerte, dass sie zu Beginn des ersten und zweiten Semesters ebenso zurückhaltend aufgetreten war und erst nach und nach lockerer wurde.

Utas In-sich-gekehrt-Sein wurde von Grischas und Annegrets Rückkehr ins Katzenhaus mit ihrem kleinen Max überstrahlt, der ihnen allen vom ersten Tag an das Herz wärmte. Seine kleinen Händchen, die mit jedem Finger, jedem kleinen Grübchen auf seinen Handrücken eine perfekte Miniaturausgabe von Grischas Händen waren, ließen Renée nicht nur Utas Schwermut vergessen, sondern erinnerten sie auch schmerzlich daran, dass sie beinahe selbst fürs Schneiden solch winziger Fingernägel verantwortlich gewesen wäre. Aber die Albträume waren zum Glück vorbei. Seit sie zurück in Weimar war, hatten sie schlagartig aufgehört. Vielleicht hatten ihre Sorgen um Uta ihre eigenen Probleme überlagert? Sie wusste es nicht, aber es war ihr auch egal. Hauptsache, sie konnte wieder gut schlafen.

Ein paar Tage später gab es im Schaukasten der Sektion einen Aushang mit den Namen der Hilfsassistenten, das heißt der Studenten, die an den einzelnen Fachbereichen kleinere Aufgaben für die Professoren übernehmen und später auch bei ihnen vertiefen würden. Zu Renées Überraschung standen weder ihr eigener noch Utas Name auf der Liste des Fachbereichs Wohn- und Gesellschaftsbau, obwohl Uta sie doch beim Schläfer hatte anmelden wollen. Renée drehte sich fragend nach Uta um, da entdeckte sie im Augenwinkel doch noch Utas Namen. Er befand sich auf einem anderen Aushang: beim Fachbereich Denkmalpflege.

»Du wolltest uns doch beim WGB, bei Professor Kanter, anmelden?« Vor Empörung hatte Renée am Schaukasten kein Wort herausgebracht, sondern sprach Uta erst auf dem Rückweg zum Katzenhaus an.

»Was? Nein, *du* wolltest dich beim Schläfer anmelden, ich nicht.«

Renée war fassungslos. Abrupt blieb sie stehen, während Uta einfach weiter die steile Leibnizallee hinauflief.

»Du wolltest mit mir zusammen neue Wohnhäuser entwickeln!«, schrie ihr Renée voller Wut hinterher. Doch Uta ging scheinbar ungerührt weiter. Es war nicht zu glauben! Dann blieb sie auf einmal doch stehen, drehte sich nach ihr um und sah von ihrer erhöhten Position aus auf sie herunter.

»Und du wolltest mit mir nach Bulgarien bis an die türkische Grenze trampen!«

Also doch! Uta nahm ihr übel, dass aus ihrer Tramptour nichts geworden war. Aber war sie daran nicht vor allem selbst schuld? Und was hatte das eine überhaupt mit dem anderen zu tun? Denn wenn Uta auf der Liste des Fachbereichs Denkmalpflege stand, musste sie das schon vor dem Studentensommer mit Dr. Riemer geregelt haben. Hatte sie etwa deshalb Renée damals überredet, zum WGB zu wechseln, damit sie an ihrer Stelle bei Riemer einen Platz bekam?

Renée war so wütend, dass sie keine Lust verspürte, Uta ins Katzenhaus zu folgen. Sie konnte jetzt nicht auf so engem Raum mit ihr zusammen sein. Deshalb bog sie kurz nach der Sternbrücke in die Straße Am Horn ab, um hinunter in den Ilmpark zu gehen. Sie hatte das Gefühl, keine Luft mehr zu bekommen, und musste irgendwie den Kopf freikriegen.

Kurz bevor sie die Straße Am Horn verließ, kam ihr ein Wartburg mit bekanntem Nummernschild entgegen. Es war Füllers Wagen. Aber nicht er parkte da wenige Meter von ihr entfernt am Straßenrand, sondern eine junge brünette Frau mit sehr markanten Gesichtszügen, die Renée schon mehrmals im Turm gesehen hatte. Sie war ihr aufgefallen, weil sie Renée jedes Mal so seltsam angestarrt hatte.

Die Frau half einem etwa vier- oder fünfjährigen Jungen, der ihr sehr ähnlich sah, aus dem Wartburg, dann kamen die beiden direkt auf Renée zu. Doch bevor sie an ihr vorbeigingen, nickte ihr die Frau freundlich zu. Irritiert lief Renée weiter. Sie hatte mit allem Möglichen gerechnet, aber ganz sicher nicht damit, dass Füllers Frau von ihr wissen und sie trotzdem freundlich grüßen würde, wenn sie sich begegneten.

Die Situation zwischen Uta und ihr entspannte sich wieder, obwohl wie immer keine Aussprache stattfand. Wenn Renée einen Versuch unternahm, sie auf die Assistenzstelle anzusprechen, stellte Uta entweder sofort auf Durchzug oder lenkte das Gespräch auf ein anderes Thema. Renée gab nach ein paar Tagen schließlich nach und hörte auf zu schmollen.

Sie nahmen wieder ihr altes Leben auf. Es war sowieso kaum möglich, sich aus dem Weg zu gehen. Sie hatten denselben Weg zur Hochschule, ihre angestammten Plätze im Seminarraum und meistens auch in den Vorlesungen. Für alle, die sie kannten, waren sie Freundinnen, ein festes Gespann. Ein Team, das gesetzt war, so wie Susi und Hoi, Andy und Tenkes oder Theo und Kätchen.

In ihrem Team war Uta weiterhin für die Gestaltung zuständig. Sie übernahm die Perspektiven und Ansichten und die künstlerische Aufbereitung der abzugebenden Tafeln. Uta hatte eine sichere freihändige Schrift, und während die meisten Studenten die gleichen Schriftschablonen zum Beschriften benutzten, suchte sie sich extra passende Schriften aus den Kunstkatalogen in der Bibliothek heraus, damit ihre gemeinsamen Tafeln bei den Professoren und Dozenten mehr auffielen. Sie nahm Renée außerdem das Versprechen ab, niemals jemandem vorher zu verraten, wie sie ihre Tafeln aufbereiten würden, damit keiner ihre Gestaltung kopieren konnte.

Renée hingegen war für die Inhalte der Tafeln zuständig. Funktionsabläufe, Schemata, Analysen und eine Grundidee zu entwickeln – darum kümmerte sie sich hauptsächlich. Sie übernahm auf Utas Wunsch hin auch die mündlichen Konsultationen mit den Professoren, da hielt sich Uta lieber zurück. Diese strikte Aufgabenteilung hatte den Vorteil, dass sie nie über angeblich bessere Lösungen diskutierten und auf diese Weise unnötig Zeit für solche eitlen Streits verschwendeten. Allerdings kamen auch sie um die Nachtschichten vor der Abgabe eines Belegs nicht herum. Niemand kam um sie herum. Dafür waren sie alle viel zu ehrgeizig.

Das war anstrengend und kräftezehrend, und Anfang November hingen sie alle erschöpft in den Seilen und sehnten die Feiertage herbei. Alle außer Uta. Die vielen Belege und Hausaufgaben hatten sie anscheinend mehr und mehr zum Leben erweckt, und ihre Energie schien wieder unerschöpflich. Mit jeder neuen Herausforderung kam sie mehr auf Touren, erledigte alles in Windeseile, summte und trällerte nebenher vor sich hin, holte wieder ihren Notenständer und die Querflöte heraus und spielte fließend die schwersten Stücke, obwohl sie lange nicht geübt hatte.

Zudem beanspruchte ihre Hilfsassistenz sehr viel Zeit. Dr. Riemer überhäufte sie mit unzähligen kleinen Aufgaben, es war ein immenses Pensum, das Uta da zusätzlich zu erledigen hatte. Doch das gefiel ihr anscheinend. Sie ging offenbar voll in ihrer Hilfsassistenzstelle für Dr. Riemer auf und verbrachte oft auch die Mittagspausen in der Bibliothek, um ihm zuzuarbeiten.

Und noch etwas hatte sich verändert. Uta begann auch wieder, nachts herumzuwandern. Wohin es sie dann verschlug, wusste Renée nicht, aber manchmal waren ihre Schuhe am nächsten Tag voller Modder. Meist hörte Renée sie nach Mitternacht weggehen und dann erst morgens, manchmal mit frischen Brötchen, zurückkommen. Und wenn Uta besonders guter Laune war, bereitete sie ihnen zum Frühstück auch ein Rührei mit Speck zu.

Ihr größerer Beleg im Semester würde ein Aufmaß sein, das tatsächlich einen Nutzen für die Wohnungsverwaltung haben sollte und nicht nur eine Übung war. Renée und Uta bekamen den alten Wasserturm vorm Weimarer Hauptbahnhof zugeteilt, und sie waren erstaunt, dass sich darin neben dem Wasserkessel auch eine Wohnung befand, deren Bewohner sie auch zur Lebens- und Wohnqualität befragen sollten, um später aus diesen Informationen Erkenntnisse und Ideen für eine neue Nutzung des Turms zu entwickeln.

Herr Berger, ein ehemaliger Bahnangestellter mit deutlicher Alkoholfahne, ließ sie ein und führte sie über eine Treppe, die sich in einer immer enger werdenden Spirale entlang der Innenmauer des Wasserturms wendelte, bis in die dritte Etage, wo der etwa Siebzigjährige seine Wohnung hatte.

»Dann kommt ma rin, Kinners«, lallte er, und Renée stockte der Atem. Auch Uta war stehen geblieben und hielt die Luft an. Vor ihnen lag ein dunkler, kreisrunder Raum mit nur einem Fenster, das anscheinend niemals geöffnet wurde. Es herrschte ein entsetzlicher Gestank nach alter, schlecht getrockneter Kleidung, nach längst vergilbten Zeitungen, nach eingetrockneten Bierlachen und nach abgestandenem Qualm. Wenn sie den Raum vermessen wollten, würden sie sich durch den Müll wühlen müssen, unter dem bestimmt schon Mäuse, Ratten und anderes Ungeziefer hauste.

»Ist Ihre Wohnung schon lange in diesem … desolaten Zustand?«, fragte Uta, und ihr Blick blieb angeekelt an einem verrosteten, eisernen Ausguss hängen, in dem sich Geschirr und Töpfe mit schimmligen Essensresten stapelten.

»Desolat? Ach Kinners, was ihr so für Worte kennt.«

Renée wäre am liebsten vor Scham über Utas Arroganz im Erdboden versunken. Sie waren beide im Sozialismus aufgewachsen, und als zukünftige, zur Intelligenz des Landes gehörenden Schicht war ihnen bereits in der Schule eingebläut worden, dass sie sich auf ihre Bildung und ihren Intellekt nichts einzubilden, sondern dankbar zu sein hätten gegenüber den einfachen Arbeitern und Bauern, die ihnen mit ihrer Hände Arbeit ein kostenloses Studium ermöglichten.

Natürlich verstand der arme Mann nicht, was Uta mit *desolat* hatte sagen wollen, auch nicht, dass er von ihr beleidigt worden war. Seine glasigen, wasserblauen Augen wischten unsicher im verwüsteten Zimmer umher, streiften nur kurz Utas spöttische Augen, prallten dort ab und ankerten in Renées.

»Ähm, meine Freundin meint, ob Ihre Wohnung schon immer in diesem … na ja … schlechten baulichen Zustand war?« Sie zeigte auf eine vom Holzwurm völlig zerfressene Diele vor ihr und gab dem Mann so die Chance, auf Staat und kommunale Wohnungsverwaltung zu schimpfen, die ihn hier verrotten ließen zwischen dem Lärm und Dreck, den die durchfahrenden Züge im Zehnminutentakt verursachten.

Herr Berger ergriff die Chance nicht. Sein Blick zog sich von Renée zurück, wurde ziellos, verlor sich wieder im Raum. »Wollt ihr 'nen Schnaps?«

Ohne eine Antwort abzuwarten, angelte er unter einem Tisch – auf dem ein ebensolches ekelerregendes Chaos wie im Raum, nur in Miniatur, herrschte – eine weiße Plastetüte hervor, aus der er eine Flasche Pfeffi herauszog und sie ihnen hinhielt. Renée schüttelte höflich den Kopf.

»Nein, danke!«

»Ich nehm einen!«, erwiderte Uta.

»Du sollst doch aber keinen …« Weiter kam Renée nicht, denn Uta ergriff die noch halb volle Flasche, drehte den Schraubverschluss auf und setzte sie an die Lippen, ohne zuvor den Flaschenhals wenigstens heimlich mit dem Ärmel ihrer Jacke abzuwischen. Gluck-gluck machte es hörbar. Uta, das Flaschenkind, die einzige junge Frau weit und breit, die den Trick raushatte und nach einem tiefen Zug aus der Flasche, egal welchen Inhalts, anschließend nicht »in der Flasche festsaß«, so wie Renée jedes Mal.

»So ist's richtig, Mädchen«, lobte der Alte Uta und bedachte Renée mit einem mitleidigen Blick, bevor er den Rest selbst auf Ex kippte. Und während Renée zwischen all dem Gerümpel, das der Alte seit seinem Einzug angehäuft zu haben schien, die Fensternischen, die Vorsprünge, die klappernden Fenster und die morsche Treppe vermaß und auch die Zerstörungen am Bahneigentum aufnahm, leerte Uta mit ihm noch mehrere Flaschen Bier.

»Verträgt sich das Bier denn mit deinen Tabletten?«, wollte Renée auf dem Heimweg wissen.

»Das lass mal meine Sorge sein.«

Seitdem schien Uta wieder regelmäßig zu trinken. Als Renée unter Utas Bett beim Saubermachen zufällig eine leere Weinflasche fand, sprach sie Uta noch nicht darauf an. Doch als weitere leere Flaschen dazukamen, stellte sie sie zur Rede.

»Ich bin wieder gesund. Und deshalb kann ich auch trinken, so viel ich will«, war Utas lapidare Antwort.

»Und warum versteckst du dann die Flaschen?«

»Warum wohl? Weil du dir um jeden Scheiß Sorgen machst!«

»Selbst wenn. Was ist daran schlimm?«

»Es ist krank.«

»Ja, klar.«

»Zum Beispiel sorgst du dich dauernd um deinen Parker.«

Renée verstand nicht, was das mit den Flaschen zu tun hatte. »Meinst du meinen Kugelschreiber?«

»Du verborgst ihn nie und wenn, dann wirst du richtig kribbelig und forderst ihn gleich wieder zurück.«

»Es ist ein Parker. Aus dem Westen. Mit Feder-Pfeil-Klipp. Und eine Erinnerung an meinen richtigen Vater.«

»Wie du das sagst. Mit Feder-Pfeil-Klipp! Hast du ihn eigentlich extra etwas abgebogen, damit du deinen Kugelschreiber überall wiedererkennst?«

Renée fühlte sich ertappt.

»Lass ihn doch einfach mal im Hörsaal liegen.«

»Was?«

»Ja, richtig gehört: Lass ihn einfach mal irgendwo liegen!«

Allein die Vorstellung verursachte ein heftiges Kribbeln auf Renées Haut. Wahrscheinlich bekam sie gerade diese hässlichen nervösen Flecken am Hals und im Gesicht. Viel zu spät wurde Renée klar, dass Uta sie wieder nur vom Thema abgelenkt hatte.

Tatsächlich ließ Renée das Gespräch um ihren Parker keine Ruhe. Deshalb tat sie ein paar Tage später etwas, das sie sich zuvor nicht einmal hätte vorstellen können. Sie ließ ihren Kugelschreiber am Ende des Seminars einfach auf dem Tisch liegen. Da der Raum nur von ihrer Seminargruppe benutzt wurde, war die Gefahr nicht allzu groß, dass er wirklich wegkam.

»He, Renée! Dein Kugelschreiber!«

Jeder in der Seminargruppe kannte ihren Kugelschreiber, und jeder wusste, wie sehr sie an ihm hing, also wurde er ihr in den folgenden Tagen dauernd hinterhergetragen, egal, wo sie ihn absichtlich liegen ließ. Er kam immer wieder zu ihr zurück. Es war geradezu ein Wunder.

Der Parker war ein Geschenk ihres Vaters zur Jugendweihe gewesen, und Renée hatte den Stift jahrelang gehütet wie einen Schatz. Nun wurde sie unachtsamer, schließlich tauchte er ja immer wieder auf. Bis zu dem Tag, an dem er plötzlich doch weg war. Panisch suchte Renée alles ab, fragte sämtliche Kommilitonen, ob sie ihren Kugelschreiber gesehen oder versehentlich eingesteckt hatten … Aber er blieb verschwunden.

Sie hatte das einzige Erinnerungsstück an ihren Vater verloren.

Renée hätte Uta deswegen am liebsten Vorwürfe gemacht, denn sie hatte sie mit ihren Provokationen schließlich dazu angestiftet. Aber sie hätte sowieso nur Hohn und Spott geerntet, und das auch zu Recht. Die Geschichte zeigte ja, dass sie tatsächlich krank war und sich zu sehr an materielle Dinge klammerte. Sie konnten für Renée aber nur diese große Bedeutung erlangen, weil sie allein sie ihnen zugestand.

Dennoch bemerkte Renée, wie sie innerlich auf Abstand zu Uta ging. Der Parker war aus irgendeinem Grund der letzte Tropfen gewesen, der das sprichwörtliche Fass zum Überlaufen gebracht hatte. Es war nicht Robert gewesen und auch nicht Füller, nicht die Schummelei in der Tragsysteme-Klausur oder die Hilfsassi-Stelle, die Renées Vertrauen zu Uta endgültig zerstörte. Es war dieser blöde Kugelschreiber. An dem hatte sie gehangen, und nur wegen Uta hatte sie ihn verloren.

Neben dem Weg zur Hochschule und den Belegen verband sie allerdings auch noch die Wohnung, in der sie fast wie ein altes, eingespieltes Ehepaar nebeneinanderher lebten. Nach außen hin blieben sie für ihr Umfeld immer noch die engen Freundinnen, die alles miteinander teilten, alles gemeinsam erledigten und unternahmen, doch ganz im Geheimen misstraute Renée Uta immer mehr und wurde sehr, sehr vorsichtig. Und bald kam sie sich wie ihre eigene Mutter vor, die ihre Ehe mit Renées Vater damals viel länger ertragen hatte, als es gut für sie gewesen war, nur um den Schein zu wahren und sich nicht mit dem Problem auseinandersetzen zu müssen.

Die Situation belastete Renée jedoch. So sehr, dass sie sogar Grischa und Annegret ins Vertrauen zog, die die ganze obere Etage im Katzenhaus bewohnten und eines der fünf kleinen Zimmer nur als Abstellkammer nutzten. Könnten sie sich vielleicht vorstellen, dass Renée dort einzog?

Das nun doch nicht. Und die beiden glaubten Renée auch nicht so recht, dass Uta manchmal tagelang nicht mit ihr sprach, nachdem sie wie früher im Jakob einfach mitten im Gespräch verstummt war, während sie gleichzeitig aber mit allen Leuten, denen gegenüber sie sich sonst distanziert und hochmütig zeigte, plötzlich angeregt über alberne Belanglosigkeiten plauderte. Auch mit Grischa und Annegret, obwohl Uta sie total spießig fand. Das sagte Renée Annegret natürlich nicht.

»Ich dachte am Anfang auch, sie kann mich nicht leiden. Aber in letzter Zeit war sie sehr nett zu mir, auch zu Mäxchen.«

Sie verscheißert dich nur, hätte Renée Annegret am liebsten erwidert, aber auch das verkniff sie sich.

»Vielleicht hast du ja irgendetwas gesagt, das sie verletzt hat.« Annegret schaute zu Grischa, der zustimmend nickte.

»Vielleicht bildest du dir das ja nur ein, Renée.«

»Ja, vielleicht.«

Renée war mit dem Für und Wider ihrer Freundschaft zu Uta so sehr beschäftigt, dass ihr offensichtlich entgangen war, was in Weimar und an der Hochschule bereits seit einer Weile ein großes Thema war.

In der Stadt hatten in letzter Zeit immer wieder alte, marode Häuser der Abrissbirne zum Opfer fallen sollen, weil der Staat kein Geld für ihre Sanierung hatte und sie zusehends verfielen. Meistens hieß es dann, dass es bereits tolle Pläne für Ersatzneubauten gab, aber um sie in der Innenstadt verwirklichen zu können, fehlte es am Ende immer am entsprechenden Gerät und Know-how. Denn natürlich käme nur eine WBS70-Lösung infrage. Um die aber montieren zu können, brauchte es eine Trasse für den Krahn, die in der engen Innenstadt von Weimar nicht zu realisieren war. So wurden zwar die alten Häuser abgerissen, nur leider fast nie durch neue ersetzt. In einer Stadt mit so vielen Architekten, Bauingenieuren und Denkmalpflegern geradezu ein Widerspruch und eine große Schmach dazu. »Sanierung durch Abriss«, hieß das zynisch im

Volksmund. Aber anscheinend versuchten sich einige von ihnen dagegen zu wehren. Natürlich nicht öffentlich. Nur im Untergrund. Und niemand wusste, wer dazugehörte.

Eines Morgens betraten Renée und Uta den großen Vorlesungssaal, der schon gut gefüllt war. Wie immer suchten sie sich einen Platz in den oberen Reihen. Als sie aber gerade die Stufen hinaufstiegen, stand plötzlich auf Utas Höhe ein Student aus der A auf und klatschte ihr Beifall. Alle drehten sich erstaunt nach ihm um, schienen sich wie Renée zu fragen, was der Grund für seine Ehrerbietung war. Uta warf dem Studenten einen kurzen warnenden Blick zu, worauf der sofort aufhörte zu klatschen und sich schnell wieder hinsetzte.

»Warum hat der denn geklatscht?«

»Keine Ahnung.«

»Uta?«

»Kann ich nicht sagen.«

Doch später in der Mittagspause im WC war es Gesprächsthema Nummer eins. Uta war nicht dabei, weil sie für Riemer wieder einmal etwas erledigen musste.

»Und warum hat der nun geklatscht?« Das schien auch die drei Heikus brennend zu interessieren.

»Na, habt ihr denn nicht gehört, dass heute Morgen wieder ein Haus plattgemacht werden sollte?« Andy war durch den Tresendienst immer nah am Buschfunk, wusste, was in Weimar gerade so vor sich ging.

Den Heikus war tatsächlich etwas zu Ohren gekommen, und auch Renée erinnerte sich daran, ein paar Fotos auf Utas Schreibtisch gesehen zu haben. »Meinst du das Eckhaus zum Goetheplatz?«

»Ja. Die mussten aber mit ihrer Abrissbirne unverrichteter Dinge wieder abziehen, weil …« Tenkes rollte Aufmerksamkeit heischend die Augen.

»Mann, nun sag schon!«

»Weil da jetzt ein Denkmalschutzschild an der Fassade ist«, löste Andy auf.

»Und weil denkmalgeschützte Häuser nicht abgerissen werden dürfen, musste die ganze Kombo samt Birne wieder abrücken!« Tenkes grinste stolz in die Runde, als wäre er höchstpersönlich dafür verantwortlich gewesen.

»Die haben für das Haus eine Denkmalplakette bekommen?« Renée staunte. Schließlich war das doch das eigentliche Problem – die Verantwortlichen bei der Denkmalpflege hatten nicht den Mumm, sich gegen das Stadtbauamt durchzusetzen.

»Wer hat das denn behauptet? Ich habe nur gesagt, dass die Plakette heute Morgen an dem Eckhaus hing.« Tenkes zwinkerte ihr zweideutig zu.

»Soll das etwa heißen, irgendwer hat die Plakette einfach an dem Haus angebracht?«

»Hat schon ein paarmal funktioniert.«

»Aber die Plakette kriegt man nicht einfach so. Die wird nur von der Denkmalpflege mit dem entsprechenden Gutachten ausgegeben«, warf eine der Heikus ein, und Renée gab ihr recht. Die Plakette konnte man nicht irgendwo bestellen oder gar kaufen.

»Ganz genau. Und weil das so ist, haben die Abrissleute heute Morgen die Plakette auch sehr ernst genommen.«

Renée hörte Andys ironischen Unterton und kapierte es endlich. »Du meinst, sie ist gar nicht echt? Jemand außerhalb der Denkmalbehörde hat sie … selbst angefertigt?«

»Ich frage mich eher, wer sie heute Nacht heimlich angebracht hat.« Tenkes blickte Renée prüfend an.

»Was siehst du mich so an? Denkst du etwa, ich hätte etwas damit zu tun? Spinnst du? Hab ich nicht.«

»Deine Freundin könnte dafür geext werden.«

»Ach so, ihr glaubt, Uta war das?«

»Guten Morgen, Renée!« Tenkes lachte über ihre Begriffsstutzigkeit, aber dann mussten sie alle zur nächsten Vorlesung von Professor Speer und konnten nicht mehr weiterreden. Wie immer nahm Renée bei ihm in der ersten Reihe Platz. Er hatte sie peinlicherweise schon einige Male angesprochen:

»Na, alles verstanden?«

Deshalb machte sie bei ihm immer ein besonders interessiertes Gesicht, so auch heute. Eifer vortäuschend schrieb sie alles mit, während ihre Gedanken ununterbrochen um Uta und das Eckhaus kreisten.

Konnte es wirklich sein, dass Uta nachts selbst hergestellte Denkmalplaketten an Häuser anbrachte, um sie vor dem Abriss zu schützen? Das würde zwar zu Uta passen, so wie sie in letzter Zeit drauf war. Nur, wie kam sie darauf?

Als sie von der Hochschule gemeinsam nach Hause liefen, sprach Renée sie direkt darauf an, obwohl sie nicht mit einer Antwort rechnete: »Uta? Hast du etwas mit der Denkmalplakette an dem Eckhaus zu tun?«

Uta blieb mitten auf dem Markt mit ihrer Aktentasche vor dem Bauch stehen. Sie wirkte erschrocken. »Wer weiß noch davon?«

Das wollte Renée nicht sagen. »Wo hast du denn die Plakette her? Hast du die selber gemacht?«

»Sei nicht dumm, Renée. Die ist aus Emaille!«

»Also, woher hast du sie?«

»Denk nach.«

»Uta, das ist hier kein Quiz! Deine Zukunft könnte auf dem Spiel stehen!«

»Was soll ich mit der Zukunft? Ich will jetzt was bewirken. Wenn die Häuser abgerissen sind, ist es zu spät.«

Sie waren schweigend weitergegangen und mussten an der Straße zwischen dem Resi, dem Residenzcafé, und dem Schloss den Verkehr abwarten. Schräg gegenüber stand ein

Gerüst an einer Seite des Schlosses. Ein vertrauter Anblick. Die Feuchtigkeit, die stetig von der nahen Ilm aufstieg, zerstörte immer wieder aufs Neue den Putz und das Mauerwerk. Deshalb wanderte das Gerüst seit Jahren um das Schloss herum, hatte Silvi erzählt. War eine Seite fertig, war schon wieder die nächste dran.

Renée fiel ein, dass sie in der letzten Woche auch eine Liste denkmalgeschützter Häuser in der Umgebung von Weimar auf Utas Schreibtisch gesehen hatte. Auf einmal hatte sie eine Ahnung. »Sag mal, klaust du etwa die Plaketten von anderen Häusern?«

»Nur die sehen echt aus.« Uta lächelte stolz. »Und dort, wo sie fehlen, sind die Häuser ja geschützt. Erstens wissen alle, dass sie unter Denkmalschutz stehen, und zweitens gibt es ja ein Gutachten, sollte doch jemand daran zweifeln.«

»Uta, weiß eigentlich Dr. Riemer, was du da …«

»Das hoffe ich doch!«

»Was?«

»Das war mein Einstand heute Nacht.«

»Uta, wovon redest du da?«

Endlich kam kein Auto mehr. Sie konnten die sonst stark befahrene Straße überqueren und gingen auf das Torhaus der Bastille mit der Durchfahrt zum Schlossturm zu.

»Du willst wissen, wovon ich rede? Dann schau mal da rüber, Renée.« Uta zeigte zur Einfahrt des Torhauses. »Was siehst du da?«

Die Toreinfahrt hatte eine aufwendig gestaltete Umrandung aus Sandstein, und über dem Sturz war ein Wappen zu sehen, links und rechts davon zwei kleine Figuren. Meinte Uta die?

»Neben der Toreinfahrt!« Uta blieb stehen und zeigte auf das Denkmalschutzzeichen neben der Einfahrt. »Woran erinnert es dich?«

»An das Denkmalschutzzeichen!« Renée wurde allmählich sauer. Was sollte das?

»Nein, schau dir das innere Zeichen genau an, und jetzt stell es auf den Kopf.«

»Okay, sieht aus wie ein Haus.«

»Sehr gut. Und? Wie wessen Haus?«

»Uta!!!« Renée verlor langsam die Geduld.

Uta seufzte genervt und malte schließlich etwas mit der Fußspitze in den Kiesweg. »Das ist das Haus vom Nikolaus!« Sie hatte, während sie den bekannten Kindervers aufsagte, das Haus in einem einzigen Zug in den Kies gezeichnet.

»Und?« Renée begriff es noch immer nicht.

Uta starrte sie empört an, als wäre Renée schwer von Begriff: »NI-KO-LAUS!«

Renée zuckte verständnislos die Schultern, und deshalb erklärte Uta es ihr in schnellen, gehetzten Sätzen und mit um sie herumflatternden Händen. Demnach war ihr Seminarleiter Dr. Riemer, dessen Vorname Nikolaus war, der Kopf einer Untergrundbewegung, die historische Häuser ohne Denkmalschutz vor der Abrissbirne rettete.

»Keiner weiß, wer alles zu dieser Organisation gehört. Aber es ist eine Art Geheimbund, in dem keiner vom anderen weiß. Doch es sind viele, Renée. Sehr viele. Und Riemer, also Nikolaus, ist der Großmeister!«

Renée wusste nicht, was sie davon halten sollte.

»Schau mich nicht so an, Renée! Da sind junge Leute wie wir dabei, ältere Leute wie unsere Eltern, Menschen wie die Bäckersfrau, wie Walli oder Ürbs und Silvi!«

»Wieso gerade die?«

»Nein, du hast mich falsch verstanden. Ich behaupte nicht, dass die von mir genannten Leute tatsächlich dazugehören. Das waren nur Beispiele.«

»Verstehe. Und wie wird man Mitglied?«

»Ganz einfach. Man muss eine Prüfung bestehen und wird dann erwählt.«

»Mit so einer Aktion wie heute Nacht?«

»Ja, und dann wartet man. Sie kontaktieren einen. Nicht gleich natürlich. Das wäre zu gefährlich.«

»Aber du bist ja Riemers Assi …«

Uta schüttelte enttäuscht den Kopf. Renée las es in ihren Augen – anscheinend hatte sie nichts, rein gar nichts kapiert.

»Riemer würde niemals zugeben, Großmeister einer Geheimloge zu sein. Auch nicht unter Folter. Du brauchst also gar nicht erst zu ihm zu gehen, Renée. Er würde dich höchstens auslachen oder für verrückt erklären.«

Uta blickte sich um, als fürchtete sie, dass jemand sie beobachten könnte, und wischte hastig mit ihrem Schuh über die Zeichnung, um sie unkenntlich zu machen.

»Du verrätst mich doch nicht, Renée? Ich meine, ich habe dir davon erzählt, weil du meine Freundin bist.«

»Bin ich das denn noch?«

»Aber natürlich! Wie kommst du denn darauf …«

»Bei mir ist dein Geheimnis sicher«, unterbrach Renée sie schnell.

»Schwöre es.«

»Uta, ich weiß nicht …«

»Schwöre es! Auf der Stelle!«

Renée erhob die Hand zum Schwur. »Ich schwöre.«

Das schien Uta endlich zu beruhigen. Sie lächelte. »Wollen wir was zusammen kochen? Ich habe noch zwei Büchsen Wildschweingulasch mit Preiselbeer-Soße.«

Auch wenn Uta in den folgenden Tagen etwas ruhiger und ausgeglichener war, beunruhigte Renée weiterhin ihr unerschöpflicher Arbeitseifer. Sie las stapelweise Bücher zur Denkmalpflege, so kam es Renée zumindest vor, auch wenn sie sie meistens nur durchblätterte. Doch wenn sie Uta fragte, worum es in diesen Büchern ging, begann sie detailliert deren Inhalt wiederzugeben. Das war es auch, was Renée zurückhielt, sich wieder an Dr. Riemer zu wenden. Ja, Uta war überaktiv und etwas seltsam, aber im Vergleich dazu hatte die in sich gekehrte, stille Uta mit dem teigigen Gesicht vom Anfang des Semesters ihr mehr Angst gemacht.

Und auch Dr. Riemer benahm sich irgendwie komisch. Er tauchte manchmal nur kurz in der Mensa, in den Vorlesungen oder im Seminar auf und ließ seinen Blick über die Köpfe der Anwesenden kreisen. Traf sein Blick auf Uta, ging er sofort wieder, und Uta stand im selben Moment auf, egal, ob sie gerade etwas zeichnete oder noch beim Essen war, und folgte ihm. Manchmal schien Uta ihn jedoch absichtlich zu ignorieren. Dann starrte er sie so lange und intensiv an, bis Renée oder jemand anderes Uta auf Dr. Riemer aufmerksam machte und sie nicht mehr so tun konnte, als ob sie ihn nicht gesehen hätte.

»Was will er denn überhaupt von dir?«

Uta sah sie scharf an. Sie hatte Renée doch schon genug erzählt, sollte das wohl heißen.

»Trotzdem, wenn du das nicht tun willst, was Dr. Riemer von dir verlangt, rede ich mal mit dem E&A«, bot Renée ihr an, aber Uta schüttelte den Kopf.

»Der weiß doch längst davon. Oder glaubst du, die anderen Profs lassen sich das einfach so gefallen, dass er mich sogar aus ihren Vorlesungen rausholt?«

Ja, das wunderte Renée auch. Die Profs schienen damit sogar einverstanden, obwohl Dr. Riemer nur Dozent und kein Lehrstuhlinhaber war. Irgendetwas ging da zwischen Riemer und Uta vor, und Renée hielt es mittlerweile durchaus für möglich, dass er tatsächlich das war, was Uta von ihm behauptet hatte: Der Kopf einer im Untergrund tätigen Gruppe, die bedeutende historische Häuser vor dem Abriss zu retten versuchte.

11. HINWEISE

Das Semester ging wie immer mit einer Prüfungswoche zu Ende und gipfelte in einem Hauptentwurf, in der sie eine Schweinemastanlage entwerfen mussten. Niemand hatte so recht Freude daran, denn mit Kreativität hatte das wenig zu tun. Es mussten Unmengen an Vorschriften beachtet werden, und wenn es überhaupt ein paar Freiheiten gab, dann bei Kinderkrippe und -garten, der betriebseigenen Kantine und dem Kultursaal. In der einen Ferienwoche, die ihnen bis zum Beginn des vierten Semesters blieb, schliefen sie viel und dämmerten nur so vor sich hin. Dann ging alles von vorn los, und das vierte Semester begann.

Uta blieb abends oft länger in der Hochschule. Die Bibliothek der Sektion Architektur hatte zwar nur bis zwanzig Uhr geöffnet, aber Renée war sich fast sicher, dass sie anschließend zu Dr. Riemer ins Büro umzog, um dort weiterzuarbeiten. So musste sie die schweren Bücher nicht quer durch die Stadt zu ihnen ins Katzenhaus schleppen und konnte sie leichter umtauschen, wenn sie für ihr Vorhaben nichts taugten. Nur, was war Utas Vorhaben? Das bekam Renée nicht heraus, darüber wollte sie nicht sprechen. »Ich habe dir schon viel zu viel verraten, Renée.« Und sie erinnerte Renée erneut an ihren Schwur. »Irgendwann später werde ich dir vielleicht alles erklären können, ja? Aber jetzt ist es noch zu gefährlich, versteh das doch.«

»Ich vermisse dich einfach so! Die alte Uta!« Plötzlich waren Renée die Tränen gekommen. »Unsere Nachmittage im

Park, an denen wir nur so rumgeblödelt und andere Leute verscheißert haben.«

»Ich vermisse das doch auch«, erwiderte Uta, aber Renée glaubte ihr nicht. Es war nur ein Lippenbekenntnis, um sie zu beruhigen und um sich weiter von ihr distanzieren zu können. Uta hatte für sich eine Aufgabe gefunden, da störte die Freundin nur.

Renée fühlte sich zunehmend einsam, und das, obwohl sie ja nicht allein war. Sie gingen weiterhin gemeinsam zur Hochschule, saßen meistens zusammen, aber die Unbeschwertheit zwischen ihnen war fort, zumindest von Renées Seite. Uta war mit ihren Gedanken ständig woanders, und das war nicht nur Renées Eindruck. Deshalb ging sie, als sie an diesem Nachmittag Andy auf dem Heimweg auf dem Markt traf, mit zu ihm, als er sie überraschenderweise auf einen Tee einlud.

Im ersten Moment hatte Renée sein Angebot ausschlagen wollen. Seit der Sache mit Füller hatten sie nie wieder unter vier Augen miteinander gesprochen. Sie hatten es beide immer vermieden, sich mit dem anderen allein unterhalten zu müssen. Er wahrscheinlich, weil er nicht über Füller Auskunft geben wollte, und sie, weil sie nicht hören wollte, dass er sie ja rechtzeitig vor Füller gewarnt hätte.

Aber an diesem Abend erwartete sie wieder nur das leere Katzenhaus. Grischa und Annegret, bei denen sie ab und zu auf einen Plausch vorbeischaute, immer mit dem Vorwand, etwas borgen oder etwas Geborgtes zurückbringen zu wollen, waren nicht da. Also ging sie mit zu Andy hinauf in den dritten Stock.

Seine kleine Wohnung hatte sich seit der Einweihungsfeier positiv verändert. Sie war gemütlicher geworden, auch wenn der Geruch des Plumpsklos trotz abgedichteter Tür und einem sofort angezündeten Räucherstäbchen in den Räumen hing.

»Möchtest du auch einen grünen Tee?«, rief Andy aus der winzigen Küche.

»Grüner Tee?« Renée legte den Bildband über das Bauhaus, in dem sie geblättert hatte, beiseite und schaute neugierig in die Küche. Um hineinzugehen war sie zu klein.

»Ja, ist neu. Gab's im Konsum. Der macht richtig wach.«

Sie redeten noch eine Weile über schwarzen Tee, dessen Qualität in den letzten Jahren, wie bei so vielen anderen Produkten, sehr viel schlechter geworden war. Wie man ihn mit ein paar Gewürzen aufwerten und ihm einen besonderen Geschmack geben konnte. Andy hatte da sehr viele Ideen und bereitete mehrere Kostproben für sie zu. Renée hatte den Eindruck, dass ihn die plötzliche Nähe zwischen ihnen nervös machte, was sie ziemlich wunderte, sie aber im Gegenzug selbst ruhiger werden ließ.

Als sie das Tee-Thema endlich abgehandelt hatten, entstand eine kleine unangenehme Pause. Zum Glück fiel Renées Blick auf den Bildband über das Bauhaus. Er war natürlich aus der Bibliothek.

»Warum gibt es eigentlich kaum Bücher über das Bauhaus? Und wenn, dann sind sie wie das da fast immer aus dem Westen?«

»Weil das Bauhaus bei uns lange verpönt gewesen ist. Nicht bei den Formgestaltern oder Architekten, sondern politisch. Ihm wurde Formalismus und Wirklichkeitsfälschung vorgeworfen. Man wollte sich gegen den westlich-dekadenten Kunstbetrieb abgrenzen, gegen die bürgerlichen Intellektuellen wie Gropius, Klee, Mies van der Rohe, Marcel Breuer.«

»Ähm, was versteht man gleich noch mal unter Formalismus?«

Andy lächelte, und Renée dachte schon, er lache sie aus, weil sie wieder einmal nicht Bescheid wusste, aber dann stand er auf, ging zu seinem Bücherregal und griff nach *Meyers*

Jugendlexikon, schlug es auf, blätterte einen Moment zwischen den Seiten und las dann vor:

»Im Gegensatz zur schöpferischen Methode des Realismus steht die Methode des Formalismus mit all ihren Richtungen der abstrakten Kunst. Diese Methode ist in der Kunst die Widerspiegelung des Verfalls der bürgerlichen Gesellschaft und ihrer Ideologie in der imperialistischen Phase des Kapitalismus. Die Formalisten verzichten auf ein wahrheitsgetreues, gegenständliches Abbild der Wirklichkeit und zerstören unter dem Vorwand der künstlerischen Freiheit willkürlich die Zusammenhänge und tatsächlichen Erscheinungsformen der Wirklichkeit, vor allem das humanistische Menschenbild.«

Andy klappte das Lexikon wieder zu.

»Das Lexikon ist von neunzehnhundertachtundsechzig. Aber meine Eltern haben erzählt, dass in den Fünfzigern die Entwürfe der Architekten, die dem Bauhaus anhingen, regelrecht verunglimpft wurden. Man wollte keine weißen glatten Bauklötze oder schmucklose Freischwinger, man fand den historisierenden Klassizismus für die Arbeiterklasse passender.«

»Also die Karl-Marx-Allee.«

»Damals noch Stalinallee.«

Renée nickte und fand wieder einmal, dass Uta und Andy einen Vorteil hatten, weil ihre Eltern vom Fach waren. Konnte sie das jemals aufholen?

»Aber jetzt scheint doch das Bauhaus wieder besser angesehen zu sein.«

»Ja, das haben wir einerseits dem Wohnungsbauprogramm zu verdanken, der industriellen Fertigung, die ja auf das Bauhaus zurückgeht. Sie ist eben schneller und billiger. Und natürlich solchen Leuten wie Professor Bernhard, sagt meine Mutter. Der war schon als Student ins Bauhaus vernarrt.«

»Deine Mutter kennt ihn?«

»Die kennen sich alle. Bernhard, Riemer, meine Eltern. Sie haben ja fast zur selben Zeit studiert.«

»Auch Utas Vater?«

»Klar, ich glaube, Utas Eltern hätten es gern gesehen, wenn ihre Tochter und ich ein Paar geworden wären. Ich übrigens eine Zeit lang auch.«

»Moment! Du kanntest Uta bereits vor dem Studium?«

Andy sah sie ernst an, zögerte, doch dann bestätigte er es mit einem Nicken.

»Warum habt ihr denn so getan, als würdet ihr euch nicht kennen?«

»Haben wir nicht. Wir gehen uns nur seit dem Abitur aus dem Weg.«

Stimmt. Das war nicht zu übersehen gewesen, trotzdem studierten sie jetzt beide am selben Ort. Renée hätte gern das *Warum* erfahren, aber Andy zog den Schlussstrich:

»Mehr will ich dazu nicht sagen, Renée.«

»Ja, klar.«

Anscheinend hatte sie damals mit ihrem Verdacht, dass Andy heimlich in Uta verliebt sein könnte, nicht so falschgelegen. Vielleicht hatte er ja genau wie Robert eine Abfuhr von Uta einstecken müssen.

»Ich habe mir Meyers Lexikon letztes Jahr zu Weihnachten gewünscht, aber es gab keins«, bot Renée an, um das entstandene Schweigen zu brechen.

»Dann kommst du jetzt eben immer zu mir, wenn du was wissen willst«, sagte Andy leichthin, und Renée grinste.

»Ich dachte, du zeigst den Mädels lieber Platten?«

»Du denkst zu schlecht von mir!«

»Bestimmt nicht. Schließlich hast du mir doch Füller auf den Hals gehetzt, obwohl du wusstest, dass er verheiratet ist.« Renée schluckte. Hatte sie das gerade wirklich gesagt?

»Was hab ich?«

»Ach, komm! Streit es nicht ab!«

»Nee, das will ich jetzt wissen, Renée.«

Also erzählte sie ihm, dass Füller am Tag des Seifenkistenrennens behauptet hatte, Andy habe bei ihm für Renée einen Platz auf dem Fenstersims reserviert.

»Das habe ich niemals gesagt! Im Gegenteil. Ich habe Füller sogar verboten, dich anzumachen, weil ich weiß, was er für ein schlimmer Finger ist.«

»Na, du bist auch nicht so viel besser. Wenn ich da an die ganzen Mädels vor deinem Tresen denke.«

Andy blickte sie erstaunt an und wollte anscheinend etwas erwidern, aber dann ließ er es.

»Was ist? Nun sag schon!«

»Ich denke, du solltest nicht immer alles, was du siehst, für bare Münze nehmen, Renée.«

Nachdem die Sache mit Füller nun geklärt war, war das Eis zwischen ihnen endgültig gebrochen, und auch wenn sich Renée nicht zu hundert Prozent sicher war, ob sie Andy glauben konnte, gab es jetzt keinen Grund mehr, Distanz zu ihm zu halten. Sie stellte sich wieder zum Rauchen zu ihm oder sie saßen in der Vorlesung zusammen. Natürlich nur, wenn Uta gerade wegen eines Auftrags für Dr. Riemer unterwegs war oder für ihn etwas in der Bibliothek recherchierte. In den Seminaren aber, wo jeder seinen angestammten Platz hatte, saß sie weiter bei Uta, und sie gingen auch wie immer jeden Morgen gemeinsam zur Hochschule.

An den Abenden jedoch, wenn sie nach dem letzten Seminar nach Hause gingen und Uta oft noch bei Riemer reinschaute, da ergab es sich nun öfter, dass Andy und Renée zusammen hoch in die Musäusstraße liefen, ohne dass einer direkt auf den anderen wartete. Im Gegenteil. Andy schien genau wie Renée sehr genau darauf zu achten, dass man sie nicht zusammen aus der Hochschule weggehen sah. So nahm Andy mit Tenkes, der noch in der Hegelstraße wohnte, immer den Weg über die Amalienstraße, während Renée den Heimweg über die Marienstraße wählte. Beide Straßen bildeten mit der Geschwister-Scholl-Straße, in der das Hochschulgebäude stand, ein fast gleichschenkliges Dreieck, und beide liefen auf den Wielandplatz zu, wo das WC war und gegenüber das Hansahaus, neben dem es einen kleinen Konsum gab, wo sie die Dinge des täglichen Bedarfs einkauften. Am Anfang taten sie noch überrascht, wenn sie sich am Brotregal oder am Käsestand trafen, aber schnell gewöhnten sie sich daran und bummelten auch etwas im Laden herum, bis sie sich zur Kasse wagten. Von dort hatten sie durch das Schaufenster nicht nur einen guten Blick auf den Wielandplatz, sondern auch in die beiden Straßen hinein, sodass sie sich sicher sein konnten, dass alle aus ihrer Seminargruppe bereits vorbeigegangen waren und sie ab dort ungesehen über den Frauenplan, über den Markt am Schloss vorbei, über die Sternbrücke die Leibnizallee hoch bis zur Musäusstraße nach Hause gehen konnten.

Renée wusste ganz genau, warum sie mit Andy nicht gesehen werden wollte. Uta konnte, obwohl sie den Kopf mit anderen Dingen voll hatte, immer noch sehr eifersüchtig werden, wenn sie mitbekam, dass Renée ihre Zeit mit jemand anderem verbrachte. Das hatte ihr Uta immerhin schon zweimal eindrucksvoll bewiesen. Bei Robert und bei Füller. Vielleicht sogar auch dreimal, wenn man Eddi dazuzählte. Auf keinen Fall wollte Renée, dass Uta ihre Beziehung zu Andy ebenfalls falsch einschätzte und sich zwischen sie drängte, nur weil sie sie zufällig zusammen in der Stadt sah. Renées ehedem freundschaftliches Verhältnis zu Eddi hatte sich jedenfalls seit Utas One-Night-Stand mit ihm stark abgekühlt. Er grüßte Renée nur noch flüchtig und höchstens von Weitem, wenn sie sich irgendwo begegneten, während Uta ihn natürlich komplett ignorierte.

Auch Andy schien kein Interesse daran zu haben, Uta mit der Nase darauf zu stoßen, dass sie Zeit miteinander verbrachten. Und wenn er mal rüber ins Katzenhaus kam, um sie zu sich einzuladen oder etwas zu einem Seminar zu besprechen, dann schien er sehr genau darauf zu achten, dass sie nicht da war. Einmal hockten sie gerade zusammen über einem Beleg für Produktionsbau und diskutierten irgendein Detail, da hörten sie plötzlich Uta in den Hausflur kommen. Andy sprang sofort auf den Schreibtisch und haute einfach durch das angelehnte Fenster ab. Zum Glück wohnten sie im Erdgeschoss!

Als sie später bei ihm in der Wohnung auf seinem Sofa saßen, wollte sie wissen, warum er das getan hatte, worauf er erklärte:

»Das ist ja nun kein Geheimnis, dass Uta und ich uns aus dem Weg gehen.«

»Du wärst gern mit ihr ein Paar gewesen, hast du gesagt.« Das war gewagt. Andy hatte schon einmal nichts dazu sagen wollen, doch zu ihrer Überraschung bekam sie dieses Mal eine Antwort.

»Na ja, das war, als wir siebzehn waren und Uta noch nicht …« Andy biss sich auf die Unterlippe.

»Als sie was noch nicht?«

»Na ja, bevor sie damals krank wurde. Aber ich soll darüber nicht reden. Das musste ich versprechen.«

»Meinst du diese Stoffwechselkrankheit?«

Andy blickte sie erstaunt an: »Das hat sie dir erzählt?«

»Natürlich! Wir sind Freundinnen. Da erzählt man sich so etwas.«

»Klar«, sagte er zögernd. »Und was hat sie noch so erzählt?«

»Dass sie deshalb so viel schwitzt und dass sie sich bald die Schweißdrüsen wegoperieren lassen will.«

Andy nickte nachdenklich. »Sonst noch was?«

»Nein, was denn noch?«

»Ach, nichts.« Andy sah Renée irgendwie seltsam an. »Ich staune nur, dass sie dir das mit der OP erzählt hat.«

»Es ist ihr bestimmt nicht recht, dass ich dir das verraten habe. Oder wusstest du das schon?«

Andy nickte.

»Wolltest du deshalb nicht mehr mit ihr zusammen sein? Weil sie so stark schwitzt?«

Renée glaubte nicht, dass Andy das bejahen würde, denn ihr war das zwar aufgefallen, aber so schlimm, wie Uta es darstellte, war ihr Schwitzen nun auch wieder nicht. Andy schien eine Weile zu überlegen, was er antworten sollte, doch schließlich nickte er.

»Weißt du, wann die OP sein soll?«

Renée schüttelte den Kopf.

»Ich könnte mir vorstellen, dass sie es machen lässt, während wir im ZV-Lager sind.«

»Du meinst, Uta wird befreit? Geht das überhaupt?«

Wieder nickte Andy. Doch sein Gesicht war dabei ungewohnt ernst.

Das vierwöchige Zivilverteidigung-Lager, kurz ZV-Lager, war für alle Studentinnen Pflicht und fand mitten im vierten Semester, im April, statt. Ohne eine Teilnahmebestätigung in ihrem Studienbuch würde sie später nicht zum Diplom zugelassen werden. So wie es auch kein Diplom gab, wenn man nicht eine Mindestzahl an Sportstunden erbrachte oder den Russischunterricht zu oft schwänzte. Ins ZV-Lager fuhren nur die Mädchen – und natürlich auch die Jungen, die von der Armee befreit waren. Die Studenten, die vor dem Studium schon bei der Armee gedient hatten, frischten zur selben Zeit ihr militärisches Wissen bei der Armee auf, waren also wieder Soldaten, was natürlich viel härter war.

Das ZV-Lager, in das alle Mädchen von Renées Studienjahrgang und die von der Armee ausgemusterten Jungen fuhren, lag im Thüringer Wald nahe einem kleinen Dorf, das zwar einen Konsum, aber weder einen Bahnanschluss noch eine Bushaltestelle besaß, sodass sie in den kommenden vier Wochen selbst bei erlaubtem Freigang nicht nach Hause fahren konnten. Besonders für Mädchen wie Susi und Hoi war das eine zusätzliche Strafe. Aber wenigstens konnten ihre Verlobten sie besuchen kommen und sich so für die Besuche ihrer Freundinnen während ihrer Armeezeit revanchieren.

Sie alle waren auf zehn Züge von jeweils 45 bis 50 Personen Stärke aufgeteilt – neun Studentinnen und ein Zug Studenten – und in sechs kargen Baracken mit jeweils fünf Stuben untergebracht, in denen jeweils zehn Doppelstockbetten sowie zwanzig Spinde standen.

Am ersten Tag wurden sie eingekleidet und mussten dann im grauen Zivilverteidigungsanzug mit Koppel und Käppi im Gleichschritt zum Fahnenappell marschieren. Das gelang nicht auf Anhieb, obwohl sie alle schon in der elften Klasse zwei Wochen Zivilverteidigung gehabt hatten. Der Kommandeur zeigte wenig Erbarmen und ließ sie eineinhalb Stunden den Aufmarsch zum Appellplatz üben, ehe endlich der Fahnenappell stattfinden konnte.

Ein paar Dozenten und Professoren der Hochschule waren ebenfalls vom Hochschulunterricht befreit und nun als ihre Zugführer eingeteilt. Für die Studentinnen der Sektion Architektur war Professor Hofmann zuständig, den Renée nicht mal mehr an seiner Stimme erkannte, so sehr veränderte die Uniform sein Äußeres und seinen Umgangston. Auch Andy, Tenkes, Theo und Kätchen erkannte Renée fast nicht. Erst als ihr Zug an ihnen vorbeischlurfte und Andy leise nach ihr rief, kapierte sie, dass es die vier Jungen aus ihrer Seminargruppe waren. Ihr Zugführer war der Leichtathletik-Sportlehrer der Hochschule, Genosse Albrecht, der sich selbst einen harten Hund nannte und den Jungen seines Zuges versprach, dass sie sich noch wünschen würden, niemals für die Armee ausgemustert worden zu sein.

Uta hingegen war tatsächlich wegen ihrer Stoffwechselkrankheit vom ZV-Lager befreit worden, wie sie Renée wenige Tage vor der Abfahrt ins Lager erzählt hatte.

»Ach Mann, so eine Krankheit hätte ich auch gern, die mir das ZV-Lager erspart«, hatte Renée daraufhin gemault.

»Glaub mir, wenn ich könnte, würde ich mit dir tauschen«, erwiderte Uta aber so ernst, dass Renée es dabei beließ.

»Lässt du dich dann in der Zeit operieren?«

»Operieren?«

»Na, weil du so schwitzt.«

»Ach, so! Ja, klar!«

Renée fand Utas Antwort etwas seltsam und fragte sich, ob diese OP vielleicht nur ein Pseudonym für eine Abtreibung war. Sie selbst hatte Uta von ihrer ja auch nichts erzählt, also warum sollte sie sich Renée anvertrauen? Sie könnte allerdings Uta vor dem Eingriff warnen. Sie selbst hatte leider niemand vor den drastischen Folgen gewarnt, nicht mal ihre Mutter, die mindestens drei Abtreibungen hinter sich hatte. Oder plagte sich etwa nicht jede Frau danach mit Albträumen?

»Du, Uta, wegen der OP. Ich meine, willst du es dir nicht noch überlegen? So eine OP ist auch ein Risiko.«

»Nun mach dir mal nicht solche Sorgen, Renée. Ich habe ja noch nicht einmal einen Termin.«

»Aber wenn, dann schreibst du mir vorher noch?«

»Nur wenn du zuerst schreibst, damit ich die Lageradresse habe.«

Renée versprach es und schrieb Uta bereits am ersten Abend aus dem Lager, dass sie sich ohne sie ziemlich einsam in der großen Stube unter den anderen neunzehn Mädchen fühle. Und wie sehr sie schon jetzt ihre gemeinsame Wohnung im Katzenhaus und die Ruhe dort vermisse. Nach kurzem Überlegen fügte sie noch ein PS hinzu: Uta solle ihr schnell antworten, denn es gäbe da so eine Art Wette unter den Mädels. Wer zuerst Post bekäme, hätte gewonnen. Das war natürlich Unsinn, Renée hatte es sich nur ausgedacht, um Utas Ehrgeiz anzustacheln. Sie hatte keine Lust, wieder Ewigkeiten auf eine Antwort von Uta warten zu müssen. Aber wenn sie ehrlich war, machte sich Renée wenig Hoffnung, schon bald Post von Uta zu erhalten. Schließlich machte sie nie das, was Renée sich von ihr erhoffte.

Der zweite Tag begann mit einem zwanzigminütigen Frühsport auf dem großen weiten Karree zwischen den Baracken. Am Anfang beteiligte sich niemand so recht, und Tenkes machte Faxen. Doch nachdem er dafür mehrere Runden um den Platz hatte sprinten müssen, und nur der Offizier entschied, ob er gesprintet war oder nicht, turnten alle fleißig mit. Anschließend ging es in die Waschräume und danach zum Frühstück in einen riesigen Speisesaal, wo sich erstaunlicherweise jeder selbst einen Platz suchen durfte, obwohl es ansonsten für alles eine Vorschrift gab. Renée saß also mit Andy und Tenkes zusammen, und sie konnten ein bisschen herumblödeln:

»Ich bin bekloppt. Irre. Versteht ihr nicht?«, begann Tenkes etwas abgewandelt aus dem IKS-Haken zu zitieren.

»Na und?«, antwortete Andy grinsend, aber Renée fand es nicht komisch, sie fühlte sich an das Gespräch mit Uta erinnert, als die ihr das erste Mal von ihrer Stoffwechselkrankheit erzählt hatte.

»Na und? Verstehst du denn nicht, was das bedeutet?«, blödelte Tenkes weiter. »Die müssen mich fluguntauglich schreiben und mich nach Hause gehen lassen. Man wird doch wohl keine Verrückten an die Front schicken.«

»Wen denn sonst?«, erwiderte Andy lachend und bemerkte zu spät, dass Sportlehrer Albrecht hinter ihnen stand.

»Amüsieren Sie sich ruhig weiter, Genossen! Aber Sie wissen ja, wer zuletzt lacht …«

»… lacht allein!« Renée schaute Albrecht dabei fest in die Augen, während Andy und Tenkes sie überrascht ansahen. Der Sportlehrer musterte Renée einen kurzen Moment, blickte zu Andy, nickte ihm zu und ging dann einfach weg. Andy und Tenkes starrten Renée jedoch weiter an.

»Was ist?«

»Nichts«, sagte Tenkes, und Andy flüsterte ihr gespielt theatralisch zu: »Wer sind Sie? Was haben Sie mit unserer Freundin Renée gemacht?«

Der erste Vormittag war mit verschiedenen Einweisungen ausgefüllt, und sie hörten einen Vortrag über chemische und biologische Kampfmittel. Nach dem Mittagessen ging ihr Zug das erste Mal zum Exerzieren, während Sportlehrer Albrecht die Jungs über die Hindernisbahn schrie. Bei Theo nutzte sein Gebrüll nichts. Er blieb überall hängen: an der Eskaladierwand, in dem flachen, über den Boden gespannten Seilgeflecht, durch das die Jungs robben mussten, und im Wasser beim Überspringen eines Grabens. Andy und Tenkes versuchten, Theo über die Hindernisse zu helfen, aber Albrecht verbot es ihnen, egal, wie sehr Theo auch keuchte und sich anstrengte. Irgendwann blieb er einfach liegen. Erst dann durften Andy und Tenkes ihn auf die Krankenstation bringen.

Nachmittags lernten sie den Inhalt ihrer DRK-Tasche kennen und mussten Handgranaten und Eiergranaten werfen. Zum Glück waren das alles nur Attrappen, sonst hätte es tatsächlich Tote gegeben. So gab es nur einen verletzten Fuß.

Anette, ihre FDJ-Sekretärin, die wie Renée beim Turnen, ein ausgesprochener Bewegungsidiot war, hatte sich mit viel Verve und unter den anfeuernden Rufen von Professor Hofmann die stählerne Eiergranate auf den eigenen Fuß geworfen. Niemand verstand, wie sie das geschafft hatte, aber auch sie musste zur Krankenschwester.

Nach dem Dienst war es ihnen erlaubt, ihre zivilen Sachen zu tragen, und man durfte das Lager verlassen, um im Dorfkonsum Süßigkeiten oder Zahnpasta zu kaufen. Mehr Abwechslung bot die Gegend nicht, und so blieb Renée auch am Wochenende im Lager und traf sich höchstens mal mit Andy und Tenkes hinter den Baracken, wo sie in der Abendsonne lagen und schwatzten, zu Andys Gitarre sangen und sich vor den Herausforderungen der nächsten Tage, wie dem Zehn-Kilometer-Marsch in voller Montur und mit Schutzmaske, fürchteten.

Jeden Abend waren sie körperlich so fertig, dass eigentlich alle froh waren, wenn um Punkt 22 Uhr das Licht gelöscht wurde. Ans Briefeschreiben dachte Renée da nicht mehr. Sie kam ja nicht mal zum Lesen. Die fünf Paperbacks, darunter ein neues von diesem Philip Roth, die sie für die vier Wochen eingesteckt hatte, blieben ungelesen in ihrem Spind, weil sie jedes Mal schon nach wenigen Zeilen einschlief. Erst als die anderen nach etwa einer Woche die erste Post erhielten, fragte sie sich, ob Uta ihr noch auf ihren ersten Brief antworten würde.

Doch mit den langsam vergehenden Wochen bemerkte Renée, dass sie kaum noch an Uta dachte, sondern immer öfter den Blickkontakt zu Andy suchte. Sie sah zu ihm rüber, wenn ihr Zug an seinem vorbeimarschierte oder Andys Zug im Laufschritt durch den Wald gerannt kam, derweil ihr Zug im Gras saß und übte, wie man gebrochene Beine schiente, ausgekugelte Arme einrenkte oder einen Bauchschuss richtig verband.

Auch Andy schien immer wieder ihren Blick zu suchen, was gar nicht so einfach war, denn die fast 450 Mädchen der neun Züge sahen einander in den plumpen grauen Zivildienstanzügen ziemlich ähnlich, und er brauchte immer etwas Zeit, um sie in der grauen Schar von Mädchen auszumachen. Aber schon bald hatte er den Dreh raus und fand sie sogar während eines dreistündigen Nachtmarsches unter all den anderen Mädchen. Es hatte Nachtalarm gegeben. Ihr Zug war erst eine halbe Stunde unterwegs, war durch den Wald gestolpert und musste sich durch eine Kieferschonung schlagen, als plötzlich jemand Renées Hand fasste und sie zu Boden zog.

»Psst, ich bin's, Andy!«

»Was soll das? Was machst du hier?«

»Sei still. Erkläre ich gleich.«

Vor ihnen entfernten sich die Mädchen ihres Zuges, allerdings nicht so leise wie befohlen. Immer wieder kreischten verschiedene Mädchen erschrocken auf, wenn ihnen ein Ast überraschend durchs Gesicht fuhr oder sich eine in den Fäden eines Spinnennetzes verfing. Als es endlich ringsum still wurde, half Andy ihr auf, ohne dabei ihre Hand loszulassen.

»Das merken die doch, wenn ich am Ziel fehle«, flüsterte Renée.

»Du wirst rechtzeitig da sein, es gibt da eine Abkürzung.« Renée spürte, dass Andy sie anstarrte, aber sehen konnte sie seine Augen nicht. Die Nacht war bewölkt, und es war stockdunkel. »Vertrau mir, Renée.«

Dann zog er sie an der Hand in die entgegengesetzte Richtung hinter sich her durch die Schonung, machte sie manchmal auf zurückschlagende Zweige aufmerksam oder auf herausstehende Wurzeln am Boden, damit sie nicht stolperte. Renée fiel trotzdem hin, weil sie in eine Senke getreten war.

»Hast du dir wehgetan?«

»Nein! Bin nur umgeknickt.«

Andy kniete neben ihr nieder, tastete nach ihrem Fuß.

»Ist schon okay.« Sie zog ihren Fuß weg und fragte sich im selben Moment, warum sie das tat.

»Kannst du aufstehen?«

»Ja, geht schon.«

Er nahm wieder ihre Hand, half ihr auf und dabei streifte sein Haar ihre Wange. Anstatt zurückzuzucken und es als Zufall abzutun, verharrten sie beide einen Moment Gesicht an Gesicht. Sie konnte es nicht sehen, aber sie spürte seine Nähe. Renée schloss die Augen, obwohl es schon finster genug um sie herum war, und sog den angenehm fruchtigen Geruch seiner Haut, den sie schon ab und zu in den Vorlesungen wahrgenommen hatte, ein. Ihr Herz begann wie wild zu pochen, und sein Widerhall dröhnte ihr bis in die Ohren. Falls Andy jetzt etwas sagte, würde sie es sicher nicht hören können. Doch er sagte nichts, sondern suchte mit seinen Lippen ihren Mund, und dann küssten sie sich.

Überraschend. Erlösend. Befreiend.

Sie konnte gar nicht genug bekommen von ihm, von seinen weichen Lippen, seinem Geruch, und tastete ihm durchs Gesicht, durch die Haare, über die dicht bewimperten Augen, die fein geschwungenen Brauen und die kleine Narbe über dem rechten Nasenflügel. Erinnerung an einen Dackelbiss in seiner Kindheit, wie er den neugierigen Heikus einmal in der Mensa erzählt hatte. Das alles kannte sie zur Genüge vom Sehen, aber jetzt fuhr sie die Linien seines Gesichts das erste Mal vorsichtig mit ihren Fingern nach, und es wunderte sie, wie vertraut ihr das alles schon war.

Als sie sich voneinander lösten, versuchten sie einander in die Augen zu schauen, aber es war einfach zu dunkel und deshalb zog Andy sie weiter. Nur wenige Minuten später sah Renée endlich einen Feuerschein durch die Äste der Kiefernschonung flackern und auch ein paar menschliche Schatten.

Andy blieb stehen, wandte sich ihr zu und küsste sie noch einmal, dann ließen sie – als wäre es so verabredet – einander los, und Andy trat auf die Lichtung. Renée folgte wenige Schritte hinter ihm. Mehrere Gestalten standen um ein kleines Lagerfeuer, darunter der Zugführer der Städtebauer, Sportlehrer Albrecht, der Renée freundlich zuzwinkerte, und natürlich Tenkes: »Na endlich! Eure Würstchen sind fertig.«

Die Hochschullehrer wurden alle drei bis vier Jahre dazu verdonnert, als Zugführer am ZV-Lager teilzunehmen. Wie die Studentinnen konnten sie sich nicht dagegen wehren. Doch über die Jahre hatten sie sich eine gewisse Kaltschnäuzigkeit zugelegt. Nach außen hin brüllten sie die Studenten an, besonders die, die sie gut leiden konnten und vorher in ihr Tun eingeweiht hatten. Zum Beispiel am Tresen im Turmkeller. Da war Andy mit Albrecht übereingekommen, dass Theo noch am ersten Tag auf die Krankenstation gebrüllt werden müsste, da er das Lager sonst nicht überstehen würde.

»Theos Zusammenbruch war also nur gespielt?«, fragte Renée noch einmal nach, als Andy sie wenig später auf einem Schleichweg zurück zu ihrem Zug brachte.

»Auch das Gebrüll von Albrecht«, flüsterte Andy und war auf einmal verschwunden. Dafür tauchte Ulrike neben ihr auf.

»Renée! Wo warst du? Wir haben dich überall gesucht!«

»Mich? Ich war doch hier!«

Wie Andy es ihr versprochen hatte, war sie am Ende mit ihrem Zug an der vorgegebenen Sammelstelle angekommen, wo es aus der Gulaschkanone dicke Erbsensuppe mit Speck gab.

Der Kuss zwischen ihr und Andy änderte alles. Der tägliche Stumpf- und Irrsinn der Ausbildung stand nun unter einem völlig anderen Vorzeichen. Es ging nicht mehr darum, wie sie sich am unauffälligsten vor den einzelnen Diensten drücken konnte, sondern wie sie diese Dienste am besten nutzte, um Andy nah zu sein. Denn die vielen verschiedenen Übungen und Dienste machten es möglich, dass sie und Andy sich immer wieder treffen konnten, ohne dass es jemand mitbekam. Nicht einmal Tenkes ahnte, dass sie beim Essen unter dem Tisch Händchen hielten oder sich beim »Nachrichtendienst« – sie mussten wasserdichte Röhrchen überbringen, die nichts außer Luft enthielten – im Wald trafen und es sich auf alten Zeitungen gemütlich machten. Dabei mussten sie jedoch sehr vorsichtig sein, denn es waren noch mehr Pärchen im Wald unterwegs. Einmal sahen sie Professor Hofmann mit Anette, Renées FDJ-Sekretärin, Hand in Hand verliebt zwischen den Bäumen spazieren und einmal auch Tenkes mit der Krankenschwester am Rand einer Lichtung knutschen.

Ein paar Tage später, nach einem hinterhältigen Atomschlag des imperialistischen Aggressors auf das ZV-Lager – die Abschlussprüfung, in der sie zeigen mussten, was sie in den vier Wochen über Zivilverteidigung gelernt hatten –, wurden sie alle wieder in Busse gesetzt und zurück nach Weimar gefahren. Ab sofort waren sie wieder Studentinnen und Studenten, zivile Personen in einem zivilen Leben. Ihre Zugführer durften sie nicht mehr anbrüllen, waren nun wieder nur Professoren und Dozenten.

Auch wenn Andy an ihrer Seite war, kam Renée der Weg zum Katzenhaus quer durch die Stadt mehr als unwirklich vor. Das Wetter war schön, die Leute trugen leichte sommerliche Kleidung und spazierten gut gelaunt durch die Stadt, leckten ein Eis oder blieben mitten auf der Straße stehen, um mit einem Bekannten oder der Nachbarin zu plaudern, die sie gerade zufällig im Konsum getroffen hatten.

Renée und Andy waren hingegen vier Wochen lang auf

den dritten Weltkrieg, auf einen Atomkrieg der Westmächte mit den Warschauer-Pakt-Staaten eingeschworen worden. Und auch wenn sie natürlich wussten, dass das alles nur eine Übung für den möglichen Ernstfall gewesen war, so fragten sie sich doch, wie sie und die Weimarer Bevölkerung, ja, die Menschen auf der ganzen Welt bei dieser ständigen unterschwelligen Bedrohung so selbstvergessen und gedankenlos durch den Tag schlendern konnten. Sie beide fühlten sich abwechselnd mal wie die einzig Überlebenden einer atomaren Katastrophe und mal wie Kassandra, die einzig Sehende, die in die Zukunft schauen konnte. Was ihr jedoch nichts genutzt hatte, da ihr niemand glaubte.

Nachdem sie mit Andy die Straße zum Schloss überquert hatte und niemand aus der Seminargruppe sie noch sehen konnte, fassten sie einander bei den Händen. Es war weniger ein Zeichen ihrer Zusammengehörigkeit als ein Festhalten, ein Versichern des anderen.

Auf der Leibnizallee küssten sie sich ein letztes Mal, denn ohne darüber gesprochen zu haben, war Renée klar, dass sie ihre Beziehung zu Andy erst einmal vor den anderen geheim halten wollte. Besonders vor Uta. Sie war sich nicht so recht sicher mit Andy und befürchtete, dass er sie nur deshalb auf dem Nachtmarsch geküsst hatte, weil sie für ihn im ZV-Lager die Einäugige unter den Blinden gewesen war. Jetzt, zurück in Weimar, würde er bestimmt wieder hübschere Mädchen im Turm finden.

Und weil Renée nicht wusste, ob Uta sie bereits in der Wohnung erwartete, verabschiedete sie sich von Andy absichtlich kühl, jedenfalls trat sie einen Schritt zurück, als er sie vor seinem Hauseingang, der von Utas Zimmer aus gut zu sehen war, noch einmal umarmen wollte.

»Was ist?«, fragte Andy.

»Nichts.«

»Okay. Sehen wir uns nachher noch?«

»Ich weiß nicht. Ich will erst mal ankommen«, erwiderte Renée und nickte Andy nur zu, weil sie in ihrem Rücken Utas Blicke zu spüren glaubte.

Doch Uta war noch nicht da. Warum auch? Es war Freitagnachmittag, und sie würde sicherlich erst am Sonntagabend, wenn nicht sogar erst am Montagmorgen mit dem Nachtzug aus Rostock kommen.

Als sie die Wohnungstür öffnete, ging sie etwas schwer auf. Renées Brief aus dem ZV-Lager war vom Postboten mit ein paar anderen Briefen unter der Tür durchgeschoben worden. Deshalb hatte Uta ihr also nicht geantwortet. Der Brief hatte sie nicht mehr erreicht. Kurz meldete sich ihr schlechtes Gewissen. Hätte sie Uta zusätzlich an die Adresse der Eltern in Rostock schreiben sollen? Aber garantiert hätte sie ihr auch von dort nicht auf ihren Brief geantwortet.

Die Wicke, die Renée im Februar in einem Tontopf ausgesät hatte und die im März so bunt und blütenreich am Küchenfenster emporgerankt war, war jetzt nur noch ein braunes, vertrocknetes Gestrüpp. Unter dem Ausguss lag ein vergessenes Netz mit Kartoffeln, die munter vor sich hin keimten, und in Utas Zimmer stand noch das benutzte Geschirr ihres letzten Frühstücks oder Abendbrots auf dem Tisch. Wahrscheinlich war Uta mal wieder überstürzt abgereist, vielleicht weil sie plötzlich den Termin für die OP erhalten hatte? Renée räumte jedenfalls auf, lüftete gründlich durch, schmiss die Wicke und die verdorbenen Kartoffeln fort und ging dann im HO-Laden um die Ecke fürs Wochenende einkaufen. Erst als es dämmerte, lief sie mit einer Flasche Wein rüber zu Andy. Er wirkte etwas beleidigt.

»Madame, wie komme ich zu dieser Ehre?« Andy stand mit verschränkten Armen in der Tür und versperrte den Eingang mit seinem Körper. Renée stellte sich auf die Zehenspitzen und küsste ihn. Seine schlechte Laune verflog sofort, und er zog sie zu sich hinein, begann sie auszuziehen.

Es war ihr erster Sex auf einer richtigen Matratze und nicht auf dem Waldboden. Keine krabbelnden Käfer, keine Ameisen, die sie währenddessen bissen, und kein Kiefernzapfen oder Stein, der ihnen schmerzhaft in den Rücken stach und ihre Leidenschaft unterbrach. Sie nahmen sich ausgiebig Zeit, erkundeten alles, wozu im Wald oder auf den Lichtungen keine Zeit gewesen war, und lagen danach eine ganze Weile still und entspannt nebeneinander.

»Wieso hast du solche Angst vor Uta?«

»Hab ich doch gar nicht!«

»Doch.« Andy setzte sich auf und zündete ihnen beiden eine Zigarette an. »Deine Angst ist ihre Stärke.«

»Unsinn!« Sie blies den Rauch in die Luft. Zufällig bildete sich ein Kringel, und sie kämpften lachend darum, wer sein Bein durch den Ring stecken konnte.

In der Nacht wurde Renée von einem seltsamen Luftzug wach, der knapp über ihrem Gesicht hinwegstrich. Andy hatte das Giebelfenster offen gelassen, und Renée dachte, dass vielleicht ein großer Nachtfalter hereingeflogen war und nun orientierungslos umherflatterte. Sie schaltete das Licht an, schrie sofort auf. Dann ging sie in Deckung, denn eine Fledermaus war knapp über ihren Kopf hinweg an ihr vorbeigeflogen und zog nun hektisch ihre Kreise in der kleinen Dachwohnung.

»Was ist?«, murmelte Andy verschlafen. Als die Fledermaus jedoch erneut im Sturzflug direkt über ihnen hinwegsauste, wurde er schlagartig wach. Ihnen war zwar klar, dass die Fledermaus sie bestimmt nicht absichtlich angreifen wollte, aber sie würde weiterhin sehr dicht über ihnen hinwegfliegen, selbst wenn sie sich flach auf die Matratze drückten. Deshalb versuchten sie, das arme Ding in Richtung Fenster zu scheuchen, aber es wich ihnen immer wieder aus und fand den Ausgang nicht. Nach fast einer Stunde waren sie völlig erschöpft, und die kleine Fledermaus ebenso. Sie hing kopfüber und offensichtlich ebenfalls nach Luft ringend an der alten Gardinenleiste über dem offenen Fenster, nur eine Handbreit von ihrer Freiheit entfernt. Das kleine Tier, das nicht einmal so groß wie Renées Faust war, hatte sich mit seinen winzigen Füßen in die Schiene zwischen ein paar vergessenen Gardinenclips gekrallt, und sein kleiner Körper pumpte zwischen den gefalteten Häuten ihrer Flügel so stark wie ein menschliches Herz.

Da hatte Andy endlich eine Idee. Er holte eine Plastetüte, stülpte sie schnell über das verängstigte Wesen und pflückte so die Fledermaus von der Gardinenstange und schüttelte sie vor dem Fenster aus der Tüte in die Freiheit. Einen Moment schauten sie beide der Fledermaus nach, als sie unten im Katzenhaus einen Schattenriss vor Utas erleuchtetem Fenster wahrnahmen. Sie war zurück. Und sie hatte Renée und Andy nackt am Fenster gesehen.

Andy hatte Uta auch bemerkt, trotzdem erwähnten sie es beide mit keinem Wort, sondern schlossen das Fenster und versuchten wieder einzuschlafen. Renée lag noch lange wach und fragte sich, ob sie vielleicht doch Angst vor Uta hatte. Nein, das war albern! Irgendwann schlief sie auch ein, bis Andy sie an den Schultern rüttelte.

»Renée, wach auf!«

»Was ist?«

»Du hast geschrien und gerufen. Hast du von der Fledermaus geträumt?«

»Wahrscheinlich«, log Renée, denn tatsächlich fiel ihr sofort ihr Traum ein: Sie hatte im Turm an der Garderobe angestanden, als sie plötzlich im Treppenauge über ihr Uta aus dem dritten Stock über das Geländer fallen sah. Sie stürzte direkt auf Renée zu. Deshalb hatte sie geschrien. Doch in dem Moment, da Uta vor ihr auf den Kellerboden hätte aufschlagen müssen, hatte Uta wie selbstverständlich die Arme ausgebreitet und schwebte einen Augenblick wie ein Fallschirmspringer vor der Öffnung seines Fallschirms – alle viere von sich streckend – über dem Boden und schaute Renée dabei direkt an. Dann hatte sie gelächelt und war durch den Keller davongeflogen.

Renée war im Traum erleichtert gewesen. Wieso habe ich vergessen, dass Uta fliegen kann, hatte sie sich gefragt. Und auch wenn Uta aus ihrem Blickfeld verschwunden war, so wusste Renée im Traum, dass Uta nun über die steile Treppe im Mauerwerk die drei Stockwerke wieder hinauffliegen würde und bestimmt gleich wieder oben erscheinen würde. Und ja, da war sie wieder und ließ sich erneut über das Treppengeländer fallen, und wieder schrie Renée.

Renée erzählte Andy auch am nächsten Morgen nichts von dem Traum, sondern wollte nach dem Frühstück gleich rüber ins Katzenhaus.

»Sieh es doch mal so: Sie weiß jetzt von uns! Davor hattest du doch am meisten Angst. Oder?« Andy zog sie zu sich heran und gab ihr einen Kuss auf die Stirn.

»Ich weiß nicht, was du dir da zurechtspinnst!«, antwortete Renée und ging.

Fleetwood Mac dröhnte über die Straße, als Renée hinüber zum Katzenhaus lief. Uta putzte Fenster und rieb gerade die Scheiben mit Zeitungspapier trocken. Noch bevor Renée sie begrüßen konnte, rief sie:

»Meine Mutter hat uns Kuchen gebacken. Und Kaffee habe ich auch.«

Es war wie immer leicht, mit Uta neu zu beginnen, die wieder einmal, wie meistens, wenn sie sich ein paar Wochen nicht gesehen hatten, völlig ausgewechselt schien: ruhiger, freundlicher, schüchterner, weniger fordernd. Als hätte jemand wie an ihrem alten Kassettenrecorder die Resettaste gedrückt und alles wieder auf Anfang gestellt. Obwohl, ganz so war es natürlich nicht. Denn jedes Mal gingen sie nur bis dorthin zurück, wo es noch unverfänglich zwischen ihnen gewesen war, und ließen den Teil, als es zwischen ihnen schwierig wurde, aus.

Was war es eigentlich das letzte Mal gewesen? Renée musste tatsächlich überlegen, so viel war passiert seitdem. Ach ja, Dr. Riemer als Großmeister einer Geheimloge, die historische Häuser vor der Abrissbirne rettete! Wahrscheinlich würde Uta es nie wieder erwähnen, genau wie die Primzahl, die sie hatte entdecken wollen. Deshalb beschloss Renée, sich einfach den Kuchen schmecken zu lassen.

»Also du und Andy, ja?«, sagte Uta plötzlich, während sie sich ein zweites Stück Kuchen nahm und mit Appetit hineinbiss.

»Wie war deine OP?«

»Wir hätten Andy doch einladen können.«

»Hast du dir die Schweißdrüsen entfernen lassen?«

Uta schaute sie an. »Hast du mit Andy darüber gesprochen?«

»Er wusste schon davon.«

Uta schien kurz nachzudenken. »Stimmt. Unsere Mütter sind Freundinnen. Hat er dir das auch erzählt?«

Renée nickte.

»Wirst du jetzt den Hauptentwurf mit ihm machen?«

»Nein! Natürlich nicht.«

Uta lächelte. »Danke.«

»Du musst mir nicht danken, Uta. Ich hab es nicht mal in Erwägung gezogen.« Renée nahm sich ebenfalls noch ein Stück Kuchen. Eine ganze Weile sagte keiner von ihnen etwas.

»Weißt du, Renée, ich habe mir Folgendes gedacht.« Und

dann begann ihr Uta darzulegen, dass sie unbedingt ihre Tramptour aus dem letzten Jahr nachholen müssten. Aber nicht mehr nach Bulgarien sollte es gehen, sondern in den Kaukasus.

»Wie kommst du denn auf den Kaukasus? Das ist Sowjetunion.«

»Freunde meines Bruders waren dort wandern.«

»Aber man kommt nicht einfach so in die So-weit-weg-Union. Man braucht ein Visum. Oder eine Reise von Jugendtourist.«

»Es reicht eine Reiseanlage für den visafreien Reiseverkehr. Wenn man sie beantragt, behauptet man einfach, dass man eigentlich nach Bulgarien will. Aber um in Rumänien den Weg abzukürzen, beantragt man eben so eine Art Transit-Visum durch die UdSSR. Und wenn man erst einmal im Land ist, verläuft man sich eben aus Versehen und geht im Kaukasus wandern. Und wenn man vom Wandern genug hat, lässt man sich von der Miliz aufgreifen und zurück an die Grenze nach Rumänien bringen, wo man ein paar Rubel Strafe zahlen muss.«

»Das soll funktionieren?«

»Ja. An der Hochschule meines Bruders haben das bereits ein paar Leute durchgezogen. Unerkannt in Freundesland, so nennen die das.«

Renée wusste nicht, was sie sagen sollte.

»Mensch, stell dir vor, Renée: Wir im Kaukasus!«

Das klang tatsächlich spannender als die Tramptour, die sie im vorigen Sommer mit Uta geplant hatte. Die wäre für sie selbst nur eine Wiederholung ihrer Tramptour nach dem Abitur gewesen, bei der sie mit ihrem Freund und der Clique bis nach Bulgarien ans Schwarze Meer und danach noch ein bisschen weiter, bis kurz vor Achtopol an die türkische Grenze getrampt waren. So südlich eben, wie man als DDR-Bürger erlaubterweise kommen konnte. Das war damals ihr Ziel gewesen. Aber eine Wanderung durch den Kaukasus? Das wäre schon etwas Besonderes! Selbst wenn sie auch nur in die Nähe des Kaukasus kämen.

»Wichtig ist nur, dass wir die Visa nicht zusammen hier in Weimar beantragen, weil sie dann wissen, dass wir zusammen reisen wollen.«

»Ja und?«

»Sie genehmigen dann meistens nur einen Visum-Antrag und den zweiten nicht.«

Also fuhr Renée mit Andy an einem Wochenende nach Berlin. Einerseits, um das Visum zu beantragen – Uta würde ihren Antrag in Weimar abgeben – und andererseits, weil Andy sie seinen Eltern vorstellen wollte.

»Wirklich?«

»Ja, ich würde deine Eltern auch gern kennenlernen.«

»Sie sind geschieden«, erwiderte Renée schnell. Sie musste unbedingt verhindern, dass Andy ihre Mutter und den Stiefvater traf und auch noch das Wohnzimmer sah.

»Meine auch.«

»Aber meine sind nicht da … Im Urlaub.«

»Könnten wir dann bei dir übernachten? Dann müssen wir die Hetztiraden meiner Mutter über die Freundin meines Vaters nicht bis in die Puppen ertragen.«

»Ich habe aber gar keinen Schlüssel mehr«, log Renée und kam sich ziemlich erbärmlich vor.

Die Mutter von Andy erinnerte sie ein bisschen an Lilo, mit der Renée aber keinen Kontakt mehr hatte. Anne kannte Lilo jedoch nicht, weil sie viel früher in Weimar studiert hatte. Ihre angeblichen Hasstiraden gegen die Neue des Vaters fand Renée durchaus verständlich, wenn man bedachte, dass sie erst vor drei Jahren durch diese Barbara, eine wenig kunstsinnige, dafür aber wohl sehr temperamentvolle Verkäuferin, ersetzt worden war.

»Kennst du die Pralinenschachtel, Renée, wo vorn das Schokoladenmädchen von Jean-Étienne Liotard drauf ist?«

Ja, die kannte sie, aber worauf wollte Anne hinaus?

»Mama, bitte!«

»Diesen Pralinenschachtel-Deckel hatte sie als Bild an der Wand hängen! Und Andys Vater erzählt mir das auch noch.«

»Mama!«

»Ist doch wahr! Ich meine, in dieses Haus kam kein einziger Gegenstand, der nicht ein Design-Klassiker oder für einen Design-Preis nominiert gewesen war, und dann brennt dein Vater mit einer Frau durch, die unter einem Maler wahrscheinlich nur einen Anstreicher versteht.«

Renée dachte mit Grauen an den Kamin ihrer Eltern. Gut, dass sie gelogen hatte.

Doch dann fand sie diese Barbara erfrischend direkt und herzlich, als sie Andys Vater besuchten, der seinem Sohn sehr glich. Die kleine Wohnung war mit ähnlichen »antiken« Dingen zugestellt wie Renées elterliches Zuhause und bei Weitem gemütlicher als das durchdesignte Haus von Anne. Andy bezeichnete Barbara hinterher als sehr authentisch, weil sie sich nicht darum scherte, was andere über sie dachten. Und er schien sie wirklich zu mögen, obwohl ihm seine verlassene Mutter leidtat.

Deshalb war Renée fast versucht, Andy doch mit zu sich nach Hause in die Platte zu nehmen. Dann hätte sie den peinlichen Moment wegen der Einrichtung wenigstens hinter sich gehabt. Und vielleicht mochte er ja ihre Eltern trotzdem.

Zurück in Weimar, hatten sie noch vier Wochen Lehre, anschließend drei Wochen Prüfungen, und dann begann der vierte Hauptentwurf im Fachbereich Produktions- und Landwirtschaftsbau mit einer Exkursion. Ihre Aufgabe war es, ein neues Getränkekombinat für einen Weimarer Standort zu entwerfen, und deshalb besichtigten sie in Gera einen solchen Betrieb, schauten sich die Produktionshallen mit den Abfüllvorrichtungen und die Waschanlage für die zurückkommenden Pfandflaschen an. Eine Technologin erklärte ihnen, welche Abläufe bei ihnen gut funktionierten und was noch optimierbar war, und erzählte, dass der betriebseigene Kindergarten leider keine Grünfläche hätte. »Sie werden es bestimmt in Ihren Entwürfen besser machen«, sagte sie hoffnungsvoll und lud sie alle noch zur Verkostung einer neuen Cola-Rezeptur ein.

Sie gingen den Hauptentwurf sehr gemütlich an. Es war schließlich Sommer, und Renée radelte mit Andy, Tenkes und Uta jeden Morgen ins Schwanseebad zum Schwimmen. Danach frühstückten sie ausgiebig im Garten des Katzenhauses, und erst dann gingen sie an die Reißbretter. Tenkes und Andy in Andys Dachwohnung. Uta und Renée im Katzenhaus. Allen erschienen die vier Wochen Bearbeitungszeit sehr großzügig bemessen, und deshalb konnten sie die erste Woche etwas lockerer angehen, glaubten sie. Was ihnen natürlich in der zweiten Woche bei der ersten Konsultation auf die Füße fiel. Professor Hartwig wollte Renées und Utas Überlegungen zu ihrem Vorschlag nicht folgen und schmiss ihnen ihre komplette Konzeption über den Haufen. Sie mussten noch einmal von vorn beginnen, alles ganz neu denken. Tenkes und Andy erging es mit ihrem Entwurf nicht viel besser, daher sah Renée Andy in den nächsten Tagen kaum noch, denn auch sie waren mit ihrem Entwurf in Verzug.

In der dritten Woche zeigte sich Professor Hartwig zwar beeindruckt von ihrer neuen Idee, aber gezeichnet war noch nichts, nur ein paar läppische Skizzen gab es. In der endgültigen Ausführung würden sich bestimmt noch Fehler zeigen, die es dann rückwirkend zu beheben galt. Folglich waren mehrere Nachtschichten hintereinander unvermeidbar, und sie waren am Ende so müde und überfordert, dass ihnen die Arbeit immer langsamer von der Hand ging. Renée, die in den letzten Morgenstunden vor dem Abgabetermin am Grundriss des Sozialtrakts noch die Maßketten eintragen musste, schlief mitten beim Beschriften zweimal ein, und ihre Hand rutschte beide Male mit dem Skribent über die Tafel, hinterließ einen langen Strich, den sie mit viel Feingefühl wieder wegschaben musste. Drei Stunden später – nur eine Viertelstunde vor dem letztmöglichen Abgabetermin – war endlich alles perfekt. Sie rannten die letzten Meter, um es noch rechtzeitig ins Sekretariat von Professor Hartwig zu schaffen und der Sekretärin ihre A1-Tafeln in die Hand zu drücken. Danach fühlten sie sich wie Zombies, weder tot noch lebendig, und lungerten eine Weile auf der Bank vor der Hochschule herum, zu müde, um aufzustehen und nach Hause schlafen zu gehen.

Uta, Andy und Tenkes konnten sich am nächsten Tag ausruhen, aber Renée hatte einen Termin in Berlin. Sie musste zur Meldestelle und ihren Bescheid für das Transit-Visum abholen. Der Raum, in dem sie darauf wartete, war karg und leer. Sie war die einzige Person, die einen der etwa zehn Stühle besetzte. Nachdem eine weinende Frau aus der Tür des Büros kam, war Renée darauf gefasst, ebenfalls kein Visum zu bekommen, doch zu ihrer Überraschung reichte der Beamte es ihr über den Tisch – mit der eher beiläufigen Ermahnung, in den zehn Tagen, die das Transit-Visum galt, unbedingt die UdSSR auch zu passieren.

Bei Renée stellte sich jedoch keine rechte Freude über das Visum ein. Sie hatten zwar alles bereits minutiös geplant. Die Route besprochen, haltbare Lebensmittel für ihre Selbstverpflegung eingekauft. Aber Andys Vater hatte seinem Sohn und ihr angeboten, die Ferien auf seinem 20er-Jollenkreuzer, der an der Müritz lag, zu verbringen. Auch wenn sie sich wenig unter einem Jollenkreuzer vorstellen konnte, so hätte sie sich nun eher dafür als für die Wanderung am Kaukasus entschieden, weil es einen Urlaub allein mit Andy bedeutet hätte. Renée wollte es aber dem Schicksal, also dem Meldeamt überlassen, wohin die Reise für sie in den Ferien gehen würde. Noch stand die Chance fünfzig zu fünfzig, dass Uta das Transit-Visum nicht genehmigt bekam, weil sie fast zur selben Zeit in Weimar auf dem Amt saß und auf ihren Bescheid wartete. Das würde Renée aber erst am nächsten Tag erfahren, denn sie wollte eine Nacht bei den Eltern bleiben, weil sie sich schon so lange nicht mehr bei ihnen hatte blicken lassen.

Doch dann waren die Eltern gar nicht zu Hause, sondern auf einem Geburtstag, wie Renée von der Nachbarin erfuhr. Renée hätte trotzdem bleiben können, aber es gab da noch den Abendzug nach Weimar und damit die Möglichkeit am Abend in Andys Armen einzuschlafen.

Als sie etwa fünf Stunden später vom Bahnhof direkt zum Turm lief, war Andy nicht da, obwohl er eigentlich Tresendienst hatte. Jemand anderes hatte seine Schicht kurzfristig übernommen, keiner wusste, warum Andy nicht hatte kommen können. Also ging sie über die Leibnizallee nach Hause. Schon von Weitem erkannte sie, dass bei Uta alles dunkel war, doch bei Andy brannte unterm Dach Licht. Sie stieg langsam die Treppe hinauf, klopfte kurz und drückte dann die Tür auf, so wie sie es in letzter Zeit immer gehalten hatte. Und da sah sie sie auch schon. Andy war von der Couch aufgesprungen und kam ihr erschrocken entgegen, darum bemüht, Uta, die sich auf der Couch aufrichtete und überrascht zu ihr herüberschaute, mit dem Körper zu verdecken.

»Renée! Was machst du denn schon hier?«

12. BEGREIFEN

Renée hatte das Licht erst gar nicht angeschaltet. Sie saß in ihrem Zimmer im Katzenhaus auf dem Boden, den Kopf zwischen den angewinkelten Knien, die Hände über den Ohren verschränkt. Sie wollte Andys Stimme nicht hören. Nicht seine Erklärungen. Nicht seine Ausreden. Nicht seine Lügen.

»Es ist nichts zwischen mir und Uta gelaufen, Renée, ich schwöre es. Es ging ihr nur nicht so gut. Sie war traurig, weil sie das Visum nicht bekommen hat.«

»Ach! Und deshalb erlaubst du ihr gleich, auf deiner Couch zu schlafen, ja?«

Er versuchte, seine Hand auf ihren Nacken zu legen, aber sie stieß sie weg.

»Du hast recht, Renée. Sie ist eine Zerstörerin, eine, die alles kaputt macht, was einem lieb und teuer ist, was mir lieb und teuer ist. Uta hat nicht nur deine Beziehungen zerstört. Meine auch. Dabei war sie früher so anders. Bescheiden und schön und in vielem so wahnsinnig talentiert. Aber die Krankheit – vielleicht auch die Tabletten – hat ein Monster aus ihr gemacht, ein übermütiges, aufmüpfiges Ding, das sich ohne Rücksicht auf Verluste nimmt, was es will, und wenige Wochen später kaum einen Fuß vor den anderen setzen kann, weil es in nichts mehr einen Sinn sieht und voller Selbstzweifel ist …«

»Pah, Uta und Selbstzweifel!«, höhnte Renée. »Wovon redest du eigentlich?«

»Klar, du hast meistens nur die Uta erlebt, die gut drauf ist, Renée. Oder die, die sich auf dem Weg der Besserung, der Normalität befand, nach ihren vielen Abstürzen, dem tiefen Fall ins Bodenlose. Uta ist krank, Renée. Und Riemer und ich hatten ihren Eltern versprochen, auf sie aufzupassen und ihr trotz der Krankheit durch das Studium zu helfen. Seit ich Uta kenne, wollte sie Architektin werden, und das versuchen ihr alle trotz der Krankheit zu ermöglichen.«

»Meinst du diese Stoffwechselkrankheit?«

»So nannten die Ärzte Utas Krankheit am Anfang. Wahrscheinlich um ihre Eltern zu schonen. Aber ihr Vater wusste sofort, worum es sich dabei handelte. Sein Onkel war manisch-depressiv gewesen, und auch eine Großtante von ihm hatte darunter gelitten.«

Manisch-depressiv? Was sollte das sein? Renée hatte noch nie etwas von dieser Krankheit gehört. Und während Uta auf der anderen Straßenseite in Andys Wohnung auf seiner Couch schlief, erklärte Andy Renée, was er darüber wusste und wie es bei Uta begonnen hatte.

»Wir waren damals gerade mal siebzehn, als sich Uta plötzlich merkwürdig zu benehmen begann. Seit unserer Kindheit verbrachte ich immer zwei Wochen der Sommerferien bei ihrer Familie in Rostock, und dann fuhren wir, Uta, ihr Bruder und ich, fast täglich an den Strand nach Warnemünde. Aber in diesem Jahr behandelte Uta mich, ihren besten Kumpel aus Kindertagen, dermaßen arrogant und von oben herab, dass ich bald keine Lust mehr hatte, mich mit ihr abzugeben. Das beruhte allerdings auf Gegenseitigkeit, denn sie hielt sich damals auf einmal für ein Genie, das angeblich kurz vor einer bedeutenden wissenschaftlichen Entdeckung stand, wie sie behauptete. Sie wollte mir nicht verraten, worum es bei dieser Entdeckung ging. Stattdessen behandelte sie mich wie den letzten Trottel vom Lande und gab mir dauernd zu verstehen, ich wäre komplett unter ihrem Niveau. Alle – ihre Eltern, ihr Bruder, ihre Lehrer und ihre Rostocker Freunde – glaubten damals, dass bei ihr nur die pubertätsbedingten Hormone etwas mehr verrücktspielten als bei anderen in unserem Alter. Aber als sie nach diesem Sommer nicht wie sonst in den Winterferien zu uns nach Berlin kam, um mit ihren Eltern ein bisschen Kultur zu genießen, da erfuhren wir, dass es ihr seit Wochen sehr schlecht ging. Sie verließ ihr Zimmer kaum noch und war zu gar nichts mehr zu bewegen. Vielleicht würde sie nicht einmal mehr das Abitur machen können, hieß es. Ich bin sie dann besuchen gefahren, wollte sie aufmuntern, aber sie fand an überhaupt nichts mehr Freude. Sie saß nur noch zu Hause rum oder lag im Bett und starrte vor sich hin. Ihre Eltern machten sich große Sorgen um sie, und Utas Vater kannte durch seine Stellung auch genügend hervorragende Mediziner in Rostock und Greifswald, die Uta auf alle möglichen Krankheiten hin testeten. Aber weil es in der Familie des Vaters schon diese Krankheit gab, war die Diagnose naheliegend und bestätigte sich dann auch, obwohl sich ihr Vater dagegen wehrte und sie nicht akzeptieren wollte.«

»Wieso denn? Es ist doch gut, wenn man endlich weiß, was jemand hat, oder?«

»Sicher, aber diese Krankheit hat es in sich. Viele überleben sie nicht, weil sie sich selbst das Leben nehmen. Der Onkel von Utas Vater hat es getan und bei der Großtante ist es nicht ganz geklärt, warum sie so jung verstarb.«

»Dann wollte sich Uta in der Frankfurter Allee vielleicht doch vom Dach des Elfgeschossers stürzen?«

»Nein, da war sie ganz klar in einer manischen Phase, haben die Ärzte in Herzberge gesagt. Und wie nach der ersten Diagnose musste Uta nur regelmäßig ihre Tabletten und etwas Lithium nehmen, sollte möglichst keinen Alkohol trinken und sich weder physisch noch psychisch überanstrengen.«

Andy schüttelte traurig lächelnd den Kopf. »Leichter gesagt als getan. Doch es geht Uta mit den Tabletten jedes Mal schnell besser, auch wenn sie dann nicht ganz dieselbe ist, die sie früher einmal war.« Andy verstummte einen Moment. »Sie war manchmal so distanziert, wie nicht anwesend, als holte man sie aus einem tiefen Traum zurück, wenn man sie ansprach. Oder sie war ganz seltsam kalt und uninteressiert. Das war sie früher als Kind nie gewesen.«

All das, was Andy da beschrieb, kannte Renée an Uta nur zu gut.

»Niemand kann sagen, ob es die Tabletten waren, die sie so veränderten, oder ob sie sich auch ohne sie nach der Pubertät so entwickelt hätte. Uta machte jedenfalls die Medikamente dafür verantwortlich, und deshalb verweigert sie irgendwann immer ihre Einnahme, nimmt sie einfach nicht mehr und alles geht von Neuem los.«

»Aber warum, wenn es ihr mit den Tabletten doch besser geht?«

»Sie sagt, sie fühlt sich mit den Dingern nicht wie sie selbst. Sie helfen ihr zwar ganz gut über den Tiefpunkt, die Phasen der Traurigkeit und Leere hinweg, mindern aber auch jede Freude und jeden Spaß und dämpfen sämtliche Empfindungen, wenn es ihr wieder besser geht. So als schaue sie sich selbst beim Leben zu, hat sie mir mal erklärt. Nein, ehrlicherweise hat sie nicht beim Leben gesagt, sondern beim Vegetieren.«

»Himmelhoch jauchzend, zu Tode betrübt – der Arzt in Herzberge hat mich gefragt, ob Uta das manchmal wäre, und ich habe es dummerweise verneint. Ich konnte doch nicht wissen …«

»Er hat dich schon richtig verstanden. Und dich trifft nun wirklich keine Schuld, Renée. Du wusstest ja nichts von alldem.«

Damit hatte Andy recht. Sie war tatsächlich völlig ahnungslos gewesen. Aber wenn Renée es gewusst hätte, was hätte das geändert? Wäre sie anders mit Uta umgegangen? Hätte sie mehr Verständnis für ihre Launen aufbringen können? Wahrscheinlich. Auf der anderen Seite hatte sie ja auch einiges mit Uta mitgemacht, hatte ihr Verhaltensweisen durchgehen lassen, bei denen manch einer ihr vermutlich längst die Freundschaft gekündigt hätte.

»Riemer hat versucht, Utas Vater, seinem ehemaligen Dozenten und Freund zu helfen, indem er Uta erst den Studienplatz gesichert hat und sie später zu seiner Hilfsassistentin machte. So konnte er sie aus den Vorlesungen und Seminaren holen, damit sie in seinem Beisein ihre Tabletten nahm. Sie hat sie aber vermutlich nicht runtergeschluckt, sondern wieder ausgespuckt oder sogar erbrochen. Denn sonst wäre sie nicht wieder so übergeschnappt wie vor dem ZV-Lager.«

»Meinst du ihren Übereifer für die Denkmalpflege?«

»Ja, das Denkmalschild an dem Eckhaus.«

»Heißt das, dass Riemer doch kein Großmeister einer Geheimloge ist?«

»Was soll er sein?« Andy wirkte ehrlich erstaunt.

»Na ja, ich habe es sowieso nicht geglaubt«, sagte Renée schnell und erzählte Andy die Geschichte um das Denkmalschutzzeichen und welche Rolle NI-KO-LAUS Riemer dabei laut Uta angeblich spielte.

»Unglaublich!« Bei allem Ernst der Lage musste Andy lachen. »Solche verrückten Geschichten hat sie uns früher auch in ihren manischen Phasen aufgetischt, aber damals waren die noch lange nicht so ausgeklügelt wie diese.«

Renée beschäftigte aber noch eine Frage, vor der sie auch etwas Angst hatte, sie zu stellen. Doch sie wollte Klarheit. »Wenn du sagst, dass sich schon viele mit dieser Krankheit das Leben genommen haben … ist Uta dann auch suizidgefährdet?«

»Das wäre früher so gewesen, als es noch nicht die Tabletten gab, die es heute gibt.«

»Aber wenn sie sich weigert, sie zu nehmen?«

»Nein, Uta lebt dafür viel zu gern. Das würde sie nicht tun. Das hat sie uns allen versprochen.«

»Hm, sie hat euch bestimmt auch versprochen, immer ihre Medikamente zu nehmen.«

Aber Andy blieb dabei. Er war überzeugt, dass sich Uta niemals etwas antun würde, und Renée gab ihm recht, sie kannte niemanden, der das Leben mehr liebte als Uta. In ihren guten Phasen kostete sie es schließlich stets in vollen Zügen aus. »Wenn du Uta schon so lange kennst, warum hast du dann eigentlich nicht darauf geachtet, dass sie regelmäßig ihre Tabletten nimmt?«

»Das wollte ich am Anfang, aber das war gar nicht nötig. Ich habe mit ihr während der Apfelernte telefoniert und ihr auch von dir erzählt, wie lustig und erfrischend du auf mich gewirkt hast. Und da hat sie beschlossen, dich als Freundin zu wollen. Na ja, du weißt ja, wie sie sein kann. Wenn man an etwas Interesse zeigt, will sie es unbedingt auch haben.«

Das stimmte.

»Und es hat ja auch funktioniert«, fuhr Andy fort. »Nachdem sie dich kennengelernt hatte, hat sie ihre Tabletten anfänglich sehr gewissenhaft und von ganz allein genommen. Weil sie dich unbedingt als Freundin behalten wollte, hat sie mir damals gesagt.«

Renée war überrascht und gerührt zugleich. Das hätte sie nicht gedacht. Sie hatte immer Angst gehabt, Uta nicht das Wasser reichen zu können, und sich eher gewundert, dass sie sich mit ihr abgab und sie Freundinnen geworden waren.

»Leider hat dann doch ihre Krankheit wieder die Oberhand gewonnen.« Andy zuckte hilflos mit den Schultern.

»Kann man sie denn nicht heilen?«

Andy schüttelte den Kopf. »Bei manchen ›verwachsen‹ sich wohl die Phasen mit dem Älterwerden, sofern sie medikamentös gut eingestellt sind. Aber bei anderen wechseln die Phasen in immer kürzeren Abständen. Vielleicht wird man in zwanzig oder dreißig Jahren Medikamente entwickelt haben, die besser und länger anhaltend wirken, ohne dass die Patienten sich gleichzeitig so fremd im eigenen Körper fühlen.«

»Und dass Uta manchmal gemein zu mir war und mir absichtlich wehtun wollte? War sie das dann selbst? Die Krankheit? Oder die Tabletten?«

Darauf konnte ihr Andy auch keine Antwort geben. »Ich weiß nur eins: Seit Uta krank ist, ist sie wie ein Fisch, den man nicht zu fassen kriegt und der doch nicht davonschwimmen kann.«

Nein, niemand, der um Utas Krankheit wusste, hätte sagen können, ob sie sich nun aufgrund eines neuen Krankheitsschubes schlecht fühlte oder wegen der Tabletten, die jede Menge Nebenwirkungen hatten, oder ob es an Utas ganz eigener Art lag, mit einer Niederlage beziehungsweise der Nichterfüllung eines Wunsches umzugehen. Der Auslöser für ihren Frust und ihre Enttäuschung war schließlich die Ablehnung ihres Transitvisums für die UdSSR. Nur warum nahm sie Dinge, die nicht in ihrer Hand lagen, so persönlich? Warum kränkte sie eine Abfuhr durch die staatlichen Stellen dermaßen? Irgendwie hatten sie ja beide auch ein bisschen mit einer Ablehnung gerechnet.

Zum Glück war es nicht Renées Visum, das man nicht genehmigt hatte. Denn dann wäre sie in Utas Augen womöglich verantwortlich dafür gewesen, dass die Wanderung im Kaukasus nicht stattfinden konnte, und das hätte Uta sie sicher wochenlang spüren lassen. Mit Schweigen. Mit Nichtachtung.

Eine ganze Woche schlich Uta trotzdem wie ein wandelnder Vorwurf durchs Katzenhaus und ging Renée aus dem Weg. Sie war weder dazu zu bewegen, darüber nachzudenken, wie man nun anderweitig die verbleibenden fünf Wochen Ferien verbringen könnte, noch wollte sie in ihrem kleinen Garten sitzen und einfach nur das schöne Wetter genießen. Mit Baden. Mit Fahrradtouren. Mit Lesen. Auch wenn Renée Utas Verhalten ihr gegenüber als ungerecht empfand, verbrachte sie die Nächte nicht bei Andy, sondern schlief jede Nacht allein in ihrem Bett im Katzenhaus und ließ ihre Zimmertür offen stehen.

Denn Andys Ausführungen über Utas Krankheit veränderten die Beziehung zwischen ihr und Uta grundlegend. Renée machte sich nun wirklich Sorgen, und das mehr, als sie es vor Andy zugeben wollte. Sie erinnerte sich plötzlich an die ältere Schwester eines Jungen aus der Abiturstufe, die sich scheinbar aus heiterem Himmel das Leben genommen hatte. Niemand hatte etwas geahnt, alle waren völlig geschockt gewesen. Andy, der natürlich längst seine eigenen Erfahrungen mit Uta und ihrer Krankheit gemacht hatte, fand aber, dass Renée sich deshalb noch lange nicht von ihr manipulieren lassen müsse, denn das tat sie seiner Meinung nach ständig.

»Wie kannst du bloß so gefühllos sein? Du warst doch früher verliebt in sie!«, sagte Renée, als Uta eines Abends mal wieder Thema zwischen ihnen war, kurz bevor sie zurück ins Katzenhaus gehen wollte.

»Ja, aber sie hätte dir diesen blonden Hünen …«

»Robert?«

»Ja, den … oder Füller nicht ausspannen müssen. Sie hat es absichtlich getan, um dir wehzutun.«

»Unsinn, sie wollte mir nur zeigen – wenn auch auf drastische Weise –, was das für Idioten sind.«

»Stimmt. *Mir* hast du es ja nicht geglaubt.«

Renée setzte sich auf dem Sofa auf, sie wollte los.

»Jaja. Ich bin eben ein naives Schaf!«

»Scharf, ja!« Andy grinste versöhnlich und ließ noch einmal seine Hand unter ihr Nicky gleiten.

»Andy, ich will rüber …«

Doch Andy zog Renée zurück in die Waagerechte. »Hast du nicht auch den Eindruck, dass dein Busen irgendwie praller geworden ist?«

»Quatsch!«

»Doch, das ist meine gute Pflege.«

»Natürlich!« Sie lachte, küsste ihn ein letztes Mal und ging endlich, wenn auch mit schlechtem Gewissen.

Wieder hatte sie sich Andy nicht zu fragen getraut, ob er sich einen Urlaub zu dritt auf dem Jollenkreuzer seines Vaters vorstellen könnte. Das wäre für Renée die beste Lösung. Aber Andy und Uta gemeinsam auf einem Boot, und das vielleicht vier Wochen lang? Konnte das gut gehen, und würde Uta das überhaupt wollen?

Und falls ja, überlegte Renée, als sie wenig später den Hausflur im Katzenhaus betrat, würde Uta dann nicht wie so oft das ganze Geschehen bestimmen? Wäre das dann überhaupt Urlaub? Und wäre sie bereit, das Uta zuliebe in Kauf zu nehmen?

»Da bist du ja endlich«, rief ihr Uta entgegen, als sie die Küche betrat. Es war schon 23 Uhr. Trotzdem stand Uta an der Kochmaschine und bereitete etwas zu essen zu. Was immer ein Zeichen für gute Laune war. Mit der guten Laune kam bei Uta der Appetit.

»Was ist denn los?«

»Also Folgendes: Ich habe mir gedacht, warum sich von den Idioten ärgern lassen! Machen wir eben einfach die Tramptour nach Bulgarien, zu der wir voriges Jahr nicht gekommen sind.«

»Ähm.«

»Ob wir nun in den Kaukasus oder ins Rila-Gebirge trampen, ist doch nicht so ein Unterschied!«

»Auch für Bulgarien brauchen wir eine Reiseanlage.«

»Sei nicht immer gleich so negativ, Renée.«

»Bin ich gar nicht. Ich will dich nur davor bewahren, wieder enttäuscht zu werden.«

Uta sah sie einen Moment ernst an, dann rührte sie in ihrer Suppe und schmeckte sie ab.

»Was gibt es denn?«, wollte Renée wissen.

Keine Antwort.

»Uta, eine Reiseanlage für Ungarn, Rumänien und Bulgarien zu beantragen, dauert auch zwei Wochen.«

»Das reicht doch. Sind wir eben nur zwei anstatt vier Wochen unterwegs.«

»Bis nach Bulgarien? In vierzehn Tagen? Das ist nicht zu schaffen.«

»Wir gehen morgen zur Polizei, beantragen die Reiseanlagen. Da erfahren wir ja, wann wir loskönnen. Anschließend rufe ich gleich meinen Vater an, er soll uns Flüge nach Budapest buchen, und dann starten wir unsere Tramptour von dort und fliegen vierzehn Tage später wieder von da zurück.«

Renée schwieg.

»Warum sagst du nichts? Ich finde die Idee genial.«

»Ich wollte dir eigentlich vorschlagen, die Ferien zusammen mit Andy auf dem Boot seines Vaters zu verbringen.«

Uta sah sie entgeistert an.

»Das liegt an der Müritz.«

Keine Antwort.

»Also, ich habe Andy noch nicht gefragt. Wollte erst einmal wissen, was du dazu sagst.«

Uta kostete noch einmal die Suppe. Sie schien zufrieden mit dem Ergebnis.

»Isst du mit?«

»Hab schon.«

»Ehrlich, Renée, das finde ich sehr nett von dir. Nur, das ist nichts für mich. Aber ihr beide könntet ja so lange segeln gehen, bis wir die Genehmigung haben.«

Wie gnädig, dachte Renée, aber da ließ Uta plötzlich von dem Kochtopf ab, riss die Arme hoch und schrie in unbändiger Freude: »Bukarest, Rila-Kloster, Schwarzes Meer. Wir kommen!«

Als Renée Andy am nächsten Tag im WC von Utas Plänen erzählte, war er geschockt. »Trampen? Bist du denn verrückt?«

»Ich habe die Tour schon einmal gemacht. Sogar von Prag aus. Allerdings in vier Wochen.« Sie wedelte den aufsteigenden Rauch von Andys Zigarette weg, der sie heute störte.

»Nein, ich meine, das ist für Uta zu anstrengend.«

»Ach, und für mich nicht?«

»Doch, natürlich. Aber bei dieser Krankheit ist auch ein geregelter Tagesablauf wichtig, nicht nur die regelmäßige Einnahme der Tabletten.«

Das hatte Renée nicht gewusst. Und ja, so eine Tramptour war die Unregelmäßigkeit schlechthin. Sie und ihr Freund hatten damals oft Hunger gehabt und für die Nacht selten eine Bleibe. In Budapest hatten sie sogar auf der Margareteninsel versteckt hinter einer Hecke geschlafen, bis die ungarische Polizei sie in der Dämmerung aufscheuchte.

»Und wie willst du Uta dazu bringen, jeden Tag pünktlich ihre Medikamente zu nehmen? Sie macht nie das, was man von ihr will. Das weißt du doch, Renée.«

»Vielleicht, wenn ich ihr die Tabletten auszureden versuche? Sie macht ja meistens das Gegenteil von dem, was man möchte«, sagte Renée und fragte sich gleichzeitig, warum Walli dauernd zu ihr herüberlächelte.

»Das meinst du jetzt nicht ernst?« Andy starrte sie an.

»Nein, war nur Spaß!«

Er nickte resigniert, aber einen Moment schien es, als hätte auch er die Idee nicht ganz abwegig gefunden.

Als sie das WC verließen, hielt Walli sie kurz zurück.

»Du bist schwanger, ja?«

»Was?«

»Ich seh so was! Und außerdem hast du nicht geraucht.«

Walli strahlte übers ganze Gesicht, aber Renée blieb vor Schreck fast die Luft weg. »Nein, bestimmt nicht. Hat mich heute nur genervt der Rauch.«

Walli legte den Kopf schief und sah sie mitleidig an. Fehlte nur noch, dass sie sagte: »Na klar, Schätzchen!«

»Renée, wo bleibst du?« Andy war zurückgekommen und schaute neugierig zwischen ihnen hin und her. »Was gibt's denn?«

Renée schaute ängstlich zu Walli. Die schüttelte langsam den Kopf. »Nichts, was dich etwas angeht, Andy.«

»Was meinte Walli eben?«, fragte Andy, als sie schließlich Richtung Frauentor liefen.

»Du hast sie doch gehört. Nichts, was dich etwas angeht.«

Andy warf ihr einen empörten Blick zu.

»Na gut. Sie hat nach Uta gefragt. Offenbar hat sie keine Ahnung, dass du eigentlich viel besser über sie Bescheid weißt als ich.«

Damit gab sich Andy zufrieden, doch Renée blieb bis zur Musäusstraße ziemlich wortkarg, woraus er falsche Schlüsse zog, denn ehe sie sich vor seinem Haus trennten, sagte er: »Mach dir nicht zu viele Sorgen um Uta. Die schlimmste Phase war damals, als wir alle noch nicht wussten, was mit ihr los war. Jetzt wissen wir zum Glück, was zu tun ist.«

Sie nickte, aber ihre Gedanken waren immer noch bei dem, was Walli vermutet hatte. Konnte es sein, dass sie erneut schwanger war? Sie maß seit dem ZV-Lager jeden Tag akribisch ihre Temperatur, denn die Pille vertrug sie nicht. Und wenn sie und Andy mal an den kritischen Tagen Sex gehabt hatten, hatte er ein Kondom benutzt. Außerdem hatte sie doch ihre Regel gehabt. Wie immer nicht sehr regelmäßig und nicht sehr stark, aber immerhin. Ihre Oma fiel ihr ein, die erst im fünften Monat bemerkt hatte, dass sie mit Renées Mutter schwanger war, weil sie trotzdem zweimal zwischendurch ihre Tage bekam. »Sieh dich vor, Reni«, hatte sie immer gewarnt. »Die Frauen in unserer Familie brauchen eine Männersocke nur anzugucken, und schon sind sie schwanger!«

Kaum war Andy im Haus verschwunden, bog sie in den Rothäuserbergweg ein und lief zurück zur Poliklinik, wo ihr Gynäkologe zum Glück gerade Sprechstunde hatte.

»Und Sie sagen, Sie haben trotzdem geblutet?«, fragte er, nachdem er die Schwangerschaft bestätigt hatte.

»Nicht viel, aber ich habe es für meine Regel gehalten.«

»Na gut, Sie kennen das ja nun schon. Seien Sie Montag um sieben im Kirschbergkrankenhaus.«

Renée nickte mechanisch, nahm wieder die Infoblätter der Krankenschwester entgegen und ging. Kurz vor der Tür blieb sie abrupt stehen. Sie hatte sich auf dem Weg hierher überhaupt nichts überlegt, weil sie nur damit beschäftigt gewesen war, sich zu fragen, ob Walli mit ihrer Vermutung richtiglag. Doch jetzt kam Widerstand in ihr auf. Sie drehte sich um und sagte klar und bestimmt: »Nein, ich will das nicht noch einmal! Ich werde das Kind behalten!«

Der Arzt und die Schwester schauten überrascht auf. »Sind Sie sich sicher? Sie sind bereits Ende neunter Woche, und der Eingriff ist nur bis zur zwölften erlaubt.«

»Ich werde es nicht wegmachen lassen. Auf keinen Fall.«

Sie sah dem Arzt fest in die Augen, und er nickte. »Dann haben wir jetzt noch einiges zu besprechen.«

Der Arzt ermahnte sie, in den nächsten Wochen sehr

vorsichtig zu sein, da Blutungen in der Schwangerschaft zwar meist harmlos seien, aber auch ein Alarmzeichen sein könnten. »Nicht schwer heben, nicht schwer tragen, regelmäßig essen und schlafen. Noch eine Zwischenblutung und ich stecke Sie ins Krankenhaus, verstanden?«

Renée nickte und ging nun wirklich, aber schon im Treppenhaus kamen ihr die Tränen. Nicht schwer heben, nicht schwer tragen, regelmäßig essen und schlafen, hämmerte es durch ihren Kopf. Wie sollte sie nur Uta erklären, dass sie nicht mit ihr auf Tramptour gehen konnte? Und wie erst sollte sie Andy sagen, dass er Vater wurde? Sie waren einundzwanzig Jahre alt, noch nicht mal mit dem Studium fertig. Und hatte Andy überhaupt vor, mit ihr zusammen zu bleiben? Ja, er hatte sie seinen Eltern vorgestellt, aber war er auch bereit, mit ihr eine Familie zu gründen? Schon jetzt? Das lustige Studentenleben aufzugeben und wie Grischa und Annegret Gemüse anzupflanzen und Windeln zu waschen?

Zwei Stunden lief sie wie paralysiert durch den Park und wog eins gegen das andere ab, bis sie zu dem Schluss kam, es als Erstes Uta und erst danach Andy zu sagen, doch als sie dann ins Katzenhaus kam, war Uta wieder völlig aufgelöst, weil ihr Vater zuerst keine Flüge mehr bekommen und sich dann geweigert hatte, ihnen Fahrkarten für den Nachtzug nach Budapest zu kaufen.

Renée war Utas Vater insgeheim sehr dankbar dafür, so scheiterte die Tramptour wenigstens nicht an ihr.

»Aber weißt du was, Renée, dann bezahl ich uns eben die Fahrkarten, wenn er mich hängen lässt.«

»Vielleicht hat er einfach Angst, dass die Reise für dich zu anstrengend wird.«

»Nein, er will nur nicht einsehen, dass sein kleines Mädchen erwachsen geworden ist und dass er es endlich ziehen lassen muss.«

»Ehrlich gesagt kann ich ihn ganz gut verstehen. Ich meine, wir sind zwei junge Frauen. Damals war ich mit meinem Freund unterwegs, und wir haben uns außerdem alle zwei Tage mit den anderen aus der Clique getroffen. Wir beide wären völlig auf uns gestellt.«

Uta hatte jedoch kein Einsehen. Renée konnte nichts machen, außer auf Utas Bruder zu setzen, der mit seiner Freundin in Renées Zimmer wohnen würde, während sie mit Andy an der Müritz war. Roland hatte den väterlichen Auftrag, Uta von der Reise abzubringen, und würde ihn hoffentlich ernst nehmen.

Blieb Andy. Eigentlich wollte sie es ihm am liebsten vor dem Urlaub sagen, aber wenn er jetzt mit ihr Schluss machen würde, wüsste sie nicht wohin. Was sprach außerdem dagegen, noch den Urlaub mit ihm zu genießen? Dann hätte sie später zumindest eine schöne Erinnerung an ihre gemeinsame Zeit, wenn sie ihr Kind allein großziehen müsste, weil sie ihn in die Entscheidung nicht mit einbezogen, sondern eigenmächtig beschlossen hatte, das Baby zu bekommen. Das war egoistisch und selbstsüchtig, doch noch einmal konnte und wollte sie ihrem Körper diese Tortur nicht zumuten. Und nachdem der erste Schock vorüber war, freute sie sich auch schon etwas auf das Baby und hoffte insgeheim, dass es Andy ähnlich gehen würde. Überall sah sie plötzlich Schwangere, die stolz ihre Bäuche vor sich her durch Weimar trugen. So eine würde sie auch bald sein, noch musste sie es aber leider für sich behalten.

Desto schöner und harmonischer die Tage mit Andy auf dem Jollenkreuzer verliefen, umso schäbiger fühlte sie sich ihm gegenüber. Denn als Andy am ersten Tag auffiel, dass sie nicht rauchte und sie erklärte, dass ihr die Zigaretten gerade nicht schmecken, da nutzte sie nicht etwa die Gelegenheit, ihm den Grund dafür zu sagen, sondern ließ es sogar zu, dass er sich ihr anschloss.

»Ich würde die zwei Wochen auch gern auf Alkohol verzichten«, log sie weiter. Das fand Andy ebenfalls okay und meinte, dass ihnen zwei Wochen Abstinenz bestimmt guttäten. Wie Renée hatte er noch die Mahnung des Hochschularztes zu Beginn ihres Studiums im Ohr. Beide hatten sie damals nämlich an Uta gedacht, als der Hochschularzt vor der Gefahr des täglichen Trinkens gewarnt hatte.

»Aber da kanntest du Uta doch noch gar nicht«, wandte Andy ein. Renée widersprach und erzählte ihm von ihrem ersten Abend im Kasseturm und wie sie anschließend nach Uta gesucht hatte.

»Dann war die Anziehung also beidseitig«, stellte er überrascht fest, und Renée fluchte innerlich, weil sie schon wieder bei ihrem Thema Nummer eins hängen blieben: UTA. Sie sollte in diesen zwei Wochen nicht wie sonst die Hauptperson sein, und doch forderte sie immer wieder diesen Raum in ihren Gesprächen und Gedanken.

Andy bemerkte natürlich, dass sie oft abwesend war, aber er schien hinter Renées Nachdenklichkeit ausschließlich ihre Sorge um die Freundin zu vermuten. Und so ganz frei davon war er selbst auch nicht, obwohl Utas Bruder Roland bei ihr in Weimar war und auf sie aufpasste.

Nur wenn der Wind ordentlich blies, sie mit dem 20er-Jollenkreuzer raus auf die Müritz fuhren und Renée mit den Segeln kämpfte, konnte sie abschalten und Uta für einen Moment vergessen – auch, dass die friedliche und unbeschwerte Zeit mit Andy nur durch das Verschweigen ihres wahren Zustandes erkauft war.

Aber bereits auf dem Rückweg nach Weimar waren alle Probleme wieder da. Der kleine Trabi röhrte über die Autobahn, und die Verbindungen zwischen den alten Betonplatten gaben den Rhythmus vor. U-ta, U-ta.

Der letztmögliche Termin für die Klinik wäre am folgenden Tag, hatte der Arzt gewarnt. Noch konnte sie sich gegen das Kind, ihr eigen Fleisch und Blut, so sagte man doch, entscheiden. Das klang pathetisch, aber so war es nun mal. Dann würde sie am nächsten Morgen aus dem Krankenhaus kommen und einen Tag später mit Uta in den Zug nach Budapest steigen. So war es geplant. Sie müsste Uta und Andy nicht erzählen, wo sie die Nacht gewesen wäre, denn sie könnte den jeweils anderen als Grund für ihre nächtliche Abwesenheit angeben. Alles bliebe beim Alten. Sie würde mit Uta auf Reisen gehen und weiter mit Andy zusammen sein und damit weder Utas Freundschaft noch Andys Liebe riskieren. Allerdings würde sie niemals jemandem davon erzählen können, und die später einsetzenden nächtlichen Albträume würde sie auch nur mit sich selbst ausmachen müssen. Zwar wäre sie besser darauf vorbereitet und nicht so geschockt wie beim ersten Mal, und doch …

Obwohl es in den zwei Wochen auch viel geregnet hatte, kehrten sie braun gebrannt und gut erholt von der Müritz zurück, und es war nicht zu übersehen, dass Renée zugenommen hatte, während Uta schon wieder spindeldürr, blass und kein bisschen ausgeruht war. Ihr Bruder, den Renée eigentlich noch hätte kennenlernen sollen, war mit seiner Freundin nach drei Tagen wieder abgereist, wenn Renée seine Notiz auf ihrem Bett richtig deutete.

»Ich habe die beiden rausgeschmissen!«

»Warum denn das?«

»Rolli wollte mir die Reise verbieten!«

Das Problem war also noch nicht gelöst. Renée selbst musste Uta sagen, dass aus der Reise nichts werden würde, weil sie weder schwer tragen noch heben durfte. Uta legte ihr eine kleine Kiste in die Hand:

»Das ist der Campingkocher! Ganz leicht. Nimmt kaum Platz weg, weil alles ineinanderpasst. Ich habe auch Tabletten, die verunreinigtes Wasser trinkbar machen. Und Batterien. Eine harte Wurst …«

Renée starrte missmutig auf den Haufen an Dingen, die Uta in ihrer Abwesenheit für die Reise zusammengetragen hatte.

»Und schau mal, mein neues Taschenmesser …«

Das würde niemals alles in ihre Kraxen passen, aber das war nicht das Hauptproblem.

»Uta, ich … ich bin schwanger.«

»Und dann dachte ich, dass jeder zwei …« Uta stoppte kurz und sah sie an. »Von Andy?«

»Ja, natürlich von Andy. Von wem denn sonst?«

»Weiß ja nicht, mit wem du dich so rumtreibst.«

»Bitte?«

»Ach, nun reg dich ab. Schau mal die Schaumstoffaufleger. Meinst du, wir brauchen dickere?«

»Nein.«

»Du hast gesagt, im Rila-Gebirge kann es nachts verdammt kalt werden.«

»Wir brauchen trotzdem keine. Weil ich schwanger bin und deshalb nicht mitfahre!«

Uta blickte sie scharf an: »Da steckt Andy dahinter, ja?«

Renée wusste nicht, was sie darauf antworten sollte.

»Uta, es tut mir wirklich leid, aber ich will das Baby behalten, und der Arzt sagt, dass ich vorsichtig sein muss.«

»Oder steckt mein Vater dahinter?«

Renée lag auf ihrem Bett und starrte seit mindestens einer Stunde an die Decke. Sie hatte keine Ahnung, was Uta da draußen trieb. Es war gespenstig still in der Wohnung. Hatte sie die Wohnung verlassen? Sollte Renée sich um sie sorgen? Musste sie sich sorgen? Es war nicht Utas Art, einfach so hinzunehmen, dass ihr ein Wunsch versagt wurde. Renée hätte trotzdem eine andere Reaktion von ihr erwartet. Nicht unbedingt, dass sie sich über ihre Schwangerschaft freute. Das nicht. Vielleicht Verständnis. Zumindest aber eine Reaktion, die einer Freundin würdig war. Aber das? Uta hatte ihr ernsthaft geraten, das Kind abzutreiben. Was sie denn mit einem Baby wolle? Und Renée hätte doch versprochen, mit ihr zu trampen und später gemeinsam Häuser zu bauen. Da stört so ein plärrendes Ding doch nur, hatte sie gemeint. Und dass Renée doch überhaupt kein Muttertier wäre und, und, und …

Irgendwann hatte Renée sie einfach stehen lassen, war auf ihr Zimmer gegangen und hatte die Tür hinter sich zugezogen. Nur um Utas Vorwürfe zu stoppen, die ihr so wehtaten. Sie wollte nicht, dass Uta in ihrer Wut noch hässlichere Dinge sagte, womöglich sogar irgendetwas Gemeines über Andy. Keine Sekunde länger hielt sie das aus.

Endlich hörte Renée die Eingangstür knarren. Schritte. Uta kam zurück. Sicherlich war sie nur Zigaretten holen, um ihrer Empörung Herr zu werden. Und ganz bestimmt würde sie die nächsten Tage nicht mit Renée reden, aber damit könnte sie leben. Das war sie ja von Uta schon gewohnt.

Doch dann klopfte es an Renées Tür, und sie wusste sofort, dass es nicht Uta war, sondern Andy, dem Uta ihr Geheimnis verraten hatte. Sie starrte weiter schweigend an die Decke. So könnte sie sein freundliches, sanftmütiges Gesicht noch eine Weile in ihrer Erinnerung bewahren, bevor sein Ärger und die Enttäuschung über sie es zerstören und auf immer verdrängen würden.

»Ist das wahr, Renée?«

»Natürlich ist es wahr«, sagte sie kalt. »Und ich werde es behalten, auch wenn du mich deshalb verlässt.«

»Wieso sollte ich dich deshalb verlassen? Ein Kind, das ist doch etwas Schönes!«

Andy war hereingekommen und sah auf sie herunter. Renée schaute überrascht zu ihm hoch. Sein Gesicht hatte nichts Wütendes. Da war keine Enttäuschung in seinen Augen.

»Aber wir studieren noch!«

»Ja und? Wir wären nicht die Einzigen mit Kind.«

Das stimmte. Es gab in den höheren Semestern einige Studentinnen mit Kind. Auch Paare. Andy setzte sich zu ihr aufs Bett, nahm ihre Hand.

»Ich habe es schon eine ganze Weile geahnt. Ich hätte es nur schöner gefunden, wenn du es mir zuerst erzählt hättest und nicht Uta.«

»Aber woher wusstest …«

»Weißt du noch, als ich fand, dass dein Busen plötzlich praller …«

»Da habe ich es selbst noch nicht gewusst. Walli hat es mir gesagt.« Sie lächelte. So einfach war das also. Warum hatte sie sich seinetwegen nur so viele Gedanken gemacht?

»Was hat Uta denn noch so zu dir gesagt?«

»Nichts weiter. Sie kam hereingestürmt und warf mir vor, dass ich dich mit dem Kind an mich ketten wolle und dass ich schon sehen werde, was ich davon habe. Dann ist sie wütend davongerauscht.«

»Ich habe ihr gesagt, dass ich wegen dem Baby nicht mit ihr verreisen kann. Aber vielleicht könnten wir, also wenn dein Vater es erlaubt, zu dritt noch ein paar Tage an die Müritz fahren.«

»Mein Vater ist bestimmt nicht das Problem. Aber ich glaube, dass Uta da nicht mitmacht.«

»Ja, besser wir bleiben und warten ab, wie sie die Abfuhr verkraftet.«

»Außerdem haben wir genug zu tun.«

»Was meinst du?«

»Ich werde Vater!« Andy schrie es so freudig heraus, dass es wahrscheinlich die ganze Straße hören konnte, und legte sich zu ihr ins Bett: »Vater!«, seufzte er zufrieden und küsste sie.

Renée betrachtete ihn skeptisch. Eine solche Reaktion hatte sie nun wirklich nicht erwartet. Doch seine Freude war echt und ansteckend noch dazu, und sie rätselten eine Weile, ob es ein Junge oder ein Mädchen werden würde, kamen aber überein, dass es ihnen egal war.

»Auf jeden Fall werden wir einen Namen für einen Jungen und ein Mädchen parat haben«, sagte Renée.

»Wieso auch nicht«, erwiderte Andy und küsste sie.

Sie sprachen den ganzen Abend darüber, was nun bald alles auf sie zukommen würde. Renée war Anfang des vierten Monats, und Mitte Januar war der Termin. Eigentlich noch viel Zeit, aber in einem Land, in dem man nicht einfach losgehen konnte, um eine Waschmaschine, eine Schleuder oder gar Windeln zu kaufen, selbst wenn man das Geld dafür hatte, war es wichtig, alle Freunde, Verwandten und Bekannten über ihren Zustand zu informieren, sodass sie zuschlagen konnten, wenn sie zufällig einen Kinderwagen, Flaschenwärmer oder Kühlschrank in einem Geschäft entdeckten.

Sie würden auch eine Wohnung mit besseren sanitären Bedingungen brauchen, was wahrscheinlich das größte Problem darstellte. Doch zur Not könnte Renée nach der Geburt erst einmal in ein Zweibettzimmer im Jakob ziehen. Die waren für Studentinnen mit Kind, für ausländische Studenten oder für verheiratete Paare reserviert und leider nur neun Quadratmeter groß, aber sie boten eben sämtliche Annehmlichkeiten der Platte. Und natürlich auch sämtliche Unannehmlichkeiten, doch die würde sie hinnehmen. Während sie also Pläne schmiedeten, lauschten sie immer wieder, ob Uta zurückkam. Auch wenn sich innerlich alles in Renée dagegen sträubte, bat sie Andy irgendwann, nach Hause zu gehen. Sie wollte nicht, dass Uta ihn in ihrem Zustand in ihrer gemeinsamen Wohnung antraf, falls sie doch noch auftauchte.

Aber sie hatte sich umsonst Gedanken gemacht. Uta blieb die ganze Nacht fort.

Am nächsten Morgen, als Renée zu Andy zum Frühstück hinüberging, stand ein Wartburg in der Straße und darin saß Uta. Renée klopfte gegen die Scheibe, versuchte Utas Aufmerksamkeit zu erregen, doch sie reagierte nicht.

Dann eben nicht, dachte Renée und betrat das Haus, in dem Andy wohnte.

»Nimm es ihr nicht übel«, sagte ein junger Mann gerade zu Andy, als Renée die Treppe hochkam. Dann umarmten sie einander fest und lange, und der Fremde schaute Andy traurig an. »Du weißt ja, wie sie ist!«

Es war Roland, Utas Bruder, der Uta für die restlichen Ferien nach Rostock bringen wollte. Sie hatte mitten in der Nacht zu Hause angerufen und die Eltern weinend angefleht, sie abzuholen. Utas Vater war jedoch zu einem Kongress nach Prag geflogen, und so musste Roland seine Ferien für Uta unterbrechen.

Während Andy und sie frühstückten, packte Roland im Katzenhaus die wichtigsten Dinge von Uta zusammen und lud sie in den Wartburg. Den Notenständer, die Querflöte, das Reißbrett. Uta rührte keinen Finger. Wie Renée von oben sehen konnte, saß sie weiterhin mit unbewegter Miene auf dem Beifahrersitz, während Roland ihren ganzen Kram allein zum Wartburg schleppte und im Kofferraum verstaute.

»Komm weg vom Fenster. Sie wird sich nicht von dir verabschieden. Wir haben ihr Schlimmes angetan und sind jetzt in ihren Augen die Bösen.«

»Was hat ihr Bruder denn erzählt?«

»Sie hat nichts Genaues gesagt. Das macht sie nie. Sie glaubt, ihr Bruder und ihre Eltern müssten genügend Vorstellungskraft besitzen, um sich ein Bild davon zu machen, wie gemein wir sie behandelt haben, wenn sie es nicht einmal selbst aussprechen kann und sofort von hier wegmuss.«

»Aber *sie* hat schlimme Dinge *zu mir* gesagt und auch von mir verlangt.«

»Ihre Familie weiß das. Sie haben das oft genug durch und brauchen keine Details. Uta wird sich wieder beruhigen. Rolli bringt sie jetzt erst einmal nach Hause, und dann wird man weitersehen.«

»Was meinst du mit ›weitersehen‹?«

»Nun, es ist nicht so unwahrscheinlich, dass sie in eine depressive Phase abrutscht.«

Renée musste ihn etwas verständnislos angeschaut haben.

»Bei dieser Krankheit folgt auf die manische irgendwann unweigerlich die depressive Phase. Mal stärker, mal schwächer. Die Ärzte sagen, das ist sehr individuell, aber die Phasen können zum Beispiel durch Stress oder durch Konflikte in persönlichen Beziehungen ausgelöst werden.«

»Also bin ich schuld?«

»Nein, es ist die Krankheit, Renée. Ihr Arzt wird entscheiden, ob sie wieder in die Klinik muss.«

»Wieso denn gleich in eine Klinik?«

»Wenn sie in einer depressiven Phase ist, könnte sie alles wieder so unerträglich und sinnlos finden, dass sie sich …«

Renée schüttelte abwehrend den Kopf. Sie wollte nicht, dass Andy es aussprach. Sie wusste auch so, dass er einen möglichen Freitod meinte.

»In einer Klinik kann sie jedenfalls am besten behandelt werden.«

»Für wie lange?«

»Vier bis sechs Wochen?«

»Das Semester beginnt in knapp drei.«

»Vielleicht muss sie ja auch nicht in die Klinik. Doch darum kümmern sich jetzt ihre Eltern. Okay?«

Renée schaute trotzdem noch einmal hinunter auf die Straße, wo Utas Bruder in dem Moment zu ihr hochsah und die Hand zum Gruß hob. Sie winkte zurück. Dann stieg er ein und fuhr mit Uta davon.

»Was meinst du?«, sagte Andy, »fahren wir heute Abend nach Berlin? Ich will es meinen und deinen Eltern lieber persönlich als am Telefon sagen.«

13. NEUAUSRICHTUNG

Wie erwartet, war die Reaktion auf Renées Schwangerschaft bei all ihren Elternteilen verhalten, aber dennoch freudig. Sie hätten es lieber gesehen, wenn sie beide vor dem Kinderkriegen das Studium zu Ende gebracht hätten, doch es war nun einmal anders gekommen, und so überlegten alle, wie sie sie unterstützen konnten. Einzig Renées Stiefvater ging davon aus, dass sie nicht weiterstudieren würde, und lobte sich dafür, dass er sie im praktischen Jahr nebenher ihren Facharbeiter hatte machen lassen.

»Renée hätte ja lieber Party gemacht«, verriet er Andy.

»Dazu war ich viel zu müde. Ich bin jeden Tag um vier Uhr dreißig aufgestanden, um um sechs auf der Baustelle zu sein und musste dann noch zweimal die Woche in die Abendschule!«

»Dafür hast du jetzt einen Abschluss«, verteidigte ihre Mutter Renées Stiefvater.

»Ich werde das Studium nicht schmeißen. Warum auch? Es gibt Sonderstudienpläne für Studentinnen mit Kind. Höchstens setze ich ein Jahr aus, damit es nicht gleich in die Krippe muss.«

»Na ja, das wissen wir noch nicht so genau«, sagte Andy in die darauf einsetzende angespannte Stille hinein. »Das werden wir dann alles noch sehen.«

»Ich kann für mich selbst sprechen«, knallte sie Andy anschließend vor den Latz, als sie auf dem Weg durch die Stadt zu seiner Mutter waren. Seine Antwort hatte sie geärgert. Natürlich auch sein Blick, der einen Tick zu lange an der Kaminattrappe hängen geblieben war.

»Und wie heißt die Laus, die dir über die Leber gelaufen ist?« Andy sah sie forschend von der Seite an.

Renée holte schon Luft für eine bissige Antwort, aber dann musste sie lachen. »Kamin und antike Masken. Du darfst dich ruhig darüber lustig machen.«

»Moment, darf ich auch für mich selbst sprechen?«, fragte Andy mit deutlich ironischem Unterton. »Oder hältst du mich für so oberflächlich, dass ich wegen der Einrichtung übersehe, wie sehr sich deine Eltern um dich sorgen?«

»Er ist mein Stiefvater.«

»Dann ist es ihm ganz besonders hoch anzurechnen.«

Als sie bei Andys Mutter waren, nutzte Renée die Gelegenheit, sich nach Uta zu erkundigen, denn Anne kannte ja Utas Eltern von früher. Doch sie wusste noch gar nichts davon, dass Uta in Rostock war. Und sie würde auch nicht nachfragen, sagte sie. Selbst wenn Utas Mutter sie anrufen und ihr erzählen würde, wie es Uta ginge, sie würde es nicht weitergeben. »Wir sind Freundinnen, und wir geben niemals Dinge, die wir einander anvertrauen, an andere weiter.«

»Mama, Uta *ist* Renées Freundin, und sie will nur wissen, wie es ihr geht.«

Dieses Mal fand Renée Andys Einmischung angebracht, doch sie mussten noch bis zum Semesterbeginn darauf warten, etwas über Uta zu hören, denn ihre Familie hüllte sich in Schweigen.

In der ersten Stunde des neuen Semesters, die sie wie gewohnt bei ihrem Seminarleiter Dr. Riemer hatten, informierte er die Gruppe darüber, dass Uta in den Ferien erkrankt sei und deshalb erst später dazustoßen würde. Susi und Hoi blickten irritiert zu Renée herüber. Sie hatten schon auf dem Weg zur Hochschule nach Uta gefragt und ihr nicht recht glauben wollen, dass sie nichts wusste.

Nach der Stunde ging Renée mit Andy zu Dr. Riemer, um ihm mitzuteilen, dass sie das beginnende fünfte Semester nur bis Weihnachten mitmachen würde und ab da in den gesetzlich verordneten Mutterschutz ginge.

»Das sind ja Neuigkeiten!«, rief Riemer und schaute Andy an. »Nein, ich hab es natürlich schon von deinem Vater erfahren.« Er klopfte Andy anerkennend auf die Schulter. »Gratuliere.«

»Wissen Sie, wann Uta genau zurückkommt, Dr. Riemer?« Renée musste diese Frage einfach stellen, ansonsten würde sie jeden Tag auf Uta warten.

»Erst mal sehen, ob sie es bis Oktober schafft, gesund zu werden. Wir hoffen es alle. Aber wenn es wirklich so lange dauert, dann setze ich auf Sie, Renée, dass Sie Uta den Anschluss erleichtern werden.«

»Klar, ich kann ihr meine Mitschriften schicken.«

»Das wäre gut, Renée.«

Uta würde also erst im Oktober zurückkommen. Bis dahin waren es noch fast vier Wochen, und seltsamerweise entspannte Renée diese Nachricht, obwohl sie ja bedeutete, dass Uta diesmal kränker war als sonst. Es war eine Art Galgenfrist, in der sie Uta nicht sagen müsste, dass sie schon bald aus dem Katzenhaus ausziehen würde, weil sie mit Andy und dem Baby zusammenwohnen wollte und nicht mehr mit ihr. Ihr schlechtes Gewissen bekämpfte Renée, indem sie zu allen Vorlesungen und Seminaren ging und jedes Wort der Dozenten und Professoren für Uta mitschrieb und sie mit kleinen Botschaften und Zeichnungen versah, von denen sie glaubte, dass sie Uta erfreuen könnten. Sie ließ auch die Kommilitonen lustige Genesungsgrüße an den Rand kritzeln, als hätte Uta nur einen Schnupfen. Es fragte auch niemand mehr, was eigentlich mit ihr los war, nachdem jeder kapiert hatte, dass Renée es entweder auch nicht wusste oder es ihnen nicht sagen wollte.

Doch dann ging der Zwiebelmarkt vorbei, die Kohleöfen spuckten wieder Ruß in die Stadt und der morgendliche Nebel fand keinerlei Erwähnung mehr, weil er im November in Weimar so alltäglich war. Renée schrieb immer noch für Uta mit, aber natürlich erhielt sie nie eine Antwort oder gar Worte des Dankes. Die hatte sie auch nicht erwartet. Sie war längst mit Andy in eine Wohnung im Bahnhofsviertel gezogen, die ihnen erstaunlicherweise die Wohnheimverwaltung zugewiesen hatte. Hier standen die ärmlichsten und heruntergekommensten Häuser der Stadt, und es war viel zu renovieren gewesen. Auch diese Wohnung hatte nur ein Außenklo mit Grube, aber immerhin drei Zimmer und einen Flur auf sechzig Quadratmetern. Tenkes übernahm Andys Dachwohnung, und Renée hatte, während sie die Wände des zukünftigen Kinderzimmers gelb-rot-blau-grün strich, die ersten Kindsbewegungen gespürt. Ihr Bauch wuchs und wuchs, und es würde nicht mehr lange dauern, bis sie mit ihm nicht mehr in die feste Bestuhlung des Hörsaals, zwischen Klappsitz und Schreibpult, passte.

Es war der Abend nach der Seminarweihnachtsfeier, auf der Renée und Andy beim Julklapp einen winzigen Strampler und eine Packung Baumwollwindeln geschenkt bekamen, als Utas Bruder Rolli bei ihnen auftauchte und erzählte, dass Uta wieder da wäre und er sie gerade im Jakob abgesetzt hätte. Sie würde dort jetzt allein ein Zweibettzimmer auf der Seite, die nach hinten rausging, bewohnen, erzählte er und dass sie ab der nächsten Woche wieder die Seminare und Vorlesungen besuchen würde.

»Schade, ab Montag muss ich in den Mutterschutz. Aber ich kann sie ja mal besuchen.«

»Ja, mach das.«

»Welche Zimmernummer hat sie denn?«

»Neunhundertsieben.«

»Im neunten Stock?«, wollte Andy wissen.

»Tja, du kennst sie ja: immer hoch hinaus! Wäre es nach Uta gegangen, wäre sie in den elften gezogen, aber da war kein Zweier mehr frei.«

»Und wie geht es ihr so?«, fragte Renée vorsichtig.

Rolli tauschte mit Andy einen ernsten Blick, dann meinte er: »Gut, wirklich. Dieses Mal ist sie tatsächlich auskuriert. Ihr werdet es sehen.«

Andy blieb skeptisch: »Haben wir das früher nicht auch gehofft?«

»Diesmal ist es anders. Sie wird brav ihre Tabletten nehmen, sonst erlauben die Ärzte nicht, dass sie weiterstudiert. Das ist für sie ein größerer Horror als die Nebenwirkungen. Trotzdem, passt ein bisschen auf sie auf, ja?«

Andy und Renée versprachen es und waren sich hinterher einig, dass das doch alles sehr gut klang, auch wenn Uta ihnen anscheinend nicht direkt Grüße hatte ausrichten lassen. Aber vielleicht wusste sie auch nicht, dass Rolli noch bei ihnen vorbeischauen wollte. Deshalb nahm Renée am nächsten Tag eine Tafel Schokolade, entfernte die Verpackung bis auf das Stanniolpapier, bastelte einen neuen, schöneren Einschlag aus Buntpapier und klebte aus Zeitschriften ausgeschnittene Buchstaben drauf: LOKOSCHADE. Ein Friedensangebot, das Uta hoffentlich ein Lächeln entlockte und sie an ihre gemeinsamen schönen Zeiten erinnerte.

Renée betrat seit Langem mal wieder den Jakob, und die wohlbekannte Geräuschkulisse aus knallenden Türen und einem Stimmengewirr in den verschiedensten Sprachen versetzte sie sofort in die Zeit zurück, als sie sich noch täglich an dem Heimleiter vorbeigeschlichen hatte. Der saß immer noch in seinem Glaskasten wie eine fette lauernde Spinne, und es kostete sie einige Überwindung, nicht gleich wieder umzudrehen. Doch dann schob sie ihren mittlerweile nicht mehr zu übersehenden dicken Bauch an dem gehässig grinsenden Wohnheimleiter vorbei und nahm den Fahrstuhl in den neunten Stock. Hier oben pfiff der Wind deutlich lauter um die Platte als in der fünften Etage, aber dafür hatte man vom Treppenansatz einen wunderbaren Blick auf das Schloss, den Park an der Ilm und das Goethe/Schiller-Archiv, hinter dem versteckt ihr ehemaliges Zuhause im Katzenhaus lag und in das Uta offensichtlich auch nicht mehr hatte zurückkehren wollen.

Doch Uta war nicht da. Die ganze Etage schien wie ausgestorben, und deshalb beschloss Renée spontan, runter in die fünfte Etage zu gehen und wenigstens Hoi und Susi einen Besuch abzustatten. Es war Sonntagnachmittag, und eigentlich sollten sie bereits aus dem Wochenende zurück sein. Aber auch ihre Tür war verschlossen, und so lief Renée langsam zurück nach Hause.

»Sie ist hier!« Andy kam Renée bereits im Flur entgegengeeilt. »Und es scheint ihr wirklich gut zu gehen.«

»Flüstert ihr über mich?«

»Uta!«

Sie stand in der Tür zum Wohnzimmer und schaute grinsend aus frechen Augen zu ihr hinüber. »Hallo, Renée!«

Uta sah wahnsinnig gut aus und trug die Haare, die sich zu winzigen Korkenziehern kringelten, nur noch bis zum Kinn.

»Toller Haarschnitt.«

Uta grinste und drehte den Kopf ins Profil wie ein professionelles Haarmodel. »Rolli findet, ich sehe gar nicht mehr wie seine Schwester aus.«

»Neuer Haarschnitt, neues Leben!«, erwiderte Renée fröhlich, denn Utas frühere Ähnlichkeit mit einer Madonna war völlig verschwunden. Jetzt erinnerte sie mit ihrem frechen Bob eher an eine der jungen Frauen auf den alten Fotos aus der Zeit des Weimarer Bauhauses. »Ich hab auch ein neues Leben: als Fass auf zwei Beinen.«

»Das ist ja nicht für immer«, sagte Andy und schlug vor, noch einmal Tee aufzusetzen, während Renée es sich mit Uta im Wohnzimmer gemütlich machte. Doch kaum saßen sie, trat ein betretenes Schweigen ein, so als wartete jede, dass die andere zuerst zu reden begann.

»Ach, da fällt mir ein … ich hatte dir ja was mitgebracht, Uta. Moment, ich hole es schnell.«

Renée lief zurück in den Flur und holte aus ihrer Manteltasche die LOKOSCHADE.

»Das hast du extra für mich gemacht?«

Renée nickte. Uta betrachtete die LOKOSCHADE gerührt und schien sich wirklich zu freuen.

»Renée, ich bin gekommen, um mich bei dir für die Mitschriften zu bedanken. Die waren wirklich toll. Manchmal konnte ich regelrecht Speer, Hartwig oder den Schläfer hören.«

»War doch selbstverständlich. Und mir hat es auch geholfen. Ich habe dieses Semester noch keine einzige Stunde geschwänzt.«

Wieder entstand eine Pause, doch bevor Renée etwas einfiel, sagte Uta: »Ich wollte mich bei dir außerdem für mein Benehmen entschuldigen. Du weißt schon, was ich wegen deiner Schwangerschaft gesagt habe.«

»Was man eben so sagt, wenn man wütend ist. Ich habe ja zum Glück nicht auf dich gehört.«

»Und für mein Verhalten gegenüber Robert und Füller.«

»Na, da hattest du ja auch recht. Sie waren Idioten.«

Wieder entstand eine Pause.

»Andy hat dir erzählt, was mit mir los ist?«

»Ja, und seitdem habe ich mehr … Verständnis. Du warst eben krank.«

Einen Moment sah es so aus, als wollte ihr Uta widersprechen.

»Warum hast du es mir denn nicht gesagt? Ich hätte viel besser … auf dich aufpassen können.«

»Ich konnte es nicht, Renée. Das ließen mein Stolz und auch die Krankheit nicht zu. Du aber hast trotzdem immer zu mir gehalten und warst eine gute Freundin.«

»Bin.«

»Was?«

»Ich bin dir immer noch eine gute Freundin.«

Uta nickte lächelnd. »Du hast den Dingen wieder einen Sinn gegeben, der sich mir schon so lange nicht mehr erschließen wollte.«

»Was meinst du?«

Uta zögerte kurz, dann schüttelte sie den Kopf.

»Egal. Ich freue mich jedenfalls, dass du und Andy … dass ihr jetzt bald eine Familie sein werdet, und du es nicht …«

Wie aufs Stichwort trat das Baby gegen ihre Bauchdecke, und Renée zuckte unwillkürlich zusammen. Uta deutete das offensichtlich falsch.

»Ich weiß, es war furchtbar, was ich von dir verlangt habe. Ich schäme mich so dafür.«

Renée schüttelte lächelnd den Kopf und nahm Utas Hände, legte sie sich dort auf ihren Bauch, wo das Baby sie gerade getreten hatte. Sie mussten nicht lange warten, da trat es erneut zu und entlockte Uta, die das Kind noch vor ein paar Monaten gern dem Kaukasus geopfert hätte, einen überraschten Aufschrei. »Wahnsinn!« Dann wurde sie plötzlich sehr ernst. »Ich werde selbst nie ein Baby haben.«

»Wieso denn nicht, Uta?«

»Die Krankheit. Ich wäre keine gute Mutter. Nur eine große Gefahr.«

»Unsinn! Warum denn? Und du kannst ja erst einmal mit uns gemeinsam üben.«

»Ach, Renée!«

»Doch. Aber vorher musst du mir etwas versprechen.«

»Was habt ihr denn so lange geredet?«, wollte Andy hinterher wissen, als Uta längst gegangen war. Er hatte Renée den Tee nicht gebracht, weil er sie nicht hatte stören wollen.

»Sie sagt, dass sie dieses Mal ihre Tabletten nehmen wird. Auch wenn sie sich irgendwann wieder nicht wie sie selbst fühlt. Und das wird so kommen. Aber sie hat begriffen, nur die Tabletten werden sie vor diesen Aufs und Abs bewahren.«

Andy entgegnete nichts, wandte sich dem Spülbecken zu, um weiter abzuwaschen.

»Was, Andy?«

»Sei mir nicht böse, Renée, doch das hat sie mir und ihrer Familie schon drei Mal versichert.«

»Aber diesmal hat sie es mir in die Hand versprochen. Sie will das nicht mehr … also andere verletzen … und irgendwann vielleicht sogar sich selbst.«

»Leere Worte, Renée.«

»Nein, Andy! Sie hat sich bei mir entschuldigt!«

Andy sah erstaunt auf. »Das ist neu.«

»Eben!«

Obwohl Renée am nächsten Tag, einem Montag, offiziell in den Mutterschutzurlaub ging, fuhr sie weiterhin jeden Tag zur Hochschule, um sich mit Andy und Uta in der Mensa zu treffen. Preiswerter als für fünfundfünfzig Pfennige kam sie nirgendwo zu einem vollständigen Mittagessen, auch wenn es natürlich nicht immer schmeckte. Wichtiger als das Essen war ihr aber schon nach einer Woche des Zuhauseseins, den Kontakt zu den Kommilitonen aufrechtzuerhalten, denn in der Wohnung war es doch sehr still. Uta bot ihr an, dem Baby regelmäßig etwas auf der Querflöte vorzuspielen. Besonders Mozart, so behauptete sie, täte dem Baby gut, und sie könnte gleichzeitig etwas üben. Dazu trafen sie sich auf Utas Zimmer im neunten Stock des Jakobs, von wo aus die Aussicht noch grandioser war als vom Treppenhaus.

»Hier setzt du dich hoffentlich nicht ins Fenster und lässt die Beine baumeln«, sagte Renée.

»Würde ich gern, aber die Fenster lassen sich hier oben nur kippen. Da bräuchte es schon einen Vierkantschlüssel.«

Renée erwiderte nichts, sondern hoffte nur, dass Uta niemals solch einen Schlüssel in die Hände bekäme, und schaute sich in dem winzigen Zimmer um. Trotz der gleichen Möbel wie in allen Jakobzimmern hatte es sich Uta recht gemütlich gemacht und dem Raum etwas Künstlerisches eingehaucht, obwohl sie keine ihrer alten Zeichnungen aufgehängt hatte, sondern hauptsächlich Architekturfotos, die sie mit Zitaten versehen hatte. Unter dem Foto von einem fertigen Bauabschnitt in Marzahn stand ein Zitat aus *Franziska Linkerhand*: »Was Sie hier sehen, meine junge Freundin, ist die Bankrotterklärung der Architektur. Häuser werden nicht mehr gebaut, sondern produziert wie eine beliebige Ware, und an die Stelle des Architekten ist der Ingenieur getreten …« Die anderen Zitate waren ähnlich kritisch.

»Arbeitest du wieder für Riemer?«

»Wenig. Ich nehme jetzt meine Tabletten unten in der Praxis ein.«

Renée verstand. Riemer hatte versagt. Aber die Krankenschwester des Hochschularztes war ein von allen Studenten gefürchteter Drache, dem niemand etwas vormachen konnte.

Brauchte man eine Krankschreibung für eine Belegverlängerung oder weil man eine Klausur nicht mitschreiben wollte, dann musste man erst an ihr vorbei und schildern, was einem fehlte. Da war man besser gleich tot als nur krank. Ihr würde Uta jedenfalls nicht so einfach wie Riemer vorgaukeln können, ihre Tabletten genommen zu haben.

Die Weihnachtsfeiertage über blieben Renée und Andy in Weimar. Sie konnten alle Eltern überzeugen, dass in ihrem Zustand ein übervoller Zug für das Baby zu riskant sein könnte. Und sie ließen über Anne Utas Eltern fragen, ob sie einverstanden wären, wenn ihre Tochter mit ihnen zusammen das Weihnachtsfest feiern würde. Sie stimmten zu, und auch Uta fand das eine schöne Idee. So verbrachten sie zu dritt einen sehr besinnlichen Heiligabend ganz ohne Weihnachtsdekoration. Die blieb in dem Paket unterm Bett, das Renées Mutter bereits im November geschickt hatte. Es gab Kartoffelsalat mit Würstchen und alkoholfreien Kirschsaftpunsch. Und obwohl sie vorher ausgemacht hatten, sich nichts zu schenken, hatte doch jeder eine Kleinigkeit für den anderen. Irgendwann sangen sie auch selbst, weil ihnen die Weihnachtsmusik aus dem Radio zu tragend war und auf die Nerven ging. Renée hatte Andy noch nie zuvor singen gehört, aber er hatte einen wunderbaren Bariton und passte sehr gut zu Utas Alt und Renées Sopran.

Ihr erstes Kind ließ sich viel Zeit, Renée war bereits zehn Tage über dem errechneten Termin. Die Geburt wurde an einem Samstagmorgen eingeleitet, damit der Arzt und die Hebamme nicht am Sonntag kommen mussten. Silvi hatte Renée geraten, für die Geburt ins evangelische Sophien-Krankenhaus zu gehen, weil sich dort die Schwestern liebevoller um die Mütter und Babys kümmern würden als im staatlichen Krankenhaus.

Aber als sie erfuhr, dass diese bei Komplikationen auch nur auf den Arzt des Krankenhauses zurückgriffen, wollte sie lieber dort gebären, denn in ihrer Familie verliefen die Geburten eher schwer und dramatisch.

Und Renée war da keine Ausnahme. Abends gegen achtzehn Uhr hielt sie endlich ihre kleine Marie in den Armen und durfte sie Andy auf dem Flur zeigen, wo er vor Stolz und Rührung in Tränen ausbrach.

Zwei Wochen später, es schneite dicke Flocken in Weimar, durfte Andy sie aus dem Krankenhaus abholen und fuhr sie mit dem Trabi vorsichtig durch die verschneite Stadt nach Hause, wo bereits ihre Eltern warteten. Auch Hoi, Susi und Tenkes standen kurz darauf vor der Tür, dann die Heikus und Anette, die als FDJ-Sekretärin im Namen der Seminargruppe gratulierte und eine Wickelunterlage schenkte. Dann kam Uta. Sie hatte für Marie ein kleines Lied komponiert und spielte es auf der Querflöte vor.

Marie war ein stilles, ruhiges, pflegeleichtes Baby, wie Andy und Renée gern sagten, und doch waren sie von dem neuen Rhythmus, den dieses kleine Wesen ihnen tagtäglich abverlangte, permanent erschöpft und fielen jeden Abend gegen zehn Uhr wie tot ins Bett. Als Uta das erste Mal zum Babysitten kam, damit Andy und Renée gemeinsam zur Freitagsvorstellung ins Kino gehen konnten, entschieden sie sich kurzerhand für ihr Bett. So schliefen Andy und Renée zu Utas Wiegenlied, das sie für Marie nebenan im Kinderzimmer sang, selig um acht Uhr ein.

Renée war glücklich mit Andy und liebte Marie über alles. Sie hatte ihre Entscheidung, sie zu bekommen, keine Sekunde bereut. Und trotzdem begann sie sich mehr und mehr isoliert zu fühlen, und ihre mittäglichen Ausflüge mit Marie zur Mensa führten ihr nur vor Augen, wie fern sie dem Studentenleben mittlerweile stand. Sie wurde zwar immer noch von allen freundlich begrüßt, aber sie merkte sehr wohl, dass die Freundlichkeit hauptsächlich Marie galt. Schon nach wenigen Wochen hatte sie keine Ahnung mehr, worüber die anderen redeten und lachten, und dass Andy es ihr zu erklären versuchte, machte es oft nur noch schlimmer. Sie wurde zu Andys Freundin, zur Mutter seines Kindes und war zwar gern gesehen, aber eine eigenständige Person schien sie nicht mehr zu sein.

»Das ist Quatsch, Renée, das bildest du dir nur ein.«

»Ach ja? Heute war ich in der Buchhandlung am Goetheplatz und habe eine der Buchhändlerinnen gefragt, ob ich den Philip Roth vorbestellen könnte, der jetzt rauskommen soll. Sie sagte, wie ich es erwartet habe, ›nein, alles schon weg‹. Ich will also gehen, da fragt sie plötzlich, ob ich die Freundin von dem Andy aus dem Turm wäre.«

»Ist das so 'ne Blonde?«

»Andy, verstehst du nicht, was ich sagen will?«

»Doch. Das ist Biggi. Ich hab ihr mal am Tresen erzählt, dass du viel liest. Was hast du denn nun geantwortet?«

Renée zögerte. »Ich habe es bestätigt.«

»Und?«

»Sie hat mir aus dem Lagerraum einen Stapel Bücher geholt: ›Such dir was aus‹.«

»Na, siehst du.«

»Das waren alles Bücher, die nie das Licht der Ladentheke erblicken.«

Andy lachte. »Du hast deinen Stolz hoffentlich runtergeschluckt, ja?«

Doch das Problem nagte weiter an Renée. Sie fühlte sich überflüssig und wie das fünfte Rad am Wagen. Hatte sie noch vor Maries Geburt gedacht, sie würde ein ganzes Jahr aussetzen, erwirkte sie beim E&A-Chef, dass sie bereits mit dem nächsten Hauptentwurf wieder ins Studium einsteigen konnte.

Da sie Marie aber noch nicht in die Krippe geben wollte, schlug sie Andy und Uta vor, dass sie den Hauptentwurf gemeinsam bei ihnen zu Hause machen könnten. So war sie bei allen Entscheidungen eingebunden und könnte sich gleichzeitig um Marie kümmern.

Leider hielt sich Marie nicht an den Plan. Ihr Schlafrhythmus änderte sich beinahe täglich. Was Andy und Renée an einem Tag als Regel und Gewohnheit ihrer Tochter auszumachen glaubten, galt am nächsten Tag schon nicht mehr. Sie zahnte, bekam Fieber, schlief plötzlich zu ganz anderen Zeiten und weinte immer dann, wenn Renée sich an der Diskussion um den Hauptentwurf beteiligte. Deshalb zog Andy irgendwann mit seinem Reißbrett zu Uta in den Jakob, wo sie in der Woche vor dem Abgabetermin bis in die Morgenstunden zeichneten und die A1-Tafeln fertigstellten.

Auch wenn Renée Andy vertraute, es war immer noch Uta, mit der er da zusammenarbeitete und in deren Zimmer er seit drei Tagen die Nächte verbrachte. Renée redete sich zwei Tage lang ein, dass sie nur am Hauptentwurf arbeiten würden, aber nachts kamen immer die Zweifel.

Und so platzte sie am Abend vor der Abgabe mit der schlafenden Marie auf dem Arm einfach in Utas Zimmer. Sie fand die beiden aber nicht so vor, wie es ihr ihre Fantasie pausenlos vorgegaukelt hatte. Der Plattenspieler lief, beide standen über ihre Reißbretter gebeugt und zeichneten völlig selbstvergessen vor sich hin. Renée musste sich erst bemerkbar machen, ehe sie aufschreckten und sie endlich wahrnahmen.

»Ich dachte, ich könnte euch ein wenig helfen«, sagte Renée schnell und holte zum Beweis ihre Skribente hervor. Uta nickte, aber Renée sah Andy an, dass er ihren Auftritt peinlich fand. Womöglich auch ihren Aufzug. Marie hatte ihr mal wieder auf die Schulter gekotzt, und sie kam sich dumm, hässlich und wie ein Hausputtchen vor, das nun auch noch seinen Mann kontrollierte. Vielleicht sollte sie sich endlich auch so eine Nylon-Kittelschürze zulegen, um das neue Bild von sich selbst zu vervollständigen?

Immerhin verhielt sich Uta großartig. Sie rief eine Pause aus, kochte frischen Tee und dann teilte sie Renée eine Aufgabe zu, während Mariechen auf Utas Bett selig weiterschlief.

Das sechste Semester begann, und Renée wechselte sich mit Andy in den Seminaren und Vorlesungen ab. Mal blieb er zu Hause bei Marie und mal sie, und manchmal nahmen sie auch beide gleichzeitig an einer Veranstaltung teil, weil dann Uta einfach schwänzte und auf Marie aufpasste. Sie liebte Marie über alles, und Marie liebte Uta, die einmal die Woche zum Babysitten und oft auch nur so vorbeikam. Die Krankheit war kein Thema mehr. Ihr ging es gut. Sie wirkte ruhig und ausgeglichen, und es gab keinen Anlass, sich zu fragen, ob sie ihre Tabletten regelmäßig einnahm. Dafür sorgte anscheinend die Krankenschwester der Hochschularztpraxis.

Im siebten Semester stand für alle ein sechsmonatiges Betriebspraktikum an, und Renée und Andy beschlossen, sich eine Stelle in Berlin zu suchen, da sie nach dem Diplom zurück in die Hauptstadt wollten und sich so schon eine der begehrten Absolventenstellen sichern könnten. Renée vertiefte nun doch bei der Denkmalpflege und bewarb sich beim Postfuhramt in der Oranienburger Straße, denn Dr. Riemer hatte ihr gesteckt, dass es schon bald restauriert werden sollte. Andys Mutter Anne hatte ihnen angeboten, für die Zeit bei ihr im Haus zu wohnen. Sie würde auch Marie betreuen, während sie täglich arbeiten gingen. Uta hatte einen Praktikumsplatz am Deutschen Dom ergattert und würde bei ihrem Bruder wohnen, der nach dem bestandenen Diplom in die Hauptstadt gezogen war.

Es war abgemacht, dass sie sich regelmäßig zu viert an den Samstagen trafen, um zusammen auszugehen. Schon nach ein paar Wochen, änderte sich das allerdings, und Uta kam nicht mehr mit. Sie hat jetzt einen Freund, erzählte Rolli, den er zwar noch nie zu Gesicht bekommen hätte, aber mit dem Uta nun die Samstagabende verbringen wollte.

Doch nach vier Wochen brachte Rolli sie wieder mit, als sie sich im *Franz-Klub* trafen, wo eine ihnen unbekannte Band spielte. Uta hatte die Band sehen wollen, sagte Rolli, sie wirkte aber wenig interessiert, eher nachdenklich und traurig, und sie schien, als Renée sie begrüßte, wieder einmal von weit her zu kommen. Renée musste mehrmals die Frage wiederholen, woher Uta die Band kannte, und das nicht, weil die Band so laut spielte.

»Kannst du mal mit ihr reden, Renée?«, fragte Rolli, als die Musiker eine Pause machten und Uta Richtung Toilette verschwand. »Ich will wissen, was los ist. Ob der Kerl sie nur sitzen gelassen hat, oder ob sie wieder … Na, du weißt schon.«

»Wie kommst du darauf?«, fragte Renée erschrocken, und Andy wollte sofort wissen, ob sie ihre Tabletten noch regelmäßig nahm.

»Wie soll ich das denn wissen!«, schnaubte Rolli wütend. »Sie hat dauernd bei ihrem Typen übernachtet. Und gestern hat mich ihr Abteilungsleiter angerufen. Sie hat die ganze Woche gefehlt.«

Renée und Andy sahen sich alarmiert an. Ging es also wieder los? Anscheinend. Denn Uta kehrte nicht in den Saal zurück, als die Band wieder zu spielen begann. Wahrscheinlich hatte sie nach der Toilette einfach den Klub verlassen und war gegangen, ohne ihnen Bescheid zu sagen. Nur wohin? Oder zu wem? Wie konnten sie ihren Freund finden? Als Uta auch drei Tage später nicht auftauchte, informierte Anne Utas Eltern, während Andy und Rolli Klubs, Kneipen und Bars abklappern wollten.

»Wozu denn Kneipen und Bars? Sie hat seit dem letzten Dezember keinen Alkohol mehr angefasst.«

»Das ist so nicht richtig«, sagte Rolli. »Ich habe zwischen ihren Sachen eine Flasche Korn gefunden. Leer.«

Renée war fassungslos. Wenn Uta wieder zu trinken begonnen hatte, dann war es auch möglich, dass sie ihre Tabletten nicht mehr nahm.

Andy und Rolli fanden heraus, dass man Uta in den besseren Kneipen und Bars der Stadt durchaus kannte. Sie ließ sich von Männern einladen, von älteren und jüngeren, aber sie ging nie mit ihnen mit. Deshalb war sie auch aufgefallen, weil die spendablen Herren ziemlich laut ihre Enttäuschung kundtaten. Nur Utas Freund kannte niemand.

»Sonst hat sie doch auch immer angerufen, wenn sie diese Probleme hatte.« Utas Mutter weinte ins Telefon, und Anne versuchte sie zu beruhigen. Sie sagte der Freundin jedoch nicht, was sie alle vermuteten. Dass sich Uta nämlich absichtlich vor ihnen versteckt hielt, weil sie wusste, dass sie, sobald man sie fand, wieder in die Klinik musste – und das vielleicht für sehr lange Zeit.

Zwei Tage später wartete Renée am Nachmittag gegenüber vom Postfuhramt übermüdet auf die Straßenbahn nach Pankow, als sie plötzlich Uta auf die Haltestelle zukommen sah. Kurz bevor sie Renée erreichte, wechselte sie jedoch die Straßenseite. Hatte sie sie etwa nicht gesehen oder hatte sie genau deshalb die Straßenseite gewechselt?

»Utaaaa!«

Leute drehten sich nach Renée um, aber Uta ging auf der anderen Straßenseite einfach weiter. Renée stand da, unfähig, sich zu bewegen. Sie wusste nicht, was sie tun sollte. Sie wollte ihr folgen, aber eine auf der anderen Seite vorbeifahrende Straßenbahn versperrte ihr für einen kurzen Moment die Sicht. Als die Bahn endlich vorüber war, war Uta nicht mehr zu sehen. Renée schaute hektisch die Straße hoch und hinunter, konnte sie jedoch nirgends entdecken. Tränen stiegen ihr in die Augen, und wie früher blieb Renée auch dieses Mal mit dem unbestimmten Gefühl zurück, irgendetwas falsch gemacht oder Uta abgrundtief verletzt zu haben.

Uta blieb verschwunden, und die Polizei erklärte ihnen, dass Uta volljährig war und somit selbst entscheiden durfte, wo sie sich aufhielt. Sie galt außerdem nicht im eigentlichen Sinne als vermisst, schließlich hatte Renée sie ja gesehen, wie sie der Polizei persönlich erzählt hatte.

In der Woche darauf, an einem Mittwoch, kam Renée wegen einer Betriebsversammlung schon früher von der Arbeit zurück und fand einen Zettel von Anne vor, dass sie mit Marie im Tierpark sei. Also kochte sie sich einen Tee und wollte es sich gerade auf dem Sofa mit einem Buch gemütlich machen, als es plötzlich klingelte. Sie schaute durch den Spion und riss sofort die Tür auf:

»Uta!«

»Hallo, Renée.«

»Da bist du ja.«

Uta sah dünn und irgendwie verwahrlost aus. Das lag an dem fremden Mantel, der etwas zerknittert und ihr viel zu groß war.

»Ja, da bin ich.« Uta spähte an ihr vorbei in den Flur. »Ich bin allein«, sagte Renée.

»Ich weiß, ich habe da drüben auf dich gewartet.« Sie deutete lächelnd hinter sich auf einen Straßenbaum.

»Dann komm doch rein. Ich hab grad Tee gemacht.«

Renée ging in die Küche vor und hoffte, Uta würde ihr folgen. Tatsächlich. Sie schloss die Tür hinter sich und kam zu Renée in die Küche.

»Willst du was essen … ich könnte ein paar Eier in die Pfanne …«

Da war er wieder, der ungeduldige, abweisende Blick von Uta. Eier mit Speck würden sie jedenfalls nicht zum Bleiben überreden, bis Andy kam.

»Ich suche Riemer. Hast du ihn vielleicht gesehen?«

»Dr. Riemer?«

»Ja.«

»Wieso sollte ich ihn gesehen haben? Er ist in Weimar.«

»Nicht mehr.«

»Du warst in Weimar?«

Uta nickte.

Das erklärte natürlich, warum sie Uta nicht hatten finden können.

»Er ist verschwunden, und weil du doch am Postfuhramt arbeitest, dachte ich, ihr hättet Kontakt.«

Renée verstand nicht. »Ich habe ihn das letzte Mal im August gesehen. Da warst du übrigens dabei.« Sie stellte Uta den Tee hin, reichte ihr Zucker.

»Ich habe dir doch damals erzählt, dass er der Großmeister dieser Organisation ist …«, flüsterte Uta plötzlich.

Renée stutzte: »Du meinst, DAS IST DAS HAUS VOM NIKOLAUS?«

»Ja! Nicht so laut.« Uta sah sich kurz um, als könnte sich irgendwo ein Mithörer verstecken. »Ich glaube, man will ihn umbringen«, raunte sie, »und deshalb ist er auf der Flucht.«

Die Krankheit hatte Uta also wieder fest im Griff. Deshalb sprach sie so schnell und gehetzt und machte trotzdem so einen lebendigen Eindruck. Sie war offensichtlich in einer manischen Phase und verband wieder Dinge, Vorgänge und Ereignisse, die eigentlich nichts miteinander zu tun hatten. Renée überlegte, ob sie Andy anrufen und ihn um Rat fragen sollte, aber das ging nicht in Utas Beisein.

»Vielleicht könnte ich meinen Chef anrufen und fragen, ob er Riemer irgendwo gesehen hat?«

»Nein, das ist zu heikel. Was, wenn er zu denen gehört, die Riemer am liebsten tot sähen.«

»Warum will ihn denn überhaupt jemand tot sehen, Uta?«

»Weil er nicht mehr nur Baudenkmale vor der Abrissbirne rettet, sondern auch gegen deren Restaurierung in den alten Originalzustand ist. Das ist Auslöschen von Geschichte.«

»Uta, das sind doch keine neuen Ansichten. Viele Denkmalpfleger unterstützen das. Darüber hat bereits Alois Riegl Anfang des Jahrhunderts in seinem Aufsatz ›Der moderne Denkmalkultus‹ geklagt.«

»Und trotzdem wollen sie vom Postfuhramt die Patina entfernen lassen und jedes Einschussloch zuschmieren, als hätte es den Zweiten Weltkrieg nicht gegeben. Und du machst da jetzt mit, Renée.«

»Das ist erst geplant. Eventuell sehen sie davon ab.«

»Richtig, was ein Denkmal und was auf die Müllhalde der Geschichte wandert, bestimmen nicht wir, sondern allein die Partei«, fuhr Uta fort. »Das Schloss, zum Beispiel, haben die Herren Genossen damals nach dem Krieg abreißen lassen, aber den Balkon haben sie gerettet, weil Liebknecht von dort am neunten November neunzehnhundertachtzehn die Republik ausgerufen hat. Stell dir vor, Renée, das Schloss hätte in Westberlin gestanden. Es würde vielleicht heute noch stehen, aber den Balkon hätten die drüben bestimmt nicht erhaltenswert gefunden, weil Liebknecht ein Kommunist war und von dort das Ende der Monarchie ausgerufen hat.«

Renée blickte Uta an und war einfach nur fasziniert. So wie damals, als sie Uta das erste Mal im Turm Querflöte spielen sah und sie den Musikern diesen russischen Toast auftischte, von dem armen Vögelein, das sein Kollektiv verlassen hatte. Es war wirklich ein Drama, dass das nur die Krankheit sein sollte, die da aus ihr so klug daherredete.

»Ich muss los, Renée, Riemer finden.« Uta sprang auf und rannte beinahe aus der Küche. Renée eilte ihr hinterher und bekam sie am Ärmel ihres Mantels zu fassen:

»Uta, bitte! Warum rufst du Riemer nicht einfach in Weimar an? Anne hat bestimmt seine Privatnummer.«

»Du bist immer noch so naiv, Renée.« Uta schüttelte mitleidig den Kopf. »Das wird doch abgehört!« Damit drehte sie sich um und ging. Sie war schon fast aus der Tür, da fiel ihr offenbar noch etwas ein.

»Ich hab dir ja was mitgebracht.«

Sie griff in die Innentasche ihres Mantels und überreichte Renée ein kleines, schmales, in Seidenpapier eingepacktes Geschenk. Renée wickelte es vorsichtig aus.

»Freust du dich?«

»Mein Parker!«

Uta lächelte zufrieden.

»Du hattest ihn? Aber wieso ...«

Uta sah sie an, zuckte mit den Schultern. »Vielleicht habe ich den auch nur jemand anderem geklaut und den Klipp wie bei deinem etwas aufgebogen?« Dann lief Uta, ohne sich noch einmal nach Renée umzudrehen, die Straße hinunter.

Renée stand mit dem Kugelschreiber in der Tür da und wusste nicht, was sie denken sollte.

»Du hättest sie aufhalten müssen, Renée. Sie ist in dieser Phase eine Gefahr für sich und andere!« Andy war außer sich, als er nach Hause kam und hörte, dass Uta da gewesen war.

»Wie denn? Niemand hält eine Uta auf. Das hat noch nie funktioniert.«

Sie informierten Rolli und Utas Eltern, dass Uta wohl zurück nach Weimar gefahren war. Und Andy versuchte am nächsten Tag, Dr. Riemer zu erreichen. Aber es hieß, er sei seit ein paar Tagen krank. Deshalb hatte Uta ihn nicht finden können.

Sie waren alle in höchster Sorge über Utas Zustand, der auch schnell in eine depressive Phase wechseln konnte. Bisher hatte es die Familie immer geschafft, sie vorher einzufangen und den Ärzten zu übergeben, doch dieses Mal entzog sie sich allen. Deshalb beschloss Renée, am Samstag nach Weimar zu fahren, um mit ihr zu reden. Auch wenn sie sich keine allzu großen Hoffnungen machte, Uta zur Vernunft bringen zu können. Utas Besuch war immerhin ein kleiner Beweis dafür gewesen, dass ihr noch immer etwas an Renée lag.

In der Nacht hatte Renée dann wieder diesen Traum, in dem Uta durch das Treppenhaus des Kasseturms auf sie zustürzte. Doch sie lächelte nicht, sondern lachte Renée schallend aus, schlug aber genauso wenig wie beim ersten Mal auf dem Boden vor ihr auf, sondern flog durch den Keller davon. Doch dieses Mal erschien sie danach nicht noch einmal am Geländer im dritten Stock, um sich erneut in die Tiefe zu stürzen, ganz egal, wie lange Renée auch in ihrem Traum darauf wartete.

14. VERLUST

Der Zug nach Weimar schlängelte sich durch das Saale-Unstrut-Tal, an Weinbergen und kleineren Dörfern vorbei, deren vereiste Dächer in der Novembersonne funkelten.

Renée hatte die ganze Fahrt über an Uta gedacht, aber als der Zug in Naumburg hielt und sie im Hintergrund den Dom erblickte, da hatte sie unweigerlich an ihren ersten gemeinsamen Ausflug zum Dom denken müssen, wie sie beide unter der stolzen Uta von Ballenstedt gestanden hatten und Uta sie später mit ihrem schrecklichen Vornamen versöhnte. Anschließend waren sie mit dem Zug zurück nach Weimar gefahren und hatten mit dem Schaffner einen Kanon gesungen. Wie unbeschwert sie sich da gefühlt hatte!

Kurz hinter Apolda kam auf der rechten Seite der Glockenturm vom Ettersberg ins Blickfeld, Renées Zeichen zum Aufbruch und Anlass genug, sich an die Immatrikulationsfeier vor dem Cremer-Denkmal zu erinnern. Das war nun über drei Jahre her. Damals hatte sie noch nach diesem außergewöhnlichen Mädchen Ausschau gehalten, das sie mit ihrem Flötenspiel im Turm und ihrem selbstbewussten Auftreten so sehr beeindruckt hatte, dass sie es unbedingt hatte kennenlernen wollen. Und heute früh hatte sich Renée abermals auf den Weg gemacht, um diese »verrückte« junge Frau wiederzufinden.

Auch wenn die Freundschaft zu Uta manchmal sehr schwierig war und Renée schon mehrfach an Utas Aufrichtigkeit gezweifelt hatte, so hatte Uta sie doch auch immer vor anderen in Schutz genommen, hatte die alte Reinhardt bloßgestellt, sie vor ihrer Mutter in den höchsten Tönen gelobt und ihretwegen einer Malerin eine Abfuhr erteilt. Wie oft hatte sie Renée aufgefordert, nicht immer bescheiden zurückzutreten und auch für sich nur das Beste zu fordern. Schon deshalb konnte Renée Uta nicht verurteilen, wie es Andy oder Rolli tat, nur weil sie ihr Versprechen nicht gehalten hatte. Es war die Krankheit selbst, die es Uta unmöglich machte, ihre Medizin regelmäßig einzunehmen.

Die laut quietschenden Bremsen holten Renée zurück aus ihren Gedanken. Der Zug passierte nun den alten Wasserturm, in dem sie vor gut einem Jahr zusammen das Aufmaß gemacht hatten und Uta wieder mit dem Trinken begonnen hatte. Alkohol begünstige das Abrutschen in eine manische Phase, hatte ihr Andy vor Kurzem erst erklärt, und so war es ja damals auch gekommen. Uta hatte plötzlich geglaubt, Dr. Riemer wäre der Großmeister einer geheimen Loge, die historische Häuser vor dem Abriss rettete. Und jetzt glaubte sie das wieder und dass Dr. Riemer auf der Flucht wäre, weil man ihm nach dem Leben trachtete. Deshalb wollte Renée auch unbedingt mit Dr. Riemer sprechen, nachdem sie Uta gefunden hatte.

Sie fuhr vom Bahnhof mit dem O-Bus zum Jakob, wo sie Uta als Erstes suchen wollte. Renée klopfte lange an ihre Tür, doch sie schien nicht da zu sein. Ein Mädchen aus einem der Nachbarzimmer schaute verärgert in den Flur.

»Sie hat vor zwei Tagen bis nach Mitternacht Flöte gespielt«, erzählte es, »und ich habe ihr durch die Tür gedroht, den Heimleiter zu holen, wenn sie nicht aufhört. Da war sie dann endlich still. Aber gesehen habe ich sie nicht.«

»Und heute, hast du sie heute schon gesehen oder gehört?«

»Nein.«

Renée lief weiter zur Hochschule. Wenn Riemer noch krank sein sollte, würde sie zu ihm nach Hause fahren. Anne hatte ihr seine Adresse gegeben. Doch als sie am WC vorbeilief, kam ihr die Idee, zuerst Walli zu befragen.

»Ja, Uta war vorgestern früh hier. Sie sah schlimm aus. Als hätte sie auf der Straße geschlafen.«

»Es geht ihr gerade nicht gut, Walli. Was hat sie denn gesagt?«

»Kein Wort. Sie hat die ganze Zeit Kaffee getrunken. Aber es kam mir so vor, als ob sie auf jemanden wartet, denn sie hat dauernd zur Tür geschaut. Nach zwei Stunden ist sie gegangen. Ohne zu bezahlen.«

Renée überlegte, gleich zu Dr. Riemer nach Hause zu fahren, aber da die Hochschule nicht weit war, wollte sie erst einmal bei der Sekretärin seines Fachbereichs nachfragen. Zu Renées Überraschung war Dr. Riemer in seinem Büro und zeigte sich erstaunt, sie zu sehen.

»Renée, gibt es Probleme mit Ihrer Stelle?«

»Nein, ich suche Uta. Sie wollte zu Ihnen.«

»Zu mir?«

Renée zögerte.

»Ist sie wieder …« Sorge zeigte sich in Dr. Riemers Gesicht.

Renée nickte. »Sie glaubt, Sie wären auf der Flucht, weil man Ihnen als Großmeister der Loge … na ja, Sie wissen schon … nach dem Leben trachtet.«

Dr. Riemer schaute sie verwundert an.

»Ich weiß, das klingt absurd.«

»Waren Sie schon im Jakob?«

Renée bestätigte es, und dann ging sie mit ihm die verschiedensten Orte in Weimar durch, wo Uta sich aufhalten könnte. »Vielleicht wartet sie gerade bei Ihnen zu Hause«, sagte Renée. »Mir hat sie vor Kurzem auch aufgelauert.«

»Wenn sie glaubt, dass ich auf der Flucht bin, warum sollte sie mich dann zu Hause vermuten?«

Da musste Renée ihm recht geben. Dr. Riemer versprach,

sofort Utas Eltern und Anne zu benachrichtigen, falls er Uta sah oder etwas von ihr hörte. Danach verabschiedete Renée sich, die Unruhe in ihr wurde immer größer.

Sie lief kreuz und quer durch die Stadt, einmal glaubte sie sogar, Uta am Theaterplatz zu entdecken, doch sie war nur auf eine junge Frau hereingefallen, die ihre Haare ähnlich trug wie Uta.

»Komm zurück«, sagte Andy, als sie ihn nachmittags anrief. »Selbst wenn du sie findest, was willst du dann machen?«

Das wusste Renée tatsächlich nicht. Sie konnte Uta ja nicht einfach an den Haaren packen und zu einem Arzt schleppen, wenn sie ihr nicht freiwillig folgte. Und danach sah es momentan nicht aus. Renée wollte trotzdem noch den Abend abwarten, ob in ihrem Zimmer im neunten Stock irgendwann das Licht anging.

»Und da willst du dann die ganze Nacht vorm Jakob ausharren? Du wirst dir eine Erkältung holen. Und falls Uta wirklich da ist, wird sie dir sowieso nicht aufmachen. Das haben wir doch schon alles mehrfach durch.«

»Gib Marie einen Kuss von mir. Ich komme morgen Mittag zurück«, erwiderte Renée bloß und legte auf.

Es war November, daher wurde es schon vor siebzehn Uhr dunkel. Wenn Uta sich also auf ihrem Zimmer aufhielt, würde sie bestimmt irgendwann das Licht anschalten. Renée ging alle zwei Stunden in die Jenaer Straße, von wo aus sie die Rückseite des Jakobs gut sehen konnte. Doch Utas Fenster blieb dunkel. Das letzte Mal ging Renée gegen zwei Uhr morgens zum Jakob und gruselte sich ein wenig in der menschenleeren Stadt, über der wieder mal dichter Nebel hing. Umsonst.

Am nächsten Morgen, als Renée übermüdet im Zug zurück nach Berlin saß, bereute sie es trotzdem nicht, nach Weimar gefahren zu sein. Sie machte sich immer noch Sorgen um

Uta, konnte aber auch verstehen, dass sie sich versteckte. Irgendwann würde sie jemandem wegen ihres seltsamen Verhaltens auffallen, und man würde die Polizei oder gleich einen Arzt rufen. Dann würde es bis zu einer neuerlichen Einweisung nicht mehr lange dauern. Diesen Moment versuchte Uta eben hinauszuzögern. Verständlicherweise.

Renée gönnte Uta ehrlichen Herzens noch ein paar Tage Freiheit und hoffte nur, dass sie währenddessen nicht allzu groben Unfug trieb, weder auf einer Attika in dreißig Meter Höhe herumtanzte noch über einen harmlosen Dozenten Verschwörungstheorien verbreitete. Renée konnte nichts mehr für Uta tun. Sie fuhr zurück zu Mann und Kind nach Berlin.

Der Anruf von Utas Eltern kam zehn Tage später. Der Wohnheimleiter des Jakobs hatte Uta mittags auf dem Platz vor den Mülltonnen gefunden, wo sie schon seit den frühen Morgenstunden gelegen haben musste. Ihre Hand umklammerte noch ihre Querflöte, und um sie herum lagen die Scherben einer Flasche Wodka. Uta war sofort tot gewesen. So einen Sturz aus dem neunten Stockwerk überlebt niemand. Auch eine Uta nicht.

Sie waren alle wie betäubt, und die Vorwürfe von Utas Eltern trafen Renée hart, auch wenn sie hauptsächlich Rolli für Utas Tod verantwortlich machten.

»Wieso hat er nicht aufgepasst? Sie war auf so einem guten Weg gewesen«, beklagte sich Utas Mutter am Telefon bei Anne, völlig die letzten Wochen der Sorge um Uta ausblendend. Doch Anne nahm Utas Bruder in Schutz, ebenso Renée und Andy, die Utas Mutter in ihrer maßlosen Trauer ebenfalls beschuldigte, sich nicht ausreichend um Uta gekümmert zu haben. Doch die Schuldzuweisungen wären gar nicht nötig gewesen, denn Renée fühlte sich ohnehin, als hätte sie versagt, obwohl ihr Verstand ihr etwas anderes sagte.

»Niemand hat Schuld an dem, was Uta getan hat«, sagte Anne mit fester Stimme.

Trotzdem wurde Renée von quälenden Fragen geplagt. »Wäre ich doch später noch mal zu ihrem Zimmer gegangen … Vielleicht wäre sie da gewesen, und ich hätte mit ihr reden können. Ich hätte …«

»Renée, hör auf!«, unterbrach Andy sie. »Du hättest sie nicht retten können. Keiner konnte das. Es war ihre Entscheidung, und wir sollten das respektieren.«

Was Renée am verwunderlichsten fand, war, dass sie nicht weinen konnte. Ihre Augen waren wie ausgetrocknet. Die Befragung der Studentinnen, die unter Uta im achten Stock wohnten, hatte ergeben, dass Uta tatsächlich die ganze Zeit auf ihrem Zimmer im Jakob gewesen sein musste. Sie hatten manchmal ihre Schritte durch die dünnen Betondecken gehört. Uta war also auch da gewesen, als Renée vor dem Jakob gestanden und darauf gewartet hatte, dass sie das Licht anschaltete.

Es kamen nicht viele aus der Seminargruppe zur Beerdigung, weil sie alle über die Republik verstreut im Betriebspraktikum waren und weil die Beisetzung mitten in der Woche stattfand. Nur zwei der Heikus, Susi und Anette, waren neben Andy und Renée nach Rostock gefahren und warteten mit Utas Eltern, Rolli und einigen anderen Angehörigen vor der Feierhalle auf den Einlass. Renée hatte in Berlin einen Kranz bestellt und für die Schleife ein Gedicht von Goethe aus dem Egmont gewählt:

Freudvoll und leidvoll,
Gedankenvoll sein,
Hangen und bangen
In schwebender Pein,

Himmelhoch jauchzend,
Zum Tode betrübt;
Glücklich allein
Ist die Seele, die liebt.

Die Feierstunde erlebte Renée wie durch einen Nebelschleier. Die Worte des Pastors fanden nicht ihr Ohr. Auch nicht die kleinen Geschichten über Uta, die die Eltern, ihr Bruder und die Verwandten, ja sogar Andy über Uta aus ihrem kurzen Leben zum Besten gaben. In Renées Augen war Uta sowieso ganz anders gewesen als in deren neckischen Anekdoten aus der Kindheit.

Trotzdem hatte sich Renée im Vorfeld dagegen entschieden, überhaupt etwas auf der Trauerfeier zu sagen, obwohl ihr Andy so zugeraten hatte.

»Renée, du bist die Einzige, die Uta sehr lange nicht durch die Brille der Krankheit gesehen hat. Du bist trotzdem ihre Freundin geblieben und hast, auch als du um ihre Krankheit wusstest, immer zu ihr gehalten.«

Ja, das hatte sie. Trotzdem hätte sie nicht da vorne stehen und über Uta reden können. Auch wenn ihr plötzlich, während sie den Geschichten nur halbherzig lauschte, eine ganz besondere Begebenheit einfiel. Doch die durfte sie sowieso niemandem erzählen. Es war damals auf der Hypnose-Veranstaltung im Jakob, auf der der Hypnotiseur seine Probanden gegen Ende der Veranstaltung in Siebzigjährige »verwandeln« wollte. Der Hypnotiseur hatte keine Macht mehr über Uta gehabt und sie letztendlich wieder auf ihren Platz geschickt. Renée war damals stolz auf Uta gewesen, weil sie sich nicht einmal von einem Hypnotiseur zwingen ließ, etwas zu tun, was sie nicht wollte. Doch jetzt, auf Utas Beerdigung, kam Renée eine ganz andere Deutung in den Sinn: Uta konnte nicht in eine Siebzigjährige »verwandelt«

werden, weil sie niemals in ihrem Leben so alt werden würde.

Und da kamen Renée doch die Tränen, rannen ihr unaufhörlich die Wangen herunter, ohne dass sie dabei einen Laut von sich gab. Andy bemerkte es auch so. Er legte den Arm um sie und zog sie fest an sich. Nach einer Weile hob sie den Kopf und sah ihn an. Wortlos tauschten sie einen Blick. Wie würde das Leben nur ohne die Freundin werden?, fragte sich Renée. Aber Andy griff nach ihrer Hand und drückte sie fest. Uta würde für immer in ihren Gedanken sein.

NACHSATZ

Dies ist ein Roman, und auch wenn er in Ort und Zeit ein paar autobiografische Bezüge zur Autorin aufweist, so sind die darin beschriebenen Personen und Handlungen erfunden.

DANKSAGUNG

Ich bedanke mich ganz herzlich:

- bei meinen ehemaligen Kommilitonen Elli, Daggi, Petra, die Bines, Kai, Karl, Mostrich und Kätchen für eure Unterstützung bei der Recherche und für eure Freundschaft
- bei meinem Deutschpoeten DB für seine stets aufmunternden und witzigen Sprüche
- bei meiner Außenlektorin Anna Hahn für die nette und anregende Zusammenarbeit
- und bei Stefanie Zeller und dem gesamten Verlagsteam für eure tolle Arbeit und das mir entgegengebrachte Vertrauen.